KB120239

당대當代 문학의 개념

당대當代 문학의 개념

홍쯔청洪子誠 지음 | 설희정薛熹禎 옮김

學古房

| 지은이 서문 |

2008년 베이징대학출판사에서 『당대 문학의 개념當代文學的槪念』이라는 책이 출판되었는데, 여기에 수록된 10여 편의 글은 1996년 이후 간행물에 게재한 것으로 이 문집에 수록되기 전에 개별적인 자구를 수정했다. 이 글들이 처음 발표된 간행물의 이름과 호수는 모두 글의 말미에 명시되어 있다. 개별적인 글의 내용이 중복되거나 각기 다른 시기에 발표된 글의 관점이 일치하지 않더라도 모두 본래의 모습을 유지하고자 따로 고치지는 않았다. 특히, 『중국 당대 문학사』에 관한 토론회 기록에서는 문학사 집필에 관한 많은 중요한 문제들을 제기하고 있는데, 이 '기록'은 정식으로 발표된 적이 없기에 이 책의 부록으로 수록하였다.

이 글들은 주로 중국 '당대當代 문학'이라는 개념의 형성과 역사적 변천, 1950년대부터 1970년대까지 당대 문학의 발전 과정과 기본적 특징, 당대 문학사 집필에 관한 관점과 방법을 논하고 있는데, 비슷한 특징을 가지고 있으므로 한 데 묶으려고 한다. '당대 문학의 개념'은 그중 한 편의 제목이고 이 책의 '주제'라 할 수 있기에 이 책의 제목으로 삼는다. 또한, 1999년 『당대 문학사當代文學史』가 출간된 이후, 내가 당대 문학의 '일체화'에 관해 제기한 문제에 대해 학계에서는 동의와 의구심, 비판을 표명해 왔다. 이 책의 다른 글에서도 이 문제에 대해 답하고 있다. 중국 당대 문학의 역사에 대한 나의 관찰과 서술은 기본적으로 역사적 정리淸理 방법을 채택하였는데, 즉 그것을 특정한 역사적 상황 속에 '되돌려 놓고', 그 밖의 관념과 방법을 참조하여 우리가 '사실'이라고 부르는 것들이 어떻게 '사실'이 되었는지 분석하고자 하였다. 이러한 연구 방법의 확립은 일반적인 '학술사' 방법을 고려한 데서 비롯되었을 뿐만 아니라, 가장 주요한 원인으로서 1949년 이후 '당대 문학'은 국가문학이며 그것의 생성과 그에 대한 문학사 서술이 동보同步적이었다는 데서, 말하자면 문학의 역사 편찬이 직접적으로 '당대 문학 현상'이었다는 데서 비롯되었다. 이러한 상황을 고려할 때, 만약 당대 문학 역사를 다시 서술하려면 '구축'에 참여한 원래의 서술을 정리淸理하지 않을 수 없는 것이다.

설희정薛熹禎 박사가 나에게 연락을 해와서, 이 글들이 한국의 학자들이 중국 당대 문학의 현황을 이해하는 데 도움이 될 것이라고 생각하여 한국어로 번역 출판하고 싶다고 했다. 설희정 박사의 호의와 끈기 그리고 노고에 감사드리며, 이 글들이 한국 독자들로부터 비평을 받기를 바란다.

홍쯔청洪子誠 2023년 10월

중국 베이징대학北京大學 교수를 역임한 홍쯔청洪子誠 교수의 『당대 문학의 개념當代文學的概念』이라는 책이 이번에 설희정薛熹禎 교수에 의해 한국어로 번역 출판되었다. 홍쯔청 교수는 한국에서 이미 그의 저서 『중국당대문학사中國當代文學史』 및 『중국당대신시사中國當代新詩史』가 번역되어 잘 알려져 있는데, 이번에 그의 『당대 문학의 개념』이 번역되어 한국인의 중국 당대 문학에 대한 이해를 더욱 심화시켜 줄 것으로 기대한다.

홍쯔청 교수는 중국 당대문학 연구 방면에서 가장 권위 있는 학자로 널리 알려져 있는데, 일찍이 필자도 2000년에 홍쯔청洪子誠·류덩한劉登翰 공저의 『중국당대신시사』를 번역 출판한 바 있어 그와의 인연은 오래되었다. 당시 『중국당대신시사』를 번역하는 과정에서 문학(시)의 다원적 시각과 개별 시인의 주체성을 대단히 중시하며 미시적 분석을 통해 거시적 종합으로 나아간 저자의 서술 관점에 깊이 공감한 바 있다.

보통 20세기 이래 중국 신문학은 1949년 중화인민공화국의 성립을 기점으로 그 이전을 '현대문학現代文學', 그 이후를 '당대문학當代文學'으로 구분하는데, 『당대 문학의 개념』은 저자가 한국어판 서문에서 간단히 밝히고 있듯이 1950년대부터 1970년대까지의 중국 '당대 문학' 개념의 형성과 역사적 변천을 깊이 있게 다룬 저자의 중요한 학술성과의 하나이다. 이 책의 기본적인 서술 시각은, '당대 문학'을 "특정한 역사적 상황 속에 '되돌려 놓고'" "우리가 '사실'이라고 부르는 것들이 어떻게 '사실'이 되었는지 분석하고자 했다"라는 저자의 말에서 잘 드러난다. 저자는 '당대 문학' 개념이 형성된 역사적 장소로 되돌아가 그것이 '구축'되어간 역사적 맥락을 깊이 있게 추적함으로써 그 시기 '당대 문학'이 '국가문학'의 소산이었음을 예리하게 밝히고 있다. 이는 '당대 문학' 개념을 절대화하지 않고 역사화하는 작업이며, '국가 이데올로기'와의 연관 속에서 그것을 객관적으로 바라볼 수 있는 이론적인 근거를 제공해준다. 나아가 이 책은 목차에서도 알 수 있듯이 중국 당대의 '문학 정전正典'의 문제, '비주류' 문학의 문제, 당대문학사(시가사 포함) 쓰기의 문제, 당대문학사 연구의 '사료史料' 문제 등을 심도 있게 토론하고 있어 향후 한국인이 중국 당대문학사를 기술할 때 꼭 읽어야 할 중요한 참고문헌이 될 것이다.

역자인 설희정薛熹禎 교수는 오랫동안 베이징대학北京大學에 유학한 뒤 현대 중국의 통속문학의 거장인 장헌수이張恨水 전문연구자로서 또한 루쉰魯迅과 장헌수이의 비교문학 연구자로서 많은 학술적 성과를 이룩하며 중국에서 왕성한 학술 활동을 펼쳐온 신진 학자이다. 설희정 교수는 베이징대학에서 홍쯔청洪子誠 교수에게 직접 사사했으니 홍쯔청 교수의 학문적 경향을 누구보다 잘 이해하고 있을 것이기에 『당대 문학의 개념當代文學的概念』의 한국어 번역은 남다른 의미를 갖는다. 심혈을 기울여 번역한 『당대 문학의 개념』은 한국인들에게 중국 당대문학에 대한 이해의 지평을 크게 넓혀줄 것으로 확신한다.

2024년 2월 6일

홍석표洪昔杓

사랑하는 나의 고국을 떠나 중국 베이징대학교北京大學에서 유학하고 생활하며 산둥대학교山東大學 중문학과의 교수 생활을 시작하기까지 어느덧 20년이라는 세월이 흘렀다. 나의 20년 간 중국 생활을 떠올리면 지금의 내가 있기까지 많은 학문적 지식과 인격적 수양을 쌓게 해 준 내 모교 베이징대학교北京大學를 빼놓을 수 없다. 베이징대학교 중문학과에서 학부, 석사, 박사 과정을 공부하면서 많은 교수님들의 섬세한 가르침을 통해 나는 중국 현당대現當代 문학의 생성과 발전 과정에 대해 좀 더 깊은 관심을 갖게 되었고, 나의 박사 지도 교수님이자 정신적 멘토인 콩칭둥孔慶東 선생님의 세심한 지도 덕분에 중국의 신문학新文學과 통속문학通俗文學의 관계에 대해 더욱 주목하게 되었다.

새로운 시대에 접어들면서 중국의 학계에서는 종전보다 신문학과 통속문학이라는 양대 문학 진영에 대해 더 많은 관심을 기울이게 되었지만, 이 두 진영의 대표적 인물로 손꼽히는 루쉰魯迅과 장헌수이張恨水에 대한 체계적인 비교 연구는 지금까지도 부족한 실정이다. 이러한 상황을 고려하여 나의 연구 방향은 줄곧 문학과 예술, 인간사의 세세한 부분까지 관찰하고 사유한다는 초심을 토대로 루쉰과 장헌수이로 대표되는 보다 세련되고 대중적인 문학, 그리고 이 속에 비춰진 인간의 삶과 문학의 관계를 중점적으로 다루었다. 나의 연구 과정은 텍스트를 면밀히 읽는 것에서 출발하여 이 속에서 개별화된 문제 의식을 찾으려 노력하였고, 루쉰과 장헌수이라는 두 작가의 전반적인 삶을 비교하고 해석함으로써 신문화운동 이후 중국의 사회 개혁과 중국 문단의 혁신에 큰 역할을 한 이 두 인물을 집중적으로 조명해 왔다. 당시 사회적으로 큰 반향을 일으킨 이 두 대가의 동질적 특성을 기반으로 하여 20세기 초반 중국 사회의 근대화 과정에서 이들의 독특한 정신적 세계와 텍스트가 어떻게 형성되었는지 살펴보고, 이러한 차이가 형성된 것은 중국 사회의 변혁과 어떤 연관성을 갖고 있는지 생각해 보고자 하였다. 이러한 시각은 당시 중국 통속문학 작가들의 전통에 대한 향수와 미지의 세계에 대한 두려움과 의구심, 그리고 중국 신문학 작가들의 전통에 대한 비판과 그것이 사회에 미치는 영향, 즉 현대적인 계몽 사상과 부패된 전통 사이에 근본적으로 존재하는 모순을 변증법적으로 연구해 보고자 하는 새로운 사고 방식에서 비롯되었다. 중요한 것은 중국 현대문학의 발전사에서 신문학과 통속문학은 고정불변의 것이 아니며, 양자 간에는 전환과 통합이라는 무한한 가능성을 품고 있다는 점이다. 따라서 중국의 신문학과 통속문학은 두 가지 형태를 띤 문학적 의미가 지속적으로 추론되고 통합된 시대적 산물이며, 이 속에서 생성된 새로운 비전은 당시 많은 작가들로 하여금 다양한 창작 예술의 혁신을 추구하고, 대중 문학과 예술에 대한 독자들의 복합적인 감상 수준을 향상시키는 데 주도적인 역할을 하였다.

루쉰과 장헌수이의 사례를 살펴보면, 신·구新舊라는 사상적 충돌은 그들의 성장 경험을 대변할 뿐만 아니라 문학 창작 안에서도 여러 이미지를 통해 텍스트의 곳곳에 드러나고 있다. 역사적 과도기에 직면한 지식인의 복잡한 내면적 세계와 수시로 분출되는 심적 고통과 모순된 사상을 관찰함으로써, 동시대를 살았던 루쉰과 장헌수이가 '전통과 현대화'라는 시대적 명제를 어떤 방식으로 떠안고 있는지, 그리고 그 과정에서 우리는 중국이 근대화로 들어서는 긴 여정과 사상 해방을 부르짖는 중국 지식인들의 고뇌를 엿볼 수 있다. 나는 그간 한국의 중문학 연구를 되돌아보면서, 통속문학이라는 잣대에서 장헌수이에 대한 연구는 아직 상대적으로 미흡하다는 것을 발견하였다. 따라서 한중 양국의 비슷하면서도 색다른 문화적 배경을 바탕으로 중국 현대문학을 이끌어온 양대 산맥인 루쉰과 장헌수이라는 이 두 문학의 거장을 한국적 관점에서 이해하고 재해석하여 중국과 한국의 장헌수이에 대한 연구를 적극적으로 도모하고, 나아가 한중 양국의 중국 현당대現當代 문학 연구의 플랫폼을 구축하여 보다 다양하고 흥미로운 연구가 진행되기를 기대하고 있다. 이러한 관점을 토대로 나는 올해 중국 상하이문예출판사上海文藝出版社에서 나의 첫 번째 중문학 저서인 『아속지변: 현대와 전통의 관점에서 본 루쉰과 장헌수이雅俗之辨——現代與傳統視域中的魯迅和張恨水』의 출판을 앞두고 있으며, 중국 안후이성 장헌수이 연구회中國安徽省張恨水硏究會의 국제 이사를 맡고 있어 중국 현지의 다양한 학술회의에도 참여하며 새로운 동향을 파악하고 있다. 최근에는 《중국 현대 문학 연구 총간中國現代文學硏究叢刊》과 같은 중요한 학술 간행지에 중국의 신문학과 통속문학의 관계에 관한 논문을 발표하였고, 산둥대학교山東大學 중문학과의 연구 교재 『중화 삼 천년 문학 통사中華三千年文學通史』에서 장헌수이의 집필을 도맡아 편찬, 출판 작업에 참여하였다.

더불어 이 책의 번역 과정에 대해서도 설명하고자 한다. 『당대 문학의 개념當代文學的概念』은 중국의 유명한 문학사가文學史家인 베이징대학교 중문학과 홍쯔청洪子誠 교수님이 집필한 매우 중요한 학술 저서로서, 중국 당대 문학사 연구의 토대가 되는 값진 자료이며, 이는 중국 당대 문학이라는 학문적 분야에 있어 선구적인 의의를 갖고 있다.

이 책은 '당대 문학'이라는 핵심적 개념에 대해 다각도로 분석을 하였는데, 당대 문학이 형성된 그 '원인'과 '결과'에 대해 보다 객관적이고 합리적인 탐색과 성찰을 거쳤기에 역사적, 논리적으로도 학술적 검증을 견뎌낼 수 있는 힘이 서려 있다는 평가를 받고 있다. 그 중 '당대 문학'의 생성과 기술, 구분 등의 문제에 대한 연구는 학술사에 있어 특별한 관점을 제공한다.

『당대 문학의 개념』은 '1950년대에서 1970년대까지의 중국 문학', '당대 문학의 일체화一體化', '당대 문학의 정전正典 문제', '당대 문학의 비주류 문제', '당대 문학사의 글쓰기 문제', '당대 문학사 연구에서 사료史料의 문제' 등 다양하면서도 근본적인 문제들이 논의되었으며, 이는 역사적 사실과 근거를 제공할 뿐만 아니라 이 문제들을 해결하기 위한 해법을 찾아내며 중국 당대 문학의 존재 이유와 발전에 대한 심층적인 단서를 드러내고 있다.

그간 루쉰과 장헌수이를 비롯한 중국 현대문학의 작가와 작품 연구에 상대적으로 심취되어 있던 나에게 또 다른 도전의 의미로, 중국 당대 문학의 현황에 대한 새로운 시각의 연구를 원했던 선배 교수인 산둥대학교山東大學 중문학과 총신창叢新強 선생님의 권유로 홍쯔청 교수님의 『당대 문학의 개념』이라는 책의 번역을 맡게 되었다. 이 책의 번역을 통해 나는 중국 현당대 문학이 그간 많은 역사적 시련을 겪고 부단히 걸어온 발자취와 현재 이러한 현상을 바라보는 각기 다른 세대에 속한 중국 학자들의 특별한 관점과 감정을 고스란히 느낄 수 있었다.

실로 문학 연구에 대한 한중 양국의 상호 관심을 돌이켜보면 한국은 1980년대부터 본격적으로 중국의 현당대 문학을 연구하기 시작했지만 1992년 한중 수교 이전에는 특수한 역사적 상황으로 인해 양국

간의 문학 연구는 다소 차질을 겪었고, 한중 양국은 어느덧 수교 31주년이라는 새로운 역사적 국면을 맞이하게 되었다. 다양한 분야에서, 양국 간의 교류가 나날이 확대되는 상황에서 한국의 중국 현당대 문학에 대한 이해와 연구 또한 시대의 흐름에 발맞춰 변화해 나가야 한다고 생각한다. 이러한 의미에서 홍쯔청 선생님이 쓴 『당대 문학의 개념』은 새로운 함의를 제공하고 있다. 그는 '문학의 역사를 되짚어보고 문학사를 다시 쓰는 것은 문학 발전의 새로운 시대적 전환점을 맞이하기 위한 중요한 요소 중 하나'라고 지적하였다. 다시 말하자면, 문학 연구는 국내외적 관점을 동시에 갖추는 것 외에도, 끊임없이 대화의 장을 만들고, 자국의 문학 연구와 해외의 학술 사상 사이에서 그 연관성을 찾아내어 보다 다채로운 지식 체계를 구축해 나가야 한다는 것이다. 이와 동시에, 중국의 우수한 문학 연구 저서를 적극적으로 번역하고 해외에 알리는 것은 상대국의 문학 연구에 국제적인 시각을 더할 뿐만 아니라, 양국의 문학에 내재된 공통된 가치를 창출하여 한중 양국이 다양한 분야에서 상생과 협력을 이루기 위한 필수 불가결한 사항이기도 하다.

이 책의 번역은 한 편으로는 나의 중국 생활 20년을 돌아보며, 중국 현당대 문학 연구에 새로운 도전장을 내민 것이기도 하지만, 다른 한 편으로는 이 책의 한국어 번역을 통해 사랑하는 고국의 독자들이 인문학적 관점에서 중국의 정전正典을 보다 쉽게 이해하고, 좀 더 열린 마음으로 진정한 중국의 모습을 엿볼 수 있기를 바라는 마음에서 시작되었다고 할 수 있다. 특히, 이 책은 나의 첫 번째 번역서이고, 고국에 출판되는 첫 번째 책이기에 이 순간에도 설렘을 금할 수 없다. 향후에도 유용한 중국 현당대 문학 연구에 관한 학술 저서를 꾸준히 번역하여 국내외 중문학 연구에도 큰 힘을 보태려 한다.

이제 이 책의 한국어 번역서를 완성하기까지 많은 도움을 주신 분들을 기억하고자 한다. 근 1년 반 이 책을 번역하는 동안 무한한 신뢰와 따뜻한 배려로 매 순간 감싸주시고, 계속해서 정진하게 해 주신 원작자 홍쯔청洪子誠 선생님과 이 책의 출판을 위해 아낌없는 지지와 격려를 해 주신 산둥대학교 인문사회과학 칭다오 연구원山東大學人文社會科學青島研究院 팡레이方雷 원장님과 장룽린張榮林 서기님, 베이징대학출판사北京大學出版社의 가오슈친高秀芹 선생님과 장나張娜 선생님, 그리고 이 책을 번역할 때마다 고국의 첫 번째 독자로서 초고를 세심하게 읽고 항상 값진 조언과 많은 응원을 해 주신 나의 영원한 멘토 이화여자대학교韓國梨花女子大學 중문학과 홍석표洪昔杓 교수님께 다시 한 번 깊이 감사드린다. 마지막으로 나의 번역 원고를 환영하며 멋진 편집과 섬세한 교정으로 이 책을 더욱 품위 있게 만들어 주신 학고방출판사韓國學古房出版社의 명지현明智賢 팀장님과 하운근河雲根 대표님께도 감사한 마음을 전한다.

2023년 10월 31일 중국 칭다오青島에서

설희정薛熹禎

| 목차 |

여섯 가지 질문에 답하다

첫째, 홍 교수님은 언제부터 학술 연구를 시작하였습니까? '당대 문학사'를 선택한 이유는 무엇입니까? 홍 교수님의 『중국 당대 문학의 예술 문제中國當代文學的藝術問題』(1986)와 『작가의 자세와 자아 의식作家姿態與自我意識』(1990)에는 이미 훗날 『중국 당대 문학 개론中國當代文學概說』(1997)에 관한 일부 문제가 드러났는데, 이는 당시 문학 비평의 품격과는 분명히 다르지만 오늘날 우리가 이해하는 '비평'에 상당히 근접한 형태를 띠고 있습니다. 1980년대 문학사 연구로의 전향은 그 때 홍 교수님의 분명한 선택이었습니까? 아니면 이러한 방식을 통해 역사적 품격을 지닌 '심층적 비판'을 하고 싶었던 것입니까?[1]

그렇게 엄격하게 따지지 않는다면 베이징대학교 2~3학년에 재학 중인 당시 약간의 '학술적 연구'가 있었던 것 같습니다. '대약진大躍進'(그것이 속한 시기, 근래에는 '격정이 불타오르는 세월'이라 불림)에 맞춰 마오쩌둥毛澤東은 젊은이들에게 '명가의 권위에 주눅 들지 말라'며 젊은

1 이러한 문제는 렁쌍冷霜에 의해 제기되었습니다.

사람이 나이 든 사람을 무너뜨릴 수 있고, 지식이 적은 사람이 지식이 풍부한 사람을 이길 수 있다고 호소하였습니다. 우리는 '부르주아 계급의 학문적 권위'를 비판하고 집단적으로 교재를 편찬하는 운동에 동참하였습니다. 제가 속한 반은 왕야오王瑤 교수를 비판했고, 저는 회고록에서 이 사건을 언급하였습니다. 이어 중국 현대 문학사와 고대 희곡사에 관한 교재를 편찬했습니다. '희곡사'도 인쇄되었지만 공식적으로 출판되지는 않았고, 현재 말하는 '비공식 출판물'에 속하므로 그 수준을 짐작할 수 있을 것입니다. 또한, 1958년 겨울에는 '중국 신시 발전 개황中國新詩發展概況'의 편찬에 참여하였습니다. 후자의 문제는 『중국 당대 신시사中國當代新詩史』(1993, 류덩한劉登翰과 공동 집필)의 후기에 언급되었습니다. 당시 『시간詩刊』의 부편집장이었던 쉬츠徐遲가 제안하고 조직한 것으로 기억합니다. 시에멘謝冕, 쑨위스孫玉石, 쑨샤오전孫紹振, 인진페이殷晉培가 류덩한劉登翰과 저보다 한 학년 위였습니다. 한 달이 넘는 겨울 방학 동안 저는 수백 권의 새 시집을 읽었고, 매 사람이 분업하여 각자 한 장씩 썼으며 그것을 합치면 십여 만 자가 넘습니다. 저는 주로 1930년대 초반 부분을 맡았습니다. 「개황概況」은 『시간詩刊』에 게재되었지만 앞부분의 세 장만 게재되었으며 완결되지 않았습니다. 원래 톈진天津의 백화문예출판사百花文藝出版社에서 단행본을 내려고 했던 것도 취소되었습니다. 그 이유는 분명하지 않지만 아마도 1960년대 초의 상황 변화와 관련이 있을 것으로 추정됩니다. '개론概說'은 당시 제창되었던 '이론대사以論帶史' 기법을 활용하여 편집되었습니다. 우리는 중요한 시인과 시가 현상을 진보, 혁명과 반동, 퇴폐라는 두 가지 '시풍'으로 분류하였습니다. 1980년대 류덩한과 저는 이 경험을 회상할 때, 매우 부끄러웠고, '이 글들을 다시 읽으면서 당시의 용기에 놀라고, 그 유치함 때문에 체면을 구기는 것 외에 이 책은 전혀 가치가 없다'(『중국 당대 신시사中國當代新詩史』 후기)고 말한 적이 있습니다. 지금 생각해 보면 죄책감도 덜하고, 오히려 재미있기도 하며 길고 지루한 삶에서도 여전히 기억에 남고 재미있는 일들이 많이 있습니다. 1958년 마오쩌둥毛澤東은 역사를 쓰려면 재능과 학식, 지식이 필요하다는 당나라 리우즈지劉知幾의 말을 인용한 적이 있습니다. 그는 '식識'은 지식이 아니라 풍향을 잘 인식하고 어떤 바람이 부는지를 보는 것을 의미하며, '동풍이 서풍을 압도하지 않으면 서풍이 동풍을 압도한다'고 분석하였습니다. 우리는 신시新詩의 과정을 '동풍'과 '서풍' 사이의 투쟁의 역사로 묘사하였습니다. 1980년대 이후, 신시사新詩史는 또 다른 모습을 드러냈는데, '역사'는 뒤바뀌어 '서풍'이 '동풍'을 압도하게 되었습니다. 물론 이 상반된 그림은 1958년처럼 경직되고 극단적이지는 않습니다. 사실 '두 갈래 길'의 접근 방식은 생명력을 잃지 않았고, '풍향'에 대한 민감성은 어느 시대에나 필요한 것이며, 학술 연구도 마찬가지입니다. 1990년대 말 시가의 논쟁에서 '두 갈래 길'의 구분이 재연되지 않았습니까? 이번에는 '프롤레타리아', '혁명', '부르주아', '반동' 등과 같은 개념 대신 '지식인'과 '민간'을 앞세운 것일 뿐입니다.

당대 문학사를 선택하는 데 있어 '선택'이라는 단어는 많은 주도권을 의미한지만 실제 상황은 그렇지 않습니다. 혹은 저의 '선택'이 제가 아무것도 할 수 없다는 것을 끊임없이 깨달은 결과이기도 합니다. 대학 시절 많은 사람들은 작가를 꿈꾸었습니다. 당시 친자오양秦兆陽과 첸구롱錢谷融의 이론적인 글은 큰 반향을 일으켰지만 왕멍王蒙과 종푸宗璞의 소설이 우리의 마음을 일깨운 것만큼 흥미진진하지는 못했습니다. 그러나 학과장인 양후이楊晦 교수는 중문학과가 작가를 양성하지 않는다는 점을 거듭 상기시켜 주었습니다. 이와 관련하여 저도 이 방면의 조건을 갖추지 못한 것이 사실로 입증되었습니다. 일부 시와 몇 편의 단편을 써서 당시 베이징대학교北京大學의 학생들이 운영했던 출판물 중 하나인 《홍루紅樓》에 투고했는데, 모두 되돌아 왔습니다. 이것은 저에게 큰 충격이었습니다. 저는 관찰력과 상상력에 심각한 결함이 있음을 어렴풋이 깨닫고, 곧 글쓰기를 단념하였습니다. 이런 경험 때문에 지금까지 비평과 문학사 연구에 종사하는 대부분의 사람들이 시와 소설을 잘 쓰지 못해 어쩔 수 없이 이렇게 된 것 같다는 생각이 항상 들곤 합니다(물론 꼭 그렇지는 않습니다). 저는 1961년에 대학을 졸업하고 학교에 남아 작문 수업을 가르쳤습니다. '문화 대혁명' 이후 베이징대학교의 작문 수업이 폐지되어 교수들의 전공을 재정비해야 했습니다. 대학 시절과 졸업 후 몇 년 동안 저는 특정 '전공'에 대한 지식을 쌓지 않았지만, 현당대 문학에 더 큰 관심을 갖게 되었습니다. 인생의 출로를 고민하고 있을 때, 하늘이 무너져도 솟아날 구멍은 있었습니다. 원래 문예 이론에 속해 있던 장중張鐘과 시에멘謝冕 교수가 당대 문학 연구실을 계획하였습니다. 그들이 저를 찾아왔고, 저는 그 때 갈 곳이 생겨 매우 기뻤습니다. 물론 전적으로 수동적인 것도 아니었습니다. 당시 문학계의 떠들썩한 광경, 문학의 두드러진 위치, '역사적 헌신'으로 표현된 당대 문학의 장엄한 자태는 모든 사람들을 동경하게 만들었습니다. 사람들의 주된 관심은 '신시기新時期'의 문학 현황에 있었으며 문학 비평은 많은 재능 있는 사람들을 매료시켰습니다. 저도 나름대로 열심히 해 보고 싶어서 몽롱 시朦朧詩와 상흔 문학傷痕文學을 비평하는 글을 썼습니다. 일부는 출판되었지만 새롭지는 않았고, 일부는 낙담하여 내팽개쳤습니다. 1980년 봄에는 난닝南寧에서 열린 '전국 시가 토론회'에도 참석하였습니다. 그 당시 광시廣西에는 항상 비가 내렸고, 이강수灕江水의 혼탁한 인상은 그 해부터 여전히 뇌리 속에 남아 있습니다. 이 자리에서 시인과 시의 평론가들은 모두 몽롱 시에 열광했지만 제가 제출한 논문은 '역사에서 이미 사라진' 분야였습니다. 회의가 끝난 후 출간된 『신시의 현황과 그 전망新詩的現狀及其展望』이라는 책 속에 신시의 현황과 전망을 열렬히 토론하는 많은 글들 중에서 제가 쓴 「전간 시가의 예술적 특징田間詩歌的藝術特徵」은 꽤 우스꽝스럽게 보였습니다. 당시만 해도 저는 이를 '몽롱 시'의 한 편이라 여겼지만 시에멘謝冕과 쑨샤오전孫紹振 같은 '굴기崛起'라는 거시적 논단은 고사하고, 더 이상 그럴듯한 추리도 할 수 없었습니다. 문학사 의식과 예술적 감수성, 넓은 시야로 뒷받침되는 '문학 비평'은 제 힘이 미치지 못한다는 것을 뼈저리 깨달았습니다. 게다가 그 때만 해도 일부 작가들의 작품에 대한 저의 인상은 보편적인 관점과 대부분 일치되지 않았고, 제 자신의 판단에도 의문을 갖게 되었습니다. 또한, 교육 업무에서 '17년'의 자료에 주의를 기울여야 했기 때문에 저는 당대 문학사를 '선택'하였습니다. 일부 학자들이 말했듯이 1980년대 '당대'에는 '역사'가 없었습니다. 사람들은 '당대'의 처음 30년을 버리고 무조건 부정하려 했습니다. '20세기 중국 문학'의 역사적 설계에서 이 30년, 특히 '문화 대혁명'은 일종의 '이단'으로 정상적인 신체의 군더더기로 삭제되었습니다(다이진화戴錦華 교수는 이 1980년대의 상황에 대해 매우 잘 요약하였는데, "여러 가지 단절설에 의해 잘려 나간 처음 30년은 특정한 금지 구역과 버려진 아이棄兒가 되어 다양한 '은유'와 '수사修辭' 사이에서 확장되고, 또 각양각색의 '공식 성명'과 침묵 사이에서 사라졌습니다. 그 결과 당대사는 끊임없는 빙자와 회피, 뭇소리 속에서 극도로 침묵하는 시대가 되었습니다."). 따라서 '17년'과 '문화 대혁명' 시대의 신문과 작품집을 뒤적거리다 보면 '시간을 헛되이 보내는 것이 아닌가'하는 막연한 생각이 들곤 합니다. 그나마 위안이 되는 것은 이에 대해 관심 있는 사람이 상대적으로 적고, 딱히 이슈도 아니어서 논란거리도 많지 않을 뿐만 아니라 이 분야가 일시적으로 잠잠하다 보니 제가 그나마 적응할 수 있는 환경이 되었습니다.

1980년대만 해도 문학 비평과 문학사 연구의 경계가 그리 뚜렷하지 않았습니다. 많은 훌륭한 비평가들은 문학사가文學史家이기도 하며 반대로도 마찬가지입니다. 이는 그들이 비평문과 문학사 논저를 모두 썼을 뿐만 아니라 더 중요한 것은 '비평'과 '문학사'의 품격이 그들에게 서로 배어 있기 때문입니다. 이것은 1980년대에 출판된 '신 인문론' 총서(저장문예출판사浙江文藝出版社)와 '문학 탐구서계文學探索書系'(상하이문예출판사上海文藝出版社)를 돌아보면 이해할 수 있을 것입니다. 문학 비평과 현당대 문학사의 경계는 1990년대 이후 명확하게 규정되었습니다. 1990년대 문학 비평의 '위축'과 '학술적' 지위의 부상에는 여러 가지 이유가 있다고 생각합니다. 문학 비평과 연구는 더 이상 1980년대와 같은 무게를 지니지 않습니다. 1980년대에 국가는 새로운 이데올로기를 구축하고, 정권의 합법성을 유지하며 사회 '궤도의 전환'을 이루기 위해 문학적 지식인(작가와 문학 비평가)의 '결탁'이 필요하였습니다. 이 시나리오는 더 이상 집중되지 않을 것이며 문학은 이미 상당 부분 외면당했습니다. 1980년대 문학적 글쓰기와 비판적 열정의 주된 원천이었던 '계몽 정신'의 기운도 쇠퇴하였습니다. 대중의 소비 문화에 대한 주도적인 지위의 확립은 '엘리트 문학'과 그 해석(문학 비평)의 영역을 심각할 정도로 밀어내고 있습니다. 대학이 기반이 된 교육, 연구 기관과 학술제도, 규범의 '보완'을 통해 '학술'적 수준이 높아졌습니다. 문학적 지위의 소외와 '비평'의 쇠퇴, '학술'이 부상하는 현상을 쇠퇴로 이해한다면(사실 부정적인 의미만 있는 것은 아니지만) 이를 막을 길이 없습니다. 1980년대 말 영국의 비평가 페리 앤더슨Perry Anderson이 쓴 『서구 마르크스주의 탐구西方馬克思主義探討』를 읽은 적이 있습니다. 이 책은 1977년에 쓰여졌고, 중국어 번역본은 1981년에 출판되었습니다. 그 때만 해도 사람들은 현대파와 실존주의에 대해 고민하였고, 이 책은 큰 호응을 얻지 못한 것 같습니다. 이 책에서 그는 '전통적 마르크스주의'와 '서구의 마르크스주의' 사이에서 발생한 변천에 대해 이야기하였습니다. 그들의 활동 영역은 소련과 동유럽에서 유럽의 서부로 옮겨졌고, 이론과 정치적 실천이 밀접하게 결합하여 혁명적 실천에서 벗어나 학계로 진입했으며 이론의 중심은 정치학과 경제학에서 철학과 연구로 옮겨졌고, 그 '주제'는 '상부 구조'에 할애되어 '경제적 기반'과 가장 거리가 먼 문화와 예술에 집중되었습니다. 그의 묘사에서 저는 저항하기 어려운 '후퇴'를 보았고, 약간의 '비극적' 뉘앙스를 맛보았습니다. 물론 이런 염세주의가 이 책의 원본에는 없는 것 같지만 제가 읽으면서 포함시킨 것 같습니다. 어쩌면 우리도 현재 비슷한 성격의 '미끄러짐'을 겪고 있는 것은 아닐까요?

> 둘째, '당대 문학'의 발전은 시대적 측면에서 홍 교수님의 삶에서 성장, 특히 1950년대부터 1970년대까지의 문학사와 대략 겹쳤는데, 이 시기는 홍 교수님이 청년에서 중년으로 접어든 단계라 할 수 있습니다. 이 기간 동안 삶의 경험이 연구 동기, 문제의식, 연구 방법 등 홍 교수님의 학문적 연구에 어떤 영향을 미쳤으며, 이러한 영향에 대해 어떻게 생각하고 대처하였습니까?

그 '영향력'은 분명히 존재합니다. 우리의 사상, 감정, 언어, 생활 방식과 상상력은 모두 특정한 '맥락'에 의해 '주어진' 것입니다. 그러나 삶의 경험과 시간(심지어 사건)으로 다루어지는 대상이 '겹치는 것'은 연구의 자산인 것인지 아니면 걸림돌인 것인지 이에 대해 왕광밍王光明 교수는 제가 쓴 문학사를 언급하며 '주관적 시야의 은폐성을 극복하려는 노력'이 장점이라고 하였습니다. 그러나 자오위엔趙園 교수의 견해는 다소 다른데, 그녀는 '개인의 현대적 경험이 당대사 연구에 주는 긍정적인 의미'라고 설명하였습니다. 그녀는 '기억의 불확실성, 개인적 경험의 한계성과 상대성에 대해서는 이미 너무 많이 알고 있지만 개인적인 경험이 가져다주는 긍정적인 의미는 아직 검증과 발굴이 더 필요하다'고 하였습니다. 문학사 연구에서 개인의 경험에 대한 강조와 억압은 모두 존재하며 종종 충돌하기도 합니다. 주관적 의도로 볼 때 저는 '나르시시즘적' 태도, 개인적 경험에 대한 무반성과 남용, 개인적 경험과 기억을 단순히 도덕적 판단으로 바꾸려는 경향을 더 경계합니다. 물론 '개인적인 경험'은 부정적인 의미만 있는 것은 아닙니다. 그러나 그것의 '가치'는 그 자체로 존재하는 것이 아니라 별도의 경험이나 서술과의 비교와 충돌 속에서 나타납니다. 당대사 연구에서 그 중요성은 역사적 관찰과 서술에 필요한 '긴장감'을 확립하는 데 도움이 된다고 할 수 있습니다. 말하자면, '긍정적 의미'를 지닌 개인적인 경험은 반드시 주류의 역사적 구성과 공동의 역사적 서술에 통합된 것이 아니라 '합법성'이 부여되지 않고 간과되고 가려진 '이질적'인 부분, 즉 '합법적' 표현(다이진화戴錦華 교수가 말한 '단일적 패권/공감된 표현' 또는 '본질적이고 무분별한 대역사'로 쓰여진 것)을 얼마나 벗어나느냐는 것입니다. 이러한 '탈출'과 간과된 부분의 발굴은 반드시 상반되고 대립적인 역사를 구축하기 위한 것이 아니라 단지 차이점과 복잡성을 제시함으로써 주류 서술의 구조적 방향에 의문을 제기하기 위한 경우가 많습니다.

저는 남쪽의 현(광둥성 지에양廣東省揭陽)에서 초등학교와 중학교를 다녔고, 1950년에 중학교에 입학하였습니다. 우리는 1940년대 후반 사회질서의 혼돈, 화폐 평가절하, 국민당 군대의 철수를 목격했으며 남쪽으로 내려오는 '사야四野' 대군과 말, 군수품이 현 정부 소재지 옆의 도로를 지나가는 것을 보았습니다. 교회에서는 어린이 성가 대원이었고, 몇 년 뒤 중국 공산주의 청년단에 가입하기 위해 반성문을 쓰고 무신론을 선언하였습니다. 앙가秧歌(중국 북방의 농촌 지역에서 널리 유행하는 민간 가무의 일종)를 틀며 공화국의 건립과 광저우廣州 해방을 위한 경축 행사에 참가하였고, 「해방구의 하늘은 밝은 하늘解放區的天是明朗的天」을 정성껏 노래했습니다. 저는 게릴라와 싸운 일가친척들이 현 정부의 요직을 영예롭게 차지하는 것을 보았고, 또 다른 친척들은 집안이 파탄나기 시작하여 말년의 처량한 삶도 보았으며 문학의 '백화百花' 시대에 열광했고, 베이징대학교의 '명방鳴放'과 반우파 운동의 스릴 넘치는 사건도 경험하였습니다. 운동장의 작은 용광로에서 '강철'을 제련하고, 2미터 깊이의 땅을 넘나들며 '밥값을 내지 않아도 되는' 삶을 살았고, 시골에서는 추위와 배고픔이 뒤따르는 것도 보았습니다. 많은 사람들(제 자신도 포함하여)이 '새로운 세상'에 뛰어들기 위해 '당에 충성'하려 열망하는 것을 보았고, '사생활'을 포함하여 그 체제가 얼마나 효과적이고 빈틈없이 인간의 모든 것을 침범하고 통제하는지도 보았습니다. 한 교수와 협력하여 「조춘이월早春二月」을 비판하는 글을 썼지만 이 영화의 분위기를 남몰래 좋아하기도 했습니다. '문화대혁명' 기간 동안 저는 수많은 대자보를 썼고, '주자파', '반혁명', '반동 소그룹'을 비판했으며 '전투대戰鬥隊'에 참가하였고, 동료들이 갑자기 끌려 나와 쓰레기통에 버려지고 얼굴에 먹물이 묻은 채 거리를 행진하는 모습을 보고 경악을 금치 못했습니다. 그리고 절망에 빠진 학과의 지도자와 학생들이 어떻게 자살이라는 '돌아올 수 없는 강'을 건

너게 되었는지… 이렇게 저는 '청년에서 중년'으로 접어들었고, '1950년대에서 1970년대'인 이 시대는 다양한 역사적 표현에서 여전히 모호한 편입니다.

요즘 저에게 남겨진 기억은 역시나 복잡하고 모호한 것 같습니다. 그러나 한 가지 분명한 것은 훗날 더 많은 이론에 의존하지 않고도 '역사'와 '서사'의 관계를 이해할 수 있고, 많은 노력을 기울이지 않고도 '모든 역사는 당대사'라는 것을 이해할 수 있다는 것입니다. 많은 것에 대해 아직도 어리둥절하지만 수십 년 동안 '역사'는 끊임없이 다시 쓰여졌고, '뒤바뀌었으며', '어지러운 세상을 바로잡아 정상적으로 회복하고', 또 다시 뒤바뀌는 이 반전의 드라마는 잊으려 해도 잊을 수 없습니다. 이러한 견문과 경험은 저에게 있어서 '장점'이면서 동시에 '단점'이기도 합니다. 원래의 서술에서 숨겨진 틈새를 발견하는 데 도움이 되었을 뿐만 아니라 사고의 출발점으로서 일종의 '허무'하고 냉담한 경향도 생겼습니다. 물론 '허무하다'는 것도 진심은 아닙니다. 그래서 책도 쓰고 글도 썼습니다. 때로는 역사와 현실을 바라보는 '연관성'을 '재구축'하고, 사상과 감정의 파편을 이어 붙이기 위해 안절부절하며 지칠 때도 있습니다. 비록 이런 노력들이 항상 이루어지지는 않았지만 말입니다.

> 셋째, 홍 교수님의 논저에서 가끔 이질적인 면모가 느껴지기도 하지만 오히려 그 부분을 부드럽게 풀어가며 지속적인 긴장감을 주는 것 같습니다. 자신은 종종 주저한다고 생각하지만 이런 방식은 문학과 역사의 복잡한 관계를 객관적으로 유지할 수 있습니다. 예를 들어, 현재 홍 교수님의 연구 방향은 중국 문학의 현대적인 특수한 경험에 초점을 맞춘 1990년대 이후 중국 현당대 문학 분야의 사고 경향을 반영하는 것 같지만 문학에 대한

깊은 이해의 관점에서 보면 문학의 자유주의적 시각도, 문학의 다양성에도 기대를 가지고 있으며 문학적 취향에 있어서도 엘리트적 성향이 강한 편입니다. 또 다른 예로, 연구 방법에 있어서 홍 교수님은 지난 10년 동안 많은 새로운 이론과 방법을 수용하고, 문학사 연구의 사고와 실천을 도입하여 당대 문학사의 집필이 기존의 국면을 돌파할 수 있게 하였으며 본인의 문학적 가치에 대한 믿음을 저버리지 않고, 여전히 문학의 특수한 현상에 각별한 감정을 가지고 있다고 생각합니다. 이런 방면에 대한 서술을 연구하고 구성할 때, 홍 교수님에게 어떤 어려움을 주었습니까? 오늘날 홍 교수님은 이런 점들에 대해 어떤 생각을 갖고 있습니까?

1980년대부터 1990년대까지 저의 문학사 연구도 약간의 미묘한 변화를 겪었습니다. 일반적으로 1980년대의 사상적 지향은 '계몽주의'적 입장이었고, 이는 당시 대부분의 지식인들의 사상적 지향이기도 하였습니다. 20세기 중국 문학에 대한 견해에 대해서도 황즈핑黃子平 등 세 사람이 구축한 '20세기 중국 문학'의 양식에 전적으로 공감합니다. 그러나 조금 의문스러운 것은 그들이 외면해서는 안 될 문학적 현상(해방구解放區 문학, '17년' 문학 등)을 회피하고 삭제할 것이 아니라 스스로 해석해야 한다는 생각이 들었고, 저는 그 '삭제'를 의식하지 못한 채 이 서술적 틀에 내재된 모순을 드러냈습니다. 저의 첫 번째 책인 『당대 중국 문학의 예술 문제當代中國文學的藝術問題』(1986)는 당대의 처음 30년을 하강과 쇠퇴를 거듭하는 문학 시기로 다루었고, 이런 쇠락의 정세와 원인을 집중적으로 다룬 책을 쓰려고도 구상하였습니다. 훗날 저는 이에 관한 글을 쓰지 않았지만 『문학의 빈곤文學的貧困』이라는 우스꽝스러운 책 제목을 작성하기도 했습니다. 한동안 저는 당대 문학의 생산적 제도에 관한 문제에 주목하였고, 문학의 이러한 하락세를 작가의 정신적 차원에서만 온전히 설명할 수 없다는 것도 깨닫게 되었습니다. 1990년대, 특히 중반 이후에 제 생각이 바뀐 것은 중국 문학의 현대적이고 특수한 경험에 주목하는 사조와 맞물려 있는 것처럼 보입니다. 예컨대, 중국의 '좌익 문학'(사상적, 예술적 특징을 지닌 글쓰기 경향)이 처음부터 잘못된 출발점에 서 있는 것이 아니라 그 발생의 합리성을 재인식하고, '현대 문학'에서 '당대 문학'으로의 전환이 전적으로 '외부 세력'에 의해 강요된 왜곡으로 간주된다는 점입니다. '신시기'에는 '당대 문학'의 쇠락에 대한 반성에서 '현대 문학'은 현저히 이상화 되었습니다. '현대 문학' 자체의 문제(혹은 '내적 딜레마')를 해결하는 것도 1940년대와 1950년대로 접어드는 문학의 '전환점'에 대한 내적 근거라고 할 수 있습니다.

그러나 이러한 변화(또는 '전환')은 저에게 있어 기존의 '입장'이 절대적으로 바뀐 것을 의미하는 것은 아닙니다. 그래서 저는 '1980년대를 벗어날 수 있었지만' '1980년대의 잔재'가 여전히 남아 있다는 아쉬움이 있습니다. 제 생각에는 1980년대의 '순수 문학'과 '문학사 다시 쓰기'의 근거를 반성하고 그 사상적 의미를 지적하는 것은 역사적 성과를 부정하는 것이 아니며 오늘날 그것이 완전히 효력을 상실하는 것도 아닙니다. 중국 현대 문학이 나라와 백성을 걱정하고, '현실적 대응'에 적극적인 '특수한 경험'을 '순수 문학'의 상상 속에서 부정하는 경우가 많다는 비판은 문학이 반드시 '도구론적' 입장으로 돌아가야 한다고 보기는 어려울 것 같습니다. '정치가 처음부터 문학에 내포되어 있었다'고 지적하는 것은 정치(계급, 민족, 국가, 성별)가 문학을 고갈시키고 대체할 수 있다는 것을 의미하지 않으며 '세계(서양) 문학'의 맥락에서 중국(및 '제3세계') 문학을 '이질적인 목소리'로 간주하고, '소문학小文學'의 전통적 의미로서 '17년'과 '문화 대혁명'의 문학적 서술을 완전히 바꾸자는 것도 아닙니다. 중국에서 '좌익'과 '혁명' 문학의 출현은 나름대로 합리적이었고, 활발한 혁신적 역량도 갖고 있다고 해야 할 것입니다. 그러나 저는 여전히 그것이 당대의 '정전화正典化'와 '제도화' 과정에서 '자기 손해'를 보았다고 생각합니다. 1990년대 '좌익 문학'의 경험을 재확인한 역사적 의미는 충분히 이해하지만 1950년대와 1960년대처럼 '좌익左翼 문학'을 다시 이상화할 생각은 없습니다. 『문제와 방법問題與方法』(2002)이라는 저서에서도 혁명 문학, 좌익 문학, 옌안延安 문학, 사회주의 문학 등의 용어를 사용하긴 했지만 저는 주로 이들의 '동질성'과 '일체성'을 구축하기 위한 것이 아니라 이를 바탕으로 전반적인 가치를 강조하였습니다. 저의 초점은 '좌익'(혁명) 문학과 작가의 내재적 모순, 그들 자신의 역설적 요소를 논하는 데 있습니다. 이상화된 '완전한 체계'를 추구하기 위해 '순수성'과 '절대성'에 대해 끊임없이 강조하며 '불순한' 요소를 지속적으로 벗어 던지기를 요구하는 것은 결국 '혁명 문학'이 피와 살을 잃고, 빈 껍데기가 되는 결과를 초래하였습니다('그러나 그것이 이러한 저항과 이탈을 멈추면 사실상 강력한 전통적 힘에 의해 침식되고 혼합되어 삼켜지고, 결국 본질적인 규정을 잃게 될 수도 있다'고 지적하였습니다).

이것들은 저의 논저에서 '다른' 요소를 구성하고 있습니다. 이러한 상황의 원인은 한편으로는 저의 경험과 관련이 있고, 다른 한편으로는 연구 방법론적 문제이기도 합니다. 당대 사회정치와 당대 문학에 관해서 나름의 견해가 있지만 어떤 새로운 입장이 형성되는 경우도 많이 있습니다. 그러나 저는 연구를 도덕화, '입장화'하는 것을 항상 경계합니다. 우리는 많은 일에 '중립적', '방관적' 태도로 임하기는 어렵지만 격렬한 '도덕적 의분'은 피하고 자제해야 합니다. 우리의 개인적인 경험, 정서적 기억과 밀접하게 연결된 것들을 어떻게 '지식' 이라는 차원에서 탐구하는 '타자'로 변환할 수 있을까요? 쉽지는 않겠지만 연구 대상으로 들어가 '내적 논리'를 정리하는 것이 필요합니다. 이러한 '방법'의 확립은 부분적으로 삶의 경험에 대한 성찰에서 비롯된다고 할 수 있습니다. '17년'과 '문화 대혁명' 기간 동안 제 인생은 큰 좌절을 겪지 않았지만 제가 경험한 것은 대다수의 지식인이 겪었을 것입니다. 그러나 '삶'은 여전히 저에게 매우 버겁고 고통스러운 면이 있었는데, 이것은 '입장'에 대한 표명, '노선'의 옳고 그름에 대한 분별, 적시에 자신의 위치를 결정해야 하는, 항상 소망을 거스르고 행하는 신앙에 대한 '공연'처럼 끊임없이 요구되었습니다. 그 당시 우리가 가장 많이 받은 교육은 아마도 당대의 '줄서기'라는 학문으로 그것은 민감한 후각과 효과적인 대처 방안을 세우는 것을 목표로 하였습니다. 1965년 말부터 사극 「해서파관海瑞罷官」을 비판했던 기억이 납니다. 당시 저와 학생들은 베이징 외곽에서 사회주의 교육 운동四清을 했습니다. 한 동료가 사적으로 그의 입장을 밝혔는데, 그는 다른 신문(《인민일보人民日報》, 《광명일보光明日報》, 《해방군보解放軍報》, 《북경일보北京日報》)에서 《문회보文匯報》의 야오원위엔姚文元이 쓴 기사를 시간 순, 지면 순으로 옮겨 실었고, 입장이 추가된 해설과 달리 정치적 풍운과 진영 분단의 조짐을 그리며 향후 대응 방안을 고민하였습니다. 훗날의 사태는 이와 관련된 그의 지혜를 대략적으로 입증했습니다. 이후 '문화 대혁명'의 전 과정에서 줄서기, 입장 표명은 정신적 생활의 가장 중요한 내용이 되었고, 우리의 불안정한 정신적 근원이 되었습니다. 그래서 '문화 대혁명'을 겪은 후 저는 '줄서기'와 '입장 표명'에 대한 본능적인 저항심이 생겼습니다. 저는 '입장'을 표명해야 하는 자리를 되도록 피하려 노력하였고, 명확한 도덕적 입장을 표현하기 위해 문학사 연구를 그 매개체로 삼지도 않았습니다. 물론 다른 각도에서 보면 주눅이 들어서 그런 것 같습니다. 즉, 이러한 '방법'과 연구 취향, 이러한 '정규'

학문으로 진입하려는 시도는 결과적으로 어떤 교수가 지적한 바와 같이 현실을 직시하는 '헌신'이라는 문학의 정신을 질식 시킬 위험을 초래하고, 생명이 없는 '학문'으로 전락할 수도 있습니다.

> 넷째, 제 인상 속에 홍 교수님의 문학사 연구는 문제를 처리하고 서술할 때, 가능한 객관적이고 절제된 방식을 취하는 것 같습니다. 홍 교수님은 이러한 방식을 채택한 것이 '자신감'이 없기 때문이라고 여러 번 언급하였습니다. 그러나 개인적 성향과 관련된 요인 외에 더 깊은 고려가 있는 것이 아닐까요? 신 역사주의의 반성적 관념이 등장한 이후 역사 연구의 서술적 특징이 드러났는데, 당대 문학의 연구 분야에서 '역사 자체에 근접한' 글쓰기 방식을 고수하는 것은 어떤 의미와 필요성이 있습니까?

저는 내성적인 사람입니다. 제가 관찰한 바에 의하면 이런 성격의 사람은 항상 예민하고 자존감과 열등감이 뒤엉키곤 합니다. 그러나 저의 부족한 자신감은 때론 중요하고 진실된 것이라고 할 수 있습니다. 강의뿐만 아니라 제 글과 저서도 종종 그 수준과 가능한 응답에 대한 확신이 없습니다. 졸업 후 처음 강단에 오른 건 말할 것도 없고, 당시 22살이었던 저는 기숙사에서 강의실까지 긴장한 나머지 떨림을 주체할 수 없었습니다. 은퇴를 앞둔 시점에도, 수업에 갈 때마다 여전히 불안했고, 제 강의 원고는 모든 단어와 문장을 써야 했으며 그렇지 않으면 엉망이 될 뻔했습니다. 『중국 당대 문학사中國當代文學史』(1999)가 완성되어 출판사에 전달되기 전 편집을 도와준 당시 학생이었던 허꾸이메이賀桂梅에게 '그럭저럭 괜찮지 않느냐'고 진지하게 물었고, '괜찮아요'라는 학생의 대답은 저를 그나마 안심시켰습니다. 이 문학사는 『중국 당대 문학 개론中國當代文學概說』(홍콩 청문서옥香港青文書屋, 1997)과 마찬가지로 출판된 후 많은 호평을 받았는데, 이것은 정말 제 예상 밖이었습니다. 이런 부족한 자신감은 필연적으로 연구에 반영되었다고 할 수 있습니다.

『1956 : 백화시대1956 : 百花時代』(1998)라는 책의 서문에서 저는 이런 부족한 자신감으로 인한 망설임과 의혹에 대해 이야기하였습니다. 우선 '역사'를 자세히 분석하여 일목요연하게 '원인과 결과'로 처리할 수 있는가? 둘째, '내가 정말 능력이 있고' '나의 동시대인과 앞 사람을 판단할 자격이 있는가?' 역사 평론가와 그의 평론 대상 사이(마찬가지로 문학 비평과 그것이 비판하는 텍스트와 작가 사이)에는 학식, 수양, 재능 등의 수준에 있어서 너무 가혹하거나 동등하게, 또는 비슷하게 요구해서는 안 되지만 적어도 너무 멀리 떨어져 있어도 안 된다는 생각을 자주 하곤 합니다. 그리고 저는 제 자신과 대상 사이의 큰 간극을 매우 분명하게 보았습니다. 저도 '시간적 신화'를 믿지 않으며 '후발주자'에게 시간적 우월성을 부여할 엄두를 내지 못했습니다. 우리가 오늘날까지 살면서, 앞 사람을 논할 기회와 권력을 가졌다고 해서 정신과 학식, 성품이 더 고귀하고 지혜로운 것은 아닙니다. 여기에는 역사(문학사) 연구자 자신의 위치, '역사'를 바라보는 태도와 방법이 포함되어 있습니다.

문학사 평론의 '문체'적 특성을 제한하는 또 다른 요인은 주로 개인의 취향과 관련이 있습니다. 저는 '감상적인' 시, 소설, 산문을 별로 좋아하지 않습니다. 절제되고 소박하며 깔끔하면서도 '깊이'가 있는 것이 제가 좋아하는 스타일입니다. 1920년대와 1930년대에 량스치우梁實秋, 리젠우李健吾, 주광첸朱光潛 등은 모두 중국 문학의 '감상적' 경향을 비판하였습니다. 저는 『작가의 자세와 자아 의식作家姿態與自我意識』(1991)의 1장에서 '신시기 문학新時期文學'의 '감상'적 정서를 분석했습니다. 이러한 취향을 바탕으로 저도 의식적으로 연구 논문의 텍스트에서 '감상'의 늪에 빠지지 않도록 노력하였습니다. 『당대 문학 개론當代文學槪說』(2000)의 「서문序言」에서 저는 14만 자도 안 되는 『개론槪說』과 40만 자에 가까운 『중국 당대 문학사中國當代文學史』를 비교하였습니다. '14만 자도 안 되는 이 작은 책은 여전히 약간의 장점을 갖고 있습니다. 이는 수 년 간의 경험으로 많은 이야기를 할 필요가 없었고, 말을 많이 할수록 그 '의미'가 희석되고 사라진다'는 것을 깨닫게 되었습니다. 그러나 수양과 학식이 부족하기 때문에 소박하고 깔끔한 스타일은 저에게 여전히 어려운 영역이었습니다. 저의 책과 글은 여전히 이전과 같이 긴 데, 이는 주로 '학술적 분량'을 나타내고 후한 원고료를 받는 것을 고려한 것이기도 합니다.

1990년 이래 '역사'에 대한 도덕적 문제를 덜 '도덕적'인 '학문적' 문제로 바꾼 것은 저만의 자각적 선택이었습니다. 수년에 걸쳐 저는 '역사를 구성하는 복잡한 요소들'을 중시하고, '이분법'이라는 간단한 방식을 사용하지 않으려고 노력했으며 정치와 문학, 정통과 이단, 억압과 순종, 독립과 의존 등의 역사적 서술 구조를 피하기 위해 노력하였습니다. 위에서 언급한 이런 상황이 존재하지 않는다는 것은 아니지만 '이원적 대립'의 구조가 문학의 기본 패턴, 추진력, 진화 과정에 대한 서술 도구로 사용된다면 역사의 진실이 심각하게 은폐될 수 있습니다.

문학사의 연구 과정에서 제가 다룬 것은 사실 '객관적인 역사'가 아니라 역사에 관한 서술이며 즉 '텍스트의 역사'라는 사실도 점차 깨닫게 되었습니다. 대체로 '현장으로의 복귀', '역사 자체에 근접', 루이 알튀세르Louis Pierre Althusser의 '이데올로기에서 실제 상황으로의 복귀'(『마르크스를 위하여保衛馬克思』)라는 용어는 관련된 '텍스트'로의 '복귀'로만 이해될 수 있습니다. '텍스트'를 넘어선 '객관적인 역사'는 어떻게 '접근'하고 '복귀'될 수 있을까요? 시인 무단穆旦이 1942년 윈난

雲南과 미얀마의 국경 전쟁에 대해 쓴 시 「삼림지매森林之魅」에는 다음과 같은 구절이 있습니다.

> 고요히 잊혀진 산비탈에는
> 여전히 가랑비가 내리고 가벼운 바람이 분다
> 이곳에 역사가 지나간 것을 아는 이는 없고
> 나무줄기에 스며들어 자란 영혼만이 남겨졌다

이야기도, 기록도, '증인'도 없이 일어난 모든 일들은 매장되고 잊혀질 것입니다. 가랑비가 내리고 바람이 부는 산비탈, 그 언덕 위의 나무도 인간의 활동과 연결된다는 무단穆旦의 설명을 빌리지 않으면 '역사가 이곳을 지나갔는지 아무도 모를 것입니다'. '역사의 현장'이란 사물에 대한 다양한 이야기, 기록, 회상, 편찬이 짜여진 상황을 가리킵니다. 이러한 이해를 바탕으로 '역사 그 자체에 근접한다'는 것은 사실상 역사에 대한 '담론적 활동'에 가깝다는 것을 의미합니다. 다양한 '텍스트'에 대한 섬세한 발굴, 발견, 재해석, 재구성을 통해 '역사'가 어떻게 구축되고 그 과정에서 어떤 요소와 설명이 부각되는지, 그리고 이들이 어떻게 엮이고 또 무엇을 은폐하려는 지를 관찰해야 합니다. 따라서 역사적 인과 관계를 확립하고, 그 '통합성'을 구축하는 데 사용되는 논리적 기반과 도구를 '발굴'해야 합니다. 1990년대 이래 '당대 문학'의 개념에 대한 저의 분석과 '당대 문학'의 발상에 대한 논의는 이러한 생각에 의해 이루어졌다고 해야 할 것입니다.

저는 문학사 연구는 복잡한 모순으로 가득 차 있고, 문학사의 집필에도 자연히 여러 가지 방식이 있다고 생각합니다. 역사의 구축 과정을 보여주는 '역사 비판'의 방식은 그 중 하나일 뿐이며 사상과 미학에 대한 명확한 판단과 기대에 미치지 못할 수도 있고, 문학의 발전 과정과 질서에 대한 명확한 그림을 제시하기 어려우며 구조적으로 이론의 완전성이 결여되어 있습니다. 그러나 기존의 역사적 서술의 틀을 탈피하고 해체하며 우연적이고 이질적인 요소를 강조하고 도입함으로써 '역사'의 다면적이고 복잡하며 유동적인 상태를 보여주기도 합니다. 그런 점에서 그만한 가치가 있다고 해야 할 것입니다. 오늘날 '본질주의'적 상상력에 기초한 결정적인 판단보다는 특정한 현상과 다양한 역사적 맥락에서의 위치를 제시하며 모순체를 구성하는 각종 요소의 충돌, 얽힘, 화해, 일탈 역시 문제의 '역사적 긴장감'을 드러내므로 더 의미가 있을 수도 있습니다.

저는 1980년대 초에 누군가 베이다오北島를 방문해 그의 시에서 드러나는 염세주의에 대해 어떻게 생각하는지 물었던 기억이 납니다. 베이다오의 대답은 아마도 비관주의가 좋지 않을 수도 있지만 당대의 중국에서 낙관주의가 어떻게 더 나을 수 있느냐고 반문하였습니다. 그의 표현대로라면, 저는 우리의 입장과 판단, 이에 대한 표현이 부족하지 않다고도 말할 수 있는 데, 비록 '우물쭈물하는' 것이 그리 좋지는 않지만 그렇다고 너무 많은 칼과 총알이 꿰뚫을 수 없을 만큼 단단한 결론과 선포도 반드시 좋은 것만은 아니라고 할 수 있습니다.

> 다섯 째, 홍 교수님의 또 다른 연구 분야는 중국 신시, 특히 당대 시가 입니다. 제가 관찰한 바에 따르면 홍 교수님은 본인이 속한 세대('지식 청년 세대'를 포함)에서 당대 시가에 호감을 갖고 있고, 여전히 그것에 관심을 기울이는 몇 안 되는 문학 연구자 중 한 명입니다. 그러나 그것은 홍 교수님께도 많은 고통을 안겨준 것 같습니다. 시가사에 대한 공동 편찬 작업이 학문적 연구의 출발점이라고 언급한 적이 있는데, 여기에 우연적 요소가

있다면 최근 몇 년간 당대 시가에 주목하는 것은 홍 교수님께 어떤 의미가 있습니까?

물론 1980년대 신시新詩를 주목한 뛰어난 평론가와 학자들 중 일부는 '편향'을 하기도 했지만 여전히 신시를 주목하는 이들이 적지 않습니다. 저는 제가 신시 연구자라고 말하는 것을 좀 꺼리는 편인데, 이는 자격이 없다고 생각하기 때문입니다. 신시 연구는 '안 될 걸 알면서도 하는' 제 인생의 몇 안 되는 일 중 하나라고 할 수 있습니다. 아마 젊었을 때는 시인이 될 수 있을 거라 생각했고, 시를 평론하는 데도 소질이 있었습니다. 그래서 1958년에 '신시사新詩史'의 공동 편찬에 참여하게 되었습니다. '문화 대혁명' 이후에도 이런 환상은 사라지지 않았고, 제가 저지른 실수를 만회하고자 류덩한劉登翰과 함께 『중국 당대 신시사中國當代新詩史』를 편찬하였습니다. 1980년대에는 학교에서도 당대 신시 수업이 개설되었습니다. 2년여 전 베이징대학출판사는 저에게 이 신시사를 수정하자고 제안하였습니다. 저는 기존의 원고에 약간의 수정을 거쳐 1990년대 부분을 추가하면 그다지 힘을 들이지 않고도 출판사의 비위를 맞출 수 있다고 생각하여 이를 왜 기꺼이 하지 않겠느냐고 하면서 흔쾌히 수락했지만, 이 일이 차일피일 미뤄져 2년 이상 지체될 줄은 꿈에도 몰랐습니다. 사실 수정이 많지는 않았지만 계속 지체되었고, 원래의 '가증스러운' 모습이 그대로 유지되어 정말 많은 고민거리를 안겨주었습니다.

수년 전 학생들은 제가 무협 소설(특히 진융金庸의 책)을 좋아하지 않는다는 사실에 놀라워했고, 한 번은 대화로 그 원인을 분석한 적이 있습니다. 그들은 제가 어떤 꿈을 자주 꾸는지, SF 영화를 좋아하는지, 기괴하고 초자연적인 현상을 믿는지 등을 질문하였습니다. 결국 '상상력의 결여'라는 것이 그들이 내린 공통된 결론이었습니다. 이것이 아마도 저와 시 사이에 벽이 있는 주된 이유가 아닐까 생각하는데, 그만큼 언어에 대한 민감성이 떨어지기 때문입니다. 단어의 의미와 문장 구조, 어조, 리듬과 운율 등의 미세한 차이 분별, 언어 자체의 추론 능력과 파악 등이 그것을 말합니다. 제 자신의 결점에 대한 자각 때문이기도 하고, 1980년대와 1990년대 이후 시인들의 뛰어난 공헌이 적지 않다는 생각에 저는 항상 시에 대해 '호감'을 가지고 있습니다. 때로는 문학계가 시에 대한 불필요한 지적을 너무 많이 해서 불공평하다고 생각합니다. 수십 년 동안 변하지 않은 잣대를 들이대며 시에 대해 왈가왈부하면서도 시인의 생각을 경청하고 그들의 작품을 읽는 데 충분한 시간을 할애하지 않으려는 비평가들도 있습니다. 사실 1980년대 이후의 뛰어난 시인들은 당대 지성계의 현인 대열에 충분히 포함될 만합니다. 그들의 '과도기'적 성향에 대한 탐색과 현대 중국어로 쓰여진 시의 가능성에 대한 발견은 아직까지 그 성과를 충분히 인정받지 못했습니다.

1990년대 시단의 논란은 시계가 남긴 '부정적인' 이미지를 강화하였습니다. 제 마음 속 시인들의 머리 위를 비췬 후광도 실제로 많이 흐릿해 졌습니다. 더욱이 저를 놀라게 한 것은 일부 시인들처럼 강렬하고 기형적인 '문학사에 대한 의식'입니다. 물론 돌이켜 생각해 보면 이는 시의 궁핍한 처지를 반영한 것이기도 하고, 더 나아가 시인 자신이 부당한 '문학사 쓰기'에 도전한 근거도 있습니다. 가장 놀라운 것은 1990년대 중국에서 시의 주변화는 이미 논쟁의 여지가 없지만 적지 않은 시인들이 여전히 '시를 숭배하는 것'에 빠져 있다는 점입니다. 그러나 과장되고 신격화된 시인과 시의 가치와 지위에 대한 낭만주의적 환상은 시의 현실적 상황과 극명한 대조를 이루고 있습니다. 당사자에게는 시라는 직업에 종사하는 것이 여전히 장엄한 헌신을 의미하지만 방관자(혹은 '깨어 있는 자')의 눈에는 우스꽝스럽기 그지없습니다. 사실 1990년대에 시를 혹독하게 비판한 일부 평론가들도 중국 신시新詩로는 떨쳐버릴 수 없는 '전통'인 '시를 숭배한다는' 콤플렉스를 가지고 있습니다. 지난 수 십 년 동안 이러한 시에 관한 상상은 나름의 이유가 있었겠지만 지금은 분명히 그 조정의 필요성에 직면해 있습니다. 저는 '이상적인 인간상'을 만들고 정신적 깊이를 드러내려는 시가 갖고 있는 '책임'에 찬성하지 않을 수 없지만 시의 창작을 그저 단순한 '솜씨'로 전락시키려는 일부 시인들의 입장에 대해서도 반대하지 않을 것입니다. '장인'은 예술에 관한 보편적 가치를 더 고집할 수 있지만(매우 의심스럽기도 하지만) 이러한 이상을 문화 비평, 대중문화의 소비 취향과 같은 다양한 추세로부터 침식되거나 사라지지 않도록 유지하고 있습니다. 그들이 구축한 이런 보편성과 절대적 가치의 보루堡壘에는 분명히 더 이상 흠잡을 데가 없지만 그 허점은 각 방면에서 나타나고 있습니다. 그러나 '상대주의'가 만연한 시대에 이런 목소리와 노력이 득이 없는 것은 아니라는 생각이 종종 들곤 합니다.

> 여섯 째, 장기간의 교육과 연구 활동 중 가장 보람을 느낀 점은 무엇입니까? 이 속에서 어떤 뼈저린 감정을 느꼈는지 동년배와 후배들에게 이야기해 주실 수 있습니까? 홍 교수님은 현재 교직을 떠나셨지만 여전히 많은 학생들이 첸리췬錢理群 교수님처럼 홍 교수님께도 새로운 발전을 기대하고 있습니다. 혹시 이 방면에 대한 계획을 갖고 있습니까?

이 부분에 대해서 진지하게 생각해 본적이 없기 때문에 저에게 가장 큰 보람과 가장 뼈저린 감정이 무엇인지 말할 수 없습니다. 아마도 '가장'이라는 최상의 상태가 없을 수도 있습니다. 첸리췬 교수는 제가 존경하는 학자입니다. 우리는 같은 연구실에 속해 있지 않고, 평소에 왕래가 많지 않지만 교육과 연구에서 저는 그로부터 많은 영감과 지지와 격려를 받았습니다. 그의 성실함과 타인에 대한 배려는 결코 잊지 못할 것입니다. 베이징대학교 중문학과의 현대 문학 전공 교수들 가운데 엄격하기로 유명한 천핑위엔陳平原은 관용을 베풀기로도 유명합니다. 그래서 학생들 사이에 '천핑위엔이 좋다고 하면 정말 좋은 것이고, 첸리췬이 나쁘다 하면 정말 나쁜 것이다'는 말이 있습니다. 사실 첸리췬 교수는 원칙적인 문제에 있어서 결코 타협하지 않는 사람인데, 그의 성실함은 저처럼 때론 애매한 사람을 부끄럽게 합니다. 저는 그와 같은 해인 1939년에 태어났고, 그는 저보다 생일이 한 달 빠릅니다. 그러나 과거에 저는 '노신사'로 그는 '청년 학자'로 비춰졌습니다. 이러한 '착각'은 물론 일리가 있습니다. 저의 마음가짐과 행동은 너무 일찍 '늙어가는' 징조를 보였지만 그는 항상 개척 정신과 용기로 가득 차 있었습니다. 함께 있을 때면 그로부터 빨리 처리해야 할 일들이 있고, 프로젝트 계획이 많다는 말을 자주 듣습니다. 루쉰魯迅, 저우쭤런周作人, 차오위曹禺에 대한 연구와 중학교 국어 교육에 대한 실험은 모두 그가 실천한 인문학의 정신을 구성하는 중요한 요소라고 할 수 있습니다.

저는 앞으로 '새로운 개척'이 없을지도 모릅니다. 현재 저는 『중국 당대 신시사中國當代新詩史』를 마무리하기 위해 고군분투하고 있으며 당대 문학에 관한 연구도 이미 성과를 내기 어렵습니다. 또한, 한 가지 대상에 너무 오래 머무르면 신선함을 유지하기도 쉽지 않다고 생각합니다. 저는 자료가 없으면 말도 제대로 하지 못하는 사람인데, 이제는 많은 자료를 조사할 기력도 없습니다. 어떤 학생들은 제가 새로운 연구를 하기를 바라지만 다른 학생들은 그렇게 생각할 필요 없이 그저 기회가 된다면 그간 가보지 못한 곳도 좀 둘러보고, 듣고 싶은 음악도 듣고, 기분이 좋을 때 힘을 들이지 않아도 되는 가벼운 글 한두 편 정도 쓰면 된다는 조언을 하였습니다. 저는 후자의 조언이 저에게 더 현실적이라고 생각합니다.

《남방문단南方文壇》, 광시난닝廣西南寧, 2004년 6호에 게재

1950대부터 1970년대까지의 중국 문학에 관하여

20세기 중국 문학을 논할 때, 1950년대부터 1970년대까지는 비교적 독립된 문학 시기로 간주되는 경우가 많다.[1] 그러나 이 시기의 성격과 특징에 대한 설명은 연구자에 따라 크게 다르다. 대표적인 견해로는 이 30년 동안 중국 본토 문학은 '오사五四'에 의해 시작된 신문학의 흐름을 '역전'시켰고, '오사' 문학의 전통은 '단절'되어 '신시기 문학'에 이르러서야 그 전통이 이어졌다는 것이다.[2]

1 주자이朱寨가 편집한 『중국 당대 문학 사조사中國當代文學思潮史』는 1949년부터 1978년까지 중국 본토 문학을 '당대 문학'이라 명명하고, '중국 신문학사와 신문학 사조사에서 비교적 독립된 단계성과 연구 의의를 가지고 있다'고 주장했다(인민문학출판사, 1987, 3쪽). 나는 『당대 중국 문학의 예술 문제當代中國文學的藝術問題』(베이징대학출판사北京大學出版社, 1986)에서 이와 같은 견해를 드러냈다.

2 황즈핑黃子平, 천핑위엔陳平原, 첸리췬錢理群의 『"20세기 중국 문학을 논하다論"二十世紀中國文學"』는 20세기 중국 문학의 일반적인 주제와 현대 미학의 특징 등을 논할 때, 1950년대에서 1970년대의 문학을 '이질적 성향'이 짙은 열외로 취급한다는 의미를 내포하고 있다. 문학의 '슬픈' 미학적 특징을 예로 들면, 루쉰魯迅의 소설과 차오위曹禺의 연극 등에서 '신시기 문학'인 「중년이 되어人到中

이것은 깊이 논해야 할 문제이다. 이러한 관점은 어느 정도 일리가 있지만 다른 관점에서 보면 이런 '역전'과 '단절'은 존재하지 않는다. 지난 30년 동안의 문학은 총체적인 특징상 여전히 '신문학'의 범주에 속한다. 그것은 20세기 초에 일어난 중국 문학의 '현대화' 운동의 산물이며 현대 백화문이 문언문을 대체하여 20세기 사회의 변혁 속에서 중국인의 모순과 불안, 희망을 표현한 문학이다. 1950년대부터 1970년대까지의 문학은 '오사'가 낳고 기른 낭만적 감성을 지닌 지식인들의 선택으로, '오사' 신문학의 정신과 깊은 연속성이 있다고 할 수 있다.

물론 이 시기 문학이 지닌 특수성을 모호하게 하려는 의도는 없다. 그러나 이러한 특수성은 문학의 정신, 형식의 대립과 변이가 아니라 신문학의 시초에 존재했던 '선택'의 결과이자 그 선택으로 나타난 방식이다. 중국 신문학의 주류 작가들은 완벽하고 아름다운 사회와 문학 형식이라는 목표에 매료되어 긴장된 충돌의 추구 속에서 그 '목적지'에 도달했다고 확신했고, 그들은 사상과 예술이 고도로 집중되고 조직화된 문학 세계를 만드는 데 참여했다. 이 문학 세계에서의 '문학적 사실'—작가의 신분, 사회정치 구도에서 문학의 위치, 글쓰기의 특징과 방식, 출판의 유통 상황, 독자들의 독서심리, 비평적 특징, 제재, 주제, 스타일 등의 특징은 모두 통일된 '규범'을 이루었다.

여기에서 나는 이러한 당대 문학의 규범적 상황과 특징, 변화와 그 역사적 근거를 신문학의 발전 배경에서 설명하고자 한다.[3]

年」등으로 넘어가지만 라오서老舍의 「차관茶館」은 유일하게 예외에 속한다.

3 이 글은 『중국 당대 문학 사조사中國當代文學思潮史』를 본떠 '당대 문학'이라고 부른다.

당대 문학의 '전통'

혹자는 '오사五四'의 그늘에서 벗어나야 한다고 일깨우지만 지금까지도 '오사'는 여전히 흥미진진한 시기로 묘사되고 있다. 문학적 관점에서 보면 이는 문학의 찬란하고 '다원화된' 상황으로 자주 사용되곤 한다. 근현대(주로 서구)의 다양한 철학과 문학 사조, 유파流派에 대한 폭넓은 소개, 수많은 문인단체의 설립, 저마다의 특징을 지닌 다양한 문학 유파의 등장, 그리고 시인과 작가들의 넘치는 재능의 현시顯示… 이러한 현상은 때때로 우리로 하여금 이 시기의 '문학 정신'에 대한 오해를 불러일으킨다. 사실 '다원'과 '공생'이라는 '문학적 생태'는 당시 많은 작가들이 기꺼이 받아들일 수 있는 이상적인 경지는 아니었다. '전통'과 '봉건 복고파'에 대한 비판적 투쟁은 말할 것도 없고, 다양한 문학 사조, 관념과 문학 유파를 대하는 태도에서 많은 사람들이 공생을 인정하는 관대한 태도를 갖지 못했다. '오사' 문학 혁명의 '통일 '전선'을 이루는 구성 요소와 '분화分化'에 대한 평가는 나중에 나온 해석이지만 애초부터 '공생'에 대한 회의적이고 파괴적인 경향을 분명히 드러냈다. '오사'의 많은 작가들에게 신문학은 다양한 가능성을 포용하는 개방적 구도를 의미하는 것이 아니라 다양한 가능성 중 이상적 형태에서 벗어나거나 역행하는 부분을 압박하고 박탈하여 궁극적으로 가장 가치 있는 문학 형식에 대한 확립을 의미한다.[4] 즉, '오사' 시기는 문학의 백화원百花園의 실현이 아니라 '통합'의 출발점이었

4 한위하이韓毓海는 『신문학의 정체와 형식新文學的本體與形式』(랴오닝교육출판사遼寧教育出版社, 1993)에서 '그들의 의도는 다원적이고 유기적인 문화의 질서를 세우는 것이 아니라 모든 유기적 구조를 '돌파'하여 문화적 통합을 향해 나아가는 것'이라고 말했다(이 책의 40쪽을 참조).

던 것이다. 이는 신문학 이후의 빈번하고 격렬한 갈등을 조장했을 뿐만 아니라 파괴와 선택의 척도도 확립했다. 그런 점에서 1950년대부터 1970년대까지의 '당대 문학'은 '오사' 신문학의 일탈과 변이가 아니라 그 발전의 논리적 귀결이었다.

'오사'에서 시작된 문학의 '일체화'는 1940년대 후반 궈모러郭沫若의 표현처럼 신문학의 주요 모순을 구성하는 나약한 자유 부르주아의 이른바 예술을 위한 예술적 노선이라는 그 문학의 이론은 '완전히 파산'했고, 그 작품도 대중을 잃었으며 프롤레타리아와 다른 혁명을 향한 인민 군중을 위한 예술적 노선이 절대적 주도권을 확보했다.[5] 당시 선총원沈從文, 주광첸朱光潛, 샤오첸蕭乾 등 '자유 부르주아' 작가들은 이미 '반동 문예'의 대표자[6]로 배척되어 발언권을 상실했다. 이렇게 '좌익 문학'은 1940년대와 1950년대로 접어드는 사회정치의 전환기에 중국 본토의 유일한 문학으로 자리 잡아 문학의 '일체화'라는 목표가 실현되었다.

'오랜 세월의 고통과 기쁨의 탄생'[7]은 신중국의 건립을 의미하지만 문학도 포함되어야 한다. 그러나 '순수함'과 '완벽함'이 초월적 목표인 이상 '오사' 때부터 시작된 신문학의 끊임없는 구분, 배척, 선택의 과정은 결코 끝나지 않을 것이다. 사실 '좌익 문학'('혁명 문학')은 처음부

5 궈모러郭沫若의 제1차 전국 문학예술 근무자 대표 대회全國第一次文代會의 '총보고서'를 참조. 『중화 전국 문학예술 근무자 대표 대회 기념 문집中華全國文學藝術工作者代表大會紀念文集』, 신화서점新華書店, 1950, 38-39쪽.

6 궈모러郭沫若 「'반동 문예'를 배척하다斥"反動文藝"」, 《대중 문예 총간大眾文藝叢刊》제1집, 홍콩, 1948 출간.

7 허치팡何其芳 「우리의 가장 위대한 명절我們最偉大的節日」은 1949년 10월 초에 쓰여졌다.

터 관념적으로나 실천적으로 일관적인 통일체가 아니었다. 1920년대 말 '혁명 문학'의 논쟁부터 1940년대 '주관론'에 대한 비판까지, '좌익' 내부의 '정통'과 '순수'라는 명분과 지위를 다투는 충돌의 격렬함은 '자유 부르주아'와의 갈등보다 결코 적지 않았다는 것은 이미 잘 알려진 사실이다. 중국 혁명의 승리와 '좌익 문학'이 유일하게 정당한 위치에 오르면서 갈등은 더욱 커져갔다. 그 핵심은 앞으로 전개될 '당대 문학'을 위해 어떤 문학적 규범을 세울 것인가 였다. 이 문제를 둘러싸고 1940년대와 1950년대 초 좌익 문학의 지도자들과 권위 있는 작가들은 주로 1930년대 이래, 특히 1940년대의 좌익 문학의 이론과 실천을 정리하고 검토하여 서로 다른 주장과 노선 사이에서 옳고 그름과 우열을 판단하는 두 가지 작업에 주목했다.[8] 두 번째는 '당대 문학'의 '전통'에 대한 논쟁인데, 이는 각자가 주장하는 문학적 규범의 근거일 뿐만 아니라 규범의 합법성과 권위성에 대한 설명을 제시하고 있다. 그런 점에서 어느 누구도 20세기의 두 역사적 시기(혹은 사건), 즉 '우언화寓言化'된 '오사五四'와 '우언화' 되고 있는 옌안 문예 정풍延安文藝整風을 피할 수 없었다.(「옌안 문예 좌담회에서의 연설在延安文藝座談會上的講話」) 1940년대와 1950년대를 거치면서 문학계가 '오사'와 「옌안 문예 좌담회에서의 연설」에 대해 평한 것은 단순한 학술 연구가 아니라 대

8 항일 전쟁抗日戰爭이 끝난 후 1949년까지 혁명 문예 운동의 이론과 실천을 체계적으로 서술하고 정리한 글과 저서로는 펑쉐펑馮雪峰, 『민주 혁명의 문예 운동을 논하다論民主革命的文藝運動』(1946), 후펑胡風, 『현실주의 길을 논하다論現實主義的路』(1948), 사오췐린邵荃麟, 「현재의 문예 운동에 관한 의견: 검토, 비판과 향후 방향對於當前文藝運動的意見——檢討·批判·和今後的方向」(1948)과 마오둔茅盾, 저우양周揚이 제 1차 전국 문학예술 근무자 대표 대회第一次文代會에서 보고한 「반동파의 억압 속에서 투쟁과 발전을 위한 혁명 문예在反動派壓迫下鬥爭和發展的革命文藝」, 「새로운 인민의 문예新的人民的文藝」가 있다.

체로 이 현실적 문제를 둘러싼 역사적 해석이었다.

저우양周揚, 사오취엔린邵荃麟, 린모한林默涵, 후펑胡風, 펑쉐펑馮雪峰 등 좌익 문학계의 주요 인물들은 예외 없이 신문학을 '오사' 신문화 운동의 산물로 여겼고, 향후 전개될 '당대 문학'을 신문학의 확장과 발전으로 간주하였다. 그들은 또한 신문학의 역사에서 옌안 문예 정풍延安文藝整風과 「옌안 문예 좌담회에서의 연설」의 중요성을 긍정적으로 혹은 마지못해 인정했다. '오사' 문학 혁명과 「옌안 문예 좌담회에서의 연설」을 결합하려는 태도는 당시 두 권의 대규모 문학 총서인 '신문학 선집新文學選集'(개명서점開明書店 출판)과 '중국 인민 문예 총서中國人民文藝叢書'(신화서점新華書店 출판)[9]의 편집과 출판에 반영되었다. 이것은 1942년을 경계로 부족한 업적('오사' 신문학)과 그 허점을 넘어선 롤모델(근거지와 해방구 문학)의 문학적 '자원'을 '당대 문학'에 각각 제공하였다.

이처럼 좌익 문학계는 일관된 태도를 보였지만 구체적인 해석과 평가에서는 이견이 뚜렷했다. 저우양周揚은 당시 마오쩌둥毛澤東 문예 사상의 권위 있는 해설가이자 이를 단호히 관철하는 사람이라는 이미지를 확립했다. 「마오쩌둥 문예 노선을 단호히 관철한다堅決貫徹毛澤東文藝路線」는 제목의 강연에서 그는 「옌안 문예 좌담회에서의 연설」을 새로운 역사적 단계로 발전시켰고, '중국 근대 문학사의 최초의 문학 혁명'인 '오사'보다 '두 번째로 더 위대하고 심오한 문학 혁명'으로

9 자오수리趙樹理는 이 두 권의 총서에 나란히 이름을 올린 유일한 작가이다. 그를 『신문학 선집新文學選集』에 포함시킨 것은 1942년 이전에 중요한 작품이 나온 작가를 포함한다는 편집 방침과 분명히 일치하지 않는다. 이는 해방구解放區의 문예를 본보기로 내세우려 했지만 사상적, 예술적 수준에 대한 확신이 부족했던 당시의 모순된 태도를 반영한 것이다.

규정해 '신중국 문예 운동의 투쟁을 위한 공통된 강령'이라고 주장했다.[10] 이런 입장에서 저우양 등이 '오사'를 돌이켜볼 때, 가장 중요한 것은 이 '첫 번째 문학 혁명'의 '본질'과 '지도력'의 문제이며 이는 「옌안 문예 좌담회에서의 연설」과 그 문예상의 변혁이 새로운 역사적 조건에서 '오사' 문학 혁명의 지속적인 발전을 위해[11] 필요한 것이었다. 여기에서 저우양은 「옌안 문예 좌담회에서의 연설」, '오사' 신문학 운동 사이의 연관성(지속)과 이들 간의 차이점(발전)을 모두 강조하였다. 전자의 경우 '오사' 문학 운동의 본질과 지도력을 지적함으로써(프롤레타리아 사상 지도와 '처음부터 사회주의 현실주의로 발전') 달성되고[12], 후자의 경우 '오사' 문학 운동의 부재(문학과 노동자, 농민의 결합이라는 '근본적' 문제를 해결하지 못함)를 지적함으로써 이들 사이의 '등급' 관계('더 위대하고 깊은')를 확정하여 「옌안 문예 좌담회에서의 연설」과 그 문학상의 변혁이 당대 문학의 '진리'이자 '전통'이 되었다.

이 문제에 대한 후펑胡風과 펑쉐펑馮雪峰의 견해는 매우 다르다. 그들은 또한 「옌안 문예 좌담회에서의 연설」이 신문학의 역사에서 중요한 의미를 갖는다고 했지만 이를 근본적인 전환점으로 보지는 않았다. 그들의 관점에서 중국 신문학의 전통은 '오사' 시기 루쉰魯迅으로 대표되는 작가들의 실천을 통해 확립되었지만 오히려 해방구解放區의

10 《광명일보光明日報》, 1951.5.17. 또한,『저우양 문집周揚文集』제2권, 50-51쪽, 인민문학출판사, 1985을 참조. 이 견해는 「중국 공산당 제1차 전국 선전 공작 회의 보고서在中國共産黨第一次全國宣傳工作會議上的報告」 등 기타 기사에서 반복되었다.『저우양 문집周揚文集』제2권, 66쪽 참조.

11 저우양周揚 「'오사' 문학 혁명의 전투적 전통을 계승하다發揚"五四"文學革命的戰鬥傳統」, 《인민 문학人民文學》, 1954, 5월호.

12 저우양 「'오사' 문학 혁명의 전투적 전통을 계승하다」, 《인민 문학》, 1954, 5월호.

문예 운동 경험을 지나치게 선전하는 결과를 우려했다. 후펑胡風은 「의견서」에서 그가 1948년 해방구에 들어온 후의 소감을 밝혔는데, '해방구 전후의 문예는 실제로 완전히 부정되었고, 오사 문학은 뿌띠 부르주아이며 이것이 민간 형식을 채택하지 않는 것이 바로 뿌띠 부르주아라면서 '오사의 전통과 루쉰魯迅은 사실상 부정되었다'고 지적했다.[13] 제1차 문학예술 근무자 대표 대회全國第一次文代會와 이후 몇 년간의 상황을 보면 '완전히 부정하였다'고 말하는 것은 현실과 맞지 않을 수 있지만 '오사' 문학과 「옌안 문예 좌담회에서의 연설」의 영향을 받은 '새로운 인민 문예'의 위계 질서는 분명히 존재한다. 따라서 '오사'와 1930년대 유명 작가들은 1950년대 초 선불리 자신들의 '정의감'을 버팀목으로 삼은 것이 '매우 유치하고 황당하며'(차오위曹禺), 이는 '비관적이고 회의적이며 퇴폐적인 경향을 지나치게 강조했고'(마오둔茅盾), '부르주아 지식 청년들의 얄팍하고 값싼 애수만을 표현했을 뿐'(펑즈馮至) '해방 전에 발표된 작품들은 도저히 볼 엄두조차 나지 않는다'(라오서老舍)며 과거 자신들이 창작에서 범한 실수를 반성하였다.

'오사 문학 혁명의 전통적 수호'를 그들의 문학적 이상과 실천의 쟁점으로 삼은 후펑胡風과 펑쉐펑馮雪峰은 '오사'에 대한 역사적 해석에서도 저우양周揚 등과 달랐다. 「민족 형식을 논하다論民族形式」(1940)에서 '시민을 지도자로 삼는 중국 인민대중의 오사 문학 혁명 운동은 바로 시민 사회의 부상 이후 수백 년 동안 축적된 세계 진보 문예 전통의 저변에 새로 개척된 지류'[14]이며, 펑쉐펑馮雪峰은 「민주 혁명의

13 《신문학 사료新文學史料》, 1988, 4호, 7쪽.

14 『후펑 평론집胡風評論集』(중), 인민문학출판사, 1984, 234쪽. 1954년 「해방 이후의 문예 실천 상황에 대한 보고關於解放以來的文藝實踐情況的報告」 즉 「의견서意見書」에서 후펑胡風은 이 논술을 두고 '오늘날 보니 '오사五四' 당시의 지도 사

문예 운동을 논하다論民主革命的文藝運動」(1946)에서 '오사' 신문예 운동은 19세기 비판적 현실주의와 낭만주의로부터 직접적인 영향을 받았다고 하였다. 1950년대에는 '오사'가 이 근대 자본주의 문학의 마지막 지류라는 주장이 '오사' 문학 혁명의 본질과 지도 사상을 왜곡하고 변조했다는 비판을 거듭 받았다.[15] 이들은 프롤레타리아 사상의 지도 아래 '오사' 신문학이 사회주의 현실주의로 나아가고 있음을 강조하지 않았고, 「옌안 문예 좌담회에서의 연설」이 '오사'의 전통에서 '가장 정확한' 유산이라고 강조하지도 않은 점을 논리적으로 유추할 수 있다. 그리고 '오사'가 해결하지 못한 '근본적인' 문제를 해결했다면 이는 '오사' 문예의 전통으로 마오쩌둥毛澤東 주석의 연설에 맞서는 것으로 이해될 수밖에 없다.[16]

흔히 우리는 '당대 문학'의 '연원'을 1919년 오사 신문학 운동의 부상'으로 거슬러 올라갈 수 있는데, 그 '직접적인 근원'은 1942년 옌안

상에 대한 언급은 잘못된 것이며 마오쩌둥毛澤東 주석의 분석과 결론에 위배되는 것'이라고 하였다. 《신문학 사료新文學史料》, 1988, 4호, 66쪽 참조.

15 펑쉐펑馮雪峰은 「루쉰과 러시아 문학의 관계 및 루쉰이 창작한 독자적 특색魯迅和俄羅斯文學的關係及魯迅創作的獨立特色」이라는 글에서 '오사' 이후의 중국 신문학新文學은 근대 부르주아 민주 혁명의 세계적 문학 범주에서 살펴보면 비판적 현실주의와 부정적 낭만주의가 주류主流를 이루던 18세기와 19세기 세계화된 부르주아 민주 문학의 마지막이자 멀리 떨어진 지류'라고 하였다. 『논문집論文集』제1권, 인민문학출판사, 1952, 124-125쪽을 참조. 그러나 1952년 그가 쓴 장문의 「고전적 현실주의에서 프롤레타리아 현실주의로의 중국 문학의 발전 윤곽中國文學從古典現實主義到無產階級現實主義發展的一個輪廓」에서는 이 관점이 달라졌다.

16 왕야오王瑤 「현대 문학사에서 몇 가지 중요한 문제에 대한 이해 : 쉐펑의 〈민주 혁명의 문예 운동을 논하다〉 및 기타를 평하다關於現代文學史上幾個重要問題的理解——評雪峰〈論民主革命的文藝運動〉及其他」, 《문예보文藝報》, 1958, 1호.

문예 좌담회延安文藝座談會이다.'[17] 사실 이 둘을 하나의 '연원'이자 '직접적인 근원'으로 서술한 배경에는 이 문제에 대한 좌익 문학계의 지도자들과 당시 권위 있는 작가들 사이의 균열과 갈등의 역사가 가려져 있다.

문학 규범의 대립

당대 문학의 '전통'에 대한 다양한 선택과 해석은 현실적인 필요성에 의해 이루어지며 그 핵심은 문학적 노선과 규범을 확립하는 것이다. 1,2차 전국 문학예술 근무자 대표 대회第一次文代會는 영화 「무훈전武訓傳」과 샤오예무蕭也牧의 소설 등에 대한 비판, 1950년대 문예계의 정풍整風에 대한 연구와 이에 부합하는 창작의 추진을 통해 1950년대 초 몇 년간 당대 문학의 '규범'은 뚜렷한 윤곽과 디테일을 갖추게 되었으며 문학의 사회적, 정치적 기능을 명시하고, 이상적인 창작 방법을 규정하며 '무엇을 쓸 것인가'(제재, 주제)는 물론 '어떻게 쓸 것인가'(방법, 형식, 스타일)에 대해서도 규정하였다.

그러나 1957년 이전에는 이 통일된 문학적 규범이 비극적이긴 해도 격렬한 도전을 받았다. 1954년 후펑胡風 등이 「의견서意見書」로 충격을 준 것과 1956년에서 1957년 '백화 시대百花時代'에 친자오양秦兆陽 등의 이론과 창작에 대한 의문이 그것이다. 후펑은 「의견서意見書」에서 린모한林默涵, 허치팡何其芳의 그에 대한 비판적 쟁점[18]을 '독자와

17 주자이朱寨 『중국 당대 문학 사조사中國當代文學思潮史』, 3쪽.

18 린모한林默涵의 「후펑의 반 마르크스주의 문예 사상胡風的反馬克思主義的文藝思想」과 허치팡何其芳의 「현실주의로 가는 길 또는 반현실주의로 가는 길現實

작가의 머리'에 올려놓은 '다섯 개의 이론적 칼'로 요약하고, 당시 문예계의 문제를 '종파주의적 통치와 그 통치의 무기로서 주관적 공식주의(통속적 메커니즘)의 이론적 통치'로 삼았다. 이는 이견의 요점을 대략적으로 서술한 것으로 갈등의 단서로 파악할 수 있다. 논쟁과 갈등의 중심은 20세기 대부분 중국 문학을 괴롭혔던 문학과 정치의 관계였다.

문학과 정치의 밀접한 관계는 거의 100년 동안 중국 문학의 중요한 특징이며 어떤 단계에서는 분리될 수 없는 교착 상태에 이르기도 한다. 이것은 이미 사람들이 자주 내뱉는 말이다. '문학의 자유'와 '예술을 위한 예술'이라는 주장조차도 정치적 내용을 어느 정도 반영하는 것으로 간과할 수 없는 사실이다. 후펑胡風, 펑쉐펑馮雪峰, 친자오양秦兆陽 등은 물론 문학의 독립과 예술적 자율성을 부르짖는 예술 지상론자는 결코 아니다. 그들은 문학이 전투적 '무기'라는 것을 고수하고, 예술이 계급 정치를 초월한다고 주장하는 사람들을 공격하는 데 있어서도 확고하고 명백했다.[19] 그러나 그들은 문학의 정치적 목적, 요구의 특징, 그리고 그 목적을 달성하는 방법과 요구의 경로(방식)에 대해 저우양周揚 등과 다른 입장과 견해를 갖고 있었다. 후펑 등은 문학이 정치로부터 독립되어야 한다고 생각하지 않았지만 그들도 마찬가지로 문학이 정치와 동일하거나 정치에 묻혀야 한다고 생각하지 않았다. 이들이 우려하는 것은 문학이 특수한 '이데올로기'로서 그 질적 규범성

主義的路, 還是反現實主義的路」은 각각 1953년 《문예보文藝報》 2호와 3호에 게재되었다.

19 후펑胡風과 펑쉐펑馮雪峰은 모두 주광첸朱光潛 등의 주장을 격렬하게 비판하였는데, 후펑胡風의 「뼈를 뽑고 가죽을 남기는 문학론에 관하여關於抽骨留皮的文學論」, 『후펑 평론집胡風評論集』(중) 302쪽, 펑쉐펑의 「'고결'과 저열'"高潔"與"低劣"」, 『논문집論文集』제1권, 81쪽을 참조.

을 잃고 결국 문학도 잃어 하나의 '무기'로서 문학의 사회적, 정치적 기능도 상실할 수 있다는 점이다. 항일 전쟁 때부터 좌익 문학의 창작에 존재하는 '주관적 공식주의', '개념화', '구호적 경향', '사회과학이나 정치적 개념을 연역演繹하는' '반현실주의'는 이론 비평에서 '교조주의'와 '통속적 메커니즘'을 반복적으로 상기시키고 비판해 왔다.[20] 이것은 바로 이런 우려에서 비롯된 것이다. 앞서 언급한 이론과 경향이 1950년대에도 그들의 창작에서 줄어들지 않는 것을 볼 수 있는데, 이는 당시 문예계의 지도자들이 '이 분야 자체의 어떤 문제에 대해서도' 단순히 정치에 의존했기 때문이며 '개성이 없이는 공통점도 없다'는 유물론의 기본 원리를 완전히 부정하고, 문예의 고유한 특성을 완전히 무시하며 문예 실천도 일종의 노동이고, 이러한 노동에도 기본적인 조건과 특수한 법칙이 존재한다는 사실을 철저히 부정했기 때문이다.[21]

좌익 문학의 오랜 고질병을 해결하려는 목표에서 후펑胡風과 펑쉐펑馮雪峰은 문학과 정치 사이의 긴장된 관계를 이론적으로 조정하고, 문학의 정치성과 예술적 관계라는 거의 풀 수 없는 '매듭'을 풀기 위해 노력했다. 그들은 정치와 예술을 따로 논하고, 비평에 있어서 정치적 기준과 예술적 기준을 따로 정하는 것에 이의를 제기했으며, 이를 '통합'해 문학이 가져야 할 '특성'을 지키려 했다. 1946년 펑쉐펑은 「주제 밖의 이야기題外的話」에서 작품의 정치적 의미와 사회적, 정치적 가치

20 펑쉐펑馮雪峰의 「민주 혁명의 문예 운동을 논하다論民主革命的文藝運動」, 「예술적 힘과 기타論藝術力及其他」, 「창작과 비판에 관하여關於創作和批評」, 후펑胡風의 「민족 혁명 전쟁과 문예民族革命戰爭與文藝」, 「민주를 위한 투쟁의 이면에 몸을 두다置身在爲民主的戰鬥裡面」, 「현실주의 길을 논하다論現實主義的路」 등을 참조.

21 후펑胡風 「의견서意見書」, 《신문학 사료新文學史料》, 1988, 4호, 102쪽.

를 예술적 가치나 구현 이외로 보지 말아야 한다고 주장했다. 그는 「민주 혁명의 문예 운동을 논하다論民主革命的文藝運動」에서도 비슷한 견해를 피력하면서 '정치가 문예를 결정하는 원칙은 현실과 인민의 실천이 문예 실천을 결정하는 원칙이다. 이 원칙은 문예의 실천, 즉 정치를 실천하는 과제에서 문예가 정치를 결정하는 원칙으로 바뀌어야 하며' 문학의 정치적 성향에 관한 문제와 문학 작품의 정치적 특성은 반드시 문학 그 자체에 입각하여 문학 구성의 한 요소로 다뤄져야 한다고 주장했다. 1950년 아롱阿壠의 비판적인 글 「경향성을 논하다論傾向性」[22]에서 그는 이런 관점을 표현하기 위해 다음과 같은 비유를 사용했다. 문학은 달걀에 비유할 수 있고, 정치는 노른자위처럼 그 안에 들어 있다.' 이후 후펑胡風과 친자오양秦兆陽은 '사회주의 리얼리즘'이라는 구호에 의문을 제기하였고,[23] '과학적 의미에서는 '어떠한' 혹은 '다양한' 반영론이 없듯이, '어떠한' 혹은 '다양한 현실주의는 있을 수 없다'고 주장했다. 그들의 마음 속에 존재하는 '현실주의'적 법칙은 곧 문학적 법칙으로 전환되어 일관되고 변함이 없으며, '삶의 진실과 예술의 진실성 추구'라는 '기본적인 전제'만으로도 충분하고, 이는 펑쉐펑馮雪峰이 말한 것처럼 '정치적 가치와 예술적 가치를 고찰하기 위해 예술적 방법, 기능, 힘을 사용해야 한다'는 것이다.

1950년대에는 문학에 대한 정치적 결단과 문학의 정치적 관념에 대한 조율이 더욱 강조되었고, 이러한 규범 하에서 이른바 '미화된 생활'이라는 창작 경향으로 인해 문학의 '진정성'은 문학과 정치적 관계를

22 《문예 학습文藝學習》, 톈진天津, 1950, 창간호.

23 후펑 「의견서」, 허즈何直(친자오양秦兆陽), 「현실주의 : 광활한 길現實主義——廣闊的道路」, 《인민 문학人民文學》, 1956, 9호.

조화시키는 명제로서 더욱 자주 활용되어 1956년부터 1957년까지 문학 사조의 핵심적 이론을 구성하였다. 아롱阿壠의 「경향성을 논하다論傾向性」, 펑쉐펑馮雪峰의 「창작과 비평에 관하여關於創作和批評」, 후펑胡風의 「의견서意見書」, 친자오양秦兆陽의 「현실주의 : 광활한 길現實主義——廣闊的路」, 저우보周勃의 「현실주의는 사회주의 발전에 있다現實主義在社會主義時代的發展」, 천용陳湧의 「문학예술의 현실주의를 위해 투쟁한 루쉰爲文學藝術的現實主義而鬥爭的魯迅」, 류사오탕劉紹棠의 「현재 문예 문제에 대한 나의 얄팍한 견해我對當前文藝問題的一些淺見」는 모두 '진정성'을 중시하여 문학을 곤경에서 벗어나게 하는 효과적인 방법으로 삼았다. '예술의 진실성', '과거 오랜 혁명 문학의 역사 속에서' '무시당하기 일쑤였던' 이 상황에 대해 이들은 '진실이 예술적 삶이고, 진실 없이는 예술적 삶도 없으며' '예술의 정치적 가치와 사회적 가치는 예술적 진실 없이는 존재할 수 없다'고 단언했다.[24] '진정성'이라는 문학의 중심(혹은 근본적인) 사상을 제기한 것은 1960년대 초 리허린李何林에 의해 재현되었고, 이번에 그는 비판적인 관점에서 질문을 던졌다. 그는 '사상과 예술이 일치되지 않는 작품은 없으며' '사상적 수준은 작품 속 '삶의 진정성에 대한 반영 여부'에 달려 있고, '삶의 진정성에 대한 반영 여부'는 곧 예술적 수준이라고 주장했다.[25]

여기에서 말하는 '진정성'은 문학의 정치적, 예술적 대립 관계를 통합하고, 그 갈등을 해소하는 지렛목이자 문학의 정치적 성향과 예술성

24 천용陳湧「문학예술의 현실주의를 위해 투쟁한 루쉰爲文學藝術的現實主義鬥爭的魯迅」,《인민문학人民文學》, 1956, 10호.

25「지난 10년 간 문학 이론 비평의 작은 문제十年來文學理論批評上的一個小問題」,《하북일보河北日報》, 1960.1.8,《문예보文藝報》, 1960, 1호에 비판적인 '편집자의 말編者按'로 옮겨 실음.

을 가늠하는 통일된 잣대가 되었다. '진정성'의 옹호자들 사이에서 현실주의 문학의 이 서사적 규율은 문학의 보편적 특징을 요약한 것으로 간주할 수 있다. 진실된 삶을 반영하는 것을 근본적인 특징으로 삼는 현실주의적 전통은 '오랜 기간의 문학적 연속, 상호 간의 영향과 경험 축적 후', '이미 미학적으로 객관적 규율성을 지닌 전통이 되었다.'[26] 후펑胡風의 말처럼 '현실주의는 문예상의 유물론적 인식론(방법론)'이고, '진성성'의 요구는 문학의 '객관적 법칙'에 대한 요구이기도 하다. 이처럼 1950년대에는 문학의 진정성을 강조하는 것이 지나친 정치적 간섭과 통제로부터 문학을 해방시키려는 전략으로 활용되었고, 이 '전략적' 표현도 하나의 '진리'를 표현하는 방식으로 이루어졌다.

친자오양秦兆陽, 천용陳湧 등은 모두 문학에서 '진정성'의 중요성에 대해 충분히 밝혔고, '현실을 진정으로 반영하는 문제'와 '문학예술 창작의 근간이자 기본이 되어야 한다'는 관점을 서술했다. 그러나 이들은 '진정성'의 함축적 의미를 다소 무시하거나 외면하였고, 어떻게 하면 현실을 제대로 반영할 수 있는 지에 대한 해설을 소홀히 하거나 회피하였다. 사실 '진실'에 대한 그들의 이해는 완전히 동일하지 않다. 친자오양秦兆陽 등에게는 객관적인 삶에 대한 존중을 의미하고, 있는 그대로의 삶을 '반영'하는 것이라 생각할 수 있지만 후펑胡風 등에게는 주체와 객체의 포용과 전투로 간주되며 객체에 대한 주체의 돌입에서 특유의 감각을 드러내고 진실된 감정('문예는 육신肉身의 것이 아닐 수 없다')을 나타내는 것으로 여겨졌다. '진실론'자들이 남긴 허점은

26 펑쉐펑「고전적 현실주의에서 프롤레타리아의 현실주의로 발전한 중국 문학의 윤곽中國文學從古典現實主義到無產階級現實主義發展的一個輪廓」, 《문예보文藝報》, 1952, 14/15/17/19/20호.

1957년 하반기 이후 반우파 투쟁이 이들을 향해 반격에 나섰을 때의 논제이기도 하다. 삶을 진정으로 반영하는 것도 좋지만 어떤 '진실'을 원하는가? 어떻게 해야만 '진실'에 도달할 수 있는가? 문제의 전반부는 측정 기준, 현상과 본질, 세부적 규율의 구분을 다루고, 후반부는 '진실론'자가 묻으려고 했던 세계관과 창작 방법의 관계라는 낡은 화두로 돌아간다.

사실 비평가들의 이러한 반박도 무리는 아니다. 삶의 '진정한 본질'은 자동적으로 드러날 수 없기 때문에 창작은 또 하나의 '쓰기' 행위이며 '진실'은 인간의 진술과 게시로서 자연히 창작 주체의 사상, 심리, 예술적 능력 등과 관련이 있다. 그렇다고 해서 '진실론'에 대한 비평가들이 더 유리한 위치에 서 있는 것도 아니다. 그것이 진정으로 삶을 반영하는지 여부는 작가의 입장과 사상, 세계관에 달려 있기(결정) 때문에 '객관적'이고 '인간의 주관적 의지와 무관한' '진실'의 척도를 확립하는 것은 불가능하다. 따라서 글을 쓰다 보면 작가는 '내가 느끼는 것은 어떤 것인지, 어떤 것이어야 하는지 실제로는 어떠한 지'[27] '제대로 해결했다고 자신 있게 생각하기 어려운' 난제에 봉착할 수밖에 없다. 어떤 작품이 현실을 제대로 반영했는지에 대한 논쟁은 확인할 길이 없기 때문에 당대 문학의 생성 과정에서 끝없는 다툼으로 번졌다.

계몽 사상가의 비애

사실 '진실'과 '진정성'은 당대 문학의 논쟁에서 결코 순수한 이론적

27 마오둔茅盾 「야독우기夜讀偶記」, 《문예보文藝報》, 1958, 10호.

문제는 아니었다. 여기에서 발생된 논쟁은 문학의 이상과 문학적 규범에 대한 좌익 문학 내부의 여러 파벌 사이에서 오랫동안 축적된 이견을 반영하고 있다. 그들에게 '진정성'은 특정한 의미를 지닌 개념이다. '진실론'을 비판하는 그들의 견해에 따르면 삶을 반영한다는 것은 현실의 '밝은 면'을 충분히 표현하고, 노동자와 농민 대중, 그들의 영웅을 찬양하며 삶과 미래에 대해 낙관적인 태도를 나타내는 것을 의미한다. 친자오양秦兆陽 등에게 '진정성'은 분명히 '미화된 생활'과 '무충돌 이론'에 대한 반대와 동의어이다. '진실된 표현'이라는 것은 복잡한 삶의 이면을 표현하고, '삶에 대담하게 개입'하며 현실의 어두운 면을 피하지 않고, 모든 병적이고 낙후된 현상을 폭로하는 것을 의미한다. 류빙옌劉兵雁의 특필이 발표 되었을 때 친자오양秦兆陽은 「편집자의 말編者的話」에서 '우리는 이렇게 날카롭게 문제를 제기하는 비판적이고 풍자적인 특필을 오랫동안 기다려 왔으며' '정찰병偵察兵처럼 실생활의 문제를 용감하게 탐구해야 한다'고 말했다.[28] 황치우윈黃秋耘도 그의 일련의 단론短論에서 '올바른 양심과 뚜렷한 이성을 가진 예술가로서 현실적인 삶과 국민의 고통 앞에서 눈을 감고 침묵해서는 안된다'고 외쳤다.[29]

1950년대 문학적 규범에 대한 이러한 도전자들의 이론적 주장과 실천은 문학에서 '계몽주의자'들이 지녀야 할 정신적 풍모로 묘사되었다. 문학적 사상과 정신적 기질에서 이들은 19세기 서구, 특히 러시아의 현실주의 문학 중 '삶을 비판하는' 전통을 더 많이 물려받았다. 그들은

28 《인민문학人民文學》, 1956, 4호.

29 황치우윈黃秋耘 「긍정적인 삶과 비판적인 삶肯定生活和批判生活」, 『태화집苔花集』, 신문예출판사新文藝出版社, 1957.

침울하고 슬픈 미학적 양식을 탐닉했고, 거의 예외 없이 루쉰魯迅을 그들의 정신적 지도자이자 사상과 행동의 롤 모델로 삼았다. 물론 그들은 자신의 입장에서 루쉰을 이해하고 루쉰과 가까워졌는데, 그들이 루쉰에게서 받은 '계시'는 비록 인민의 운명에 대한 깊은 관심과 삶에 대한 열정은 부족하지만 타인의 고통을 동정하여 이를 자신의 고통으로 삼아 세상 만물을 사랑하는 인도주의적인 정신과 '진리를 사수하며, 평범한 것을 거부'하는 용기가 없으면 숭고한 인격도 진정한 예술도 없다'는 것이었다.[30] 중국의 역사와 현재 상황에 대한 인식에서 그들은 무거운 역사적 부담을 더 많이 갖게 되었는데, 이는 주로 민중의 삶과 정신 속에 존재하는 '트라우마'로 남겨졌다. 이것은 한편으로는 끈기 있는 생명력과 전투력이고, 다른 한편으로는 무감각하고 무지하며 노예 근성과 일시적인 안일을 탐하는 것이다. 따라서 혁명 작가는 펑쉐펑馮雪峰이 말한 바와 같이 '대중에게 새로운 혁명적 사상과 문화적 전통을 실제로 중재'하는 역할을 해야 하며, 대중에게 '진실'을 말할 책임을 가지고 있다. 이들은 대중에 합류하여 사상적 감정과 입지를 바꿔야 하는 '고난의 여정'에서 '개인주의'와 '개인주의적' 입장에 연연하고, 그들이 소중히 여기는 사상적 자유와 개인의 독립성을 최대한 지키려 했으며, 이를 바탕으로 그들의 바람직한 인간 본성을 위한 비전을 구축했다. 1950년대부터 1970년대까지의 30년 동안 권위 있는 '문학적 규범'을 확립하는데 있어서 서로 다른 시기에 대립했던 문학적 역량은 주로 사상적 '계몽가'이자 문학을 다루는 현실주의자로서 정체성과 사회적 지위, 예술적 품격을 유지하고 회복하려는 작가들의 노력에 의해 나타났다. 여기에서 두 가지 요점은 문학에 나타난 비판

30 황추운黃秋耘 「계시啟示」, 『태화집苔花集』.

적 정신의 합리성과 개인적 가치, 개인의 정신적 자유에 대한 믿음이었다. 이는 1956년부터 1957년까지의 '진실만을 쓰고' '삶에 관여한다'는 슬로건을 내건 창작의 두 가지 주요 주제이기도 하며, 한 편으로는 새로운 사회 조직에 숨겨진 혹은 이미 드러난 질병과 위기의 폭로이고, 다른 한 편으로는 '각성'한 정신적 자유와 개성의 발전을 추구하는 개인과 '대중', 그 대표 세력 간의 마찰과 대항, 그리고 '개체'의 고립무원孤立無援의 처지는 현대 사회에서 '계몽가'의 비극적 운명을 드러냈다. 왕멍王蒙의 「조직부에 새로 온 청년組織部新來的青年人」은 지식인과 대중, 개체와 집단 간의 갈등에 대한 이야기를 다루었다. 이야기의 패턴, 서사 방식부터 주제 유형까지 딩링丁玲의 「병원에서在醫院中」와 유사점을 찾기가 어렵지 않은데, 이는 「병원에서」의 '당대' 속편이지만 린전林震은 루핑陸萍보다 더 많이 '제도화'된 세력에 직면하고 있으며 작가가 낙관적인 결말을 강요할 때, 「조직부에 새로 온 청년」은 자신감이 좀 더 결여된 것으로 보인다.[31] 이러한 유사성은 문제의 연속성을 제시하고 있으며, 이는 중국 현대 문학이 남긴 많은 역사적 문제 또는 현실적 문제임을 시사하고 있다. 따라서 15년 전 옌안延安에서 발생한 '독초'(「들백합꽃野百合花」, 「삼팔절유감三八節有感」) 등을 한데 모아 《문예보文藝報》에서 '다시 비판'한 것은 타당성이 있다.

1950년대 '문학적 규범'을 둘러싼 다툼과 갈등은 좌익 문학사에서 서로 다른 문학을 둘러싼 주장과 파벌 간의 갈등이 지속된 이상 한쪽의 승리와 함께 역사적 '청산'도 불가피했다. 1957년 하반기 딩링丁玲

31 1960년대 초에는 「타오위엔밍이 '만가를 쓰다陶淵明寫"挽歌"」, 「광릉산廣陵散」, 「두자미환가杜子美還家」 등의 역사 소설, 「해서파관海瑞罷官」, 「이혜낭李慧娘」 등의 희곡, 덩퉈鄧拓 등의 잡문雜文, 에세이隨筆가 비판적인 작품에 속하였다.

과 펑쉐펑馮雪峰 등에 대한 대규모 투쟁과 1958년 초 저우양周揚의 명의로 발표된 장문의 「문예 전선상에서의 대변론文藝戰線上的一場大辯論」[32]은 모두 현실적 문제를 계기로 역사적 사례를 '청산'한 예이다. 저우양周揚의 글을 토론하는 회의에서[33] 사오췐린邵荃麟, 린모한林默涵, 위엔수이파이袁水拍 등은 이러한 의도를 분명히 밝혔고, 저우양의 글은 반우파 투쟁을 분석하고 정리했을 뿐만 아니라 이 투쟁의 역사적, 계급적 근원을 분석하여 '오랫동안 중국 좌익 문예운동에서의 이견과 논쟁에 대해서도 해명하고 정리할 수 있는 토대를 제공했다.' 오랫동안 지속된 갈등과 배척을 통해 가장 가치 있는 문학적 형식을 선택하게 된 과정은 만족스러운 결과를 낳은 것으로 보이며, 마침내 이러한 단서를 정리하는 계기가 되었다. 1920년대부터 1950년대까지 혁명의 대열에 섞여 있던 '부르주아 문예 노선'이 존재했는데, 여기에는 '트로츠키파'인 왕두칭王獨清과 '제삼종인第三種人(좌익과 우익의 중간에 있어, 정치성을 띤 문학에 반대하는 사람으로 1930년대 후치우위엔胡秋原과 쑤원蘇汶 등이 잡지 《현대現代》에서 주장함)'의 후펑胡風과 펑쉐펑馮雪峰, '옌안延安시기의 왕스웨이王實味, 딩링丁玲, 아이칭艾青, 샤오쥔蕭軍, 그리고 1950년대의 친자오양秦兆陽과 종뎬페이鐘惦棐 등이 있다. 투쟁의 '맥락'을 정리하는 기초 위에서 이단적인 문예 노선의 사상과 계급적 근원을 더욱 명확히 분석하고, '부르주아적 성향을 띤 개인주의'에 대한 비판을 전개했다. 저우양周揚은 이 글에서 '개인주의는 사회주의 사회에서 모든 악의 근원'이라는 유명한 결론을 내렸고, 그는 딩링丁玲

32 1958년 《문예보文藝報》 5호의 글은 장광녠張光年, 류바이위劉白羽, 린모한林默涵 등이 썼다.

33 좌담회의 발언은 《문예보文藝報》, 1958, 6호에 실렸다.

과 펑쉐펑馮雪峰이 우파로 '타락한' 이유를 그들의 사상적 근원에서 찾았고, 특히 '개인주의'적 입장을 고집했기 때문이라고 설명했다.

당시 '암 덩어리'[34]로 취급 받았던 '개인주의'라는 명칭 아래 정치, 철학, 윤리 도덕 등 다양한 범주에서 비판적이라고 여겨졌던 것들이 포함되었다. 예를 들면, '자기 이익만을 챙기려 들고, 명성, 이익, 권력을 탐하며', '탈취하고 훔치고 빼앗고', '자신의 작은 울타리를 키워 문단을 지배하려는 야망', '정신적 공허함, 적막함, 비관, '인격의 독립, 개성 해방'에 대한 요구와 기대, '개인이 분투'하는 삶의 길 등을 일컫는다. 이런 비판은 개인의 도덕적 순수함을 위한 노력인 동시에 개인과 사회 관계에 대한 규범을 위한 것으로 여겨진다. 물론 개성과 개인의 존엄성, 가치를 중시하는 인문적 사조를 완전히 철저하게 파괴하려는 운동이기도 하다. 도덕적 이기주의를 인문적 사조의 개인주의와 완전히 혼동하는 것은 아마도 비판적인 측면에서 증오심을 더욱 키울 것이며, '개인주의'를 심판 받을 처지에 놓이게 하기 쉽다. 그러나 근본적인 목적에 있어서 비판은 이기주의적인 사고일 뿐만 아니라 개인적 사상과 정신적 '독립', 예술 창조의 '자주성'을 파괴하고 압박하는 것이며 인간의 삶과 정신적인 측면의 '개인적 공간'을 없애고, '개인적 공간'을 '공용 공간'으로 대체하는 것을 목표로 한다. 이와 같은 비판은 분명히 '오사五四' 계몽사상의 전통을 받아들인 대다수의 작가들을 당혹스럽게 할 것이다. 이것은 그들의 '부'를 빼앗고, 지식을 사고하고 활용할 수 있는 '특권'을 박탈하는 것과 같다. 혁명 운동에 가담한 좌

34 1957년에 장광녠張光年은 「개인주의와 암個人主義和癌」, 「개인주의와 암을 다시 논하다再論個人主義和癌」 등의 글을 발표했다. 『문예 변론집文藝辯論集』을 참조, 작가출판사, 1958.

익 작가들에게 계급과 집단에 대한 헌신은 그들이 이상화한 '정신적 자유'와 사상의 '자율성'을 상실하는 것을 의미하는 것인가? 그들은 아마도 로맹 롤랑Romain Rolland처럼 프롤레타리아의 집단적 옥토에서 '개인주의'가 다시 활력을 얻을 수 있는 가능성을 모색할 것이다. 그러나 이것은 그들에게 영원히 실현될 수 없는 갈망이 될 것이다. 이 시대를 인식하고 포용하기 위해 계몽주의적 사상가들은 보다 충만한 영혼과 더 높은 이상을 추구하였고, '내면적 삶과 싸우고자 하는' 욕구를 높였으며, '사고력이 뛰어난' 지식인에게는 역사적 개괄과 투시를 통해 자신의 지위를 이양하고, 민중의 대열에 합류할 수 있다'는 확신과 '역사적 진리에 접근하고 깊이 파고드는 것'에 대한 책임을 자각하게 하였다. 이 모든 것은 '개인주의'에 대한 비판에서 비난과 조롱을 받았다. 후펑胡風, 펑쉐펑馮雪峰, 딩링丁玲, 친자오양秦兆陽 등이 숭고하고 비장하다고 생각한 문제와 그들의 도전은 상당 부분 '희극화' 되었고, 불법으로 간주되었다.

저우양周揚 관점의 '후퇴'

마오쩌둥毛澤東의 검열과 수정을 거친 「문예 전선상의 대변론文藝戰線上的一場大辯論」에서 마오쩌둥은 다음과 같은 구절을 추가하였다. '중국은 1957년에 전국적으로 가장 철저한 사상 전선과 정치 전선상의 사회주의 대혁명을 한 차례 거행하여 부르주아의 반동사상에 치명타를 가하였고, 문학예술계와 그 예비군의 생산력을 해방시켰으며 구 사회의 족쇄와 수갑에서 해방하고, 반동적인 분위기의 위협을 면하였으며 프롤레타리아 문학예술의 발전을 위해 광범위한 길을 열어주었다.

그 전에는 이 역사적 임무가 완성되지 않았다. 이 길의 개통 작업은 향후에도 지속될 것이며 오래된 기지의 철거는 1년 안에 완료될 수 없다. 그러나 기본적인 길은 열렸고, 수십 개, 수백 개의 프롤레타리아 문학예술의 전사들이 이 길을 질주하게 되었다. 문학예술도 마찬가지로 군대를 만들고 병사를 훈련시켜야 한다. 완전히 새로운 유형의 프롤레타리아 문예 대군이 건설되었으며 프롤레타리아로 구성된 지식인 군대와 이에 따른 생산과 수확도 대체로 동시에 이루어질 수밖에 없다. 역사적 유물론을 이해하지 못한 사람들은 이 진리가 틀렸다고 생각할 것이다.'

저우양周揚 등은 이 '가장 철저한' '사회주의 대혁명'에 대한 인식과 당시 문예계의 정세에 대한 평가에 대해서도 마오쩌둥의 견해를 받아들였을 것이다. 그러나 또 다른 문제에 대해서는 그 입장이 다를 수도 있다. 저우양 등에게 있어서 이 투쟁의 가장 중요한 의미는 원래 역사에 얽힌 '의혹'을 밝히고, 좌익 문학 운동에서 충돌하는 다양한 문학적 주장, 이론적 파벌의 특성, 공적과 과실에 대한 결론을 내리는 것으로 그것은 그들의 '선택'에 관한 문제를 해결한다. 마오쩌둥의 관점에서 이것은 '오래된 기지를 청산'하고, '프롤레타리아의 문학예술'을 위한 길을 열어주는 작업이다. 이 같은 평가의 차이는 당시에는 드러나지 않다가 1967년 이후에 시작된 또 다른 '가장 철저한' 대혁명에서 비로소 충분히 드러났다.

1958년에는 경제적 '대약진大躍進'과 함께 문예의 '대약진'이 발생했다. 그 해 마오쩌둥은 민요 수집을 지시했고, 그는 실패한 신시新詩의 활로로 첫 번째가 민요이고, 두 번째는 고전이며 이를 바탕으로 신시를 탄생시켰다. 그 결과 '신민요 운동'이 전국의 도시와 농촌에서 나타났다. 그는 소련에서 이식된 '사회주의 리얼리즘' 대신 '혁명적 현실주의와 혁명적 낭만주의의 결합'이라는 창작 기법을 내세워 낭만주의를 강조하고 부각시켰다. 노동자와 농민에게 각종 '미신'을 타파하고, 문학 창작과 비평 영역에 과감히 뛰어들 것을 호소했다. 그는 프롤레타리아가 '진리를 파악하고 옛 것을 경멸하는' '후금박고後今薄古'를 주장하기도 하였다. 이런 모든 관점과 조치는 모두 '전략적' 구상의 성격을 띠고 있다.

물론 당시 문학계의 추종자들이 이 모든 것에 대해 어떻게 생각했는지에 대해 정확히 알 수는 없다. 그러나 그 해와 조금 더 긴 기간 동안 저우양周揚, 궈모러郭沫若, 사오췐린邵荃麟, 마오둔茅盾 등은 모두 이를 적극적으로 호응하고 추진하는 태도를 보였다. '두 가지 결합'의 창작 방법에 대한 논의, 신시新詩의 발전에 대한 토론, 「홍기가요紅旗歌謠」의 편집과 출판, '한 세대의 시풍을 열자'는 명제, 「문학 공작 대약진 32조(초안)文學工作大躍進32條(草案)」의 제정, '대약진大躍進을 찬양하고 혁명사를 회고'하는 창작 제제와 이러한 주제에 대해 동조하는 것 등이 이를 말해준다. '경제 건설의 부흥에 따라 문화 건설의 부흥도 불가피하다'는 마오쩌둥毛澤東의 논단을 지지하고 증명하기 위해 《문예보文藝報》[35]는 '예술적 생산과 물질적 생산 발전의 불균형'에 관한 마르크스의 법칙이 사회주의 시대를 지나 예술적 생산이 물질적 생산에 적응하는 새로운 현상으로 대체되었고' '마르크스의 정전성正典

35 저우라이샹周來祥 「예술적 생산과 물질적 생산 발전에 관한 마르크스의 불균형 법칙이 사회주의 문학에 적용되는지 여부馬克思關於藝術生產與物質生產發展的不平衡規律是否適用於社會主義文學」, 《문예보》, 1959, 2호. 《문예보》 4호는 장화이진張懷謹의 「마르크스의 예술적 생산과 물질적 생산 발전의 불균형에 관한 법칙은 '한물간 것'인가?馬克思關於藝術生產與物質生產發展不平衡規律是'過時了'嗎?」는 '한물간 것' 대신 '발전'을 사용해야 한다는 취지의 질의였다.

性' 논리에서 이는 '공산주의 문학'이 중국에서 번영하고 풍년이 들 것'이라는 전망을 이론적으로 뒷받침했다.

그러나 1958년 하반기, 특히 1959년부터 나타난 몇 가지 징후에서 저우양周揚 등의 우려와 불안을 감지할 수 있다. 이런 상황은 때론 개별적인 작가에게도 존재하지만 문학계 지도층의 견해와 마음가짐을 반영하기도 한다. 신시新詩의 발전에 대한 논의에서 허치팡何其芳, 볜즈린卞之琳 등은 민요 형식의 한계를 지적함으로써 중국의 신시가 민요와 고전을 기반으로 해야 한다는 견해에 의문을 제기했다. 당시의 정치와 문학 사조에 이끌려 일부 독자들이 추상적인 이론적 명제에서 출발하여 「청춘의 노래青春之歌」와 「단연단연鍛鍊鍛鍊」 등의 작품을 부정하자 마오둔茅盾, 허치팡何其芳, 마톄딩馬鐵丁, 왕시옌王西彦 등이 나서서 그들을 방어했고, 왕시옌王西彦은 「단연단연鍛鍊鍛鍊」을 지키는 전사가 되겠다고 주장하기도 했다.[36] 누군가 골동품을 업신여기는 자세로 톨스토이를 무시하며 톨스토이가 쓸모없다고 주장하자 당시 《문예보文藝報》의 편집장이었던 장광녠張光年은 '누가 톨스토이가 쓸모없다고 하였는가?' 라고 반문하며 '고대 우리나라의 훌륭한 유산뿐만 아니라 외국의 훌륭한 유산도 부정할 수 없으며 우리 민족의 위대한 조상들뿐만 아니라 다른 민족의 위대한 조상들도 무시해서는 안 된다'고 못 박았다. 장광녠은 '대중을 동원해 스스로 글을 쓴다'는 현 시

36 마오둔茅盾, 「〈청춘의 노래〉를 어떻게 평가할 것인가怎樣評價〈青春之歌〉」, 《중국 청년中國青年》 1959, 4호; 허치팡何其芳, 「〈청춘의 노래〉를 부정할 수 없다〈青春之歌〉不可否定」, 《중국 청년中國青年》, 1959, 5호; 마톄딩馬鐵丁, 「〈청춘의 노래〉와 그 논쟁에 대하여 논하다〈青春之歌〉及其論爭」, 《문예보》, 1959, 9호; 왕시옌王西彦, 「〈단연단연〉과 인민 내부의 모순을 반영하다《鍛鍊鍛鍊》和反映人民內部矛盾」, 《문예보文藝報》 10호를 참조.

대를 반영할 수 있다는 주장에 대해 일종의 '궤변'적인 반박으로 정신적 산물을 창조하는 권리를 '양도'하는 것을 거부하였으며, 문학 창작의 임무를 '빡빡한 생산 노동에 종사하는 노동자, 농민, 병사들에게 강요하고', '이것은 문예를 노동자, 농민, 병사를 위해 봉사하도록 요구하는 것이 아니라 노동자, 농민, 병사에게 문예를 위해 봉사하도록 요청하는 것'이라고 주장했다.[37] '대약진大躍進'의 문예 운동에 대해서도 그는 '혁명적 낭만주의 정신은 충분하지만 혁명적 사실주의, 즉 현실에 대한 과학적 분석은 부족하다'고 제기했다.[38]

일반적인 상황에서 우리는 종종 후펑胡風, 펑쉐펑馮雪峰, 저우양周揚이 각각 중국 좌익 문학 내부에서 서로 다른 갈등과 '노선'을 대표한다고 구분 짓는다. 전반적인 상황으로 볼 때 이러한 주장은 일리가 있다. 그러나 이 간단한 접근 방식을 모든 경우에 사용할 수는 없다. 한편으로는 그들의 견해가 비슷하고 겹치는 부분이 많지만 다른 한편으로는 정세가 바뀌면서 자신들의 주장이 다른 방향으로 편향되는 현상도 흔하다. 그리고 이들 중 일부는 문학가와 문학적 성향을 지닌 관원官員, 문학 정책의 제정자와 집행자라는 이중적 역할을 지니고 있어 사상과 행동에 있어 복잡한 상황을 초래할 수 있다. 후펑, 펑쉐펑, 친자오양秦兆陽, 심지어 저우양 까지도 서로 다른 역사적 시기에 비판 받는 위치에 놓였을 때, 그들은 항상 도덕적 측면에서 '표리부동', '언행불일치', '불성실', '음양陰陽'과 같은 비난을 받았다.[39] 이러한 도덕적 판단이

37 「누가 톨스토이가 쓸모없다고 하였는가?誰說"托爾斯泰沒得用"?」, 《문예보》, 1959, 4호.
38 마오둔茅盾 「창작 문제에 대해 이야기하다創作問題漫談」, 《문예보》, 1959, 5호.
39 천용陳湧은 한때 후펑胡風을 비판했지만 1956년에 그는 '후펑의 문예 관점을 위장한 선전가'가 되었다고 지적했다.(「천용의 '진실'론을 논하다談陳湧的"真實"論」, 《문예보文藝報》, 1958, 11호). 장광넨張光年은 1955년 친자오양秦兆陽도 '1

적절하지 않을 수도 있지만 그들의 이론적 주장 등의 요동과 변화가 모두 허구적인 것은 아니다.

대부분의 경우 저우양은 문학의 정치적 목적과 공리功利주의에 더 많은 관심을 기울이고, 창작 과정에서 작가의 사상과 세계관의 결정적 역할을 강조하며 일부 연구자들이 '이론의 완전성'에 대한 집착이라 부르는 것을 보여준다. 그러나 어느 순간 그의 '지침'도 반대편으로 움직이기 시작했는데, 특히 파벌 간의 논쟁과 갈등이 아니라 그가 문단을 주재하며 전성기를 꿈꿨을 때이다. '루쉰 예술 학원'의 초기 지도자 시절에는 독서를 중시하고 예술적 기교를 향상시키며 창작의 장르를 넓히겠다는 방침이 역력했지만 이는 훗날 '폐쇄적 발전' 방침이라는 비난을 받았다. 옌안 문예 정풍延安文藝整風에 앞서 《해방일보解放日報》에 발표한 「문학과 삶을 이야기하다文學與生活漫談」에서는 생활 속에 문학이 있다는 견해를 비판하고, 문화적 축적과 학습 능력을 강조하며 글쓰기는 '언어의 고통'을 깊이 느껴야 한다는 이른바 좌익 문학가의 손길이 거의 닿지 않는 명제를 제시했다. 창작 과정에서 그는 주체가 객체에 '침입'하고, 주객체가 서로 '융합'하며 '격투' 하는 등과 같은 후펑 식의 용어를 구사하였고, 왕궈웨이王國維가 말한 '의경양망意境兩忘, 물아일체物我一體'라는 창작의 경지를 추구했다. 이는 그가 고수해온 '반영론'과 문학의 '당성黨性' 원칙에서 다소 벗어난 것이다. 그러나 문예 정풍文藝整風 이후, 그의 사상적 입장은 급격히 바뀌어

년 반 만에' '그의 견해가 바뀌었고', '오늘은 동쪽, 내일은 서쪽, 정면과 반면'이라고 후펑胡風을 비판했다.(「좀 성실해야 한다應當老實些」), 『문예 변론집文藝辯論集』, 141쪽 참조). 야오원위엔姚文元이 저우양周揚을 비판한 글의 제목은 「반혁명의 양면파 저우양을 평하다評反革命兩面派周揚」이다. (《붉은 깃발紅旗》, 1967, 1호).

'루쉰 예술 학원'의 학교 운영 방침을 검토하고, 왕스웨이王實味를 신랄하게 비판하는 글을 썼으며 문예와 정치적 협력을 적극적으로 강조하고 추진하였으며, 『마르크스주의와 문예馬克思主義與文藝』를 편찬하여 마르크스주의 문예의 이론 체계에서 마오쩌둥의 문예 주장을 확립하였다. 1950년대와 1960년대에 저우양은 마오쩌둥 문예 사상의 권위 있는 해설가이자 구현자로 등장하여 「마오쩌둥의 문예 노선을 단호히 관철한다堅決貫徹毛澤東文藝路線」는 글을 발표했고, 좌익 문예 운동의 '이단적' 파벌에 대한 비판을 주재했다. 문학의 정치적 목적과 정치적 효과는 항상 그가 긴장을 풀기를 꺼리거나 두려워하는 것이었다. 그러나 그는 당대 문학의 보편적 도식화, 개념화 현상에도 시달렸다.[40] 그는 마오쩌둥이 일으킨 일부 비판 운동에 대한 마음의 준비가 부족했고, 1950년대 중반에도 일정한 한도 내에서 문학적 혁신 역량의 주장을 수긍하고 지지한 바 있다. '대약진大躍進' 이라는 문예 운동을 몸소 체험하고, 이 급진적인 문학 사조가 문학에 끼친 피해를 목격한 그 역시 모순 속에서 자신의 견해를 바로잡기 시작했다. 1960년 제3차 문학예술 근무자 대표 대회第三次文代會에서도 여전히 격렬한 혁명적 자세를 보였지만, 이와 동시에 훗날 사오췐린邵荃林 등과 함께 일련의 행사를 주관하고 추진하여 1950년대 후반의 노선에서 물러났다. 문예 사업의 '좌左편향'을 조정하고 바로잡기 위한 많은 회의를 소집하고[41],

40 1952년 《인민일보人民日報》에 기고된 마오쩌둥 동지의 「옌안 문예 좌담회에서의 연설在延安文藝座談會上的講話 발표 10주년」 사설, 1953년 9월 24일 제2차 문학예술 근무자 대표 대회第二次文代會의 보고서 「더 많은 훌륭한 문학예술 작품을 창조하기 위한 분투爲創造更多的優秀的文學藝術作品而奮鬥」, 특히 1956년 2월 중국작가협회中國作協 제 2차 이사회 확대第二次擴大理事會에 관한 보고서 「사회주의 문학 건설의 임무建設社會主義文學的任務」에서 저우양周揚은 많은 지면을 통해 공식화, 개념화에 관한 문제를 언급했다.

《문예보文藝報》에 「제재의 문제題材問題」라는 제목의 전문을 게재하며[42], 「옌안 문예 좌담회에서의 연설在延安文藝座談會上的講話」 20주년을 기념하는 《인민일보人民日報》의 사설 「가장 광대한 인민대중을 위한 봉사爲最廣大的人民群眾服務」를 작성하고[43], 중앙 선전부中央宣傳部에서 발행한 「현재의 문학예술 사업에 관한 몇 가지 문제에 대한 의견關於當前文學藝術工作若干問題的意見」 등의 문서를 작성했다.

이 기간 동안 1950년대 후펑胡風과 친자오양秦兆陽 등이 제기한 몇 가지 기본적인 문제가 다시 제기되었다. 그러나 이번에는 반대파가 이론적으로 논쟁과 갈등을 일으킨 것이 아니라 정책적 조정과 반성하는 모습으로 문학계의 지도자들이 대거 등장했다. 저우양周揚은 1961년 6월에 열린 '문예 사업 좌담회'에서 '문학적 특성에 주의를 기울이지 않으면 저속한 사회학이 나올 것이다. 후펑胡風은 우리를 매우 악랄하게 공격했으며 그는 반혁명적이다. 그러나 그가 우리를 공격한 것을 항상 기억하는 것도 우리에게 유익하다. 특히, 그의 두 마디는 평생 잊을 수 없다. 그 첫 마디는 '20년 기계론적 통치', 지금으로 치면 30년이다. 그가 공격한 '기계론'은 마르크스주의고, 문예를 이끄는 것은 '지배'가 아니라 마르크스주의이다. 그러나 여기에 '교조주의'가 있는지 진지하게 생각해 볼 필요가 있고… 후펑의 또 다른 말은 반 후펑反胡風 이후 중국 문단이 중세로 접어들 것이라는 점이다. 물론 우리는 중세 시대에 살고 있지 않지만 경직된 사고로 크고 작은 '추기경', '수녀', '수도

41 주로 1961년 6월 베이징에서 열린 문예 사업 좌담회, 1962년 광저우에서 열린 전국 연극, 오페라, 아동극 창작 좌담회, 1962년 8월 다롄大連에서 열린 농촌 소재 단편 소설 창작 좌담회 등이 있다.

42 장광녠張光年이 쓴 1961년 《문예보》 3호.

43 《인민일보人民日報》, 1962년 5월 23일자 사설은 저우양周揚을 위해 집필되었다.

자'가 되어 마르크스-레닌주의, 마오쩌둥 사상을 말해야 한다면 화가 날 수밖에 없다. 나는 항상 후펑의 이 두 마디를 기억한다.'

후펑과 명확한 선을 긋는 것을 전제로, 후펑의 '주류主流' 문학 이론과 문학 정책에 대한 비판의 핵심을 다시 거론하고, 이 비판을 어느 정도 긍정한 것은 결국 저우양周揚의 배짱과 기개를 보여주는 것이다. 이 구절은 또한 문제의 두 가지 중요한 측면을 보여준다. 하나는 문학과 정치의 관계에서 문학의 '특성'을 지키는 것이다. 또한, 그것은 '정치'가 문학을 잠식하는 것을 막으려는 후펑과 친자오양秦兆陽의 시도였으며 제재, 인물, 스타일, 방법에 있어서 작가의 '자율성'과 다양한 선택을 제한적으로 인정했다는 점이다. 노동자, 농민, 병사라는 개념은 계급의 규정을 모호하게 하기 위해 '가장 광범위한 인민대중'으로 대체되었다. 한편, 1958년 이후 문학 사조와 창작 방법의 중심이 된 '낭만주의'를 재검토하고, '깊어진 현실주의'와 복잡한 현실의 모순을 중시하는 '중간 상태'의 인물 창조를 내세워 '진정성'을 강조했다. 문학이 복잡한 사상과 풍부한 지식, 독립적인 사고와 개성을 길러야 한다는 제창 아래 1958년 사지에 놓였던 '개인주의'를 부활시켰다.

저우양은 문학가로서, 그의 문학적 이상을 가지고 있었고, 그가 가장 좋아하는 러시아 문학과 러시아의 혁명적 성향을 지닌 민주주의 비평가도 있었다. 그는 '오사五四' 신문학新文學의 정신에 물든 적이 있고, 스스로 중국 신문학의 미래에 대한 책임을 지고 있었다. 인류 역사의 정신적 자산은 그의 피에 스며들었고, 그로서는 이미 끊을 수가 없었다. 서구의 르네상스, 계몽주의, 19세기 현실주의는 물론 괴테, 셰익스피어, 톨스토이 등의 거장은 그가 늘 흠모하는 '봉우리'이자 '초월'을 꿈꾸는 '최고봉'이었다. 문학이 혁명과 정치를 위해 무엇을 할 수 있는가? 정치의 '신성한 제단'에서 문학은 얼마나 '희생'되어야 하는가? 이것은 그가 치열하게 고민해온 문제이자 그의 내면적 모순을 구성하는 중요한 내용이다. 이러한 관계에서 그의 불안정한 동요, 특히 1960년대 초의 '후퇴'는 훗날 비극적 운명의 씨앗을 뿌렸다. 그러나 진정한 비극은 그가 오랫동안 빠져 있던 '예술적 난제'를 초월적인 정신으로 되새기지 못했다는 것이다. 정신적 태도의 '초월'은 그가 '연옥煉獄'이라는 시련에 시달리던 말년에 나타났다.

급진적인 문학 사조

20세기 중국 문학에 좌익의 급진적인 문학 사조(또는 파벌)가 존재하였는가? 이에 관한 대답은 긍정적이어야 할 것이다. 그러나 오랜 시간 동안 그것의 표현은 산발적이고 부분적이며 체계적인 이론과 실천이 부족했고, 이를 제한하고 반박하는 세력도 있었다. 또한, 이러한 사조가 항상 고정된 대표주자의 형태로 나타나는 것은 아니다.

1950년대 후반에는 상황이 다소 달라졌다. 특히, 1963년 이후 10여 년 동안 급진적인 문학 사조(혹은 파벌)는 전반적인 상황을 통제하는 유일한 합법적인 세력이 되었다.

여기에서 우리는 당시 사회정치와 문화적 배경에 주목할 필요가 있다. 하나는 마오쩌둥毛澤東의 문학 사상에 일어난 어떤 변화이다. 1958년 마오쩌둥은 '두 가지 결합'이라는 구호를 내세웠다. 일반적으로 사람들은 그것을 '사회주의 리얼리즘'과 같은 체계에 속하거나 후자의 '발전'이라고 부른다. 제안자 자신은 이 '창작 방법'에 대해 더 이상의 설명을 하지 않았지만 가장 분명한 특징은 글로 표현한 것도 정신적인 본질을 가리지 않고, '낭만주의'가 중요하며 심지어 지배적인 위치에 놓여 있다는 것이다. 이 점은 마오쩌둥의 문학적 관점에 대한 논리적 발전이라고 할 수 있다.

일부 연구자들은 「옌안 문예 좌담회에서의 연설」이 작가가 삶에 깊이 파고들어 생활 속에서 모든 사람과 모든 계층을 관찰하고 분석하며 경험하는 것을 강조하는데, 이는 문학이 진정한 삶을 반영하는 것을 강조한 것이라고 지적하였다. 그들은 또한 마오쩌둥이 문예 창작의 본질을 대체로 장인이 재료를 가공하는 것으로 이해했으며[44] 따라서 생활 속 자료 자체가 매우 중요하다는 점을 「옌안 문예 좌담회에서의 연설」의 여러 판본을 비교함으로써 입증하였다. 이런 견해는 어느 정도 일리가 있거나 문예에 대한 마오쩌둥 관점의 한 단면을 나타낸다. 그러나 다른 한편으로는 '사실주의'를 넘어 '낭만주의'에 대한 중시, 즉 「옌안 문예 좌담회에서의 연설」에서 '문예 작품에 반영된 삶은 평범한 실생활 보다 더 높고 강하며 더 집중적이고 전형적이며 더 이상적이고, 따라서 더 보편적이어야 한다'는 것이다. 문학은 '대중을 도와 역사적 발전을 촉진한다'는 사명을 갖고 있고, 혁명적 정치는 문학의 '궁극적 본성'인데, 단순히 삶을 반영하는 것만으로 삶에 무엇을 더할 수 있겠는가? 진실과 이상, 문학성과 정치성, 문학적 '규율'과 정치적 목적, 현실주의와 낭만주의 등의 관계는 원래 좌익 문학가들이 평생 다루어야 할 난제였고, 마오쩌둥도 예외는 아니었다. 「옌안 문예 좌담회에서의 연설」에서 우리는 적어도 표면적으로 균형 잡힌 관계를 유지하

44 1948년 동베이서점東北書店에서 발간한 『마오쩌둥 선집毛澤東選集』 중의 「옌안 문예 좌담회에서의 연설」은 '자연적 형태의 문학예술', '가공된 형태의 문학예술', '당시 인민 생활의 문학예술을 관념적 형태의 문학예술 작품으로 가공', '가공된 과정은 곧 창작의 과정', '원료를 생산, 연구 과정 및 창작 과정과 통합', '원료나 반제품이 없으면 가공할 길이 없다' 등의 개념과 표현을 함께 사용하였다.

고 있는 것처럼 보인다. '두 가지 결합'을 내세우자 문학 창작의 목적, 낭만주의, 문학의 주관적 요소가 주도적이고 결정적인 요인이 되었다. 이것은 정치적 의도와 열정으로부터 삶의 재료를 '가공'할 가능성이 더 높아진 것을 의미한다. 또한, 1960년대에 마오쩌둥은 사상적, 문화적으로 부르주아에 대한 비판, 문학예술에 대한 두 가지 지시, '문화대혁명'의 전개에 대한 그의 이론적 진술은 모두 문학의 급진적 사조에 이론적 뒷받침과 근거를 제공하였다.

이 사조는 1960년대에 정치와 문학의 파벌을 형성했다. 전면적인 문화 비판 운동(철학, 사학, 경제학, 문학예술 등)을 전개하고, 모범이 되는 작품을 정성껏 제작함으로써 '프롤레타리아 문예'라는 문학 규범 체계가 점차 확립되었다. 1960년대와 1970년대 이 파벌의 이론과 실천은 이러한 특징 중 일부를 보여주었다.

우선 정치의 직접적인 '미학화'이다. 저우양周揚과 후펑胡風 사이에는 이론적 차이가 있었지만 문학 내부의 다양한 요인 관계에 대한 이해는 일치하였다. 이것이 바로 사상(정치적) – 진정성(현실적) – 예술적 구조이다. 그들의 이견은 이 기본적인 구도를 긍정하고 동조하는 데서 비롯되었다. 급진주의자들에게는 이 구도를 해체하고, '진정성'을 제거해 이를 정치와 예술의 직접적인 관계로 축소하려는 경향을 보였고, 정치적 목표와 의도를 보다 직접적인 예술적 작품으로 바꾸려는 것이었다. 물론 '진실'이라는 개념은 1960년대와 1970년대에도 사용되었는데, 규범에 부합하는 작품을 포상하고, '현실을 왜곡하는' 창작물을 비판하는 데에도 사용되었다. 그러나 '진실'과 '진정성'의 의미는 다르다. 저우양 등에게 문학의 진정성은 작가가 느끼는 것, 실제가 어떻게 조화되고 균형을 이루어야 하는지에 따라 달라지는데, 이제 '진실'은 '어떻게 말해야 하는가'와 같은 주관적인 입장과 동일시되었고, 문예 실천에서 그 결과는 정치와 문학의 경계가 더 이상 구분되기 어려운 것으로 드러났다. 소설 「유지단劉志丹」과 경극 「해서파관海瑞罷官」은 문학적 텍스트이자 정치적 텍스트인 반면, 1970년대 장칭江青 등이 주재한 소설, 영화, 연극의 창작은 그 자체가 정치적 행위였다. 따라서 훗날 비평가들은 이것을 '음모 문예'라 부르며 혐오하고 경멸했다. 이러한 정치와 문학의 불가분의 관계는 급진주의자들에게는 단순히 범한 실수가 아니라 일상생활과 문예의 경계를 허무는 자각적 추구였다.

사실 이러한 추구는 20세기 문예 실험에서 널리 존재해 왔으며 프롤레타리아 문예의 범주에 국한되지 않는다. 창작에 있어서는 문학적 글쓰기에서 관념, 경험, 감정의 직접적인 향상(형상화 또는 상징 등의 수단을 빌림)을 강조하고, 사색, 채취, 변형의 과정을 배제하여 보다 교육적이고 유서 깊은 문학을 창조한다. 독해와 수용에 있어서는 기존의 습관(독서와 감상에서 일시적으로 일상과 분리, 한발 물러서서 '예술'과 대화함)을 고치기 위해 노력하지만 문예의 '감상'을 일상으로 되돌린다. 1920년대와 1930년대 소련의 '이성적인 영화'와 블라디미르 마야코프스키Vladimir Vladimirovich Mayakovsk의 로스타 창의 '광고 시廣告時', 중국 전쟁 시기의 거리 활보극, 시 전단詩傳單은 모두 이런 경향을 보였다. 그러나 중국 문학의 급진주의자들은 특정한 역사적 시기와 특정 문예 양식에 맞는 것으로만 이해하려 하지 않고 그 범위를 확대한 것이 분명하다. 1950년대 후반, 야오원위엔姚文元은 미학에 관한 일련의 글을 발표했는데,[45] 미학은 '마르크스주의를 대대로 혁신'하고, '삶을

45 「사진관에서 미학이 나오다 : 미학계에 마르크스주의 혁명을 건의하다照相館裡出美學——建議美學界來一場馬克思主義的革命」, 《문회보文匯報》, 1958.5.3. 또한, 1961년에서 1963년 사이 야오원위엔姚文元은 《문회보》, 《학술월간學術月刊》, 《상하이문학上海文學》, 《신 건설新建設》에서 미학美學에 관한 7편의 글을 게재했다.

마주하며', '삶의 아름다움과 추함을 먼저 연구'하고, 환경 설정, 삶의 재미, 옷차림, 명절 행진, 연인 선택과 같은 문제를 연구해야 한다고 주장했다. 왕즈예王子野는 그의 토론 글에서 이 같은 견해를 '니콜라이 체르니셰프스키Nikolay Gavrilovich Chernyshevsky에게 뒤떨어진다'고 비판하면서 선인들의 이론적 유산을 잊는 것은 언제나 좋지 않다'고 말했다.[46] 아마도 야오원위엔이 앞 사람들의 연구 성과에 대해 많이 알지 못하는 경우도 있었겠지만 그 '유산'을 '혁신'하고 싶었을 것이다. 이런 사고방식은 훗날 그들의 문예 실천과 오히려 일맥상통한다고 볼 수 있다.

문예 급진주의들의 이론과 실천의 또 다른 중요한 특징은 문화유산에 대한 '결별'과 철저한 비판적 자세이다. 실제로 당시 벌어진 '문화대혁명'은 '네 가지 낡은 것의 파괴'(옛 사상, 옛 문화, 옛 풍속, 옛 관습)라는 이름으로 중국과 외국의 문화유산을 광범위하게 공격했다. 「부대 문예 공작 좌담회 기요部隊文藝工作座談會紀要」에서 '프롤레타리아의 사회주의 혁명만이 마지막으로 모든 착취 계급을 소멸시키는 혁명이며 따라서 부르주아 혁명가의 사상을 결코 프롤레타리아 사상 운동과 문예 운동의 지도 사상으로 여겨서는 안 된다'고 명시하였다. 미신을 타파해야 할 명단에는 '중국과 외국의 고전 문학', '10월 혁명 이후 등장한 비교적 우수한 소련 혁명 문예 작품', '1930년대의 문예'(즉 1930년대 중국 좌익 문예)가 포함되었다. 훗날 권위있는 글에서 저우양周揚의 부르주아 '르네상스', '계몽 운동', '현실주의 비판의 반동 이론'을 비판하고, 문학 유산에 대한 급진주의자들의 견해를 밝혔다. '고대와

46 「야오원위엔 동지와 미학상의 몇 가지 문제를 논의하다和姚文元同志商榷美學上的幾個問題」, 《문예보文藝報》1961년 5호를 참조.

외국의 예술은 그 사상적 내용에 있어서 고대와 외국의 착취 계급의 정치적 지향과 사상, 감정의 표현으로, 철저히 비판하고 결별해야 하는 것이며 그 중 일부 작품의 예술적 형식에 관해서는 마오쩌둥 사상을 비판과 변혁의 무기로 삼아 프롤레타리아 문예 창조에 기여하도록 해야 한다'고 주장했다.[47] 이 글은 또한 '부르주아가 프롤레타리아를 사상적, 문화적으로 공격하는 방식'이라고 했는데, 하나는 '현대파 문예'를 사용하는 것이고, 다른 하나는 '이른바 고전 문예를 사용' 하는 것이다. 20세기 1930년대 브레히트Bertolt Brecht와의 논쟁에서 루카치Georg Lukacs는 '현대주의'를 비판하고 반대하면서 현실주의 전통을 옹호하는 태도를 보였다. 이런 태도는 중국의 좌익 문학가(후펑胡風, 저우양周揚, 마오둔茅盾 등)이 기본적으로 수용한 것이었다. 스탈린Stalin－즈다노프Zhdanov 시대의 문예 방침과 비슷하게 현대주의는 당대當代 중국에서도 퇴폐, 몰락, 색정色情, 황당함의 동의어로 간주되었다. 그러나 급진주의자들에게 있어서는 모든 고전 문화가 '철저한 비판'에 포함된다. 저우양은 1960년대 초 '비판적으로 계승한다', '비판'은 부사이고, '계승'은 동사이며 부사에 근거하지 말고 동사에 근거하여 '사회주의 문화예술'은 '공터에서 발전한 것이 아니'라고 지적하였다. 이것은 두 가지 대립적인 태도이다. 순수한 프롤레타리아 사상과 감정이라는 가상의 잣대로 과거의 문화적 산물을 측정하는 '진정한' 프롤레타리아의 문예 확립을 위한 충동에 지배되어 급진주의자들은 '고대와 외국'의 착취 계급의 문예와 결별해야 했을 뿐만 아니라 소련의 혁명 문

---

47 상하이 혁명 비판 글쓰기 소그룹上海革命大批判寫作小組「부르주아 문예를 옹호하는 것은 자본주의로 복원하는 것이다鼓吹資產階級文藝就是復辟資本主義」,《붉은 깃발紅旗》, 1970, 4호.

예, 1930년대 중국의 좌익 문예와 1950년대 이후의 '사회주의 문학' 역시 순수하지 못함을 발견하였다. 따라서 솔로호프Michail Sholokhov에 대한 비판, 스타니슬랍스키Konstantin Stanislavsky에 대한 비판, 고리키Maxim Gorky에 대한 비판이 일어났다. 이러한 계급 의식과 정신적 순수성에 대한 평가를 바탕으로 '「국제가國際歌」에서 혁명적 모범극樣板戲에 이르기까지, 100여 년의 공백이 있고, 지난 10년은 프롤레타리아 문예의 개척기라고 할 수 있다'고 말했다.[48] 1960년대 후반, 장칭江青 등의 견해를 반영한 「60부 소설의 독은 어디에 있는가?60部小說毒在哪裡?」의 팜플렛에는 「보위옌안保衛延安」, 「삼리만三里灣」, 「산골의 격변山鄉巨變」, 「홍일紅日」, 「청춘의 노래青春之歌」, 「고투苦鬥」와 같이 '17년' 동안 거의 영향력 있는 소설이 포함되었다. 이것은 소련의 '프롤레타리아 문화파'의 주장과 유사하다. 프롤레타리아의 정신적 발전의 기초는 무엇보다도 정신적으로 과거와 결별하는 것으로, 프롤레타리아는 반드시 기반을 닦은 후 '자신의 진정한 집'을 지어야 한다.

셋째, 문학 급진주의자들은 1958년 마오쩌둥이 제안한 '군대의 건설'과 '병력 훈련'이라는 '문예팀의 개편' 문제를 제기하였다. 「부대 문예 공작 좌담회 기요部隊文藝工作座談會紀要」에서 전문적인 작가와 비평가의 지위와 역할을 완전히 부정하지는 않았지만 노동자, 농민, 병사로부터 진정한 프롤레타리아 문예팀을 구성하고, '문예 비평가의 무기를 노동자, 농민, 병사가 장악하도록' 하는 것은 '전략적' 조치였다. 따라서 '문화 대혁명' 기간 동안 노동자, 농민, 병사라는 글쓰기 집단의 딱지가 붙은 조직이 우후죽순처럼 생겨났고, 집단적인 창작은 가장

48 앞 구절은 장춘차오張春橋의 글에서, 뒷 구절은 추란初瀾「경극 혁명 10년京劇革命十年」, 《붉은 깃발紅旗》, 1974, 4호를 참조.

권장되는 글쓰기 방식이 되었다. '노동자, 농민, 병사'에 의한 문예 진지陣地 점령'이라는 목적을 달성하기 위해서는 1958년과 마찬가지로 문예의 '신비로움'과 '특수성'을 타파할 필요가 있다. 직감, 예술적 재능, 영감, 깨달음과 같은 비이성적인 요소를 이론적으로 비판하고 최소화하여 쓰기, 읽기, 감상 모두 따라야 할 '이유'가 있는 '투명한' 행동이 되어 이를 단계별로 세분화하고, 다룰 수 있는 과정이 되었다. 이 분야에서의 이론적 노력은 문예의 '특성'을 강조하고, 문예 창작의 특수한 사고방식을 강조하는 이론에 대한 비판이다. 1950년대에는 문예의 특징과 형이상학적 사고에 대한 많은 논쟁이 있었다. 당시에는 순전히 학문적인 문제로 간주되지 않았고, 1960년대에는 더더욱 아니었다. 정지차오鄭季翹는 '형이상학적 사고'를 비판하는 글에서 그가 묘사한 '형이상학적 사고'를 직관주의로 인한 신비주의 체계라고 표현하였다. '직관'은 '신비로움'으로 이어지고, '신비로움'은 노동자, 농민, 병사들의 문예 창작에 대한 비판을 파악하지 못하게 하여 정치적 미학화를 방해하며 프롤레타리아 문예의 명확하고 투명한 미적 규범을 위반한다. 따라서 그는 '표상(사물의 직접적인 영상) - 개념(사상) - 표상(새로 창조된 형상), 즉 개별(다수) - 일반 - 전형'이라는 창작의 사고 과정에 대한 공식을 제시하였다. 이것은 특별히 동조되고 촉진되어야 하는 것도 아니고('문화 대혁명' 시기의), 소멸을 특별히 부정할 필요가 있는('문화 대혁명' 이후) '공식'도 아니며 그것이 설명하는 창작의 경로(또는 방식)에 지나지 않는다. 이 '공식'에 따라 창조된 '작품'의 사상적, 예술적 가치는 이 '공식' 자체와 필연적인 관계가 있는 것은 아니지만 이 '공식'은 보다 교훈적이고 우화적인 창작 경로로 이어진다. 특정한 감상과 '예술적 매력'이 있는 작품(예를 들면 '모범극樣板戲'의 「홍색낭자군紅色娘子軍」, 「사가빈沙家濱」 등)이 나올 수 있고, 정치적 문서, 마오쩌둥

毛澤東 어록이 담긴 논증적인 작품(예를 들면, 「홍남작전사虹南作戰史」)이 나올 수도 있다. 물론 「홍남작전사虹南作戰史」와 같은 저술이 전적으로 기본적인 예술적 훈련 부족 때문만은 아니다. 고정된 것을 파괴하고 싶다는(부르주아?) 문학적 수사나 미적 관행의 의도로 고려될 수 있고, 이 역시 1970년대의 '실험 소설'이라고 할 수 있다.

표현과 수사 방식 혹은 문학 스타일에 있어서 문학의 급진적 사조 경향을 반영한 창작은 '사실주의'에서 '상징주의'로 넘어가는 경향을 보여주고 있다. 1958년, 그리고 훗날 '문화 대혁명'이 발생한 계기와 과정에 대한 설명에서 우리는 인류의 '이상적 사회'에 대한 낭만적 구상을 감지할 수 있다. 이 주관적인 구상의 사회적 형태, 사람 사이의 관계, 그리고 이 사회의 본질을 구성하는 신인('프롤레타리아의 영웅')의 사상적, 감정적 상태와 행동 방식에 대한 묘사가 가장 적합한 표현 방식은 상징적(열정을 동반한) '허구'이다. 혁명이 불러일으킨 '환상', 생성된 관념과 열정은 '명확한 개념이나 체계적인 학설이 아니라 이미지, 상징, 습관, 의식, 신화'에 의해 유지되며, 일상생활에 존재하지 않거나 해결할 수 없는 모순을 상징적인 방식으로 해결한다. '문화 대혁명' 기간에 생긴 문예의 '본보기'(즉, 급진파의 문학적 규범에 부합하는 작품)는 모두 뚜렷한 '상징적' 특징을 가지고 있으며 '모범극' 뿐만 아니라 「금광대도金光大道」와 같은 소설과 대량의 시가詩歌 창작도 있다. 과거의 문학 텍스트를 고쳐 쓰는 것(다시 쓰는 것)도 '사실적인 측면'을 약화시키면서 '이상적' 색채를 강화하는 경향을 보인다. 「백모녀白毛女」는 가극에서 발레극으로, 「홍색낭자군紅色娘子軍」은 영화에서 발레극으로, 소설 「임해설원林海雪原」부터 경극 「지취위호산智取威虎山」으로, 1950년대 「말을 타고 총을 메고 천하를 간다騎馬挂槍走天下」(장용메이張永枚)부터 1970년대의 「말을 타고 총을 메고 천하를 간다騎馬挂槍走天

下」로, 1950년대 영화 「남정북전南征北戰」부터 1970년대의 「남정북전南征北戰」에 이르기까지, '사실적' 경향이 '상징적' 경향으로 바뀌었다고 볼 수 있다.

10여 년간 '프롤레타리아' 문학의 급진주의자들이 진행한 실험은 자신들이 '위대한 승리를 거두었다'고 선언했음에도 불구하고,[49] 끊임없는 난관에 봉착했다. 그것이 직면한 난제와 모순은 과거 좌익 문화 운동이 직면했던 것 보다 적지 않다. 문화유산과 유산의 계승자(지식인과 전문가)에 대한 비판은 더 많은 정전正典을 만들겠다는 그들의 야망에 심각한 타격을 입혔다. '엘리트 문화'에 대한 적대감은 그들이 훨씬 재미있고 오락적 성향을 지닌 '대중문화'를 만들지 못하게 하였다(발레극 「홍색낭자군紅色娘子軍」 등은 감상적 오락성을 높이는 요소가 많지만). 이는 정치적 특성과 정치적 목적을 약화시킬 수 있기 때문이다. 정치적, 종교적 가르침은 문예에 의해 형이상학적이고 감상적으로 표현되어야 하지만, 미학이 정치와 종교를 '해체'하고 '파괴' 시키는 효과를 가진다는 중세식의 역설과도 같다. 또한, '모범극' 과 같은 작품에서는 물질적 욕망의 굴레에서 인간을 해방시키려는 열망과 정신적 승화를 추구하는 인간의 고귀한 충동을 엿볼 수 있다. 물질주의에 반대하는 도덕적 이상은 혁명 운동을 전개하는 지배적 이데올로기였다. 그러나 이와 동시에 종교적 신념과 금욕주의적 도덕 규범 속에서 (자각적으로) 가해지는 고통을 견디고(외부 세력을 통해), 자학적인 자기 완성(내적 갈등을 통해)에서도 급진주의자들이 본래 '철저히 부정'하려 했던 사상적 관념과 감정적 패턴을 볼 수 있다. 그 유명한 '세 개의 문예 이론'은 급진적인 문학 사조에 대한 구조적 방법, 인물 배치의 규칙(루카치

49 추란初瀾 「경극 혁명 10년京劇革命十年」.

Georg Lukács가 말한 소설 속 인물의 등급과 유사)일 뿐만 아니라 문예 형식에서 사회적, 정치적 등급의 발로이기도 하다. 이런 등급은 선천적이며 스스로 선택할 수 없으므로 '봉건주의'로 표현될 수도 있다. 따라서 급진파가 주도하고, 그 사조의 영향을 받은 문예 창작에서 우리는 물질주의에 저항하고, 정신적 활로를 찾으려는 20세기 인문학적 사조에서 엿볼 수 있고, 인류의 정신적 유산에서는 잔혹하고 낙후된 퇴적물을 발견할 수도 있다. 그들의 '실험'은 현실에서 벗어날 수 없고, 역사와 단절될 수도 없다.

《문학평론文學評論》, 베이징北京, 1996년 2호에 게재

‘당대 문학’의 개념

여기에서 논하고자 하는 것은 우리가 말하는 ‘당대 문학’의 본질과 특징의 문제가 아니라 ‘당대 문학’이라는 개념이 어떻게 구성되었고 어떻게 기술되었는지를 보고자 하는 것이다. 그것의 구성과 기술에 개입한다는 것은 기존의 ‘문학적 사실’에 대한 문학사가文學史家들의 귀납에만 그치는 것이 아니기 때문에, 여기서 언급하고자 하는 것은 문학사라는 분과학문의 범위에 국한될 수는 없다(심지어 문학사 범위가 아니라고도 할 수 있다).

20세기 중국 문학을 이야기할 때, 우리는 먼저 ‘신문학’, ‘현대 문학’, ‘당대 문학’ 등의 개념을 만나게 될 것이다. 이러한 개념과 시기 구분 방법은 1980년대 중반부터 수많은 의혹과 비판을 받아 왔다. 또한, 금세기 중국 문학을 ‘총제적’으로 파악하려는 개념(혹은 시각), 예컨대 ‘20세기 중국 문학20世紀中國文學’, ‘만청 이후의 중국 문학晚清以來的中國文學’, ‘근 100년간의 중국 문학近百年中國文學’ 등의 개념이 잇따라 제기되었고, 점점 더 많은 사람들에 의해 받아들여지고 있는 것 같다. 이러한 개념과 표현법을 사용하거나 제목을 붙인 많은 문학사, 작품선,

연구 총서가 이미 출판되었거나 곧 출판될 것이다. 이는 '신문학', '현대 문학', '당대 문학' 등의 개념과 그것이 명시하는 분기법이 곧 역사적 유물이 될 것이라는 점을 시사하는 듯하다. 물론 어떤 학자는 그것들이 존재할 이유와 가치가 있다고 생각하고 있지만 말이다.[1] '더 큰 역사 단위의 문학사 연구로 확장하기' 위해서는 일종의 새로운 문학사 이념에서 출발하여 새로운 체계를 구축하고, 개념을 변경하며 분기 방법을 바꾸는 것이 꼭 필요하다. 그러나 원래의 개념과 분기 방법 등에 대해 깊이 고찰하고, 그것들이 출현하고 사용된 상황과 방식을 분석하여 그로부터 그 속에 포함된 문학사 이념과 '이데올로기적' 배경을 밝히는 것도 대단히 중요한 작업 중 하나이다.

1980년대 중반, 베이징과 상하이의 학자들은 각기 '20세기 중국 문학'과 '신문학 정체관'이라는 학술 방법론을 제시하였는데, 여기에는 암암리에 '현대 문학'과 '당대 문학'이라는 분과학문의 구분에 대한 비판이 담겨 있다. 곧이어 천쓰허陳思和는 그의 논저에서 중국의 20세기 문학사 연구를 통시적으로 '중국 신문학사' 연구中國新文學史研究, '중국 현대 문학사' 연구中國現代文學史研究, '20세기 중국 문학사' 연구20世紀中國文學史研究의 세 단계로 구분하였다.[2] 천쓰허가 '현대 문학'과

1 '20세기 중국 문학사20世紀中國文學史'가 대거 등장할 무렵, 이 개념을 처음 제시한 학자 중 한 명이 최근 집필에 참여한 문학사 저서는 여전히 '현대 문학'이라는 명칭을 사용하고 있다. 이들은 '최근 몇 년간 학계에서 근대, 현대, 당대라는 문학의 경계를 허물고, 더 큰 역사적 시점에서 문학사를 연구하자는 학술계의 제안에도 불구하고 이미 적지 않은 성과가 나타났다'고 하였지만 '이 책의 교과서적 특징'과 기존의 학술 연구 구조로 인해 '30년'이라는 시간을 하나의 역사적 서술 단락으로 삼은 것은 여전히 그만한 이유와 가치가 있다'고 주장하였다. 첸리췬錢理群, 원루민溫儒敏, 우푸후이吳福輝『중국 현대 문학 30년 · 머리말中國現代文學三十年 · 前言』, 베이징대학출판사北京大學出版社, 1998년.

'당대 문학'이 '인위적인 구분'임을 지적하고, '현대 문학' 개념이 지닌 '이데올로기적' 함의를 밝히며, 또한 이러한 문제를 관찰할 때 역사적 과정을 중시하는 시각을 드러낸 점은 모두 시사하는 바가 매우 크다. 이것은 우리가 문제를 토론하는 출발점으로 삼을 수 있을 것이다. 물론 억지로 흠집을 잡아 조금 더 보충하자면 다음과 같은 점을 지적할 수 있다. 첫째, 그가 언급한 두 번째 단계는 정확히 말하면 '현대 문학사'와 '당대 문학사'의 연구 단계가 되어야 할 것이다. 말하자면 '현대 문학'은 '당대 문학'의 개념에 대응한 것으로서 그 두 개념은 동일한 시기에 출현하였고 그 함의도 대응적이고 상호 제한적인 관계 속에서 비로소 확립될 수 있다.[3] 둘째, 문학사의 개념과 시기 구분 방법은 정치, 역사, 사회, 교육, 문학 등의 복잡한 요소로부터 영향과 제약을 받는다. 이로 인해 모두 '이데올로기적' 함의를 지닌다고 할 수 있다. 어떤 의미에서는 '현대 문학' 뿐만 아니라 모든 것이 '인위적' 특성을 갖고 있다고 할 수 있다. 문제는 '이데올로기'냐 '인위성'이냐 하는 구체적인 함의의 구별에 달려 있을 뿐이다. 셋째, 현대 문학'과 '당대 문학'

2 천쓰허陳思和 「중국 신문학 연구의 전반적 관점中國新文學研究的整體觀」, 《푸단학보復旦學報》, 1995, 제3호. 본문의 인용은 『천쓰허 자선집陳思和自選集』(1쪽, 광시사범대학출판사廣西師範大學出版社, 1997)과 「20세기 중국 문학사 편찬에 관한 몇 가지 문제關於編寫二十世紀中國文學史的幾個問題」(이 글은 「한 권의 문학사에 관한 구상一本文學史的構想」이라는 제목으로 천궈치우陳國球가 편찬한 『중국 문학사에 관한 성찰中國文學史的省思』에 수록되었으며(홍콩삼련서점香港三聯書店, 1993), 『천쓰허 자선집陳思和自選集』 편찬 당시 저자는 '중대한 수정'을 하였다고 밝혔다. 『천쓰허 자선집』, 22쪽-26쪽.

3 왕홍즈王宏志는 "알다시피 '현대 문학'이라는 단어는 사실 '당대 문학'의 상대적인 개념'이라고 말했다.(『역사의 우연歷史的偶然』, 홍콩 : 옥스퍼드대학출판사, 1997, 47쪽) 비록 '잘 알려져 있다'고는 하지만 이 문제를 온전히 다룬 글은 아직까지 본 적이 없다.

의 '인위적 구분'에 대해 말하자면, 문학사가들의 '사후'(이미 지나간 '역사')에 대한 기술일 뿐만 아니라 문학 운동의 제창자와 추진자들이 쟁취하고자 하는 문학의 전망에 대한 '가설'이며 특정 문학 노선에 대한 구현이기도 하다. 후자에 대해 말하자면, 이것이 문학사 연구와 문학 운동을 전개해 나가는 복잡한 관계를 드러내는 관점을 제공하고 있다.

이렇게 하여 '당대 문학'의 개념에 대한 분석은 토론의 기점을 마련하게 되었다. 그것은 바로 개념의 상호 관계를 통해서, 또 문학사 연구와 문학 운동 전개와의 관련성을 통해서 그것의 생성 과정을 정리하는 것이다. 토론할 대상은 특정 시기와 지역에서 그 개념이 어떻게 생성되고 변화 발전하는지, 그리고 그 개념의 생성과 변화 발전이 어떠한 문학적 규범의 특징을 반영하고 있는지를 밝히는 것이다. 또 다른 각도, 이를테면 '어휘의 뜻'의 측면에서, 개념의 '본질'적 측면에서 '당대 문학'의 함의 및 상응하는 시기 구분 방법의 진위眞僞와 정오正誤를 토론하는 것도 의미가 없는 것은 아닐 것이다. 그러나 이는 이 글의 주된 목적은 아니다.

'신문학'과 '현대 문학'

'당대 문학'의 생성 과정을 논할 때, '신문학'과 '현대 문학'의 개념에 대한 고찰을 빼놓을 수 없다. 앞서 인용한 천쓰허陳思和의 글에서 제기한 '신문학'의 개념(혹은 문학사 분과학문으로서의 '신문학사 연구')과 '현대 문학'('현대 문학사 연구')의 사용을 보면, 그 둘은 서로 연접한 두 단계로 나타난다. 동시에 한 발 나아가 '신문학'의 개념(혹은 '신문학사 연구')이 '현대 문학'(혹은 '현대 문학사 연구')으로 대체되는 과정이 바로

'당대 문학' 개념(혹은 '당대 문학사 연구')이 생성되는 과정이라는 점을 지적할 수 있다. 이러한 '신문학'과 '현대 문학'이라는 개념의 교체가 바로 '당대 문학'이 생성될 수 있는 조건과 그것이 존재할 수 있는 공간을 제공해 주었다고 해도 과언이 아니다.

대략 1950년대 중반 이전에는 '오사五四' 운동 이후 신문학에 관한 문학사의 논저와 작품 선집은 대부분 '신문학'이라는 명칭을 사용하였다. 이 시기에는 '현대 문학'이라는 개념은 드물었고, '현대 문학'이라는 이름을 붙인 개별적인 저서들도 주로 '현 시대'라는 시간적 개념으로 사용되었다.[4] 예컨대, 『중국 신문학의 원류中國新文學的源流』(저우쭤런周作人, 1932), 『중국 신문학 운동사中國新文學運動史』(왕저푸王哲甫, 1933), 『중국 신문학 운동 논평中國新文學運動述評』(왕펑위엔王豐園, 1935), 『신문학 개요新文學概要』(우원치吳文祺, 1936), 『중국 신문학 대계中國新文學大系』(자오쟈비趙家壁 편찬, 1935-1936) 등이 이에 속한다. '신문학新文學'이라는 명칭을 사용한 주즈칭朱自清의 『중국 신문학 연구 개요中國新文學研究綱要』와 저우양周揚의 『신문학 운동사 강의 요강新文學運動史講義提綱』은 1982년과 1986년에야 정식으로 발표되었지만[5] 모두

4 예컨대, 렌팡치우任訪秋의 『중국 현대 문학사中國現代文學史』(상권, 허난전봉보사河南前鋒報社, 1994)가 이 범주에 속한다. 여기에서 '현대'는 '현 시대'를 뜻한다. 이 외에도, 첸싱춘錢杏邨의 『현대 중국 문학 작가現代中國文學作家』, 황잉黃英의 『현대 중국 여성 작가現代中國女作家』, 아잉阿英의 『현대 십육가 소품現代十六家小品』 등에서 다룬 '현대現代'도 이와 같은 의미를 내포하고 있다.

5 『중국 신문학 연구 개요中國新文學研究綱要』의 원고는 3종류로 1980년대 초, 자오위엔趙園에 의해 정리되어 《문예논총文藝論叢》제14집에 게재되었고, 1982년 상하이문예출판사上海文藝出版社에서 출판되었다. 저우양周揚의 「신문학 운동사 강의 요강新文學運動史講義提綱」은 1939년부터 1940년까지 루쉰 예술학원에서 쓰여진 강의 개요로 1986년 《문학평론文學評論》, 베이징, 1호와 2호에 공식적으로 게재되었다.

1920년대와 1930년대에 쓰여진 저자의 학교 강의 원고이다. '신문학'이라는 개념을 사용한 이 같은 상황은 1950년대까지 이어졌다. 딩이丁易의 『중국 현대 문학 사략中國現代文學史略』(1955) 외에도, 왕야오王瑤의 『중국 신문학사고中國新文學史稿』(상권 1951, 하권 1953), 차이이蔡儀의 『중국 신문학사 담화中國新文學史講話』(1952), 장비라이張畢來의 『신문학사 요강新文學史綱』(1955), 류서우송劉綬松의 『중국 신문학사 초고中國新文學史初稿』(상하권, 1956) 등은 1950년대 전반에 출판된 문학사에 관한 저서로서 모두 '신문학사新文學史'라는 용어를 사용하였다.

그러나 1950년대 후반부터 '신문학'이라는 개념은 '현대 문학'으로 급속히 대체되었고, '현대 문학사'라고 이름을 붙인 저서들이 쏟아져 나왔다.[6] 이와 동시에 '당대 문학사' 혹은 '신중국 문학'이라는 명칭을 붙이고 1949년 이후 본토 문학을 다룬 저서들도 속속 생겨났다. 1950년대 중후반에 일어난 이러한 개념의 교체는 언뜻 보기에는 갑작스럽게 느껴질 수도 있지만[7] 실제로 그 변천의 논리를 전혀 찾을 수 없는

6 쑨중톈孫中田 · 허산저우何善周 · 쓰지思基 · 장펀張芬 · 장쓰양張泗洋 등의 『중국 현대 문학사中國現代文學史』(상권, 지린인민출판사吉林人民出版社, 1957), 푸단대학교復旦大學 중문학과 현대 문학 전공의 학생들이 함께 편찬한 『중국 현대 문학사中國現代文學史』(상권, 상하이문예출판사, 1959), 지린대학교吉林大學 중문학과 중국 현대 문학사 교재 편찬 팀의 『중국 현대 문학사中國現代文學史』(제1권, 지린인민출판사吉林人民出版社, 1959), 푸단대학교復旦大學 중문학과 57학번 문학 전공의 학생이 편찬한 『중국 현대 문예 사상 투쟁사中國現代文藝思想鬥爭史』(상하이문예출판사, 1960), 중국 런민대학교中國人民大學 중문학과 문학사 연구실의 현대 문학 팀이 편찬한 『중국 현대 문학사中國現代文學史』(상하권, 중국런민대학출판사中國人民大學出版社, 1961) 등이 있다. 그러나 이 시기 타이완과 홍콩 등에서 사용된 개념은 이와 다르다.

7 이러한 갑작스러운 교체 현상은 사람들을 어리둥절하게 만들 수 있다. 지아즈팡賈植芳은 "언제부턴가 '신문학'이라는 개념은 점점 쓸모가 없어졌고, '현대 문

것은 아니다. 이러한 교체는 문학 운동이 발전한 결과이다. 당시 문학계는 이 두 가지 개념에 다른 의미를 부여하였다. 문학계가 '신문학'을 '현대 문학'으로 대체할 때는 사실상 문학사의 '시기' 구분 방식을 정립하던 때였고, 당시 확립할 필요가 있던 문학 규범의 체계를 위해 문학사 '다시 쓰기'를 통해 근거를 제시하던 때였다.

1920년대와 1930년대에는 시간적이고 심리적인 면에서, 발생한 사건들이 비교적 가까운 거리에 놓여 있었기 때문에 '오사五四' 문학 혁명 및 이 '혁명'의 성과에 대해 진술할 때, 특히 사실을 제약하거나 자료를 다루는데 있어 서로 다른 작가와 학자들 사이에 비교적 많은 공통점이 있었다. 이들은 대체로 '신문학'을 '구 문학'(혹은 '전통 문학')의 혁명적 변혁을 통해 이룬 문학적 현상으로 간주하였다. 그럼에도 불구하고 '신문학'에 대한 진술과 해석은 처음부터 많은 차이를 드러냈고, 입론과 해석의 방향 면에서 훗날의 심각한 분열을 예고했다.

앞서 이미 언급한 신문학사新文學史의 논저와 함께 후스胡適 의 「50년 동안의 중국 문학五十年來中國之文學」, 량스치우梁實秋의 「현대 중국 문학의 낭만적 추세現代中國文學之浪漫的趨勢」, 첸싱춘錢杏邨의 「현대 중국 문학 작가現代中國文學作家」, 펑쉐펑馮雪峰의 「민주 혁명의 문학 운동을 논하다論民主革命的文學運動」, 후펑胡風의 「현실주의 길을 논하다論現實主義的路」 등의 저서에서 몇 가지 공통점과 더불어 많은 차이점도 볼 수 있다. 즉 서로 다른 입각점, 서로 다른 자료 선택의 방법, 서로 다른 평가 체계를 엿볼 수 있다. 이러한 역사적 서술의 차이

학'으로 대체되었다." … 그러다 보니 어느새 이 학문의 분야가 형상과 구조라는 자가당착에 빠지게 되었다"고 원망했다.(『중국 현대 문학 사전·머리말中國現代文學詞典·序』, 상하이사서출판사上海辭書出版社, 1990)

는 서술자의 신분과 지적 배경뿐만 아니라 개인이 처한 특수한 역사적 상황과 직간접적으로 관련되어 있으며 그들이 신봉하는 역사관과 문학관으로부터 제약을 받아 당연히 서로 다른 집단, 파벌의 사회정치, 경제, 문화에 대한 현실 평가와 미래 설계를 나타내고 있다. 량스치우梁實秋에게서는 어빙 배빗Irving Babbitt 등의 '네오 휴머니즘' 이념의 적용, '신문학新文學'의 '낭만적' 경향에 대한 비판, 문학의 절제와 규율의 제창을 엿볼 수 있으며, 첸싱춘錢杏邨의 논저에서는 그의 '새로운 시대의 안목'이라는 급진적인 잣대가 어떻게 루쉰魯迅, 위다푸郁達夫, 예성타오葉聖陶, 쉬즈모徐志摩, 마오둔茅盾 등을 낙오되거나 시대를 따라잡지 못하여 '반동'이 된 사람들에 귀속시켰는지를 엿볼 수 있다. 주즈칭朱自清에게서는 역사 속의 복잡한 존재가 존중 받고(현재의 일설에 의거할 때 그것은 바로 '현대'의 복잡한 이면과 모순적 측면을 인정하는 것이다), 문학이 진보한다는 이상 속에서 작가의 다양한 주장과 창조가 상당히 관용적으로 포용되고 있다. 그 자신의 사상적, 예술적 태도가 결코 결핍되어 있지 않으면서 말이다. 1930년대와 1940년대 '신문학'의 다양한 역사적 서술 방식을 몇 가지 유형으로 나눌 수 있다면 다음과 같다. '자유주의' 사상과 문학의 '자율성'에 중점을 둔 입장의 서술, 문학의 계몽적 역할과 문화 비판을 강조하는 입장의 서술, 계급 분석 및 문학과 경제, 정치의 결정적 연관성에 근거를 둔 서술 등이 그것이다.

1940년대 초, 마오쩌둥毛澤東은 『신민주주의론新民主主義論』을 발표하였고, 또 이 전후로 『중국의 혁명과 중국 공산당中國革命和中國共產黨』 등의 논저와 함께 중국 사회의 현상을 체계적으로 분석하였다. 『신민주주의론新民主主義論』의 논술은 중국의 좌익 문화계에 큰 영향을 미쳤고, 문학사에 관한 연구에 대해서도 예외는 아니었다. 마오쩌둥은 여기에서 문화적 문제를 관찰하는 방법론을 제시하였고, 문제를 토론하는 기본 전제를 확립했다. 그것은 바로 물질과 정신, 존재와 의식, 정치, 경제 혁명과 문화 혁명 간의 관계에서 전자가 후자에 미치는 '결정적' 작용을 강조하였다는 점이다. 그는 '일정한 형태의 정치와 경제는 먼저 일정한 형태의 문화를 결정하는 것이다. 그런 다음 그 일정한 형태의 문화가 또 일정한 형태의 정치와 경제에 영향과 작용을 미친다'[8]고 지적하였다. 이는 좌익 문학계에서 전개된 문학 운동 및 이와 밀접하게 연결된 문학에 대한 역사적 서술(문학사 연구)을 위해 필히 따라야 할 원칙을 확립했다. 문학사 서술의 측면에서 보면 이 원칙은 다층의 '문학 등급'의 획분이라 부를 수 있다. 마오쩌둥은 현 단계의 중국 사회의 형태가 '반봉건 반식민지'이며, 따라서 중국의 혁명은 반제 반봉건의 민주 혁명이라고 인식했다. 그러나 그는 20세기에 들어서 자본주의가 '제국주의'로 발전하고, 러시아의 10월 혁명이 발생함으로써 이러한 상황에서 중국의 부르주아 민주 혁명은 이미 세계 프롤레타리아 혁명의 구성 요소에 속하였고, 그 주도권이 프롤레타리아와 정당의 수중에 장악되어 혁명은 더 이상 '구민주주의' 혁명의 범주에 속하지 않을 뿐만 아니라 이는 '신민주주의' 혁명이라고 인식하였다. 이 혁명은 사회주의 혁명의 목표로 연결될 것이다.

이 논술은 문화적 분석의 측면에서 필연적으로 다음과 같은 결론에 이르게 된다. 첫째, 현 단계 중국 사회의 다양한 경제적 구성 요소와 계급적인 정치 세력에 대응하여 '문화'는 '전체'가 아닌 다양한 문화적 형태가 존재하므로 계급에 대한 특징을 분석하고 구별하여 다양한 문화적 형태의 위계 질서를 결정해야 한다. '제국주의 문화'와 '반봉건적 문화'는 반동적이고 '타도되어야 할 것'이며 새로운 경제 기반과 선진

8 『신민주주의론新民主主義論』, 『마오쩌둥 선집毛澤東選集』1권, 인민출판사, 1966, 657쪽.

계급의 의식을 반영하는 것이 '새로운 문화'이다. 둘째, '새로운 문화'는 더 이상 분석할 필요가 없는 '전체'가 아닌 '통일 전선'을 형성하는 다양한 요소들로 구성된다. 이 '통일 전선'에서 다양한 요인과 세력의 위치는 동등하지 않으며 주도와 비주도, 단결과 피단결, 투쟁과 피투쟁 사이에 구조적 구분이 존재한다. 프롤레타리아의 문화와 '사회주의적 요소'는 '결정적 작용을 하는 요소'이며, 부르주아 계급과 쁘띠 부르주아의 문화는 투쟁과 단결을 통해 쟁취하고 개조되어야 하는 요소에 속한다. 셋째, 마오쩌둥의 견해에 따르면 중국 사회와 인류 사회의 발전은 모두 봉건적인 사회에서 사회주의로 발전하는 과정을 거쳐야 한다. 따라서 현 단계의 '신민주주의 혁명'은 혁명의 종착점이 아니며 혁명의 첫 단계를 완수한 후, '다음 단계로 발전시켜' '인류의 역사가 생긴 이래 가장 완전하고 진보적이며 가장 혁명적이고 합리적인' 사회제도를 수립해야 한다. 따라서 '신민주주의 문화'는 '과도기적' 문화로 더 높은 차원의 사회주의와 공산주의 문화로 발전할 수밖에 없고, 문학의 발전 단계에서 발생한 문제는 사회 발전의 단계를 통해 확인할 수 있다.

이는 '끊임없는 혁명'으로 '새로운 문화'를 구축하자는 주장이다. 20세기에 이러한 급진적인 문화 주장이 일찍부터 존재해 왔고, 또 1920년대 말의 '혁명 문학'의 제창과 논쟁 중에서 더욱 이데올로기화 되었지만 1940년대 초반의 이 논술은 오히려 중요한 의의가 있다. 이 이론은 중국 사회의 특수성에 대한 분석을 통해 구축되었다는 점에서 더욱 설득력이 있다. 더 중요한 것은 실제적인 정치적 실천과 연결되어 정치 운동에서 '제도화'의 실현을 지속적으로 촉진한다는 점에서 이전의 급진적 문화에 대한 주장과는 다르다(급진적 문화에 대한 주장은 자신을 많은 문화적 개념 중 하나로 주장하는 것이며 이러한 주장이 정치권력의 보장

하에 제도화된 규범적 세력이 되는 것은 완전히 다른 일이다). 문학사의 개념 문제에 있어서 이 논술은 '신문학'(훗날 '현대 문학'으로 대체됨)에 새로운 함의를 제공하였고, '신민주주의' 특징을 지닌 '신문학'보다 더 높은 수준의 문학(훗날 '당대 문학'이라 불림)이 이미 이 논술 속에 포함되어 있다. 1950년대 중후반에는 '현대 문학'이 '신문학'의 개념을 대체하였고, 문학사의 서술에서 『신민주주의론新民主主義論』의 논술이 이 두 가지 측면에서 실제로 적용되었다. 하나는 신문학 구성의 등급 획분이다. 저우양周揚 등이 조직하고, 탕타오唐弢가 편찬한 『중국 현대 문학사中國現代文學史』의 '서론'에서 말한 바와 같이, 중국 현대 문학은 '프롤레타리아가 주도하는 인민대중의 반제 반봉건의 신민주주의 문학'이며, "그것은 '신민주주의 통일 전선의 특징'을 가지고 있다." 즉 그것은 다양한 계급 성분인 프롤레타리아 계급과 브루주아 계급, 뿌띠 부르주아 계급, 그리고 '잔존하는 봉건 문학'과 '파시스트 문학'을 포함하고 있다.[9] 이 때 사용된 '현대 문학'이라는 개념은 다양한 문학 성분을 획분한 기초 위에 주류를 확정하는 것이었으며 '신문학'의 개념에 대한 '축소'와 '협화'에 도달한 것이다. 둘째, 문학의 '진화'에 관한 단계론이다. '신문학'의 시간적 범위가 명확하지 않은 것(예컨대, 왕야오王瑤의 『중국신문학사고中國新文學史稿』는 '부록'이지만 여전히 '신중국 수립' 이래의 문예 운동'이라는 한 장을 삽입하고 있다)[10]과 달리 '현대 문학'은 명확하게 '오사五四' 문학 혁명 이후 1949년까지의 기간을 가리킨다. 1949년 혁명의 특성이 변화한 이후에 등장한 문학은 이미 문학의 특성도 달라졌기 때문에 그것을 지칭할 또 다른 개념이 필요했다. 이

9 탕타오唐弢 『중국 현대 문학사·서론中國現代文學史·緒論』, 인민문학출판사, 1979.

10 1982년 상하이문예출판사의 개정본에서는 이 부록을 삭제했다.

는 문학의 시기 획분 면에서, '분과학문의 분계分界 면에서 '후금박고厚今薄古'의 태도로 '신민주주의 특징을 지닌' '현대 문학'과 '사회주의 특성을 지닌' '당대 문학'이라는 서열을 확립했다.

'당대 문학'의 생성

1950년대 초에 출판된 왕야오王瑤의 『중국 신문학사고中國新文學史稿』는 마오쩌둥毛澤東의 『신민주주의론新民主主義論』과 『옌안 문예 좌담회에서의 연설在延安文藝座談會上的講話』을 지도하기 위한 첫 번째 신문학사로 보는 것이 일반적 관점이다.[11] 물론, 엄밀히 따지면 저우양周揚의 옌안延安 루쉰 예술학원에서의 강의 원고인 『신문학 운동사 강의 요강新文學運動史講義提綱』이야말로 『신민주주의론』을 신문학사 논술의 기준으로 삼은 최초의 시도였다. 그러나 『신문학 운동사 강의 요강』은 1980년대에 들어서 정식으로 발표가 되어 오랫동안 문학사 연구에 직접적인 영향을 미치지 못했다. 왕야오의 『중국 신문학사고中國新文學史稿』(류서우송劉綬松, 차이이蔡儀, 장비라이張畢來 등과 함께 집필한 1950년대의 저서)는 여전히 '신문학'이라는 개념을 사용하고 있지만 일부 학자들이 지적한 바와 같이 이미 '현대 문학사 연구'의 범주에 속한다.[12] 그러나 『중국 신문학사고』는 『신민주주의론』의 '지도 사상'을 구현하고자 했지만 그렇게 철저하지는 않았다. 특히, 특정 작가의

11 황시우지黃修己 『중국 신문학사 편찬사中國新文學史編纂史』, 베이징대학출판사北京大學出版社, 1995, 133쪽.

12 천쓰허陳思和 『중국의 20세기 문학사 집필에 관한 몇 가지 문제關於編寫中國二十世紀文學史的幾個問題』, 『천쓰허 자선집陳思和自選集』, 24쪽.

작품을 선정하고 평가하는 데 있어서 분명 '지도 사상'과 모순되는 부분이 많아 여러 차례 비판을 받았다.[13]

그러나 『신민주주의론』의 문화적 문제에 관한 논술은 문학과 역사에 대한 서술을 제약했을 뿐만 아니라 더 중요한 것은 문학 노선의 방향과 발전 방식을 결정하였다. 즉, '당대 문학'의 생성은 문학 운동이 전개되는 과정과 방식에서 살펴볼 필요가 있다. 이를 바탕으로 '전제'와 '선택' 이라는 단어를 사용하였는데, '예상'의 의미는 일부 학자들이 제시한 중국 현대 문학의 '역방향성'과 유사한 특징을 가지고 있고, 즉 하나의 문학적 형태의 이상에서 출발하여 이러한 문학을 창조하고 실천을 전개해 나가는 것이다. 그러나 '역방향성'은 사실 상당히 보편적인 현상이며 특히, 20세기 중국과 해외에서 문학적 실험을 개척한 이들은 중국의 '시계詩界 혁명', '소설 혁명', '오사五四' 문학 혁명, '1920년대와 1930년대의 혁명 문학', '40년대의 옌안 문학延安文學'이 아닌 선행 연구의 이론 방식으로 진행되었다. 이와 다른 점이라고 한다면 일부 선봉적인 문학 운동을 추진한 사람들은 이러한 실험 자체에 초점을 맞춘 반면, 중국 현대의 급진적인 문학 실험가들은 그들의 '전제'를 '이단'에 대한 강한 배척과 함께 전체적인 상황으로 이끌어야 하는 것으로 간주했다는 것이다. 이처럼 '전제'는 하나의 '새로운' 문학적 형식의 구축일 뿐만 아니라 전체적인 문학 구조에서 이 문학 형식의 지배적 위치를 확립하는 것이기도 하다.

'당대 문학'의 생성 과정에 대한 고찰은 1940년대 후반부터 시작해야 할 것이다. 1940년대 초, 옌안 문예 정풍延安文藝整風과 옌안 문학

13 「중국 신문학 사고(상권) 좌담회 기록中國新文學史稿(上冊)座談會紀錄」, 《문예보文藝報》, 1952, 제20호.

의 실험은 좌익 문학의 주류파와 '오사'에 이은 제2의 더 위대하고 깊은 문학 혁명으로 간주되었으며,[14] 또한 '신중국의 문예 방향'을 규정한 것으로 인식되었다.[15] 항일 전쟁이 끝나고 독립된 민족 국가인 '신중국'과 '중국의 공업화와 농업의 근대화'가 예견되고 감지되는 상황에서 이 문예의 방향을 전국적으로 확대하여 전 국가 차원의 문학적 구성을 이루었는데, 1940년대 후반의 좌익 문학계가 큰 관심을 갖고 있던 주제이기도 하다. 물론, 점점 더 정치화되고 충돌이 더욱 격렬해진 '전후戰後'의 문단에서 많은 작가들은 정치적 변동에 따라 각종 문학의 역량이 재편될 전망에 대해 실감하고 있었다. 서로 다른 사상적 성향과 창작을 추구하는 작가와 작가 집단은 자신들의 주장을 관철하기 위해 다른 파벌들과 팽팽한 관계를 형성하였지만 좌익 문학 세력만이 문학 '전체'에 대한 규범을 확립하고, 문학계의 방향에 영향을 미치며, 문학에 대한 효과적인 선택을 시행할 수 있는 '자격'과 능력을 가지고 있었다. 이러한 우위는 한 편으로 좌익 문학의 위엄과 광범위한 영향력, 그리고 민족의식과 정서를 보다 효과적으로 표현하고, 다른 한편으로는 빠르게 승승장구하고 있는 정치적 세력의 보장 때문이었다. 1948년 주광첸朱光潛은 좌익 문학계를 향해 '문예가 자신의 사상이나 이해관계에 부합하기 위해 어느 한 방향으로 가야한다고 생각하고 그 방향으로 가도록 강요하며 온갖 수단을 동원해 억압하려는 간악한 짓' 이라고 공격했다.[16] 이 발언은 당연히 좌익 문학의 정치적, 문

14 저우양周揚 「마오쩌둥 문예 노선의 절대적인 관철堅決貫徹毛澤東文藝路線」, 《문예보文藝報》제4권 제5호, 1951.6.25.

15 저우양 「새로운 인민의 문예新的人民的文藝」, 『중화 전국 문학예술인 대표 대회 문집中華全國文學藝術工作者代表大會文集』, 신화서점新華書店, 1950.

16 『자유주의와 문예自由主義與文藝』, 『주론周論』제2권 제4호, 1948.8.6.

학적 관념에 따른 엄청난 차이에 기인하지만 '그 방향으로 가도록 강요하는' 문학의 일체화에 대한 불만을 표현하는 데 더 가깝다. 이런 불만은 심리적으로 '정부의 심판' 외에 '또 다른 독식'[17]의 힘이 매우 막강하여 대항하기 어려운 것을 의미하기도 한다.

좌익 문학계가 '당대 문학'의 생성을 도모하는 데서 내린 '선택'은 우선 1940년대 작가의 작품과 문학의 '파벌'을 하나의 '유형'으로 나눈 것이다. 유형 분석의 척도는 문학적 관념, 작가와 작품의 '특징'에 대한 계급 분석으로 이러한 방법은 1920년대 후반에 '혁명 문학'의 옹호자들에 의해 실행되었으며 이들은 소련과 일본의 프롤레타리아 문학 운동에서 확립된 이론과 전략을 당시 문단의 상황을 분석하는 데 적용하였다. 이러한 척도는 좌익 작가들의 계급적 이데올로기로서 문학적 관점에서 직접적으로 파생되었으며 문학과 계급투쟁, 정치적 투쟁 관계에 대한 이해에서 비롯되었다. 그러나 이는 현대 중국 문학이 현실 정치와 특수하게 연계되어 있는 상황과도 관련이 있다. 따라서 1940년대 후반, 이 기준의 실행은 전적으로 마오쩌둥의 중국 현대 사회와 그 문화적 형태에 대한 분석에 근거하였다. 물론, 작가와 문학 작품, 작가의 관점과 감정, 문화적 태도의 표현을 계급적 속성에 따라 명확하게 구분하기란 쉽지 않다. 창작 자체의 복잡함, 정치적 견해와 창작 사이의 복잡한 관계는 장르의 경계를 정하기 어렵고, 해석의 무작위성에 많은 여지를 남겨둔다. 그러나 이것은 좌익 성향의 분석가들이 원하는 것일 수도 있다. 결국 중요한 근거가 될 수 있는 것은 작가의 현재 정치적 입장, 즉 중국의 혁명과 좌익 문학 운동에 대한 입장일 것이다.

17 선총원沈從文 『신폐우존저 · 17新廢郵存底 · 十七』, 『선총원 문집沈從文文集』제12권, 화성출판사花城出版社, 1984, 51쪽.

1940년대 문학 현상(창작과 이론에 관한 주장)에 대한 좌익 문학의 분석은 문학계 내에서(당시에는 이를 '문학 진영'이라고 부름) 적군과 아군을 가르는 것이었다. 1940년대 치열한 정치적 상황에 처한 작가들은 '혁명 작가', '진보 작가'(혹은 '중도 작가'), '반동 작가'로 나뉘었다.[18] 일반적으로 말하자면, '혁명 작가'의 의미와 대상이 모호해서는 안 되며 그렇다고 해서 일률적으로 말하기는 어렵다. 예를 들면, 후펑胡風과 그의 추종자들은 혁명에 대해 일관된 충성심을 보였지만 1940년대 후반에 이런 입장은 더 이상 좌익의 주류 파벌에서 인정받지 못했고, 1950년대에 처음에는 뿌띠 부르주아로 분류된 다음 '반혁명 분자'의 대열에 포함되었다. 딩링丁玲과 펑쉐펑馮雪峰 등도 이와 비슷한 상황을 겪었다. '중도 작가'(혹은 '광범위한 중도층의 작가', 민주주의 작가', '진보 작가' 등)는 신문학의 반제국주의와 반봉건적 경향에 동조하고, 혁명에 대한 동정과 접근이라는 방식을 취하였지만 그 '세계관'은 여전히 문예의 관점과 혁명적 대중 문예와 차이가 있는 뿌띠 부르주아 작가였고, 이는 교육과 연대의 대상으로 여겨졌다. 좌익 문학계는 '당대 문학'의 창작에 참여하기 전에 자신의 문예 관점과 집필 방식을 개조해야 한다고 생각하였다. 반동 작가로 나열된 사람들은 유생주의 문예唯生主義文藝'와 '문예의 재혁명'을 주장한 쉬종녠徐中年과 '문예의 부흥'을 표방한 구이차오顧一樵, 그리고 국민당 정부 당국과 직접적인 관계가 있는 판공잔潘公展과 장다오판張道藩 등이 있다. '예술을 위한 예술'을 주장한 선총원沈從文과 주광첸朱光潛, 샤오첸蕭乾 등의 작가들도 1940년대 후반에는 '반동 분자'의 대열에 포함되었는데, 이는 당시 국민당

18 궈모러郭沫若 「반동 문예를 척결하다斥反動文藝」, 사오첸린邵荃麟의 「현재의 문예 운동에 대한 의견對於當前文藝運動的意見」 등을 참고.

과 공산당 사이의 투쟁에서 선총원과 주광첸, 샤오첸 등의 모호한 정치적 입장과 좌익 문학에 대한 격렬한 비판과 직결된 것으로 보인다. 적군과 아군 사이의 구분을 분석하는 이 방법은 훗날 더욱 발전되었다. 1950년대 말, '부르주아의 길'과 좌익左翼 문예의 대열에 섞인' 반혁명 분자라는 명분 아래, '후스胡適파'와 '천시잉陳西瀅파', '신월파新月派'와 '제삼종인第三種人', '트로츠키 분자 왕두칭王獨清' 과 옌안延安의 왕스웨이王實味, 리요우란李又然, 샤오쥔蕭軍, 딩링丁玲, 국통구國統區의 펑쉐펑馮雪峰과 후펑胡風파, '해방 후解放後'의 천용陳涌과 종뎬페이鍾惦棐, 친자오양秦兆陽 등이 대표적인 인물이다. '문화 대혁명' 시기에는 '당대 문학'의 생성이 논의 대상이 아니었기 때문에 '순수화'라는 구분이 생겼고, 여기에서는 잠시 접어두고 따로 논하지 않기로 한다.

유형 구분의 또 다른 일면은 문학 사상과 창작 현상을 겨냥한 것이다. '혁명 문예와 적대 관계에 놓인' 문예는 '봉건적인 것'과 '매판적인 것' 두 가지 유형을 포함하며, 이들은 '지주와 대부르주아 계급의 하수인이자 조력자'의 문예이다. 샤오첸蕭乾의 창작은 '전형적인 매판형'으로 분류되는 반면 선총원沈從文의 창작은 '외설적'이다. 그리고 '색정色情적이고 황당무계하며 무협과 탐정' 등을 다룬 작품은 '저속한 취향'을 충족시키는 '봉건적' 문예이다. '무자비하게 공격당하고 폭로되어야 할' 이러한 대상들과 더불어 좌익 문학에 대한 분석은 1940년대 진보적이고 혁명적인 문예 운동이 보수적으로 변모하고 약화되는 조건을 드러내는 데 더 치중했다. 이러한 상황은 1948년 사오췐린邵荃麟이 집필한 총괄적인 글[19]에서 주로 두 가지로 요약된다. 하나는 '얄팍

19 사오췐린邵荃麟 「현재의 문예 운동에 관한 의견對於當前文藝運動的意見」, 《대중문예총간大眾文藝叢刊》제1집.

한 인도주의와 방관자의 미온적인 연민과 감탄을 드러낸 태도'로 이러한 태도를 가진 작가들은 '문예에 안착하고, 차분한 마음으로 이 사회를 관찰하고 분석하기 위해' 자신의 창작에 몰두해야 한다고 여겼으며 그들은 '문예 유산을 수용한다'는 명목 하에 점차 구세기 의식에 대한 항복으로 치닫고 있었다. 그 결과, 창작에 있어서 '계급을 초월한 인간의 본성', 이른바 '거룩한 사랑'과 '영원한 사랑'까지 추구하였고, '방법적으로' '번거롭고 지나치게 기교를 강조하는 경향'은 '정치적 역류 속에서 지식인들의 나약한 심리 상태를 반영한 것'이며 '구 현실주의'와 '자연주의'에 의한 작가들의 정복을 드러냈다. 보수적이고 나약함의 또 다른 상징은 '이른바 주관적 정신을 추구하는 경향'을 나타낸 것으로 '내면의 활력과 인격적인 힘'에 대한 추구는 '자연스럽게 자아를 강조하고, 집단을 거부하며 사유의 의미를 부정하고, 사상 체계의 멸망을 선언하며 문예의 당파성黨派性과 계급성을 말살하고, 예술의 직접적인 정치적 효과를 반대하는 쪽으로 흐른다'는 것이다. 이러한 유형을 분석한 결과 비판, 약화, 수정이 필요한 대상을 다룬 '목록'임을 알 수 있다. 엄격한 기준으로 인해 '억압'되는 범위가 상당히 넓고, 이러한 구분은 좌익 문학을 일련의 창작 경향과 유파에서 가장 높은 수준으로 올려놓았을 뿐만 아니라(이는 후펑胡風을 포함한 모든 좌익 문학의 파벌이 동의하는 것이다) 좌익 문학에서는 '해방구解放區의 문학'을 국통구國統區의 좌익 문학보다 우월하게 취급하였다.(이는 후펑 등이 인정하지 않으려는 것이다) '시민 문학'과 폭넓은 범위의 '통속 소설' 등도(여러 비평가들에게 있어서) 다소 주저하긴 했지만 '시민 계급과 식민지의 타락한 문화'에 놓여 있었다. 반면에 1940년대라는 특수한 맥락에서 발전된 창의력과 문학 발전의 다양한 가능성은 대부분 엄격하게 선별되고 누락되었다. 1940년대에는 전쟁으로 나누어진 다양한 생활공간, 특별한 삶의 경험은 작가들이 예술 창조에 '입문'할 수 있는 또 다른 길을 열어주었다. 전쟁은 삶을 위급한 상황으로 몰아넣었을 뿐만 아니라 시사 문제에 대한 개입을 넘어 사회와 인생의 역설적 상황에 대해 깊이 생각하고, 침착하게 관찰하며 분석할 수 있게 해주는 많은 '틈새'를 만들어냈다. 민족의 위기와 사회적 갈등이라는 중압감 속에서 지성인들의 이성과 감정, 정신과 육체, 지식과 실천, 저항과 도피 등의 긴장된 심리적 갈등은 자아 성찰을 통해 더욱 절실히 드러났다. 일상생활 속에서 펼쳐진 서사는 중대한 사건과 주제에 대한 과도한 몰입과 균형을 이루었고, 외부의 영향과 현지 자원의 보다 의식적인 '통합'도 상당한 결과를 얻었다. 이는 이 시기의 펑즈馮至, 선총원沈從文, 스퉈師陀, 루링路翎, 첸중수錢鐘書, 장아이링張愛玲, 바진巴金, 차오위曹禺, 무단穆旦, 정민鄭敏 등의 창작에 반영되었다. 이 모든 것은 부르주아와 쁘띠부르주아의 '개인주의'의 발현으로, 제거되고 시정되어야 할 현상으로 간주되었으며 '당대 문학'의 구성에서는 제외되었다.

'당대 문학'에 대한 묘사

1950년대에 들어서면서 '반동적' 혹은 '잘못된' 것으로 여겨졌던 문학의 장르와 창작 경향은 대체로 정리되었고, '새로운 인민의 문학과 예술은 이미 낡고 썩어 낙후된 봉건 계급과 부르주아 계급의 문학과 예술을 대체하였다.'[20](물론, 급진적인 문학의 주장에 따르면 문학의 '순수화' 운동은 끝이 없고, 1950년대에서 1970년대까지 비판 운동에 의해 진행되

20 저우양周揚 「훌륭한 문학예술 작품을 창조하기 위한 분투爲創造更多的優秀的文學藝術作品而奮鬥」, 『저우양 전집周揚全集』 제2권, 235쪽.

었던 끊임없는 '선택'이 이를 말해준다.) 즉, 해방구解放區 문학으로 대표되는 좌익 문학이 '당대 문학' 구성의 가장 중요한 원천이 된 것이다. 그러나 당초 문학계의 지도자들은 새로운 문학 형식이 등장하고 새로운 문학의 시대가 도래했다고 선언하는 데 있어서 보다 신중한 태도를 보였는데, 이는 '사회주의의 공업화와 사회주의에 대한 개조'가 막 시작되었고, 경제 기반의 변화가 완전히 이루어지지 않았기 때문에 이러한 상황에서 문학의 특징이 변했다고 말하는 것은 『신민주주의론新民主主義論』의 고전적인 담론에 명백히 위배된다. 따라서 1952년 저우양周揚은 '현재 중국 문학은 완전히 사회주의 문학'은 아니지만 '이미 사회주의와 현실주의의 길을 걷기 시작했다'[21]고 말했다.

1950년대 중반에 이르러 '당대 문학'의 구축은 중요한 국면에 접어들었다. 첫째, 1956년 '소유제'의 '사회주의 개조'에서 거둔 승리와 중국이 사회주의에 '진입'했다는 선언은 저우양에게 '사회주의 문화'와 '사회주의 문학'을 공식적으로 언급할 만한 구실을 만들어 주었다.[22] 둘째, 후펑胡風과 우파를 반대하는 운동이 전개되어 후펑, 딩링丁玲, 펑쉐펑馮雪峰 등 영향력 있는 좌익 작가와 관련된 파벌을 적대 진영으로 몰아넣고, 저우양周揚 및 기타 좌익 문학 내의 주류 파벌의 입지를 강화하였다. 또 다른 점은 10년이라는 시간이 있었기 때문에 문학계의 지도자들이 보기에는 이미 내세울 만한 성과들이 많이 있었다는 점이

21 저우양「사회주의와 현실주의 : 중국 문학이 나아갈 길社會主義現實主義——中國文學前進的道路」, 저우양周揚, 『저우양 전집周揚全集』 제2권, 189-191쪽.

22 저우양周揚은 중국 공산당 제8차 전국 대표 대회中國共產黨第八次全國代表大會에서 「문학과 예술이 사회주의 건설의 위대한 사업에서 큰 역할을 발휘하도록 하라讓文學藝術在建設社會主義偉大事業中發揮巨大的作用」는 발언을 하였다. 《인민일보人民日報》, 1956.9.25.

다. 따라서 '건국 이래'라는 문구를 독립적인 문학의 시기로 사용하려는 의도가 명백하게 인정될 수 있는 유리한 조건을 갖게 되었다. 1959년 사오췐린邵荃麟은 『문학의 10년 과정文學十年歷程』[23]에서 '이 젊은 사회주의 문학은 지난 30년 간 혁명적 민주주의 문학을 계승하여 발전한 것'으로 사회주의 문학은 이전 단계의 끝('혁명적 민주주의 문학' 단계의 끝, 즉 1940년대 후반 - 인용)에 이미 성숙해졌고, 혁명이 '사회주의 단계'로 접어들자 '활기찬 모습으로 강한 생명력을 보여주었다'고 주장했다. 1960년 제3차 문학예술인 대표자 대회文學藝術工作者代表大會에서 저우양은 「중국 사회주의 문학예술의 길我國社會主義文學藝術的道路」이라는 제목의 보고서를 '공식 문서'에 올려 1949년 이후 '당대 문학'의 사회주의적 특징을 규정하였고, '혁명적 민주주의 문학'과 '사회주의 문학'이라는 특징적 차이는 두 문학적 시기를 구분하는 주요한 근거가 되었다. 이와 함께 저우양 등은 서둘러 '현대 문학사'의 편찬을 조직하여 반우파 운동에서 문학의 '두 갈래 길의 투쟁'에 대한 서술을 '정전화正典化'하였다.[24] 연구 기관과 대학에서 편찬한 '당대 문학사'에 관한 많은 교재와 논저도 잇따라 출판되었다.[25] '당대 문학'은 독립

23 사오췐린邵荃麟 『문학의 10년 과정文學十年歷程』, 작가출판사, 1960, 33쪽.

24 사오췐린은 저우양周揚의 「문예 전선에서의 대변론文藝戰線上的一場大辯論」이라는 발언에서 '지금 우리에게 나타난 일부 현대 중국 문학사現代中國文學史'와 '두 갈래 길의 투쟁에 대한 묘사는 여전히 명확하지 않다. 그는 좌익 진영의 사상적 투쟁을 두 갈래 길의 투쟁으로 명확히 보지 않았으며' '저우양 동지의 글은 이와 관련하여 맥락을 명확히 하였고, 문학사를 쓰는데 큰 도움이 되었다… 특히, 문학사를 집필하는 동지들께서 함께 연구해 보시기 바란다.'고 말했다. 1960년대 초, 저우양이 주재한 대학교의 문과 교재 편찬에서 가장 주목을 받은 것은 '중국 현대 문학사'였다.

25 화중사원華中師院 문학과가 편찬한 『중국 당대 문학사고中國當代文學史稿』와 베이징대학교 중문학과 1955학번에 재학 중인 학생들과 일부 청년 학자들이 함께

된 문학으로 당시에는 의심의 여지가 없었다.

'당대 문학'의 특징과 성향은 그 생성 과정에서 묘사되고 구성되었다. 1949년 제1차 문학예술인 대표자 대회文學藝術工作者代表大會에서 저우양周揚의 보고서는 해방구解放區 문학의 성과를 서술한 것이었지만 '당대 문학'을 서술하는 특별한 담론 방식을 확립한 후 이를 보완하고 완성하였다. 당대의 '새로운 인민 문예'(사회주의 문예)의 본질에 대한 서술은 일반적으로 다음과 같이 시작된다. 신중국 문학(당대 문학)은 '오사五四' 문학 혁명, 특히, 옌안延安 문학의 전통을 이어받았고, 중국이 새로운 역사적 단계에 접어들면서 문학도 새 시대에 진입하여 역사의 '새 페이지'를 썼으며 문학은 사회주의적 성향으로 바뀌었다. 당대 문학의 '참신한' 특징을 설명할 때 나열된 측면은 주로 다음과 같다. '내용' 면에서 사회주의 혁명과 사회주의 건설은 주된 표현의 대상이 되었고, 노동자와 농민, 병사는 창작의 주인공이 되었다. 예술적인 형식과 스타일에서는 민족화와 대중화를 추구하며 삶을 긍정하고 찬양하는 웅대하고 낙관적인 풍격이 지배적인 스타일이 되었고, '작가의 대열'에 관한 구성의 변화로 노동자 계급의 작가들이 주축을 이루었으며 문학은 인민대중과 전례 없는 긴밀한 관계를 구축하고, 현실에서 중요한 역할을 하였다. 저우양周揚 등에 의해 고안된 이러한 서술 방식은 초기 당대 문학사(중국 사회과학원 문학 연구소)의 『10년 동안의 신중국

편찬한 『중국 현대문학사 당대 문학 부분 요강中國現代文學史當代文學部分綱要』, 산둥대학교 중문학과의 일부 교수들과 학생들이 함께 편찬한 『1949-1959년 중국 당대 문학사1949-1959中國當代文學史』는 모두 1950년대 말에 완성되었다. 이 중에서 화중 사원華中師院과 산둥대학교가 편찬한 2권은 1960년대 초에 정식으로 출판되었다. 중국 사회과학원 문학 연구소中國社會科學院文學研究所의 『10년 동안의 신중국 문학十年來的新中國文學』도 1950년대 말부터 집필을 시작하여 1963년 작가출판사作家出版社에 의해 출판되었다.

문학十年來的新中國文學』(1963) 중 하나로 채택되었고, 30여 년이 지난 지금도 당대 문학사에서 가장 참신한 성과로 이어지고 있다.[26]

'당대 문학'이 확립한 문학의 평가 체계는 이데올로기와 정치적 관점에서 문학 작품의 등급을 판정하는 것이다. 이 속에서 내린 결론은 당대의 '사회주의 문학'은 봉건적이고 부르주아적 성향의 문학과 비교할 수 없을 뿐만 아니라 '신민주주의적 성향'의 문학보다 한 수 위인 '전대미문의 새로운 유형의 문학'이라는 것이다. 따라서 장헌수이張恨水와 평위치馮玉奇는 말할 것도 없고, 바진巴金과 빙신冰心도 당대의 신문학 앞에서는 시대에 뒤떨어졌다.[27] 자오수리趙樹理의 『전가보傳家寶』의 예술적 가치는 비록 차오위曹禺의 『뇌우雷雨』를 따라가지 못했지만 '사회주의 사상의 지도 아래, 실생활 발전에 대한 강한 이해력은 『뇌우』보다 더 정확했다'.[28] '민주주의적 경향'의 문학 작품을 쓴 작가들(바진巴金, 차오위曹禺, 라오서老舍, 펑즈馮至, 허치팡何其芳, 장톈이張天翼 …)이 왜 '사회주의 문학' 앞에서 '부끄러워'하고 비판을 받아야 하는 이유가 잇따랐다. 따라서 비평가들은 「아Q에서 복귀로從阿Q到福貴」[29]와 「아Q에서 양생보로從阿Q到梁生寶」[30]와 같은 논문 제목을 쓸

26 중국 사회과학원 문학 연구소中國社會科學院文學研究所와 소수 민족 문학 연구소少數民族文學研究所 『중화 문학 통사·당대 문학 편中華文學通史·當代文學編』, 화예출판사華藝出版社, 1997.

27 딩링丁玲 「새로운 시대로 접어들다跨到新的時代來」, 《문예보文藝報》제2권 제11호, 1950.6.10 출판.

28 장콩양蔣孔陽 「사회주의 리얼리즘에 관하여關於社會主義現實主義」, 《문예월보文藝月報》, 1958, 제4호.

29 모한默涵 「아Q에서 복귀로從阿Q到福貴」, 《소설小說》제1권 제5호, 1948.

30 야오원위엔姚文元 「아Q에서 양생보로從阿Q到梁生寶」, 《상하이 문학上海文學》 1961. 제1호.

때, 단순히 이미지의 비교를 통해 '중국 사회의 변화'와 다양한 문학적 이미지를 논하는 것이 아니라 문학의 발전 수준, 작가의 사상과 작품의 이상적 경지를 나타내고 있다. 당대 문학은 사회주의적 경향으로 인해 어떤 상황에서도 의심할 여지가 없는 '전례 없는 것'이 되었다. 1950년대에 펑쉐펑馮雪峰, 친자오양秦兆楊, 류사오탕劉紹棠, 류빈옌劉賓雁, 우주광吳祖光, 종뎬鐘惦 등은 '건국 후'의 문학(혹은 영화)이 과거만 못하고, '신문학' 이후의 15년(1942년 이후를 가리킴)은 이전의 20년만 못하며, 소련과 최근의 중국 문학이 '퇴보'했다고 주장한 것은 큰 착오를 범하였다. '당대 문학'에서 약간의 결함을 발견하더라도 올바른 서술 방법은 '사회주의 문학이 아직 비교적 젊은 문학'인데, 어떻게 '2000년 이상의 역사를 가진 봉건적 시대의 문학과 4, 5백년 된 유럽 부르주아 시대의 문학'적 기준에 따라 이런 종류의 문학을 평가할 수 있겠는가?[31] 혹은 문제의 핵심을 작가 자신에게서, 즉 사상적 개조와 삶의 깊이가 결여된 점에서 찾아야 할 것이다. '당대 문학'에 대한 이러한 서술은 사회생활과 문학의 역사적 연관성에서 그 '균열'을 강조하며 다른 작가들과 비평가들은 '연속성'의 어떤 측면을 강조할 때(사회주의 문학의 내용과 특성으로 볼 때, 신·구 두 시대의 문학 사이에 절대적인 선을 긋기는 어렵다)[32] 이단으로 간주될 수밖에 없다.

'당대 문학'의 특징을 묘사하는데 있어 '제재'는 언제나 충분히 부각되어야 한다. 앞서 언급한 저우양周揚의 제1차 문학예술인 대표자 대회文學藝術工作者代表大會의 보고서에서 그는 '진정으로 새로운 인민

31 저우양周揚 「문예 전선상에서의 대변론文藝戰線上的一場大辯論」, 《인민일보人民日報》, 1958. 2.28.

32 친자오양秦兆陽 「현실주의 : 광활한 길現實主義——廣闊的道路」, 《인민일보人民日報》, 1956. 제9호.

의 문예'를 이야기할 때, '새로운 주제, 새로운 인물, 새로운 언어와 형식'을 먼저 언급하였다. 여기에서 '주제'는 훗날 흔히 말하는 '제재'를 의미한다. 『중국 인민 문예 총서中國人民文藝叢書』는 177편의 '주제'를 집계한 뒤 항일 전쟁, 인민군대, 농촌의 토지 투쟁, 농공업의 생산을 각각 몇 편 씩 썼는지를 나열하며 '중국 인민 해방 투쟁의 대략적인 윤곽과 다양한 면모를 드러내고, 민족과 계급의 투쟁, 노동 생산이 작품에서 모든 것을 압도하는 주제가 되었다'고 분석하였다. '제재'의 중요성은 '당대 문학'이 '혁명적 역사'의 구축에 직접적으로 참여한다는 사실에 기인하며 실제 사회 질서의 정당성과 진정성에 대한 증거로도 사용되고 있다. 따라서 '무엇을 쓸 것인가'는 원칙적인 문제이다. 이후 '당대 문학'을 서술함에 있어 '제재'에 관한 문제는 항상 우선순위에 놓이게 되었다. 제2차 문학예술인 대표자 대회第二次文學藝術工作者代表大會(1953), 중국작가협회 제2차 이사 확대 회의中國作協第二次理事擴大會議(1956), '건국 10주년建國十週年'(1959), 제3차 문학예술인 대표자 대회第三次文學藝術工作者代表大會(1960) 등 문학 창작의 성과를 검토하는 자리도 이러한 방식으로 진행되었다.

'제재'를 구분하는 방식의 기준은 당대 문학사에서 보편적으로 채택한, 유형을 개괄하는 방식이 되었다. 1950년대부터 당대 특유의 주제의식이 생겼는데, 현실적인 주제는 역사적 주제보다 우월하고, '혁명적 역사를 다룬 주제'는 '일반적인' 역사적 주제보다 우월하며 중대한 투쟁에서의 삶에 대한 글은 일상생활에 대한 글보다 낫다는 것이다. 이는 작품의 가치를 평가하는 중요한 기준이 될 뿐만 아니라 작가의 발언 범위를 규제하는 '주제'의 중요성과 그것을 구분하는 방식을 설명하고 있다. 가장 '당대적인' 것은 '농업에 관한 주제'(혹은 농촌을 다룬 주제), '공업에 관한 주제', '혁명적 역사를 다룬 주제'(혹은 '혁명 투쟁을 그린 역사적 주제', 또는 '신민주주의 혁명 시대를 반영한 투쟁과 역사') 등 특정 개념이 등장했다는 점이다. '농업에 관한 주제'는 더 이상 신문학의 향토 소설이나 농촌 소설이 아니며 '공업에 관한 주제'는 도시에 대해 많이 묘사했지만 도시 소설이나 시민 소설과는 전혀 관련이 없다. 이러한 주제에 관한 개념은 '부차적인' 사회생활 현상(일상생활, 청춘 남녀의 사랑, 집안 일)에 대한 언급을 거부하며 '사회의 주요 갈등과 투쟁' 표현에 대한 요구 사항이 포함되었다. 정치적 이슈를 건드리지 않고, '도시 시민들의 일상 속에서 한두 가지의 작은 갈등을 제시하여 하나의 이야기를 구성하는 것'은 비판받아야 할 부분이다.[33] '주요 갈등과 투쟁'으로 옹호되는 것은 변화하는 것, '늘 새로운 일들'이며 인간의 변혁에 대한 열망과 충동의 구현으로 정치적 관념을 전달하는 매개체이기도 하다. 반면, 농촌과 도시의 일상생활에서 '부차적'이고 사소한 삶의 정황과 일상적 행동은 관습, 인간의 감정, 일반인의 윤리적 상황에서 더 많은 역사적 연속성을 갖는다. 그러나 '당대 문학'은 이러한 '연속성'을 경계하는 태도로 일관하였고, 지나친 개입과 간섭으로 '사회주의'의 본질을 손상시키는 것을 결코 용납하지 않았다.

개념의 분열

'당대 문학'이라는 개념의 내포는 그것이 생성되는 과정에서 줄곧 다양한 이해가 존재해 왔다. 그러나 문학의 '일체화' 시기에는 그 밖의

33 마오둔茅盾 「반동파의 억압 아래 투쟁과 발전을 위한 혁명 문예在反動派壓迫下鬥爭和發展的革命文藝」, 『중화 전국 문학예술인 대표자 대회 기념 문집中華全國文學藝術工作者代表大會紀念文集』, 신화서점, 1950.

이해가 합법적인 지위를 얻을 수 없었다. 그러나 '문화 대혁명' 시기 문학의 급진적인 세력은 1949년을 중요한 문학 분기의 경계로 분명히 강조하지 않았다. 그들의 관점에서 '17년'은 '문예의 반동 노선을 위한 독재 정치'였으며 프롤레타리아 문예의 '새 시대'는 '경극京劇 혁명'에서 비롯되었다. 장칭江青 등은 아직 '진정한 프롤레타리아의 문학사'(혹은 '새 시대의 문학사')를 편찬할 겨를이 없었지만 이와 관련된 글에는 이미 문학사(문예사)에 대한 그들의 견해가 명확하게 제시되어 있다.[34] 그들은 '경극 혁명'이 일어난 1965년을 문학 분기의 경계로 삼고, 1965년 이후의 문학을 '당대 문학'(물론, 다른 명칭으로 바꿀 수도 있음)이라고 부를 가능성이 더 높아졌다. 그들은 같은 평가 체제를 쓰면서도 '순수함'을 강조하였고, 문학 현상에 대한 더 많은 선별과 억제를 구현하며 '단절'을 더 강조하는 급진적인 잣대를 들이대려 했으며, 이미 그렇게 하고 있었다.

'문화 대혁명' 이후, 사람들이 사회와 문학을 판단하는 기준도 세분화되어 '현대 문학'과 '당대 문학'이라는 개념은 여전히 사용되었지만 사용자가 부여한 의미와 그 사이의 거리는 점점 더 멀어졌고, 이러한 변화는 문학사의 개념과 평가 체계가 새로워진 상황에서 문학사의 '서열'을 재구성하고, 특히 과거에 짓눌리고 가려졌던 부분들을 드러냈다는 공통점이 있다. 1940년대 후반, '당대 문학'이 생성되는 과정에서 누락되고 제거된 문학적 현상, 작가와 작품(장아링張愛玲, 첸중수錢鐘書, 루링路翎, 스퉈師陀의 소설과 펑즈馮至, 무단穆旦 등의 시, 그리고 후펑胡風 등의 이론…)이 발굴되어 '주류'에 놓였다. '현대 문학'과 '당대 문학'의 순위도 역전되어 '현대 문학'은 더 이상 '당대 문학'의 학문적 규범

34 추란初瀾 「경극 혁명 10년京劇革命十年」, 《붉은 깃발紅旗》, 1974, 제4호.

과 평가 기준이 아니라 20세기 문학을 이끌어가는 단서가 되었다(이는 '20세기의 중국 문학'과 '문학사 다시 쓰기'라는 명제를 담고 있다). 물론, '현대 문학'이라는 개념의 의미도 뒤바뀌었다. 1960년대에 탕타오唐弢가 편찬한『중국 현대 문학사中國現代文學史』에서 '현대 문학'은 문학 현상을 '다층적 위계질서'로 분류하고 배제하여 성립된 문학적 질서이다. 1980년대에 '현대 문학'은 일부 사람들에게는 단순한 '시간적 개념' 또는 만상을 망라한 큰 주머니가 되었고, 신문학 외에 '원앙 호접파鴛鴦蝴蝶派'의 주요 특징을 가진 구파 문학, 연애, 탐정, 무협 등과 같은 구통속 문학과 신·구파의 인사들이 쓴 운율 시, 소수 민족의 지역에서 전해 내려온 구비 문학, 타이완과 홍콩의 문학, 해외 화교들이 창작한 문학'도 있으며 '오사五四 신문학의 역류인 삼민주의三民主義와 민족주의 문학, 함락 시기淪陷時期의 매국노 문학, '4인방四人幫(왕홍원王洪文, 장춘차오張春橋, 장칭江青, 야오원위엔姚文元)'이 판을 치던 시절의 음모 문학' 등이 있다.[35] 물론, 보다 일반적인 견해는 '현대 문학'은 단순히 시간적인 개념일 뿐만 아니라 '현대 중국인의 생각과 감정, 그리고 심리를 표현하기 위해 언어와 문학적 형식을 사용하는 문학'이라는 이 시기 문학의 '현대적' 특성을 드러내는 개념이기도 하다.[36] 우리는 실제로 1920년대와 1930년대에 주즈칭朱自清과 정전둬鄭振鐸 등이 이해했던 그 때의 관점으로 되돌아가고 있다.

'당대 문학'이라는 개념의 진화와 이해의 분열도 대체로 이러한 양상을 보이고 있다. 강한 비판과 회의적인 의견 외에도, 일부에서는 단

35 지아즈팡賈植芳『중국 현대 문학 사전의 머리말中國現代文學詞典序言』, 상하이사서출판사上海辭書出版社, 1990.

36 첸리췬錢理群, 원루민溫儒敏, 우푸후이吳福輝『중국 현대 문학 30년·머리말 中國現代文學三十年·前言』, 베이징대학출판사北京大學出版社, 1998.

순히 어쩔 수 없이 사용된 시간적 개념으로 간주되기도 한다. 엄격한 학문적 의미를 부여하려는 시도는 새로운 해석을 찾기 위한 것으로 볼 수 있다. 일부 평론가들은 '당대 문학'의 시간적 한계를 1949년부터 1978년까지로 정하고, 이 기간이 '중국의 신문학사와 신문학 사조사'에서 비교적 독립적인 단계를 갖고 있다고 주장했다.[37] 1950년대 이후의 문학을 '당대 문학'이라고 부르는 것은 '좌익 문학'의 '노동자와 농민, 그리고 병사 문학'이라는 양식이 1950년대에 '절대적으로 지배적인 지위'를 확립하였지만 1980년대에 이르러 '이러한 지위가 도전을 받아 약화된 문학적 시기'를 의미하기도 한다.[38]

《문학평론文學評論》, 베이징北京, 1998년 제6호에 게재

37 주자이朱寨 『중국 당대 문학 사조사中國當代文學思潮史』, 인민문학출판사人民文學出版社, 1987, 3쪽.

38 홍쯔청洪子誠 『중국 당대 문학 개론中國當代文學概說』, 홍콩: 청문서옥青文書屋, 1997.

당대 문학의 '일체화'

1

최근 몇 년 동안 1950년대부터 1970년대까지 중국 본토 문학의 전반적인 특징을 이야기할 때 일부 연구자들은 종종 '일원화' 또는 '일체화'와 같은 요약된 말을 사용한다. 나는 몇몇 글과 문학사 논저에서 이런 서술 방식을 응용한 적이 있고, 이러한 요약은 성립될 수 있다고 해야 할 것이다. 그러나 이 요약을 사용할 때 보다 명확한 의미를 부여해야 한다. 이른바 당대 문학의 '일체화'는 우선 문학의 진화 과정 또는 문학의 시대적 특징을 생성하는 방식을 의미한다. 20세기 중국 문학의 전개 과정에서 다양한 문학의 주장, 유파, 세력은 충돌과 침투, 성쇠의 복잡한 관계에 놓이면서 '좌익 문학'(혹은 '혁명 문학')은 1950년대에 이르러 유일하게 중국 본토 문학을 상징하는 단서가 되었다. 즉, '중국의 좌익 문학(혁명 문학)은 1940년대 해방구解放區 문학에 의해 '개조'되어 그 문학의 형식과 문학적 규범이 … 1950년대부터 1970년대까지 그 영향력과 정치권력의 '제도화'에 힘입어 합법적으로 존재할 수 있는 유일한 형식이자 규범이 되었다.'[1] 둘째, '일체화'는 이 시기 문학의 생산 방식과 조직 방식을 의미한다. 여기에는 문학 기관, 문학 단체, 문학 신문, 문학 집필, 출판, 보급, 독서 및 문학 평가 등의 성격과 특성이 포함되며 분명히 이 시기에는 고도로 조직화된 문학 세계가 존재했다. 문학 생산의 모든 방면을 통일적으로 규범화하고 관리한 것은 이 기간 동안 국가의 사상적, 문화적 통치를 위한 자각적 제도이며 적지 않은 성과를 이루었다. 셋째, '일체화'가 가리키는 또 다른 측면은 이 시기의 문학적 형식이다. 여기에는 작품의 제재, 주제, 예술적 양식, 다양한 문학 장르가 예술적 방식으로 융합되는 경향을 포함하고 있다. 이런 의미에서 '일체화'는 문학사에 존재했던 '다양화'와 우리가 이상적으로 생각하는 '다원적 공생'이라는 문학적 패턴과 정반대의 상황을 구성한다.

'일체화'에 관한 요약은 성립될 수 있고, 이 시기 문학 구조의 특성을 비교적 정확하게 밝혀낼 수 있지만 이 단어의 사용은 '한 번 고생으로 영원히 편안해지는 것'을 의미하는 것이 아니며 즉, 이러한 판단 방식이 이 시기 문학 연구의 끝을 의미하는 것도 아니다. 사실 1950년대부터 1970년대까지의 문학 연구는 아직도 해야 할 일이 많이 남아 있고, 또 어떤 면에서는 본격적으로 이루어지지 않았다. '주류 사상', '국가 권력의 담론', '국가의 서사를 담은 텍스트' 등 현재 널리 사용되는 개념처럼 이 시기의 문학 현상과 문학 텍스트에 대한 서술은 어떤 경우에는 상당히 효과적이지만 다른 경우에는 그 효과가 극히 제한적이다. 특히 기존의 공식을 사용하는 데 있어서, 이러한 단어에 대한 지나친 의존은 현상에 대한 보다 구체적이고 깊은 이해가 부족한 것으로

1 홍쯔청洪子誠『중국 당대 문학사·서문中國當代文學史·前言』, 베이징대학출판사北京大學出版社, 1999, 4쪽.

나타나곤 한다. 문학사 연구에서 적절하고 포괄적인 서술은 항상 특정 현상에 대한 연구자의 포괄적이고 심층적인 이해를 기반으로 하며 이는 연구 진행의 성과를 나타낸 것이다. 일단 이러한 서술이 널리 받아들여지고 사용되면 문학이 처한 상황과 이 복잡한 생성 과정에 대한 추가 조사를 가로막아 상황이 역전될 수 있고, 이것은 우리가 경계해야 할 대목이다. 더 중요한 것은 '일체화'에 대한 서술과 판단의 합리성과 유효성, 이 서술의 이론적 근거와 확립된 관점에 대해서도 냉철한 태도를 가져야 한다. 즉, 이 서술이 현상에 미치는 영향뿐만 아니라 그 속에 드러난 한계가 다른 현상과 문제를 '은폐'할 수 있다는 사실을 인식하여 연구 방법과 시각을 무조건적으로 확대 해석하지 않도록 주의를 기울여야 한다.

따라서 이 글은 '일체화'에 대한 이해를 계속해서 해명하기 위한 것이 아니라 과거에 수행한(특히 내 자신의 연구) 것을 정리하고 검토하여 원래의 이해와 적용에 어떤 문제가 있었는지 살펴보고자 하는 것이다.

2

먼저 지적할 것은 1950년대부터 1970년대까지의 문학을 '일체화'로 설명할 때, '일체화'는 때때로 고정적이고 정적인 현상으로 간주된다는 점이다. 과거에 쓰여진 일부 당대 문학사(물론 내가 집필에 참여한 『당대 중국 문학 개관當代中國文學概觀』[2]도 포함)에서도 항상 독자들에게 정적인 역사적 상황을 서술하고 있다. 이러한 문학사의 첫 페이지를

2 장종張鐘·홍쯔청洪子誠·서수선佘樹森·자오주모趙祖謨·왕징서우汪景壽 저술 『당대 중국 문학 개관當代中國文學改觀』, 베이징대학출판사北京大學出版社, 1986.

살펴보면, 1949년 중화인민공화국의 수립이나 제1차 문학예술인 대표자 대회文學藝術工作者代表大會의 개최가 '당대 문학'의 시작을 알리며 중국의 신문학이 새로운 시기로 접어들었다는 점을 명시하는 것이 일반적이다. 이러한 서술 방식은 한편으로는 1949년을 경계로 두 문학 시기 사이의 '단절', 즉 새로운 문학의 탄생을 강조하며 다른 한편으로는 이러한 전환점의 필연성, 그 정당성과 합법성을 강조하기도 한다. 이 문학 세계('당대 문학')의 자발적인 '탄생'과 그 출현의 정당성은 이 서술 속에서 서로 인과 관계를 이루고 있다. 그러나 사실 '당대 문학'의 발생과 이 문학 시기의 전개, 그리고 그 '일체화' 구조의 형성은 복잡한 투쟁으로 가득 찬 연속적인 과정이라 할 수 있다. 이 과정에서 1930년대와 1940년대에 존재했던 다양한 문학 파벌과 세력은 서로 침투했을 뿐만 아니라 격렬하게 충돌하며 팽팽한 관계를 형성하였다. 이러한 관계는 1940년대부터 1970년대까지의 문학 사조와 문학 운동에서 '주류'와 '비주류', 규범과 그 규범에 대한 도전, 통제와 반통제의 상황을 구성하였다. 이 시기에 문학의 자유를 위한 공간의 확장과 긴축, 문학 권력의 지위와 변화는 기복이 심한 궤적을 드러내고 있다.

'당대 문학'의 발생, 즉 새로운 정치와 경제 제도에 걸맞게 통일된 문학적 형식을 갖추려는 노력은 1940년대, 특히 항일 전쟁이 끝난 직후부터 시작되었다고 해야 할 것이다. 당시 문학계에서는 다양한 문학의 형식과 이를 추구하는 경향이 나타났다. 그 중 '중국의 문예는 어디로 가야 하는가'라는 문제에 대해 주로(영향력 측면에서) 두 가지 상반된 견해가 존재했다. 하나는 '자유주의 작가'로 알려진 사람들을 위해 제안되었고, 그들은 '전후戰後'에는 '오사' 운동 이후 문예계의 끊임없는 논쟁과 갈등이 종식되고, 글쓰기에 전념하며 다양한 문학을 수용하는 문단을 육성하기를 희망했다. '현재는 더 이상 《현대現代》가 《어사語絲》와 싸우거나 《창조創造》가 《신월新月》과 다툴 때가 아니다. 중국 문학 혁명이 28년 동안 이어지면서 온 세상은 우리에게 세계적 수준에 걸맞은 작품을 요구하며 손을 뻗었다.' 그리고 작가는 '긍정적으로 방향을 전환해 붓을 작품에 갖다 대고', '문단을 전쟁터에서 꽃밭으로 바꾸어' 그 곳에서 서민적인 해바라기와 귀족적인 지란芝蘭이 어깨를 나란히 할 수 있도록 하자'고 제안하였다.[3] 이것은 문학계에서 하나의 가치와 다원화된 상태를 확립하고 싶은 소망을 나타낸 것이다. '자유주의 작가'의 이상은 확실히 그들의 정치적 신념과 사회적 이념, 문학적 주장에서 비롯된 것이기도 하지만 그것은 또한, 그들이 자신의 글에 대해 충분한 자신감을 가지고 있고, 비교와 경쟁에서 유리한 위치를 차지할 수 있다고 굳게 믿는 마음가짐이다.[4] '세계적 수준'의 '작품'을 내세운 것은 주로 좌익 작가들이 제기한 도전을 겨냥한 것으로 중국 문학의 전망에 대한 또 다른 설계는 좌익 작가들에 의해 이루어졌다고 해도 과언이 아니다. 그들은 각기 다른 가치관과 심미적 태도를 구현

3 1946년 5월 5일 상하이 《대공보大公報》에 샤오첸蕭乾이 쓴 사설 「중국의 문예는 어디로 가야 하는가?中國文藝往哪裡走?」

4 선총원沈從文은 1957년 4월 30일 장자오허張兆和에게 보낸 편지에서 상하이 작가의 '명방鳴放'에 대해 언급하며 일부 작가들이 '글을 잘 쓰지 못하거나 이를 제대로 다루지 못하는 것은 모두 윗사람의 구속으로 인해 너무 빡빡한 삶을 살아서 그런 것 같은데, 그렇지 않으면 좋은 꽃이 더 많이 핀다'고 원망하였다. 선총원沈從文은 '이 문제를 잘 파악하진 못했지만 일부 사람들의 표현이 부당하다고 생각했다. 왜냐하면 20년 전에 글을 쓸 수 있다고 해서 그것이 꼭 좋다는 의미는 아니기 때문이다. 요즘은 행정적인 제약 때문에 글을 쓸 여력이 없다고 하는 사람들도 있는데, 사실 그가 모든 것을 그만두고 지난 20년 전의 상황에 따라 3~5년 동안 글을 쓴다고 해도 여전히 좋은 작품은 없을 것'이라고 말했다. 『총원가서從文家書』, 상하이원동출판사上海遠東出版社, 1996, 272쪽 참조.

하는 다양한 문학의 형식이 존재한다는 사실을 인정했다. 그러나 좌익 문학은 이러한 '의미와 구조'에서 나타나는 분열 상태가 궁극적으로 계급과 계급 집단의 이익에 기인한 것으로 보았다. 현대 사회에서 사회 구조의 각 계층은 평등해서는 안 되며 실제로 평등할 수 없고, 이는 서로 모순되지 않는다. 1940년대 중후반 좌익 문학의 주요 지도자들의 글[5]과 좌익 문학의 세력이 전개한 문학 운동에서는 프롤레타리아 계급의 이익을 나타내는 혁명 문학이 절대적으로 지배적인 위치를 차지해야 한다는 견해가 확고하였다. 그들의 이론적 서술은 계급성과 당파黨派적 가치관을 나타내는 이러한 문학을 위해 경제 구조와 계급 관계의 측면에서 객관적이고 정당한 증거를 제공하고, 역사적 과정의 실천에서 이러한 지위의 문제를 해결하는 데 주안점을 두었다. 그들은 당시 존재했던 다양한 작가, 문학 계파의 유형과 등급을 분류하기 위해 '진보', 반동', '낙후' 등의 수사修辭 방식을 사용하였으며 이는 즉 단결, 쟁취, 타격의 대상을 구분하고, 제도화된 여론과 조직 등을 통해 '일체화'라는 목표를 선택하는 것이었다. 따라서 '당대 문학'의 발생, 즉 문학의 '일체화'의 실현은 문학이라는 분야에서 조직적인 수단을 통해 '역사'에 개입하는 과정을 의미한다.

제1차 문학예술 근무자 대표 대회全國第一次文代會가 개최되고 새로운 정권이 수립된 이후 좌익 문학(혁명 문학)은 중국 본토 문학에서 절대적인 우위를 확립하였다고 할 수 있다. 그러나 이러한 개입과 선택,

5 저우양周揚 「마르크스주의와 문예 · 서문馬克思主義與文藝 · 序言」, 후펑胡風 「민주를 위한 투쟁의 이면에 몸을 두다置身在爲民主的戰鬥裡面」, 사오췐린邵荃麟 「현재의 문예 운동에 관한 의견對於當前文藝運動的意見」, 마오둔茅盾 「반동파의 억압 속에서 투쟁하고 발전하는 혁명 문예在反動派壓迫下鬥爭和發展的革命文藝」 등이 있다.

갈등의 과정은 여기에서 끝나지 않았다. 중요한 이유 중의 하나는 당대 문학의 급진적 세력에서 '일체화'는 항상 끊임없는 목표였기 때문이다. 그 구현과 유지는 상상 속의 순수한 문학 형식의 추구와 관련이 있으며, 다양한 역사적 단계에서 '순수'의 기준과 구체적인 형식은 지속적으로 조정되고 더 쉽게 형성될 것이다. 1940년대에는 가극 「백모녀白毛女」, 리지李季의 서사시, 자오수리趙樹理의 소설이 새로운 문학 형식의 전형으로 여겨졌다. 그러나 1950년대 중후반에 이르러 중국 좌익左翼 문학의 구도에서는 그들의 모범적인 역할이 현저히 약화되었다. 허징즈賀敬之 등의 시, 「홍기보紅旗譜」, 「창업사創業史」 등과 같은 소설은 이 시기에 등장한 새로운 문학의 목표를 한층 더 반영할 수 있는 창작물이 되었다. 그러나 1960년대 중반에 이르러 이 작품들의 '균열', 즉 '불순물'이 새로운 목표 아래 다시 노출되기 시작하였다. '혁명의 매 발걸음마다 투쟁의 목표가 바뀌고, 미래에 대한 풍경도 바뀌며 미래에 따른 역사적 구성과 서술도 조정될 수밖에 없다'는 일부 논자들의 말처럼 말이다.[6] 따라서 '일체화'를 위한 문학의 파벌과 문학 텍스트의 구분 작업은 멈추지 않을 것이다. 1940년대의 '혁명 문예 진영'과 '반동 문예 진영'에서 1950년대의 '사회주의 문예 노선'과 '반 사회주의 문예 노선'으로, 1960년대까지 '프롤레타리아의 문예 노선'과 '부르주아 문예의 반동 노선' 등 그 갈등의 첨예함과 팽팽한 긴장감은 수그러들지 않고 오히려 더 격렬해졌다.

다양한 문학의 주장과 문학 형식을 해결하기 위해 '역사적으로' 개입하고 '일원적' 상태를 유지하려면 우선 몇 가지 문제를 해결해야 한

6 황즈핑黃子平 『혁명·역사·소설革命·歷史·小說』, 홍콩: 옥스퍼드대학출판사, 1996, 28쪽.

다. 앞서 언급한 바와 같이 먼저 이 문학 형식의 모범적 텍스트를 확립하는 것, 즉 그 특징을 발휘할 수 있는 '정전正典'을 선별하는 것이다. 당대에는 특정 작가, 작품 또는 유파를 '방향', '본보기'로 동일시하는 것은 모두 이와 관련이 있다. 그러나 이 문제의 어려움과 복잡함은 방대한 문학 유산과 현대의 다양한 창작 형태, 그리고 확립되어야 할 당대의 '정전'과 대조되어 당대의 '정전'이 사상적, 예술적인 면에서 취약한 점을 드러내며 '위협'이 될 수 있다. 이는 '일체화'를 옹호하는 사람들에게 역설적인 문제를 제기한다. 가장 진보적이고, 가장 아름답고, 가장 매력적이라고 주장하는 이 문학이 그 '유산'으로부터 정신적이고 예술적인 경험을 전수받지 못한다면 그 생명력은 약화될 것이다. 그러나 '선 긋기'가 필요한 문학과 모호한 관계를 맺으면 그 존재 기반을 손상시키고, '일체화'의 붕괴로 이어질 수 있다. 해결해야 할 또 다른 문제는 작가(심지어 독자까지)의 정신적 의도와 미학적 심리이다. 1950년대 초반부터 이어진 사상 개조 운동, '사회주의 리얼리즘'을 배우자는 운동, '생활 속으로 들어가고', '노동자, 농민, 병사 속으로 들어가자'는 주장은 모두 이 목표를 겨냥한 것이다. 이 방면에서는 실제로 분명한 결과를 얻었으며 특정 기간 동안 문학적 관념과 미적 의도에서 작가와 독자의 '일관적인 태도'가 꽤 인상적이다. 그러나 1960년대 중반 마오쩌둥毛澤東은 '모든 종류의 예술적 형식'에는 '문제가 적지 않고, 이와 관련된 사람들이 많이 있지만 사회주의에 대한 개조도 많은 부문에서 거의 효과를 얻지 못했고, '사회적, 경제적 기반이 변했지만 이 기반을 구성하는 상부 구조의 하나인 예술 부문은 여전히 큰 문제'라고 말할 정도로 그 결과를 의심했다. 여기에서 표현된 것은 심각한 불만을 나타낸 것일 뿐만 아니라 이에 따른 무력감과 슬픔을 드러낸 것이다.

사실 당대에 '일체화'된 문학 구조를 구축하고 유지하는 가장 중요하고 효과적인 방법은 오랜 역사적 관점에서 볼 때, 작가와 독자의 사상을 정화하는 것이 아니라 문학 생산 체제의 확립에서 나온 것이다. 이 체제는 완전하고 엄격하며 효과적이다. 이와 관련하여 우리의 연구는 미흡한 편이다. 여기에는 작가의 신분과 사회적 지위를 결정하는 요소, 문학의 생산 방식, 유통, 보급 체제와 관리 방식, 문학 평가 시스템의 구조와 운영 등이 포함된다. 생산 방식과 문학의 제도에 대한 중대한 변화는 1940년과 1950년대 문학의 '단절'과 '전환점'의 중요한 신호였다.

'당대' 문학 생산의 새로운 시스템의 확립은 주로 다음과 같은 측면에 반영된다. 첫째, 작가 조직 및 단체의 성격과 조직 방식이다. 당대에는 작가협회가 유일한 작가 조직이다. 그 성격과 기능 면에서 이 기관은 '범 정당泛政黨' 조직과 전문적인 조합의 결합으로 볼 수 있다. 그것은 작가의 권익을 보호할 뿐만 아니라 더 중요한 것은 문학 생산의 통제와 관리를 구현하는 동시에 어느 정도 전문적인 '조합'의 독점성을 보여준다는 점이다. 물론 과거에 전문 지식인으로 구성된 조직이 가졌던 일정한 독립성이 크게 약화되었지만 잠재적인 '산업 독점'의 특성은 어느 정도 남아 있다. '범 정당'과 '조직'의 이중적 성격에 대한 몇 가지 표현에 있어서 1950년대와 1960년대에 작가협회에서 제명된다는 것은 작품을 공개적으로 발표할 권리를 상실했다는 것을 의미하며 '전문 작가', '아마추어 작가', '문학 청년', '문학 애호가' 등 다양한 신분이 등장하여 관련 자격을 취득하고, 문학 체제에서의 지위와 등급을 규정하며 이 분야로 진출하기 위한 절차를 규범화 하는 것이다. 둘째, 작가의 생존 방식으로 경제적 소득, 사회적 지위, 역할과 정체성 등을 포함한다. 사회적 지위와 역할, 정체성의 문제는 작가의 자의식이자 사회가 부여한 '제도적' 규정이기도 하다. 지식인과 작가의 신분 변화는 1950년대 이후 정부와 사회관계의 재조정에 따른 변화에서 비롯되었다. 정부의 자원과 권력이 전례 없이 확장되었고, 계획 경제의 체제에 따라 점점 더 많은 사회 구성원들이 통합되었다. 사회에서 가장 중요한 인적 자원은 모두 공직자의 편성에 귀속되어 사회(자연스럽게 문학계도 포함)의 전반적인 통제가 이루어졌다.[7] 작가, 교사 등은 모두 이 '체제'에서 '간부'로 포함되며 과거에 이른바 '프리랜서'라는 신분은 사실상 사라졌다.

셋째, 문학잡지와 출판사이다. 1940년대 후반에는 유명한 《문학잡지文學雜誌》(주광첸朱光潛), 《문예부흥文藝復興》(정전둬鄭振鐸, 리젠우李健吾), 《문신文訊》, 《야초野草》, 《문예춘추文藝春秋》 등이 잇달아 폐간되었고, 해방구解放區의 문학잡지도 대체로 비슷한 상황을 겪었다. 마오둔茅盾 등이 주관한 《소설小說》과 같은 개별 잡지가 1952년 초반까지 이어진 것은 예외일 수 있다. 독자적인 성격, 유파流派, 동인同人의 성격을 지닌 중국 근현대에서 발달한 문학잡지는 그 존재 기반을 잃었고, 문학 간행물은 모두 그 '기관' 간행물의 특징을 명확히 하였다. 이 기간 동안 유파 혹은 동인적 색채의 간행물을 창간하려는 시도가 있었으나 대부분 실패했다. 예를 들어 1950년대 초 후펑胡風 등이 구상을 하고, 딩링丁玲, 펑쉐펑馮雪峰 등은 1957년 동인적 색채의 간행물을 창간할 계획을 세웠으며 같은 시기 장쑤江蘇성의 청년 작가들이 창간한 잡지 '탐구자探索者'의 실패, 쓰촨성 시 간행물 《성성星星》의 실패 등이 그것이다. '중앙中央'의 《문예보文藝報》, 《인민 문학人民文學》 및 '지방'의

7 위의 분석은 양샤오민楊曉民 · 저우이후周翼虎의 『중국의 단위제도中國單位制度』, 중국재정출판사中國財經出版社, 1999, 77-79쪽을 참조.

각 성과 시 문학 간행물은 대부분 통일된 규범을 엄격하게 시행하고, 기본적으로 일관된 목소리를 유지하여 문학의 '일체화'를 효과적으로 보장하였다. 상하이, 베이징 등의 유명한 출판 기관은 1950년대에 들어서 합병되거나 폐지되었으며 출판의 성격이 바뀌었다. 중화서국中華書局과 상무인서관商務印書館은 1954년 베이징으로 이전하여 고서와 인문 사회 과학 저서의 중국어 번역에 국한된 전문적인 출판사가 되었다. 상하이의 해연서점海燕書店, 군익출판사群益出版社, 신군출판사新群出版社, 당체출판사棠棣出版社, 신광출판사晨光出版社 등이 신문예출판사로 합병되었고, 유명한 개명서점開明書店은 청년출판사青年出版社와 합병하여 중국청년출판사中國青年出版社가 되었다. 일부 연구자들이 지적했듯이 '1949년 이전의 옛 중국에서는 국가 기관이 지적 관리 시스템을 일체화 하는 것이 어렵거나 심지어 불가능하였다.' 반면 '1949년 이후 상황이 근본적으로 바뀌었다.'[8] 출판과 유통의 물질적 측면에서는 개인 출판사와 서점이 점차 사라졌고, 중앙 정부에서 지방 정부에 이르는 신문과 간행물의 통일된 발행 및 유통 시스템이 구축되었다. 1950년과 1960년대 베이징의 인민문학출판사, 작가출판사(한 때는 인민문학출판사의 '하위 브랜드'였다), 중국청년출판사中國青年出版社, 상하이신문예출판사(훗날 상하이문예출판사) 등이 이 시기 문학 서적을 출판한 몇몇 '권위 있는' 기관이었다.

넷째, 문학 평가 메커니즘이다. 이 시기에는 전문적 평가와 비전문적이고 실용적인 정치적 개입이 교차하여 그 구분이 어려웠다. 일부 유명 작가들은 문학 내 관원官員이기도 하였다. 이런 정체성의 모호함

8 덩정라이鄧正來「시민 사회와 국가 지적 관리 시스템의 재구성市民社會與國家知識治理制度的重構」,《개방시대開放時代》, 광저우, 2000, 3월호 참조.

은 평가의 복잡함을 가중시켰다. 문학 창작에 관한 전문가(작가와 문학비평가)의 의견은 이 시기에도 여전히 중요하였다. 그러나 결국 결정적인 역할을 하는 것은 전문가가 아닌 경우가 많다. 특히, '중대한' 문제를 다루거나 평가가 크게 엇갈릴 경우 문학계에서 최종 결정을 내리지 않는 경우도 있다. 또한, 자신의 역할에 구애 받지 않는 정치적 권력가도 있다. 전문가의 평가가 드러낸 '진리성'에 대한 정도는 이 문학 체제에서 이들의 위상에 달려 있다. 많은 문학 작품의 수준과 옳고 그름에 대한 판단(예를 들면 영화 「무훈전無訓傳」, 「창업創業」, 소설 「조직부에 새로 온 청년組織部新來的青年人」, 「류즈단劉志丹」, 「리즈청李自成」, 연극 「해서파관海瑞罷官」 등)은 모두 당대 문학 평가의 이러한 '절차'를 반영한다. 물론 주요 정치와 문학적 노선을 포함하지 않는 경우에는 전문가에게 남겨진 해석의 여지가 상대적으로 크다. 당시 단편 「백합화百合花」가 얻은 위상과 그 주제에 대한 해석의 방향(군민軍民 관계를 찬양)은 마오둔茅盾의 당시 평론과 직결된다.

당대에 확립된 문학 체제는 '일체화'된 문학의 형식을 효과적으로 보장하는 역할을 해 왔다. 물론 그 사이에는 많은 틈새도 있을 것이다. 예를 들어, 당대의 문예지와 간행물은 더 이상 상대적으로 독립적인 '여론 공간'의 성격을 갖고 있지 않지만 특정 시기에 일부 신문과 간행물도 이러한 특성을 회복하기 위한 많은 노력을 기울였다. 그 중 1956년에서 1957년 사이 베이징의 《문예보文藝報》, 《인민문학人民文學》, 《광명일보光明日報》, 상하이의 《문회보文匯報》 등이 두드러진 경향을 보였다. 또한, 이 체제에서는 명망이 높고 권력 기반이 두터운 개인(예를 들면, 마오쩌둥毛澤東과 저우양周揚 등)이 막강한 영향력을 행사하였지만 이들 사이에 문학, 정치, 지식인 등의 문제에 대한 우선순위가 항상 일치하는 것은 아니며 문학계에서 '자원'을 통제하고 움직일 수 있는 정도에 따라 이 체제는 시종일관 충분한 '결단'을 보이는 것도 아니다. 이것은 우리가 자세히 식별해야 할 부분이다.

3

다양하고 복잡한 상황에 대한 고찰에서 출발하여 1950년대부터 1970년대까지 이 문학 시기의 전반에 걸친 '일체화'를 인정하면서도 그 변화와 차이점에 대한 연구는 오늘날 일부 연구자들에 의해 중시되고 있다. 특수한 문학이 존재하는 환경 속에서 문학 양식의 변화, 작가, 지식인의 정신적 현상과 심성 구조에 대한 심도 있는 파악은 모두 통일성에서 그 차이를 분별해야만 얻을 수 있다. 최근 몇 년 동안 일부 학자들은 이 시기의 문학을 연구하면서 '잠재적 글쓰기', '다층성'[9] 및 '주류 문학', '비주류 문학' 등의 개념을 내세우는데, 이것은 모두 이 분야와 관련된 노력의 반영이다.

'일체화'라는 문학 구도의 '다층적' 상황은 문화와 문학 분야의 계층적 현상이 '당대'에서도 완전히 사라지지 않았다는 사실에서 비롯된다. 이 시기에 다양한 문화적 요소 간의 구체적인 상황과 존재 방식, 관계는 자연스럽게 변화했지만 이는 특정한 문화적 요소가 크게 약화되고 '억압'되었음에도 불구하고 소멸된 것은 아니다. 지배적인 위치를 차지하고 있는 '당대'의 중국 좌익 문학에서도 그 내부 구성에는 많은 요소들이 있다. 다양한 문학적 역량의 모순과 갈등, 각기 다른 문학적 명제와 미적 경향은 이러한 '일체성'의 한계를 보여준다. 이런 갈등이

9 이러한 개념의 근거와 의미는 1999년 푸단대학출판사復旦大學出版社에서 출간한 천쓰허陳思和의 『중국 당대 문학사의 교과 과정中國當代文學史教程』을 참조.

이 시기 문학의 기본적인 모습을 바꾸지는 못했지만 견제하는 역할도 하였다. 예를 들어 자오수리趙樹理의 소설 창작과 '당대'에서의 기복이 심한 수용사는 이 시기의 다양한 문학적 요인의 복잡한 관계를 반영한다. 그는 높은 평가를 받았지만 1950년대와 1960년대에는 어느 정도 간과되었고(신문예의 '방향'과 현대 '언어 예술의 대가'[10]중 한 사람으로 여겨졌던 것에 비해), 1960년대 초 '심층적인 현실주의'를 제창할 때, 재평가 되었으며 그 위상도 높아졌다. 이러한 상황은 혁명 문학 내부의 작가와 파벌이 '현실주의'에 대한 이해가 다를 뿐만 아니라 그들의 문학적 이상에 대한 차이를 반영하고, 문학의 현대성을 추구한다는 점에서 서양의 현대적 기교와 당대에 존재하는 민족, 민간 전통의 융합과 마찰을 반영하기도 한다. 소설의 문체와 예술적 방식에 있어서는 민족과 민간의 전통을 계승한 '설화'와 구연의 단서가 더 많이 존재하고, 서구의 리얼리즘 소설과 예술적 규범을 적극적으로 받아들이려는 경향과 복잡한 관계를 이루고 있다.

'당대' 문학의 의사 결정권자들의 입장과 관점은 나름의 내재적 논리를 갖고 있지만 그렇다고 해서 변화가 없는 것은 아니다. 이렇게 항상 일관되지 않는 상황은 '다층적' 현상이 존재하는 이유이기도 하다. 그러나 급진적인 문학 세력이 추진하는 '일체화' 과정의 실험적이고 불확실한 성격과 이 과정에서 그들이 직면한 난제(특히, 그들의 이상적인 새 문학을 창조하기 위해 어떤 인적, 예술적 자원을 사용할 것인지), 예상과 결과, 이론과 실천 사이의 간극, 그리고 그것들은 그렇게 획일화되지는

10 1956년 저우양周揚은 자오수리趙樹理를 궈모러郭沫若, 마오둔茅盾, 바진巴金, 라오서老舍, 차오위曹禺와 함께 '언어 예술의 대가語言藝術大師'로 선정하였다. 중국작가협회 제2차 이사 확대 회의中國作家協會第二次理事擴大會議에서 저우양의 보고서를 참조.

않았을 것이다. 분명한 것은 '문화 대혁명' 기간 동안 문화적 급진 세력이 이론과 공개적인 태도에서 문화유산과의 격렬한 단절을 표명했지만 '모범극樣板戲'의 창작에 동원된 인적 자원, 예술적 자원이 이러한 주장과 완전히 일치하지 않는다는 것이다. 창작에 참여한 각본가, 감독, 배우, 음악의 가락, 무대 미술 디자이너는 모두 전국적으로 이 분야에서 훈련된 권위자들(옛 예술에 물든)이며 경극과 같은 전통 예술 형식에서 축적된 성숙한 경험도 '모델樣板'의 창조를 모방할 수 없게 하였다.

이 '다층적' 현상은 일반적으로 두 가지 경우로 나타난다. 하나는 서로 다른 문학 형식의 대립과 갈등이다. 특정한 역사적 상황에서 그것들은 '주류'와 '비주류'('역류')를 구성하며 '명백하고' '숨겨진' 관계를 구성한다. 다른 시기에 비판 받거나 간과된 일부 작품과 문학 이론 뿐만 아니라 일부 비밀, '지하'(문화 대혁명' 기간 동안)에서 쓰인 글쓰기가 이 범주에 속한다. 또 다른 표현은 동일한 텍스트 내부의 다층적인 문화적 구성이다. 최근 일부 텍스트를 다시 읽으면서 이러한 '다층적' 해석에 대한 관심이 쏠리고 있다. 예를 들어 「백모녀白毛女」의 진화進化, 자오수리趙樹理 소설의 민간 문화 요소, 「임해설원林海雪原」, 「삼가항三家巷」 등 현대 통속 소설과의 관계 등이 그것이다. '당대當代'에서 현대 '통속 소설'(의협, 로맨스, 탐정 등)은 그 존재와 발전을 위한 공간을 상실하였다. 그러나 '통속 소설'의 문체적 요소와 예술적 관습은 「임해설원林海雪原」과 「삼가항三家巷」 등의 소설에서 '현실주의' 소설의 규범과 기이할 정도로 결합되어 있다. 일부 '모범극樣板戲'에서도 문화적 원천의 복잡한 현상이 존재한다. 정치적 관념에 대한 해석의 기본적인 틀에서 전통과 민간 문예에 대한 제한적인 참조, 전기적이고 감상적 특징의 추구는 정통적인 서술 외에 또 다른 담론 체계가 존재한다. 물론 '문화 대혁명' 초기의 '지하' 시(예를 들어 1990년대부터 유명세를 타기 시작한 스즈食指의 창작)는 변화의 추세 속에서도 당대 '주류 시'의 사상적, 예술적 요소를 계승하고 유지하였다.

다층성의 강조와 '발굴'은 이 시기 문학에 대한 우리의 상상력을 자연스럽게 변화시키고 조정하겠지만 새로운 서술이 '사실'에서 점점 멀어질 가능성도 경계해야 한다. 이러한 서술을 통해 이 시대의 문학에 정통적인 서사 담론과 다르거나 반대되는 풍부한 텍스트가 있다는 인상을 받게 된다면 정신적 탐구 활동 또는 실제 상황과는 거리가 먼 강력한 흐름이 형성될 수 있다. 1990년대 당대 문학사 연구에서 중요한 성과는 우리가 한때 가졌던 거친 상상을 변형시키기 위한 '비주류' 문학의 단서에 대한 세심한 발견과 '구축'이었다. 이 성과는 긍정적으로 평가되어야 한다. 그러나 우리는 이러한 각오와 확고한 의식을 가져야 하며 이는 즉 우리가 아무리 '발굴'하더라도 '일체화'의 총체적인 모습을 흐리게 해서는 안 된다는 것을 의미한다.

여기에는 신중하게 처리해야 할 몇 가지 '기술적인' 문제가 있다. 이 '비주류'의 실마리를 구성하는 작업에는 과연 어떤 작품과 어떤 출판물이 포함될 수 있는가? 직면할 수 있는 난제에는 다음과 같은 두 가지 경우가 있다. 하나는 '문화 대혁명' 시기 여러 지역에서 '비밀'로 유포되었던 작품들인데, 예를 들어 '필사본手抄本' 소설 「두 번째 악수第二次握手」, 「파동波動」, 「공개된 연애편지公開的情書」, 「저녁노을이 질 무렵晩霞消失的時候」, 스즈食指, 둬둬多多, 망커芒克, 베이다오北島, 수팅舒婷, 구청顧城 등의 초기 시이다. 그들은 당시 특별한 보급 방법을 채택하였고, 그들의 작품은 '문화 대혁명'이 끝난 후에 공식적으로 간행물에 발표되거나 책으로 출판되었다. 이 작품들은 필사본手抄으로 전해지는 과정에서 저자와 전사자傳抄者의 수정이 불가피하였으며 이는 매우 정상적인 일이다. 그리고 '문화 대혁명' 이후 공개적으로 발표되었을 때 저자는(확실히 일부는) 다양할 정도로 중요한 수정을 가했을 수도 있다. 오늘날 이 작품들을 '문화 대혁명' 시기의 '필사본' 소설이나 '지하 시'로 분류하고 평가할 때, 우리는 실제로 그것들이 공식적으로 발표되었을 때의 텍스트에 근거하고 있다. 또 다른 경우는 1950년대부터 1970년대까지의 일부 작품, 그들의 사상과 예술이 당시의 문학적 규범에 따라 '문제가 있다'는 이유로 공개적으로 발표되지 않았을 수도 있다는 것이다(일부 작가는 당시 작품을 발표할 권리를 잃었다). 문학 작품으로 간주되지 않고, 출판을 의도하지 않은 글(예를 들어 일기, 서신, 독서 노트 등)을 쓴 작가도 있다. '문화 대혁명'이 끝난 후 위의 글들은 스스로 또는 친인척들에 의해 우호적으로 간행물에 공개되거나 책으로 편찬되었다.

이 두 경우 모두 집필된 시기와 발표된 시기가 일치하지 않는다. 이러한 현상은 문학사에 보편적으로 존재하며 그것들은 모두 특별한 관심을 가질 만한 것은 아니다. 그러나 위에서 언급한 집필과 발표가 된 시기는 서로 다른 두 문학적 시기의 현상에 속하며 중요한 특성을 가지고 있다. 사상, 감정, 문체, 방식이 모두 단일하고 획일화된 시대에 다양한 목소리를 발견하고 주류를 벗어난 '남다른' 문학적 존재를 확립하는 것이 이 작업의 '예상 목표'이기 때문이다. 따라서 시기를 혼동하면 이 작업의 근거가 훼손될 수 있다. 그렇다면 저작물이 출판되었을 때 글 말미에 명시된(혹은 저자 또는 다른 사람이 명시한)날짜를 기준으로(설령 이 날짜가 설득력이 있다고 하더라도) 작품의 연대를 결정할 수 있는지 의문이 생길 수 있다. 또 다른 질문은 집필된 시기와 출판이 이루어진 짧지 않은 시간, 특히 공개 발표 전, 작품이 수정되고 재작성되었는지의 여부이다. 이때는 이미 또 다른 문학적 시기인가? 만약 이러한 변경이 중대한 것이라면 그것의 집필 시간을 글 말미에 표기된 시점으로 정할 수 있는가? 더군다나 집필된 작품이 그 당시에는 읽히지 않고 작가 등에 의해서만 보존되었다면 아무런 영향력도 없이 그 시기의 '문학적 사실'이라고 할 수 있는가? 이러한 문제들은 여전히 우리를 당혹스럽게 한다.

4

당대 문학의 '일체화'에 대한 사고에서 제기되어야 할 또 다른 문제는 '일체화'의 서술에 대한 시각과 이론적 근거의 한계이다. 우리는 문학의 다양성, '다원적 공생'이라는 문학의 생태학적 환경에 대한 상상 속에서 이러한 '일체화'의 문제를 규명하고 드러낸다. 그러나 '다원적 공생'은 결국 상상에 불과하며 억압적 메커니즘은 항상 존재할 것이다. 시장과 이윤이 점차 사회의 지렛대가 되어가는 오늘날, 이 '주류 문화'를 확립하기 위한 억압의 갈등은 사라지지 않고 다른 길을 채택할 것이며 물론 '주류'를 향한 선택도 큰 변화를 겪을 것이다. 또한, 이러한 시각과 이론적 근거의 한계는 '좌익 문학'(혁명 문학)의 결점과 오류를 주로 검토한다는 점에도 있다. 그러나 이러한 문학의 형식을 또 다른 문학 형식에 대한 억압으로 규정하는 것과 이 형식 자체의 성패를 가름하는 것은 별개의 문제이긴 하지만 적어도 완전히 같은 쟁점은 아니다. 다시 말하자면, 당대 '좌익 문학'의 '소외'가 이 문학 형식에 대한 완전한 소멸로 이어져서는 안 된다는 것이다. 그것이 사상과 예술에 대한 가치 있는 경험을 제공하였는가? 이 문제는 추가적인 논의가 필요하다.

《중국 현대 문학 연구 총간中國現代文學研究叢刊》, 2000년 제3호에 게재

중국 당대의 '문학 정전正典'에 관한 문제

여기에서 말하는 '당대'는 20세기 1950년대에서 1970년대를 가리키며, 이 시기 중국 대륙의 문학 정전正典에 관한 문제를 논하고자 한다. 이러한 문제는 문학 작품의 등급에 대한 가치 평가, 평가 기준, 평가제도 및 절차, '정전'에 관한 문제와 연결된 문화적 충돌 등을 포함하고 있다.

지난 100여 년 동안 현대 중국은 사회, 경제, 사상 및 문화 등에서 급격한 변화를 겪었다. 이러한 변혁의 중요한 징후 중 하나는 대규모의 '가치 평가'로 '정전'(문학 정전은 중요한 구성 요소임) 이 서로 다른 시기에 대규모로 재평가 되는 현상을 의미한다. 일부 연구자들이 '중국에서 벌인 현대 정전에 관한 논의는 1919년에 시작되었다고 할 수 있으며 1949년, 1966년과 1978년에 새로운 원동력이 되었는데, 이는 정치적 노선의 변화와 밀접한 관련이 있다'고 지적하였다.[1] 이 서술은

---

1 네덜란드 Douwe Fokkema, Elrud Ibsch『문학 연구와 문화 참여文學研究與文化參與』, 위궈창俞國強 번역, 베이징대학출판사北京大學出版社, 1996, 45-47쪽.

성립될 수 있다고 해야 할 것이다. 그 중 1949년, 1966년과 1978년은 현재 문학사의 서술에서 흔히 '17년 문학'과 '문화 대혁명 시기의 문학'이라 불리며 현대 중국 문학의 중요한 시기로 볼 수 있다. 이 기간 동안 중국의 '좌익' 정치와 문학의 파벌은 계급적 특성을 기본으로 하는 새로운 문학 양식의 확립을 시도하였고, 문학 정전에 대한 재평가는 이러한 노력을 구성하는 중요한 요소이다.

이 시기 문학 정전의 재평가에 대해 논의하는 것은 많은 복잡한 문제를 수반할 수 있다. 여기에서 제시된 몇 가지 주목할 만한 단서로는 첫째, 당대의 사회생활에서 문학 정전의 위치와 정전의 재평가를 시행하는 기관과 제도이며 둘째, 당대 문학 정전의 재평가에 관한 초점이고, 셋째, 정전의 확립에 대한 기준(기존의 규범과 방식)과 재평가가 직면한 난제이다.

1

현대 사회에서 정전正典은 각 시기의 사회생활에서 중요한 위치를 차지하지만 1950년에서 1970년대 중국 대륙과 같은 상황은 비교적 드물다. 이 기간 동안 문학 정전은 사회생활, 정치 윤리 등에서 중요한 의미가 있으며 현존하는 제도와 이데올로기의 유지 또는 해가 되기도 하는 작용이 극도로 강조되고 있다. 이러한 이해를 바탕으로 현대에는 정전에 대한 평가를 매우 중시하며 때로는 긴장된 상태에 놓이기도 한다. 물론, 현대 사회에서 정전을 검증하고 확립하는 전문 기관이 등장하거나 정전에 관한 확정된 목록을 작성하는 것은 불가능하다. 1949년 이전에는 정전을 구성하는 요소가 학술 부서, 출판, 신문, 정부 기관으로 분산되어 있었고, 1949년 이후에도 이러한 상황은 계속되었지만 '분산'된 상태가 통제되면서 사실상 통일된 검증 기관이 등장했다. 이 기간 동안 이곳은 정치와 문학 권력의 중심이었다. 문학 정전에 대한 검증은 주로 다른 문학과 작가, 작품의 가치 등급을 결정하고, 등급 배열의 기본적인 '질서'를 구축하며 이 질서가 위배되지 않도록 감독하고 유지하는 것이다. 필요한 경우에 따라서는 특정 작품의 성향을 결정하기 위해 다양한 방식으로 개입하기도 한다.[2]

1950년대에서 1970년대에는 문학 정전의 검증과 심사, 감독과 개입의 제도적 보장이 여러 기관(학교, 문학 연구 기관, 출판사, 신문 등)의 도움으로 다양하게 이루어졌다. 그 중 하나는 권위 있는 문학 이론 체계의 구축이며 그 역할은 정전의 평가 기준을 세우는 것이었는데, 문학 연구, 문학 비평과 대학의 문과 강의에서 그 어느 때 보다 규범화된 문학 이론의 중요성이 강조된 적은 없었다. 1944년 저우양周揚은 옌안延安에서 『마르크스주의와 문예馬克思主義與文藝』라는 책을 출판한 이래로 『마르크스·엥겔스·레닌이 문예를 논하다馬恩列斯論文藝』와 『마오쩌둥이 문예를 논하다毛澤東論文藝』 등을 편찬해 문학 비평과 문학 정전의 검증에 관한 근거가 되는 '성경'과 같은 지위를 얻었고, 이 점은 두말할 필요가 없다.

2 1950년대 초, 마오쩌둥毛澤東은 후스胡適, 위핑보俞平伯 등이 맡은 『홍루몽紅樓夢』의 해석에 개입하였고, 1950년대 말 당시 '시와 노동자로 대표되는' 시인 리지李季의 예술적 업적이 의심 받자 펑무馮牧 등으로 하여금 글을 쓰게 하여 이를 제지하였다. 그러나 일부 신문(상하이 《신민만보新民晩報》)이 '대약진'大躍進에서 「톨스토이는 쓸모가 없다托爾斯泰沒得用」는 글을 게재하자, 《문예보文藝報》는 즉각 반응하여 편집장 장광녠張光年이 쓴 「누가 톨스토이가 쓸모없다고 하였는가誰說托爾斯泰沒得用」를 게재하였다. 이 헤드라인은 정전正典을 전면적으로 뒤집는 사조의 확산을 막기 위한 것이었다.

둘째, 문학 서적의 출판 관리인데, 여기에는 출판 가능한 섹션의 계획, 우선순위의 결정과[3] '출판 불가'에 대한 봉쇄가 포함된다. 이 시기에는 출판사가 국가의 통제를 받았기 때문에 출판 주제의 선정에 있어서도 대체로 정전의 확립된 질서에 부합하는 계획이 세워졌을 것이다. 도서 시장의 이윤도 고려가 되는 요인이겠지만 이 모든 것이 질서를 흔들지 않는 선상에서 이루어졌다. 1940년대와 1950년대를 비교하면 외국 문학, 중국 고대와 현대 문학 작품의 출판에서 뚜렷한 변화를 볼 수 있다. 예컨대, 1950년대 중국 문학의 '본보기'로 꼽히는[4] 소련 현대 작가들의 작품을 우선시한 반면, 20세기 서양의 현대 작가들의 작품은 엄격한 통제와 선별의 대상이었다. 1940년대에 이미 번역된 버지니아 울프Virginia Woolf, 데이비드 로렌스David Herbert Lawrence, 앙드레 지드André Gide, 유진 오닐Eugene Gladstone O'Neill, 라이너 마리아 릴케Rainer Maria Rilke, TS 엘리엇Thomas Stearns Eliot 등의 작품은 1950년대 이후 더 이상 출판되지 않았다. 이는 정전正典의 질서를 뒤흔들 수 있는 '비 정전非正典' 작품에 대한 봉쇄이다. 일부 '봉쇄'는 한 작가의 작품 전체를 대상으로 하지 않고, 그 기준에 따라 특정 작가의 작품은 별도로 취급되었다. 중국 현대 작가의 경우 차오위曹禺의 『원야原野』, 『탈변蛻變』, 라오서老舍의 『묘성기貓城記』, 『마씨 부자二馬』, 펑즈馮至

3 1950년대와 1960년대에는 출판사마다 작품의 '정전正典'에 대한 정도가 달랐다. 예를 들면, 베이징 인민문학출판사人民文學出版社는 비교적 수준이 높은 반면 작가출판사作家出版社는 주로 '정전화正典化' 되지 않고 확정하기 어려운 작품들을 출판하였다.

4 저우양周揚은 「사회주의와 현실주의 : 중국 문학이 나아갈 길社會主義現實主義——中國文學前進的道路」에서 중국 문학은 '선진화된 소련 문학으로부터 배워야 한다'면서 '수많은 훌륭한 소련 작가들의 작품은⋯ 우리가 배울 수 있는 가장 좋은 본보기'라 하였다. 《인민일보人民日報》 1953.1.11 참조.

의 『십사행집十四行集』 등은 더 이상 인쇄되지 않았다. 일부 민감한 '비 정전'에 대한 이러한 '봉쇄'는 정전의 질서를 유지하는 데 있어 효과적인 방법이었다.

셋째, 비평과 해석의 개입으로 여기에는 정전에 대해 확립된 기준의 해석, 특정 작가의 작품에 대한 평론, 독자의 독서 습관에 대한 직접적인 '교정' 과 지도가 포함된다. 후자의 경우, 딩링丁玲이 바진巴金과 장헌수이張恨水를 좋아하지만 해방구解放區의 소설을 좋아하지 않는 독자에 대한 비판과 설득,[5] 유럽이 인도주의와 개인의 분투를 표현한 고전 작품을 어떻게 보는지에 대한 펑즈馮至의 서술 등이 있다.[6] 이런 직접적인 지도는 종종 '독자들의 토론' 방식으로도 이루어진다. 1950년대 '대학에서 문예 교육의 편향성에 대한 논의, 바진巴金의 『멸망滅亡』, 『가家』 등에 대한 토론, 『적과 흑紅與黑』, 『장 크리스토프Jean-Christophe』에 대한 토론이 모두 그렇다. 1960년대에 마오쩌둥毛澤東은 과거 중국과 외국의 명작을 출판할 때, '서문'의 작성을 강화하도록 출판 부서에 지시했으며 독자의 이해와 해석의 흐름을 유도하고 규범화 하려는 목적을 가지고 있었다.[7]

5 딩링丁玲 「새로운 시대를 맞이하여 : 지식인의 옛 취미와 노동자·농민·병사 문예에 대해 이야기하다跨到新的時代來——談知識分子的舊興趣與工農兵文藝」, 《문예보文藝報》 제2권 제11호, 1950.8.25 출간.

6 「유럽 부르주아 문학에서의 인도주의와 개인주의에 관한 간략한 서술略論歐洲資產階級文學裡的人道主義和個人主義」, 《베이징대학 학보北京大學學報》, 1958. 제1호.

7 '문화 대혁명' 이전인 1960년대 인민문학출판사人民文學出版社에서 출판한 '외국 고전 문학 명작 총서'는 일반적으로 번역가나 관련 학자들이 쓴 서문을 통해 이 작품이 탄생한 사회적, 역사적 배경과 주제 사상, 그 '긍정적 의미'와 '시대적 한계' 등을 설명하면서 독자의 수용 방향을 지도하고 규범화 하였다.

넷째, 총서, 선집, 학교의 문학 교육과 문학사 편찬은 문학의 정전을 확립하는 중요한 부분이다. 어쩌면 특정 시기에 속한 문학 정전의 질서가 문학 교육과 문학사 집필에 반영되고 응고되어야 그 '합법성'이 실현되고, 교육 과정에서 보급 및 대중화를 이룰 수 있다. 따라서 '당대'가 막 시작되었을 때, 문학의 중요한 업무 중 하나는 중국 현대 문학 총서를 기획하고 출판하며 대학의 문과 교재로 사용되는 신문학사 요강新文學史大綱을 편찬하고 검증하는 것이었다. 1949년과 1950년에는 『중국 인민 문예 총서中國人民文藝叢書』(100여 종의 해방구解放區 문예의 대표 작품)[8]와 『신문학 선집新文學選集』(두 권으로 총 24편이며 1942년 이전에 이미 출세작을 낸 작가 24인의 작품을 수록)[9]이 잇따라 출판되었다. 1950년 교육부는 전국 고등 교육 회의를 소집하여 대학교의 중문학과와 법학과 이 두 전공 분야에 관한 학부 과정의 초안을 채택하였으며 그 중 『중국 신문학사中國新文學史』의 강의 요강은 중요한 항목이었다. 이 요강은 마오쩌둥毛澤東의 『신민주주주의론新民主主義論』의 사상을 구현한 것으로 이 때 출판된 왕야오王瑤의 『중국 신문학사고中國新文學史稿』 집필의 지도 원칙이기도 하다. 1954년에 장커지아臧克家는 『중국 신시집中國新詩選』을 편찬하였고, '루쉰魯迅, 궈모러郭沫若, 마오둔茅盾, 바진巴金, 라오서老舍, 차오위曹禺' 등 이 대가들에 대한 순위도 이 때 완성되었다. 1950년대 말부터 1960년대 초까지 저우양周揚의 주재로 전국 문과 교과서의 편찬이 본격화되었고, 그 가운데 문학 이론과 문학사는 중요한 위치를 차지하였다. 여우궈언游國恩

8 신화서점新華書店은 1949년 저우양周揚, 커종핑柯仲平, 천용陳湧의 편집을 시작으로 잇따라 작품들을 출판하였지만 훗날 '중국 인민 문예 총서 편집 위원회'로 변경되었다.

9 마오둔茅盾이 편찬함, 개명서점開明書店, 1950.

등이 편찬한 『중국 문학사中國文學史』, 탕타오唐弢가 편찬한 『중국 현대 문학사中國現代文學史』, 주광첸朱光潛이 편찬한 『서양 미학사西方美學史』, 양저우한楊周翰 등이 편찬한 『유럽 문학사歐洲文學史』, 이췬以群이 편찬한 『문학의 기본 원리文學的基本原理』는 전국의 각 대학에서 채택한 '통일된 교재'가 되었고, 앞서 언급한 문학사에서 작가와 작품에 대한 평가는 관점뿐만 아니라 격식(작가가 독립된 장과 절을 두었는지, 목록에 등장했는지, 얼마나 많은 지면을 할애했는지 등)에서도 치밀하게 구성되어 당시 확립된 문학 정전의 '질서'를 상당히 선명하게 드러냈다.[10]

2

당대의 문학 정전을 다시 심사하고 결정하는 것은 관련된 범위가 매우 넓다. 시간적으로 말하면 고전 작품과 근현대 작품이 있고, 국가와 지역으로 말하면 중국과 외국, 동양과 서양 등의 구별이 있다. 그러나 중국 '당대 문학'에 대한 중요성과 문학을 다루는 데 있어서의 절박함은 동등하지 않다. 이에 비해 '오사五四' 운동 이후 중국의 신문학과 서양 문학(주로 구미 문학, 특히 구미의 현대 문학)은 비교적 절박한 상황에 처해 있었다. 이러한 절박함은 중국의 현실 정치, 당대 중국인의 세계적 관점, 가치관의 확립과 당대 문학의 양식, 패턴의 구축과 긴밀한

10 '문화 대혁명' 이후 편찬된 『중국 대백과 전서中國大百科全書』는 외국 문학과 중국 문학을 다룬 책에서 '고전'의 순서와 등급도 이런 격식의 엄격한 구성에 반영되어 있다. 예컨대, 항목을 대, 중, 소로 구분하고, 글자 수의 제한, 사진 첨부 여부, 사진의 수량과 내용 등이 포함되어 있다.

관계에서 비롯된다. 루쉰魯迅, 후스胡適의 고전적 위상에 관한 문제는 왕웨이王維, 타오위엔밍陶淵明, 리위李煜, 『장생전長生殿』, 『비파기琵琶記』[11]의 문제와 달리 당대에 있어서 그 중요성이 결코 동등하지 않음이 분명하다. 『홍루몽紅樓夢』과 『수호전水滸傳』 등 당대의 절박한 지위는 이러한 작품 자체보다는 이들이 내포하고 있는 현대 중국의 정치와 문학적 쟁점에서 비롯된 측면이 크다. 일부 작품의 고전적 위상에 대한 결정은 한동안 긴장된 상황에 놓여 있었는데, 마오쩌둥毛澤東의 시와 '문화 대혁명' 시기의 '모범극樣板戲'은 현실 정치의 일부분이 되었다. 서양의 고대와 현대 작품에 대한 재평가의 절박함도 이러한 관점에서 이해되어야 할 것이다. 당대의 정치와 문학의 권위에 대한 서양 문학의 잠재적 침해와 훼손은 문학의 권력층(정전正典을 감독하는 조직이기도 함)이 매우 경계하는 것이기도 하다.[12]

1950년대에서 1970년대는 당대 문학의 시대라 할 수 있고, 정전에

11 이러한 중국의 고전 작가와 작품에 대한 평가 문제는 1950년대 《광명일보光明日報》의 '문학 유산' 특집과 《신건설新建設》, 《문학 평론文學評論》 등의 간행지에서 논의 되었다.

12 1951년 《문예보文藝報》의 편집부는 대학교의 문예 교육은 현실과 교조주의에서 상당히 벗어난 경향이 있다고 지적하면서 『햄릿Hamlet』과 『오블로모프обломов』의 공론만 좋아하고, '새로운 인민 문예'를 경시하며 서양의 고전 작품을 일류 문예로 간주하며 인민 문예는 그것을 공부한 후에 생긴 '2류 문예'라는 식의 '구미 부르주아 사상'은 비판 받아야 한다고 지적하였다. 《문예보文藝報》제5권 제2호. 펑즈馮至는 반우파 운동에서 대학의 적지 않은 우파들이 종종 유럽 고전 작가의 작품과 언론(셰익스피어William Shakespeare, 볼테르Voltaire, 바이런George Gordon Byron, 셸리Percy Bysshe Shelley) 등을 공격적인 '무기'로 삼았다며 여기에서 주의할 점은 중국의 문학 정전正典, 소련 문학과 중국 현대 문학에서 무기를 훔치는 일은 매우 드물다고 하였다. 「우파로부터 훔친 '무기'로 이야기하자從右派分子竊取的一種'武器'談起」, 《인민일보人民日報》, 1957.11. 27.

대한 재평가는 통일된 특징을 갖고 있지만 이 시기에도 끊임없이 조정되고 변화되는 모습을 보였다. 정치적, 문학적 상황이 변하고, 문학의 권력층이 지적인 전망과 문학적 취향을 조정할 필요가 있다고 판단했을 때, '정전'의 기준, 구성 공간과 자유로움도 확대되거나 축소되는 움직임을 겪게 될 것이다. 1956년과 1957년은 문학의 '백화 시대'로 페이밍廢名의 소설, 다이왕수戴望舒, 쉬즈모徐志摩의 시집, 허치팡何其芳의 『예언預言』, 장헌수이張恨水의 『제소인연啼笑因緣』 등이 출판되었다. 어떤 간행물은 샤를 보들레르Charles Pierre Baudelaire의 『악의 꽃』을 선택적으로 번역했다.[13] 1950년대 소련의 막심 고리키Maxim Gorky, 마야코프스키Mayakovski, 파데예프Aleksandr Aleksandrovich Fadeev, 미하일 숄로호프Михаил А Шолохов 등은 고전적 지위를 확립하였지만 이 지위는 '문화 대혁명'이라는 급진적인 사조 속에서 약화되거나 전복되었다.[14]

이 시기에 당대 문학의 정전에 대한 논쟁과 갈등은 주로 이 문제에 관한 다양한 문화 세력의 마찰에서 기인하였다. '좌익'을 제외한 문학의 파벌과 작가들은 당대의 문학적 향방을 결정하는 데 참여할 자격을 잃었기 때문에 정전을 둘러싼 문화적 갈등은 대체로 '좌익' 내부에서 벌어졌다.[15] 가장 중요한 갈등은 저우양周揚, 사오췐린邵荃麟 등과 후

13 천징룽陳敬容 번역, 《역문譯文》, 1957, 제7호.

14 장칭江青 등이 주재하고 제정한 「군부대 문예 사업 좌담회 요약部隊文藝工作座談會紀要」(1966)에서는 소련의 10월 혁명 이후에 나타난 '비교적 우수한' 혁명 문예 작품에 대해 '맹목적인 숭배'가 아니라 미하일 숄로호프Михаил А Шолохов의 '수정주의修正主義 문예의 원조'라며 『고요한 돈강靜靜的頓河』, 『한 사람의 불행一個人的遭遇』에 대해 비판해야 한다고 주장했다. 훗날 신문에도 비판적인 글이 실렸다.

15 때로는 원래 '좌익'에 속하지 않은 작가와 비평가들도 불만을 터뜨렸는데, 예를

펑胡風, 펑쉐펑馮雪峰 사이, 그리고 훗날 저우양周揚과 장칭江青 등의 급진파 사이에서도 나타났다. 후펑과 펑쉐펑의 '오사五四'의 본질과 중국 신문학의 특징에 대한 이해는 마오쩌둥, 저우양과는 명백히 다르다. '오사' 문학 혁명 운동을 '시민 사회가 두드러진 이후 수백 년 동안 축적된 세계 진보 문예의 전통적 저변을 새롭게 다진 지류'[16]로 보는 것은 후펑이 말한 '19세기 현실주의와 반항을 비판하는 낭만주의'에 뿌리를 둔 작가의 작품과 그 맥을 함께하는 신문학의 창작에 더 무게를 두고 있다. 1950년대 중반 '창작 방법'의 논쟁에서 사회주의 리얼리즘에 의문을 제기한 작가와 이론가(후펑, 친자오양秦兆陽 등)는 본질적으로 고전의 등급에서 19세기 현실주의 작품을 사회주의 리얼리즘 작품보다 더 높게 보았다.[17] 그러나 저우양周揚 등은 「사회주의 리얼리즘 : 중국 문학의 나아갈 길社會主義現實主義——中國文學前進的道路」이라는 글을 썼지만 문학 파벌 간의 갈등이 일시적으로 해결되었을 때(1957년 딩링丁玲과 펑쉐펑馮雪峰이 '당을 반대하는 그룹'이 된 후), 그들이 표현한 문학적 이상은 실제로 후펑 등의 주장에 상당히 가까웠다. 서구의 문예 부흥, 계몽주의와 비판적 현실주의는 인류 문예사의 '절정'으로 간주되어 그들이 창건하려는 신문예의 청사진이 되었다.[18] 따라

들면 1967년 몇몇 영미 문학 학자들은 당대에 소련 문학을 과대평가하고, 서양 문학의 가치를 충분히 중시하지 않았다고 비판하였다. 그러나 이러한 주장은 일반적으로 정전의 재평가에 대해 큰 영향을 미치지는 못하였다.

16 후펑胡風「민족 형식의 문제를 논하다論民族形式問題」,『후펑 평론집胡風評論集』(중), 인민문학출판사人民文學出版社, 1984, 234쪽.

17 후펑胡風의「해방 이후의 문예 실천 상황에 대한 보고關於解放以來的文藝實踐情況的報告」, 친자오양秦兆陽의「현실주의 : 광활한 길現實主義——廣闊的道路」, 저우보周勃의「사회주의 시대의 현실주의社會主義時代的現實主義」 등을 참조.

18 저우양周揚의「마르크스주의의 미학 건설建設馬克思主義的美學」(1958.11.22. 베

서 '문화 대혁명'에서 이는 '부르주아의 문예를 고취하고, 자본주의로의 복귀'를 주장하며 모든 '착취 계급의 문예'와 '완전한 결별'을 주장하는 문예 급진파로부터 거센 비판을 받았다.[19] 중국 문학의 정전에 있어서 저우양 등은 계속해서 자신의 지위를 유지하기를 원했지만 당대에 제시된 고대 문화의 평가 기준은 종종 이러한 지위를 위협하였다.[20] 그들은 타오위엔밍陶淵明, 왕웨이王維, 리위李煜, 『비파기琵琶記』, 산수 시山水詩 등에 대한 토론을 조직해 그 지위를 유지할 명분을 찾고 있었다.

문학 정전의 재평가에서 텍스트의 해석은 중요한 측면이다. 정전의 질서 변화는 과거 정전의 목록에 속하지 못했던 작품이 포함되거나 원래 높은 지위를 누렸던 작품이 이 목록에서 제외될 수도 있고, 특정 작가의 작품에서 목록과 서열의 전환으로 나타나기도 한다. 그러나 작품의 고전적 지위는 의심받지 않았지만 정전을 구성하는 본질적 가치는 그 해석에 있어서 큰 변화를 겪었을 수도 있다. 1950년대와 1960년대 주류에 대한 비판에서 『외침吶喊』은 『방황彷徨』보다 분명히 더 긍정적 평가를 받았다.[21] 당시 『들풀野草』은 루쉰魯迅이 전향하기 전 사

이징대학교의 강의 원고)와 「문예 사업 좌담회에서의 연설在文藝工作座談會上的講話」(1961.6.16.)을 참조.

19 상하이 혁명 비판 창작 소그룹上海革命大批判寫作小組이 쓴 「부르주아 문예를 고취하는 것은 자본주의로의 복귀 : 저우양의 부르주아 '문예 부흥', '계몽 운동', '현실주의 비판'을 추켜세우는 반동 논리를 반박하다鼓吹資產階級文藝就是復辟資本主義——駁周揚吹捧資產階級"文藝復興""啟蒙運動""批判現實主義"的反動理論」, 《붉은 깃발紅旗》, 1970, 제4호.

20 두 문화에 대한 레닌Vladimir Lenin의 논술과 고대 문화의 진보와 후퇴 또는 반동을 인민에 대한 태도로 판단하는 마오쩌둥毛澤東의 기준은 분명히 왕웨이王維, 타오위엔밍陶淵明, 리위李煜, 리칭자오李清照 시의 고전적 지위를 뒷받침하는 데 사용될 수 없다.

상적 고뇌의 산물로 여겨졌으나 1980년대에는 인간의 생존을 위한 딜레마로 인해 일부 평론가들로부터 20세기 중국의 가장 위대한 작품 중 하나로 칭송 받았다. 이 시기에 『부활復活』은 톨스토이Leo Tolstoy의 가장 중요한 작품으로 간주되었으며 『전쟁과 평화戰爭與和平』, 『안나 카레니나Anna Karenina』는 그 뒤를 이을 수 밖에 없었는데, 이러한 평가는 많은 나라의 문학 평론계에서 인정받지 못할 것이다.[22] 당대에 톨스토이Leo Tolstoy의 가장 중요한 가치는 '구 세계'에 대한 폭로와 항의였고, 『부활』은 이러한 평가를 가장 잘 구현하였다.[23] '오사五四' 운동 이후 『홍루몽紅樓夢』과 같은 작품의 고전적 위상은 시기별로 상당히 안정적이었지만 1950년대 초반과 '문화 대혁명' 시기의 해석에서 그 상황에 대한 서술과 그 가치에 대한 인식의 변화는 이제 의아해 보이기까지 하며 루쉰魯迅에 대한 해석은 더욱 그렇다.

---

21 외국의 한학자들 사이에서도 이러한 평가는 엇갈린다. 예를 들면, 샤즈칭夏志清은 그의 『중국 현대 소설사中國現代小說史』에서 『방황彷徨』을 높게 평가한 반면 체코의 학자 야로슬라브 프루섹Jaroslav Prusek은 『외침吶喊』에 비해 『방황彷徨』의 전투성과 예술적 독창성이 다소 떨어진다며 이는 어떤 쇠퇴를 반영하고 있다고 하였다. 야로슬라브 프루섹의 『중국 현대 문학 논문집普實克中國現代文學論文集』, 후난문예출판사湖南文藝出版社, 1987, 211-245쪽.

22 그러나 한국의 학자 백낙청白樂晴에 따르면 1960년대와 1970년대 한국에서도 톨스토이Leo Tolstoy의 가장 중요한 작품으로 꼽혔던 『부활』은 '제3세계 국가'가 서양의 정전을 대하는 '자주적 자세'를 보여주었다고 주장하였다. 『글로벌 시대에서의 문학과 인간 : 분단 체제에서의 한국적 시각全球化時代下的文學與人 : 分裂體制下的韓國視角』, 중국문학출판사中國文學出版社, 1998, 440쪽.

23 1960년 베이징에서 열린 톨스토이 사망 50주년 기념 회의에서 마오둔茅盾은 「격렬한 시위자, 분노의 폭로자, 위대한 비평가激烈的抗議者, 憤怒的揭發者, 偉大的批判者」라는 제목으로 그의 논점을 발표하였다. 《문예보文藝報》, 1960, 제21호.

3

문학 정전의 질서에 대한 확립은 당연히 일부 독자나 특정 문학 연구자의 일만은 아니다. 그것은 복잡한 문화 시스템 속에서 진행된다. 특히, 검증과 확립의 과정에서 지속적인 갈등, 논쟁, 침투와 조정을 거쳐 이러한 검증의 기준과 근거가 차츰 형성되어 한 시대의 문학(문화)의 '규범'을 이룬다. 일반적으로 이와 관련하여 당대라는 기준은 마오쩌둥毛澤東의 「옌안 문예 좌담회에서의 연설在延安文藝座談會上的講話」과 그의 각 시기 논술에서 비롯된 것으로 보인다. 그러나 당대 문학은 다양한 문화적 구성으로 인해 그 기준과 규범의 본질이 그렇게 단순하지도 안정적이지도 않다.

문학의 감성적, 미학적, 인지적, 권고적 인식에 있어서 당대는 후자에 주안점을 두고 있으며 특히, 문학과 사회 정치의 직접적인 관계가 부각되었다. 따라서 당대 정전의 질서를 확립하는 가장 중요한 기준은 작품에 표현된 역사적 견해와 정치적 입장이다. 제2차 세계대전 이후 냉전이 빚어낸 대립 진영과 중국 내부의 정치적 현실은 가장 빨리, 그리고 직접적으로 정전의 질서를 제약하였다. 서양과 러시아, 그리고 현대 중국 작가들의 작품 선정에 있어서도 이 기준이 가장 먼저 반영된다. 현대 서양 작가들의 경우 다다이즘dadaisme(모든 사회적, 예술적 전통을 부정하고 반 이성, 반 도덕, 반 예술을 표방한 예술 운동)과 초현실주의에 가까웠던 프랑스 작가 폴 엘뤼아르Paul Eluard와 루이 아라공Louis Aragon이 1950년대 초 중국에서 비교적 긍정적인 평가를 받은 것은 이들이 당시 '평화와 진보 진영'에 속해 있고, 그 창작이 혁명 사업에 가세하였기 때문이다.[24] 20세기의 가장 중요한 미국 작가로 윌리엄 포크너William Faulkner와 헤밍웨이Ernest Miller Hemingway 보다 시어도어

드라이저Theodore Dreiser, 하워드 패스트Howard Fast(미국 공산당에서 탈퇴를 선언하기 전), 앨버트 말츠Albert Maltz를 손꼽는 결정적인 요인은 작가의 정치적 성향 때문이다. 물론, 소련 문학의 또 다른 단서인 아스파티예프Виктор Петрович Астафьев, 미하일 불가코프Михаил Афанасьевич Булгаков, 만젤쉬탐Осип Мандельштам, 보리스 파스테르나크Борис Леонидович Пастернак, 마리나 츠베타예바Марина Ивановна Цветаева 등을 러시아의 문학 정전에서 제외시킨 것도 이 원칙에 따른 것으로 당시 소련 문학계와 보조를 맞추고 있다. 그러나 1950년대 '사회주의 진영'의 고전 문화유산에 대한 포용성은 당시 중국 문학의 정전에 대한 질서를 결정하는 데에도 큰 영향을 미쳤다.[25]

'역사의 법칙'을 밝히며 전형적이고 심오한 역사적 발전의 전망을 보여주는 문학 텍스트는 당대에 자주 작용되는 정전의 가치 척도이다. 당대 중국에서 루카치 죄르지Georg Lukács의 '운명'과 입지는 상당히

24 뤄다강羅大岡『엘뤼아르의 시를 베끼다 · 역자 서문艾呂雅詩抄 · 譯者序』, 인민문학출판사人民文學出版社, 1954.

25 가장 중요한 예로는 당시 '사회주의 진영'의 조직인 '세계 평화 이사회'가 매년 세계 문화 명사들에 관한 기념행사를 열어 '세계 문화 명사'의 중국 내 출판과 홍보, 평론을 추진한 것으로 주로 프랑수아 라블레Francois Rabelais, 호세 마르티José Julián Martí Pérez, 안톤 체호프Антон Павлович Чехов, 헨리 필딩Henry Fielding, 아리스토파네스Aristophanes, 고골리Никола́й Васи́льевич Гоголь-Яновский , 아담 미키에비치Adam Mickiewicz, 에곤 실레Egon Schiele, 한스 안데르센Hans Christian Andersen, 몽테스키외Charles-Louis de secondat, Baron de la Brède et de Montesquieu, 빅토르 위고Victor Hugo, 칼리디사Kālidāsa, 도스토예프스키Фёдор Михай лович Достоевский ,조지 버나드 쇼George Bernard Shaw, 관한칭關漢卿, 두푸杜甫, 하인리히 하이네Heinrich Heine, 헨릭 입센Henrik Ibsen, 윌리엄 블레이크William Blake, 카를로 골도니Carlo Goldoni, 존 밀턴John Milton, 헨리 워즈워스 롱펠로우Henry · Wadsworth · Longfellow, 로버트 번스Robert Burns 등이 있다.

난처한 편이라고 해야 하겠지만[26] 정전正典의 가치 척도는 '정체성'과 '전형성'에 대한 그의 이론과 관련이 있다. 루카치Georg Lukács의 이론은 현실주의와 현대주의의 경계를 나누었을 뿐만 아니라 '비판적 현실주의'와 '사회주의 리얼리즘'의 차이도 명확히 하였다. 이 잣대에 따르면 '현대주의'는 추상적 형식주의 문예로 간주되며 그 사상의 기반은 비이성적이고, 직감, 본능, 의지, 무의식적이고 맹목적인 힘을 우선적으로 내세워 '일반화와 전형화'를 거부한 채 현실의 표면적인 현상과 파면만을 보여줄 뿐 본질을 파악할 수 없다.[27] 따라서 '현대파'의 문예는 이 시기에 단호히 배척되었다. 양저우한楊周翰 등이 편찬한 『유럽문학사歐洲文學史』에는 토마스 만Thomas Mann에 대한 성취와 한계에 대한 분석이 있지만 동시대의 제임스 조이스James Joyce, 마르셀 프루스트Marcel Proust, 프란츠 카프카Franz Kafka, 알베르 카뮈Albert Camus, 장 폴 사르트르Jean-Paul Sartre에 대한 평은 찾아볼 수 없다. 1930년대에서 1940년대 서구의 '현대주의'에 공감했던 작가와 학자들이 당대에 '발언권'을 얻으려면 '현대주의'와 분명한 선을 그어야 했는데, 이것이 그들의 진보된 사상을 증명하는 길이었다.[28] '본질'과 '역사적 법칙'에 대해 당대는 주로 계급 투쟁과 주요 사건에 의해 반영된다고 여겼고,

26 1950년대와 1960년대 중국 본토에서 루카치 죄르지Georg Lukács는 종종 사회주의 리얼리즘에 반대하는 이론가로 통했다. 그가 한때 헝가리 나지Imre Nagy 정부에서 장관을 지냈다는 사실은 그에 대한 중국 혁명 문학계의 반감을 증폭시켰다.

27 마오둔茅盾 「야독우기夜讀偶記」, 《문예보文藝報》 1958년 연재, 백화문예출판사百花文藝出版社, 1959년 단행본 참조.

28 쉬츠徐遲는 1957년 무단穆旦의 시에 나타난 '현대파'의 흔적을 비판하였고, 펑즈馮至는 그의 『십사행집十四行集』에 대한 자아 비판을 했으며, 위안커자袁可嘉와 왕줘량王佐良은 1960년대 초 TS 엘리엇Thomas Stearns Eliot 등을 비판하는 글을 발표하였다.

계급 투쟁을 표현하는 '중대한 제재'는 정전의 질서를 확립하는 순서에서 단연 으뜸이었다. 이 잣대 아래에서 마오둔茅盾은 당연히 라오서老舍보다 더 중요한 작가였다.[29] 따라서 경파京派 소설가와 장아이링張愛玲 등이 1940년대에 제창한 '일상생활'의 미학은 당연히 배척될 수밖에 없었다.

당대 정전의 가치를 평가하는 데 있어서 중요한 역할을 담당하는 또 다른 척도들을 지적할 수 있는데, 이것은 위에서 언급한 문제가 된 각 방면의 척도이다. 예를 들면 정전의 목록을 정하고 그 가치를 평가하는 것에 있어서는 작품이 독자의 세계관과 행동 양식에 미치는 영향을 고려해야 하며 교육적 효과의 대소大小도 중요한 요소이다. '정치화 된 독서'가 강조되고 제창되는 점에서 보면 당대 독자들의 삶에 더 가까운 작품이 유리한 위치를 차지하고,[30] 유희와 오락을 일삼는 '통속 소설'과 같은 장르는 배제된다. 같은 맥락에서 작품은 명료한 표현도 중요한 조건이며 난해하고 애매모호한 것은 문체에 관한 문제일 뿐만 아니라 문학의 '정치적' 문제이기도 하다. 특히, '낯선' 기법과 텍스트의 '다중적 코딩'으로 인한 모호함과 다의성은 항상 의심과 경계의 대상이었다.

당대 문학 정전의 재정립은 방법과 규모 면에서 몇 가지 난제를 남겼고, 이러한 문제들은 새로운 질서를 수립하고자 하는 사람들을 괴롭

29 야로슬라브 프루섹Jaroslav Prusek과 샤즈칭夏志清은 라오서老舍가 '개인의 운명'에 더 많은 관심을 기울인 반면, 마오둔茅盾은 '사회 세력'의 갈등에 더 많은 관심을 가졌고, '개인의 기이한 운명은 그것이 사회적 문제를 드러내는 한에서만 그를 흥미롭게 한다'고 하였다. 그러나 샤즈칭夏志清은 라오서를 존경했고, 야고슬라브 프루섹은 마오둔을 더 높이 평가하였다.

30 1950년대 《문예 학습文藝學習》 등의 간행물에서는 '우리의 삶과 동떨어진 작품을 표현하는 것이 무슨 의미가 있겠는가'에 대한 논의가 있었는데, 당대에는 현대적인 제재가 더 높은 등급을 가지고 있었다.

히고 있다. 앞서 언급한 바와 같이 새로운 질서를 위태롭게 할 수 있는 '비 정전非正典'의 '봉쇄'(출판 금지와 문학사의 무비판)는 새로운 질서를 유지하는 데 있어 효과적인 방법이다. 그러나 문제는 '봉쇄'가 절대화되면 정치와 문학의 의사 결정권자(및 관련 연구 기관)도 '눈과 귀를 막고' 새로운 질서에 대한 논술의 근거와 설득력이 부족해져 새로운 문학 창조를 조잡하게 만들 수 있다. 이에 대한 보완책으로 '봉쇄'된 일부 '비 정전'은 '정보'를 참고하여 엄격하게 규정된 읽기 범위에 따라 '분배'하고 '내부'에서 출판하며 발행한다. 이것이 바로 당대의 이른바 '내부 출판물'이라는 것인데,[31] 이 관행은 실제로 새로운 질서를 뒤집을 수 있는 지식과 힘을 키웠다.[32]

1950년대에서 1970년대에 문학 정전의 또 다른 난제는 '엘리트화'와 '대중화' 사이의 갈등이었다. 민족화와 대중화는 마오쩌둥毛澤東이 세운 혁명 문화의 전략이며 저우양周揚 등의 호응으로 자오수리趙樹理의 소설, 리지李季의 시, 가극歌劇 「백모녀白毛女」 등은 당대의 혁명 정전의 반열에 올랐다. 그러나 사실상 서양의 정전을 목표로 한 '문예 부흥'의 이상은 저우양 등이 갖고 있는 지배적인 의식이었고, 이로 말미

31 1950년대부터 1970년대 '내부 발행' 방식으로 출판된 책들은 국내외 문학, 정치, 철학, 경제학 등 다양하다. 문학에서는 일부 고전 작품(예를 들면, 「금병매金瓶梅」, 「십일담十日談」과 족본足本 '삼언이박三言二拍')을 제외하고, 주로 현대의 서양과 러시아 작가의 작품이었다. 예컨대, 마리나 츠비타예바Марина Ивановна Цветаева, 일리야 에렌부르크Илья́ Григо́рьевич Эренбу́рг, 콘스탄틴 시모노프Konstantin Mikhailovich Simonov, 예브게니 옙투셴코Yevgeny Aleksandrovich Yevtushenko, 바실리 악쇼노프Василий Аксенов의 시와 소설, 산문을 비롯해 「구토」, 「고도를 기다리며」, 「길 위에서」, 「호밀밭의 파수꾼」 등이 있다.

32 '문화 대혁명' 중의 '지하 시'의 작가와 '신시기'에 가장 먼저 문학 혁신을 시작한 사조는 모두 1950년대와 1960년대 '내부 출판물'의 혜택을 받았다.

암아 이 방면에서의 충돌이 끊이지 않고 지속되었다.

가장 중요한 난제는 다음에 있었다. 저우양 등과 같은 당대 문학의 결정권자들이 후대의 급진파들처럼 중외中外 문화유산에 대해 단절된 태도를 취하기를 원하지 않았지만 그들은 또 '새로운 인민 문예'(사회주의 문학)의 정전을 구축하려 하였다. ― 후자를 더 높은 등급의 위치에 놓아야 한다고 생각했다. 그리하여 이러한 신문예의 정전은 많은 독자들에게 익숙하고 성숙한 정전 유산의 거대한 압력에 늘 직면하지 않을 수 없었으며 새로운 정전의 확립과 그것의 견고성이 언제나 문제가 되었다. 그들이 새로운 정전을 지키기 위해 사용한 방법 중 '적극적인' 방면은 정전 확립의 새로운 '규범'(새로운 주제, 새로운 인물, 낙관주의 등)을 반복해서 선포하는 것이었고, '방어적' 수단은 '시간적' 제약에 호소하며 모든 구 정전의 영광을 무시한 채 아무도 예측할 수 없는 미래에 방치해 두는 것이었다.[33]

《중국 비교 문학中國比較文學》, 2003년 제3호에 게재

33 이는 당대의 새로운 정전을 변호하고, 문학 유산의 거센 압박을 덜어주는 통상적인 방법으로 저우양周揚의 「문예 전선에서의 대변론文藝戰線上的一場大辯論」, 마오둔茅盾의 「야독우기夜讀偶記」, 야오원위엔姚文元의 「사회주의 리얼리즘 문학은 프롤레타리아 시대의 신문학社會主義現實主義文學是無產階級時代的新文學」과 「군부대 문예 사업 좌담회 요약部隊文藝工作座談會紀要」 등은 제재, 인물, 역사적 신념, 낙관적 정신 등의 방면에서 '사회주의 문학'과 '프롤레타리아 문학'은 과거의 문학과는 비교될 수 없다고 지적하였다. 또한, 프롤레타리아 문학의 탄생 시기가 아직 짧다는 점을 강조하며 '어떻게 몇 백 년, 몇 천 년 동안 생겨난 것을 재는 잣대로 수십 년 동안 생겨난 것을 요구할 수 있겠느냐'며 '방어적'인 자세를 취하였다. 이처럼 '사회주의 문학은 사상뿐만 아니라 예술적 경지에 있어서도 과거 어느 시대의 문학도 빠르게 따라잡고 능가할 것이다.'(저우양周揚 「문예 전선에서의 대변론」)

당대 문학사 중의 '비주류' 문학

1

1950년대부터 1970년대까지 중국 본토 문학에 익숙한 사람이라면 이 기간 동안 문학적 글쓰기와 평가 사이에 긴장감이 있었다는 것을 알고 있을 것이다. 많은 작품이 출판 후 비판을 받았고, 그 중 혹독한 비판을 받은 작품도 적지 않다. 일부 작가들은 특정한 이데올로기의 금기 사항을 위반할 수 있다는 사실을 깨닫고, 자신의 글쓰기를 '비밀'에 부쳤으며 그들의 작품은 당시 출판되지 못했거나 필사본手抄本의 형태로 일정한 범위 내에서만 유포되었다. 이 30년 동안 문학은 경제적 기초에 의해 결정되는 상부 구조의 이데올로기로 간주되었고, 글쓰기와 수용의 핵심은 미적 효과와 정치적 이데올로기와 깊은 관계가 있었다. 이러한 상황에서 작가와 텍스트의 정치적 입장과 사상의 본질을 판단하는 것은 문학계의 가장 중요한 과제였다. 텍스트를 구분하고 대상의 계급성을 판단하는 것은 선진/반동, 향기로운 꽃/독초, 주류/역류, 홍기/백기, 적극적 행위/소극적 행위, 현실주의/반현실주의, 사회주의/

수정주의修正主義(마르크스주의 이론을 개량해서 해석하는 일체의 학설과 운동) 등과 같이 비판적 실천의 경계를 나타내는 일련의 '이원적' 성격을 지닌 용어를 탄생시켰다. 이러한 구분은 당시 문학 규범의 중요한 수단이자 '당대 문학'의 효과적인 구축을 보장하는 길이었다.

'문화 대혁명' 이후 사회적, 정치적인 상황에서도 큰 변화가 일어났고, 문학의 개념도 분열되었다. 과거의 지배적인 문학 개념은 크게 약화되었고, 작품의 가치와 본질을 결정하는 절차와 방식은 더 이상 방해 받지 않았다. 문학의 '새로운 시대'에 대한 '반성'의 일환으로 1950년대에서 1970년대까지 비판과 부정의 대상이 된 '비주류' 작품에 대한 재평가도 열기를 띠기 시작하였다. '재평가'의 기준이 되는 잣대는 대체로 '당대' 초기 30년 동안 억압 받았던 사조와 가치관이다. 삶에 대한 비판 정신, 문학의 현실주의에 대한 깊이, 인간의 본성과 인도주의, '현대주의'적 성향의 기술 탐구 등이 그것이다. 1980년대 초 당대 문학사는 이러한 작가와 작품, 그리고 이와 관련된 문학 현상을 다룰 때 주로 '분란반정拔亂反正', '변무辯誣', '정책 실행'이라는 입장에서 이를 문학의 '주류'로 되돌릴 가능성을 모색하였다. '공정한 평가를 내리고', '본모습을 되찾는다'는 용어는 당시 이러한 의향을 드러낸 것이다.[1] 그 결과 작가라는 범주에는 '돌아온다', '복귀한다'는 집단적 개념이 생겼고, 작품에는 '다시 넣은 생화'라는 표현이 등장했다.[2] 당시 거

1 이는 당시 '작품에 반영된 현실이나 역사적 삶이 사실인지 아닌지를 견지하고, 작품의 사상적 경향을 현실적으로 검토하여 과학적으로 재평가하며 과거 그들에게 강요된 모든 비방과 거짓말을 타도하는 것'으로 표현되었다. 주자이朱寨, 『중국 당대 문학 사조사中國當代文學思潮史』, 인민문학출판사人民文學出版社, 1987, 530쪽.

2 『다시 넣은 생화重訪的鮮花』는 1979년 5월 상하이문예출판사上海文藝出版社에서 출판한 문학 선집으로 여기에는 1956년부터 1957년까지 출판된 왕멍王蒙,

부되었던 이 작품들은 이제 '회수'에 들어갔다.

1980년대 중후반 이후 당대 문학사에 관한 일부 논저(문학사 연구의 성격을 띤 자료집 포함)[3]는 이를 다루는 태도와 방식에서 흥미로운 변화를 겪었다. 이전의 '회수' 와 '주류'로의 포함과 비교하여 이것들은 다시 '주류'에서 분리되는 경향이 있다. 문학사의 '진실'을 제시한다는 관점에서 보면 이러한 접근은 당연히 충분한 근거가 있다. 이런 자발적인 분류와 원래 포기되었던 것들은 가치 판단이라는 측면에서 역전된 것으로 보이는데, '시대의 요란한 소리에 묻혀' '독창성과 개성이 넘치는'[4] 목소리를 낸 것은 오히려 비판을 받은 작품이라고 생각한다. 이러한 문학사의 서술을 뒷받침하면서 '이단', '억압', '비주류 문학', '주변 문학', '지하 문학', '잠재적 글쓰기', '비밀 창작', '은밀한 문학' 등의 개념이 등장했다. 이러한 개념은 유사한 서술적 지향점을 가지고

류빈옌劉賓雁, 리궈원李國文, 루원푸陸文夫, 종푸宗璞 등의 소설과 특필이 포함되었으나 비판을 받았다. 편집자의 「서문前言」은 이전에 '독초'로 분류되었던 이러한 작품들이 이제는 '적절한 평가'를 받았으며 '폭로를 위해 노출되지 않고, 오로지 사랑을 위해 사랑하며 긍정적인 사회적 의미와 예술적 특징을 가지고 있다'고 지적하였다. 1-2쪽.

3 양젠楊健 『'문화 대혁명' 중의 지하 문학"文化大革命"中的地下文學』, 양딩촨楊鼎川 『1967 : 광란의 문학 연대1967 : 狂亂的文學年代』, 천쓰허陳思和 『중국 당대 문학사의 교과 과정中國當代文學史教程』, 홍쯔청洪子誠 『중국 당대 문학사中國當代文學史』, 랴오이우廖亦武 『타락한 성전沈淪的聖殿』, 멍판화孟繁華 · 청광웨이程光煒 『중국 당대 문학 발전사中國當代文學發展史』, 류허劉禾 『등불을 든 사자持燈的使者』, 청광웨이程光煒 『중국 당대 시가사中國當代詩歌史』 등 문학사 논저와 자료집을 참조. 물론 이러한 현상의 역사적 존재에 대한 이해, 그 본질과 가치의 규명 등 위에서 언급한 논저들이 이 현상을 다루는 구체적인 관점과 태도, 방법에는 많은 차이가 있다.

4 천쓰허陳思和 『중국 당대 문학사의 교과 과정中國當代文學史教程』, 푸단대학출판사復旦大學出版社, 1999.

있지만 요약의 초점과 방식은 다르다고 할 수 있다. 이는 작품의 성격에 착안하거나 글쓰기와 전파 방식의 특징을 부각시키거나, 작가와 텍스트의 존재를 강조하기도 한다.

이러한 서술적 방향을 추진하는 원동력은 문학사 논저마다 다양한 측면에서 나타난다. 1980년대부터 시작된 '당대' 문학의 첫 30년에 대한 문학계의 성찰은 중요한 것이다. '17년'과 '문화 대혁명'의 문학, 또는 새로운 '인민 문학' 창조에 관한 실천은 다양한 특성과 정도가 다른 실패 요인을 포함하는 과정으로 간주되며 이 시기에 더 성공적인 창작은 '주류'에서 벗어난 작품에 반영되었다. '비주류' 문학에 중요성을 부여하는 또 다른 근거는 이 30년 동안 고도로 '일체화' 된 문학이 여전히 '다층성'(혹은 '다양성')을 가지고 있다는 추정에서 비롯된다. 다양한 문학적(문화적) 요소가 존재하기 때문에 서로 다른 문화의 갈등과 얽힘, 침투도 이 시기를 거쳤다. '다중성'과 그로 인한 모순은 문학 운동 뿐만 아니라 텍스트의 내부 구조에서도 나타나고 있다. 일부 문학사가文學史家들은 첫 30년 동안 '당대' 문학에 대한 경관을 '쇠퇴'와 '단절'로 묘사하는 데 전적으로 동의하지 않았으며, 그들은 '비주류' 문학 현상에도 주목했지만 이를 다루는 또 다른 근거를 가지고 있었다. 그들은 현대적인 틀에 박힌 '당대 문학'의 구성자들이 '새로운 문화에 대한 추측' 뿐만 아니라 실천 과정의 목표, 형식 및 경로 등에 대한 '불확실성'[5]을 이 시기의 문학이 복잡하고 '다층적' 으로 나타나는 주요 원인으로 꼽았다.

물론 그 인생의 경로가 '당대'와 일치하는 역사학자의 심리적 동기

5 멍판화孟繁華 · 청광웨이程光煒『중국 당대 문학 발전사 · 서론中國當代文學發展史 · 緒論』, 인민문학출판사人民文學出版社, 2004.

에 대해서도 추측할 만한 가치가 있다. '포기'와 '대항'에 대한 이야기를 사료를 통해 풀어내는 것은 이 시기 작가들이 정신적으로 궁핍하지 않다는 상상을 충족시킬 수 있을 것이다. 이 시기 지식인들의 정신적 발전 과정에 독자적인 탐색을 더할 수 있다면 이 시대의 삶의 가치에 대한 충분한 단서도 제공할 수 있을 것이다.

2

당대 문학사에서 '비주류' 문학에 대한 초반의 인식은 일반적으로 작가와 작품이 처한 '상황', 즉 그 시대에 그들이 방치되고 비판 받았던 상황을 근거로 한다. 그러나 '이단'의 발견에 대한 열의가 높아지면서 문학사 연구에 새로운 관점과 방법론적 조정이 요구되었다. 이러한 상황은 1990년대에 출판된 당대 문학사의 일부 논저에서 엿볼 수 있다. 예를 들어, 장르사와 유파流派사의 관점을 도입하여 '억압된' 상황에서 현대문과 유파의 흥망성쇠와 교체를 구분하고, 이러한 관점을 바탕으로 연구자들은 근대 도시 문화의 산물인 '통속 소설'(로맨스, 무협, 탐정)과 그 '대체품'이 당대에 압박 받고, '산문화' 소설이 당대의 '변방'에 놓여 있다는 사실을 지적하였다.[6] 일부 문학사가文學史家들은 '공시적 문학 창작을 축으로'[7] 삼아 문학을 통합하는 방안을 제시하였다. 문학을 통합하기 위한 방안은 이러한 역사적 서술의 설계에서 서로 다른 작가와 다양한 장르의 텍스트를 '공시성'이라는 관점에서 이

6 홍쯔청洪子誠 『중국 당대 문학사中國當代文學史』, 베이징대학출판사北京大學出版社, 1999을 참조.

7 천쓰허陳思和 『중국 당대 문학사의 교과 과정·서문中國當代文學史教程·前言』.

들 간의 대조적 연관성을 구성한다. 이러한 설계는 주로 '시대적 정신의 다양성'을 확인하는 것을 기반으로 하고 있으며 이로 인해 나타난 효과는 특정 사상과 예술에서 '이단적 성향'이 짙은 텍스트를 더욱 돋보이게 한다. 이와 관련하여 '잠재적 글쓰기'라는 개념이 제시되었다. 그것이 직면한 현상은 1950년대에서 1970년대에 쓰여진(혹은 쓰여졌다고 주장하는) 작품들이 당시에는 출판되지 못했으나 1980년대부터 연달아 출판된 작품들이다.[8] 그것들은 당대 초기에 30년 동안 '비주류' 문학의 규모와 수준을 확장하고 향상시키기 위해 '쓰여진 시간'('출판된 시간'이 아닌)이라는 문학사 분야에서 어떻게 배치될 수 있을까? '작성된 시간'(발표된 시간이 아닌)을 기점으로 한 '잠재적 글쓰기'에 대한 제안은 이러한 작품이 '합법적으로' '집필된 시간'에 진입하고자 하는, 이른바 문학사의 장벽을 허물기 위한 것이었다.

'비주류' 문학에 대한 발굴은 1990년대 문학사에서 텍스트의 '다층적' 분석을 통해 구현되었다. 단편 「이쌍쌍소전李雙雙小傳」(리준李準), '모범극樣板戲' 「사가빈沙家濱」, 연극 「채문희蔡文姬」, 「무측천武則天」(궈모뤄郭沫若) 등[9]과 과거 '주류'로 분류되었던 작품들도 있다. 사람들은 「채문희」, 「무측천」에 이어 톈한田漢의 「관한경關漢卿」에 대해 다른 의견을 갖고 있지만, 이것이 '이단'이라는 사상적, 예술적 요소를 지닌

8 이러한 종류의 작품은 범위가 넓고, '비주류' 문학의 성립을 위한 가장 중요한 사실적 근거이다. 예를 들어, 선총원沈從文의 1950년대 가서家書, 장종샤오張中曉의 필기, 쩡줘曾卓, 뤄위엔綠原, 니우한牛漢, 차이치자오蔡其矯 및 류사허劉沙河가 1950년대와 1960년대 및 '문화 대혁명' 기간에 쓴 당시 발표되지 않은 시, '문화 대혁명' 동안 쓴 '필사본手抄本 소설', 스즈食指, 둬둬多多, 구청顧城, 망커芒克, 베이다오北島 등과 같이 '문화 대혁명' 기간 동안 시를 쓴 지식 청년들도 있다.

9 청광웨이程光煒 『문화의 전환 : "루궈마오바라오차오'는 중국에 있다文化的轉軌——"魯郭茅巴老曹"在中國』 제4장, 광명일보출판사光明日報出版社, 2004년을 참조.

작품으로 분류되는 경우는 거의 없다. 최근 일부 연구자들은 텍스트의 내적인 요소를 분석하여 구조적 모순을 지적하고, 그것들이 '태평성대에 관한 찬사일 뿐만 아니라 난세에 대한 완전한 부정'이며 '명주明主'에 대한 외침을 포함시켜 현실에 대한 비판과 관련이 있다고 주장하였다. 따라서 원래 통일된 전체로 여겨졌던 텍스트에서 불협화음과 '비주류'적 요소를 발견하게 되었다.

'공시적'인 통합 방법은 개별적인 텍스트의 사상과 예술적 '이단성'을 부각시키는 데 도움이 되지만 문학사가文學史家로서 그들이 성취하고자 한 것은 개별적인 텍스트 간의 역사적 연결을 확립하는 것이었다. 즉, 흩어진 텍스트와 문학 활동 사이에서 가능한 정신적, 예술적 계승 관계를 찾고, 더 나아가 이를 관통할 수 있는 역사적 단서를 확립하며 혼란스러운 역사의 그림을 명확히 하고, 흩어진 조각들을 특정한 관점에서 모으는 것이다. 따라서 1990년대 이후 일부 문학사 논저에서는 1950년대부터 1970년대까지 '비주류' 문학의 정신적 원천을 '오사五四 신문학의 전통'으로 귀속시켰다. 이는 당연히 1980년대의 관점을 따른 것으로 처음 30년의 '당대' 문학은 '오사五四' 문학의 전통에서 단절된 것이고, '신시기' 문학은 '오사'와 같은 '문학 부흥'으로 '오사'로의 귀환을 뜻한다. 그러나 1950년대부터 1970년대까지는 '주류' 문학 외에 '오사' 작가들의 '계몽적' 책임과 '문인' 의식을 부활시켰고, 문학 자체의 가치를 중시하는 입장을 재구축한 '비주류' 문학도 존재했다. 그것들은 '현실에 의문을 제기하고 비판하는 '계몽 의식'과 세계를 해석하고 상상하는 인도주의적 사상을 보존하고 재건하였다.[10] 이

10 천쓰허陳思和 『중국 당대 문학사의 교과 과정中國當代文學史教程』, 푸단대학출판사復旦大學出版社, 1999; 홍쯔청洪子誠 『1956 : 백화 시대1956 : 百花時代』, 산둥

러한 분석을 통해 1950년부터 1970년대까지의 '비주류' 문학은 '오사', '신시기' 문학과 역사적 연관성을 갖게 되었으며 이때의 '비주류' 문학도 20세기 중국 문학의 한 부분인 '주류' 문학으로 탈바꿈하였다.

'비주류' 문학의 사상적, 예술적 근거에서 일부 문학사가 제시한 또 다른 중요한 명제는 '민간 문화의 형식'이다. '국가 권력의 통제가 상대적으로 약한 분야에서 생성되어 비교적 자유롭고 생동감 있는 형식을 유지하며, 민간 사회의 생활과 하층민의 정신적 세계를 진정으로 표현할 수 있는' '민간 문화'는 이 특정 시기의 작가들에게 '생명력'을 뒷받침해 주는 '비주류' 문학의 또 다른 정신적 전통을 이루었다.[11] 이러한 전통을 계승하고 지지하는 작가들의 창작은 '민간의 보이지 않는 구조'라 불리는 예술적 형식을 띠고 있다. 문학사가文學史家들은 주로 1950년대와 1960년대 다양한 문학의 텍스트 중에서 두 가지 구조, 즉 눈에 띄는 텍스트 구조와 보이지 않는 텍스트 구조가 있음을 상기시킨다. 전자는 일반적으로 '주류 이데올로기'에 의해 결정되는 반면 후자는 민간 문화 형식의 제약을 받는다. 따라서 때로는 부서진 듯한 보이지 않는 구조 속에서 민간의 취향과 소망'이 드러나고 있으며 이는 텍스트의 '이질적' 요소들을 구성하는 기반이라 할 수 있다.

당대 문학에서 '비주류' 단서의 구성은 시에서 복합적인 함의를 지닌 '현대주의'(또는 '현대파')의 개념을 도입하였다. 소설과 같은 장르와 달리 '당대' 시가사는 '비주류' 현상에 주목하였고, 1950년대와 1960년대의 '이단'을 옹호하는 것이 아니라 '문화 대혁명' 이후 선봉시(몽롱 시 등)의 합법성을 확인하기 위한 '근원('전사前史') 찾기에 주

교육출판사山東教育出版社, 1998.

11 천쓰허陳思和『중국 당대 문학사의 교과 과정·서문中國當代文學史教程·前言』.

력하였다. 이러한 차이는 1980년대와 1990년대의 시와 소설이 처한 서로 다른 상황에서 비롯되었다. 시의 '비주류' 단서의 구성은 일부 시집의 편찬 방식에 가장 먼저 반영되었다. 1985년에 출판된 『신시조 시집新詩潮詩集』[12]은 몽롱 시와 3세대 시인들의 작품을 수집한 후 '역사적 감각'을 반영하기 위해 리진파李金髮, 주샹朱湘, 다이왕수戴望舒, 벤즈린卞之琳, 무단穆旦, 아이칭艾青, 정민鄭敏, 페이밍廢名, 천징롱陳敬容, 지셴紀弦, 정처우위鄭愁予, 위광중余光中, 차이치자오蔡其矯 등 20명의 작품은 '신시조의 근원'을 보다 명확하게 밝히기 위한 '부록'으로 사용되었다.[13] 같은 해에 출간된 『몽롱 시집朦朧詩選』도 비슷한 편찬 방식을 갖고 있다.[14] 1990년대의 일부 당대 시가사론과 회고록은 이러한 의도를 더욱 분명하게 보여주었다. 이 문학사 논저에 관한 서술에는 1960년대 초 베이징의 이른바 지하 시 '살롱'('X그룹', '태양 종대太陽縱'), '문화 대혁명' 기간의 '바이양뎬白洋淀 시 그룹' 및 청년 지식인들이 쓴 시와 기타 '지하 작품'으로 연결되어 몽롱 시(또는 《오늘今天》 시 그룹)의 '선봉적인' 작품으로 간주되었다. 이 역사적 저서들은 '리진파李金髮, 다이왕수戴望舒, 벤즈린卞之琳, 펑즈馮至로부터 시작하여 1940년대 말 '구엽파九葉派'에 이르기까지 인위적으로 단절된' '중국 현대주의 시가'의 진화를 구축하였고, 1960년대 초반부터 1970년대 중반 '지하 시'에 이르러서야 비로소 《오늘今天》의 '조직적 기반'은 1970년대 '바이양뎬白洋淀 시 그룹'과 베이다오北島, 장허江河 등과 밀접한

12 라오무老木 편집, 1985년 1월 베이징대학교北京大學 '오사五四' 문학사 미명호 총서 편찬 위원회에서 출판.

13 라오무老木 『신시조 시집·후기新詩潮詩集·後記』.

14 옌위에쥔閻月君·가오옌高岩·량윈梁雲·구팡顧芳 편집, 춘풍문예출판사春風文藝出版社, 1985.11.

관계를 맺게 되었다. 'X그룹'과 '태양 종대'에서 '바이양뎬 시 그룹', '오늘'에 이르기까지 모두 현대 시의 연속적인 문맥이 드러난다. 《오늘》의 등장은 중국 당대 문학사에 '성숙한 현대주의적 성향을 지닌 시가 그룹의 출현'을 의미한다.[15] 이러한 역사적 서술은 앞서 언급한 바와 같이 1980년대 '선봉' 시(문학)의 위상을 강화하기 위한 것이었지만 이로 인해 1950년대와 1960년대 '비주류' 시의 가치를 높이기도 하였다.

3

1990년대 이후 일부 당대 문학사가 1950년대부터 1970년대까지의 '비주류' 문학을 다양하게 다룬 것은 '오늘今天'과의 대화이기도 하다. 그것은 당대의 문학적 사실을 일부 재활성화하고, 어떤 면에서는 당대 문학사의 글쓰기 지형을 변화시키며 역사적 상황으로의 '복귀'와 이 시기의 문학적 현상에 보다 심도 있는 관찰을 촉진하는 역할을 하였는데, 그 중요성은 주목할 만한 가치가 있다.

이를 주목해야 할 이유는 향후 더 논의되어야 할 많은 문제들이 제기되고 남겨졌기 때문이기도 하다.

우선, 일부 작품이 집필된 시기를 결정하는 문제이다. 1950년대에서

15 천차오陳超 『정신적 초상 또는 잠재적 대화精神肖像或潛對話』, 『시의 표류병을 열다打開詩的漂流瓶』, 허베이교육출판사河北教育出版社, 2003, 284-285쪽, 홍쯔청洪子誠·류덩한劉登翰 『중국 당대 신시사中國當代新詩史』(초판본, 1993), 왕광밍王光明 『어려운 지향점 : '신시조'와 20세기 중국 현대시艱難的指向——"新詩潮"與20世紀中國現代詩』(1993), 『현대 한시의 100년 변천現代漢詩的百年流變』(2003), 청광웨이程光煒 『중국 당대 시가사中國當代詩歌史』(2003) 등도 이와 비슷한 문제를 다루고 있다.

1970년대에 쓰여진 것으로 확인된 작품 중 일부는 '문화 대혁명' 이후에 출판된 것으로 사료史料의 진정성이라는 관점에서 볼 때 그 집필된 시기의 정확성과 신빙성에 대해 의심할 여지가 없는 것은 아니다. '집필된 시간'('발표된 시간'이 아닌)이 '문학적 사실'이 될 수 있는 지에 대해서는 문학사 연구자들 사이에서도 여전히 논란이 되고 있다. 이러한 측면은 최근 몇 년간 일부 글에서 논의된 바가 있고, 사람들은 '비주류' 문학(또는 '비주류'적 글쓰기)을 부각시키기 위해 역사적 글쓰기의 어떤 '객관적 진정성'을 손상시킬 수 있다고 우려하고 있는데, 이는 과연 가치가 있을까?

둘째, 텍스트 해석을 위한 공간에 대한 문제이다. 1950년대부터 1970년대까지의 일부 문학 텍스트의 복잡한 측면과 다층적 구조 현상은 몇 가지 효과적인 연구 결과를 통해 많은 사람들에게 인식되었다. 다만 이런 복잡한 이면에 대한 분석에서, 특히 대립적인 관념의 층을 떼어낼 때 예리하고 대담한 발견과 '한계'에 대한 경계 사이의 균형은 항상 어려운 문제이다. 이 시기에는 특수한 정치적, 문학적 맥락으로 인해 문학적 글쓰기의 표현이 점점 더 엄격하게 제한되었음을 인정해야 한다. 텍스트의 '명백한' 구조와 '숨겨진' 구조는 더욱 복잡하며 이를 위한 은유, 기탁, 암시 등의 설계도 불가피하다.

셋째, 1990년대 일부 당대 문학사 논저에서 '비주류' 문학을 언급할 때, 그들은 이것이 '역사적' 명제라는 점에 다양할 정도로 주목하였다. 그러나 때로는 그것을 '본질화'하여 이해하기도 한다. 사실 이른바 '이단', '주변', '비주류'는 서로 다른 시대에 긍정적으로 추천된 작품에 대한 상대적 개념이다. 작품의 '이단'과 '변방'이라는 범위와 특성, 즉 그들이 '주류'의 규범에서 어느 정도 벗어나고 역행하는 지는 이 시기의 문학적 규범에서만 설명될 수 있다. 그들 사이에는 차이가 있으며 시간이 지남에 따라 변경된다. 1950년대부터 1970년대까지 30년 동안 문학계에서 진보/퇴행, 혁명/반동, 향기로운 꽃/독초를 구분하는 기준과 경계는 끊임없이 변화하였다. 「붉은 태양紅日」, 「홍기보紅旗譜」, 「청춘의 노래靑春之歌」, 「붉은 바위紅岩」 등 발표 당시 극찬을 받았던 자오수리趙樹理의 소설은 곧 '반동' 작품으로 간주되어 유죄 판결을 받았다. 정통과 이단, 주류와 비주류가 서로 전환되거나 대체되었고, 이러한 상황이 반드시 '문화 대혁명'의 예외이자 비정상적인 것으로 설명될 필요는 없다. 따라서 오늘날 '비주류' 문학으로 불리는 현상들을 다시 분석할 때 그것들 역시 다시 역사 속으로 '되돌려 놓고' 검토할 필요가 있다. 이러한 검토는 사실 쌍방향으로 균열에 포함된 '이질성'을 보여줄 뿐만 아니라 특정 환경에서 존재할 수 있는 '이질성'의 증폭을 지적하는 것이다. 이것은 오늘날 다시 생각해야 할 중요한 문제이다. 1950년대에서 1970년대의 문학 내의 갈등을 구성한 다양한 요인들 중에서 새로운 '인민 문학'의 '이질적' 요소는 무엇이며, 어떤 요소가 창작 과정의 불확실성'에 속하는가? 이 질문에 대한 답변은 매우 어렵고, 명확하게 지적할 수 있는 것도 아니다. 예를 들어, 하나의 자원으로서 '민간 문화'는 처음부터 이런 문학의 형식을 구축한 설계에 포함되었는가? 따라서 당대 문학의 텍스트에서는 '민간 문화 형식'과 '주류' 문학 형식의 관계(소외, 대립, 융합, 지지 등), 그리고 그 가능한 모습은 우리가 생각했던 것 보다 훨씬 더 복잡할 수 있다. 사실 국가가 '주류 이데올로기'를 구성할 때, 한 편으로는 '정화'의 방법을 채택하여 이데올로기의 '질'을 보장해야 하고, 다른 한편으로는 이념의 '설득력'을 높이고, 문화적 리더십을 실현하기 위해 다른 '이질적' 문화 요소도 적당히 선택적으로 흡수할 것이다. 따라서 특정 시기의 '주류'와 '비주류'의 경계 및 이들의 관계를 다루는 데 있어서 보다 신중한 자세가 필요하다.

일부 연구자들은 1960년대와 1970년대 '선봉 문학'의 이야기[16]를 다룬 문학사적 의미를 이야기하면서 자오자비趙家璧가 1930년대 상하이 양우 출판 공사良友出版公司에서 10권의 『중국 신문학 대계中國新文學大系』를 기획한 사건을 언급하였는데, 그들은 『중국 신문학 대계中國新文學大系』의 편찬이 '오사五四' 문학을 구하였으며 이후 현대 문학사는 『중국 신문학 대계中國新文學大系』가 본래 정한 규칙 및 선택과 분리될 수 없다고 지적하였다.[17] 아마도 1950년대부터 1970년대까지의 '비주류' 문학을 다룰 때, 일부 당대 문학사에서도 의식적이든 무의식적이든 '규칙을 정하고 주제를 선택한다'는 인식을 가지고 이 시기 문학의 다양한 범주를 구분함으로써 그 가치를 결정하려 했을 것이다. 여기에서 해결해야 할 문제는 1950년대에서 1970년대까지의 문학을 20세기 중국 문학의 맥락에서 어떻게 바라볼 것인가 하는 점인데, 이것은 항상 뜨거운 논쟁거리가 되었다. 1990년대에 '비주류' 문학, '주변 문학' 등의 개념을 사용한 당대 문학사의 논저들은 이 문제에 대해 완전히 일관된 견해를 갖지 못하였고, 일부는 크게 다른 견해를 보이기도 하였다. 그러나 이 개념은 문학사적 관점으로 유입되어 다양할 정도로 문학 현상을 분석하는 척도로 활용되었기 때문에 20세기 문학의 흐름에서 1950년대부터 1970년대까지의 '당대 문학'을 어떻게 볼 것인가라는 질문은 불가피하다. 문학사는 관련된 '이야기'를 하는 데 있어 이미 그 의미를 상실한 것인가, 아니면 이질적인 '비주류' 부분에

16 궈루성郭路生의 글쓰기, '문화 대혁명' 기간 동안 '바이양뎬白洋淀의 시'와 1978년에 창간된 《오늘今天》 등을 가리킨다.

17 류허劉禾 『등불을 든 사자·편집자의 말持燈的使者·編者的話』, 홍콩 : 옥스퍼드대학출판사, 2001.

서만 그 의미가 존재하는가? 1950년대에서 1970년대의 '당대 문학'은 '오사五四' 문학의 '전통'에 위배되는 것인가? 1950년대부터 1970년대까지의 문학은 '주류와 '비주류'의 대립으로 구분될 수 있는가? 이 대립은 어떤 의미에서 성립될 수 있는가? 이 역사적 서술이 표현하고자 하는 것은 무엇인가?

즉, 역사적 서술에서 '비주류' 문학의 명명, 조직, 그 부각된 부분의 기준과 의도에 대해서도 문제를 제기할 필요가 있다.

《난카이 학보南開學報(철학사회과학판哲學社會科學版)》, 2005년 4호에 게재

당대 문학사 저술 및 관련 문제에 대한 통신

1

홍 선생님 : [1]

안녕하세요!

문학사 집필에 대해 토론할 수 있는 기회를 갖게 되어 매우 기쁩니다. 최근 몇 년 동안 당대 문학계에서 이 문제에 대한 깊은 관심은 홍 선생님이 쓰신 『중국 당대 문학사中國當代文學史』(이하 『문학사文學史』라 함)와 천쓰허陳思和 선생님이 편찬하신 『중국 당대 문학의 교과 과정中國當代文學史教程』(이하 『교과 과정教程』이라 함)의 출판에서 비롯되었습니다. 저는 『교과 과정』에 대해 토론한 글에서 '이 두 문학사에 대한 저의 존경심을 표현한 적이 있는데, 특히 이 속에서 해결된 문제뿐만 아니라 탐구하는 과정에서 폭로되거나 '창조한' 새로운 문제에 대해서도 언급한 적이 있습니다. 한 학자의 말을 빌리자면 '비판은 존

1 이것은 당대 문학사의 집필에 관한 리양李楊과의 서신이다.

경을 담아야 한다'는 점에서 우리는 비판할 만한 가치가 있는 것을 비판해야 합니다.

제 생각에는 1990년대 이후의 모든 문학사 저술은 잠재적인 대화 대상을 가지고 있으며 이는 1980년대 문학사의 지배적인 서술 방식이라고 할 수 있습니다. 1990년대 이후 문학사의 집필을 비롯한 인문학계의 지식 체계는 변화하고 있는데, 이러한 새로운 지적 패러다임은 문학사 집필에 어떻게 반영되고 있습니까? 두 당대 문학사는 어떤 점에서 새로운 글쓰기 경험을 제공했는지, 또 어떤 점에서 여전히 1980년대 문학사의 서술 방식에 제약을 받고 있는지는 의심할 여지없이 학계의 큰 관심사입니다.

1980년대 문학사의 서술 방식은 잘 알려진 '분열 이론'을 사용하여 '중국 현당대 문학사, 즉 좌익 문학의 개척, '문화 대혁명' 시기 절정에 달한 '정치화된 문학'은 '오사五四 문학'의 '순수한 문학'적 전통을 단절시켰고, '문화 대혁명' 이후의 '신시기 문학'은 '오사 문학'을 이어받아 문학을 '문학' 자체로 되돌렸습니다. '현대 문학'에서 이러한 구조는 '오사 문학'(계몽 문학)의 지배적 지위의 재확립과 좌익 문학, 옌안延安 문학의 주변화로 구현되었고, '당대 문학'에서서는 '신시기 문학'의 지배적 지위의 확립과 '1950년대에서 1970년대' 문학의 주변화로 나타났습니다. '1950년대부터 1970년대까지의 중국 문학'은 점차 '현대 문학'에서 배제되었고, 심지어 더 격렬한 '균열론'에서도 문학/비 문학(정치), 계몽/구국, 나아가 현대/전통으로 유형화되어 이원적 대립에 놓임으로써 재확인되었습니다.

『문학사文學史』는 바로 이러한 핵심적인 본질 규명에서 1980년대의 문학사를 능가하였습니다. 홍 선생님의 「1950대부터 1970년대까지의 중국 문학에 관하여關於50-70年代的中國文學」에서 저는 다음과 같은 글을 읽었습니다.

> 1950년대부터 1970년대까지의 문학은 '오사五四'에 의해 탄생되고 길러진 낭만적 감성이 충만한 지식인들의 선택으로, '오사' 신문학의 정신과는 깊은 연속성을 가졌다고 해야 할 것이다.

『문학사文學史』를 논하는 많은 글에서 중요한 특징, 즉 이 문학사의 범상치 않은 '냉철한' 역사적 감각을 발견했으며 어떤 사람들은 이를 '역사가의 필법'과 '역사가의 풍모'라고 부릅니다. 그러나 이러한 평론의 대부분은 '서술적 스타일'이나 심지어 저자의 성격과 교양에서 설명될 수 있지만 『문학사』의 방법론적 혁신에 대해서는 충분한 관심을 기울이지 않는 것 같습니다. 사실 『문학사』에서 보여준 이러한 '냉철함'은 1980년대와는 또 다른 '역사적 지식'에서 비롯되었다고 생각합니다. 1950년대부터 1970년대까지의 중국 문학을 '현대 문학'의 중요한 불가분의 구성 요소로 간주하는 것은 그 명칭의 차이 뿐만 아니라 이러한 구조에 있어서 우리가 더 이상 단순한 이원적 대립 패턴으로 문학사를 구성하기 어렵다는 것을 의미합니다. 적어도 '현대'와 '전통', '문학'과 '비 문학', '현대 문학'과 '비 현대 문학', '계몽'과 '구국'이라는 이원적 대립으로 구성된 가치의 범주로 문학사를 구성하지 않을 때, 또 다른 문학사, 즉 '학술'적 의미를 지닌 문학사가 발전할 수 있습니다.

이것은 분명 『문학사』에 대한 자각적인 의식이라 할 수 있습니다.

> 구체적인 문학 현상의 선택과 처리는 집필자의 문학사관과 불가피한 가치 평가의 기준을 반영한다. 그러나 작가의 작품, 문학 운동, 이

론 비평 등과 같은 문학 현상을 평가할 때, 이 책의 초점은 이러한 현상에 대한 판단, 즉 특정한 역사적 상황에서 창작과 문학의 쟁점을 추출하는 것이 아니라 집필자가 신봉하는 가치 척도(정치적, 윤리적, 심미적)에 따라 옳고 그름을 판단하는데 있다. 대신 문제를 '역사적 상황'으로 '되돌리기' 위해 노력하였다.(『중국 당대 문학사·서언中國當代文學史·前言』, 5쪽)

이 시기의 급진적인 문학 사조와 그 실천('대약진大躍進' 문학, '경극 혁명' 등)에 대해서도 정치적, 윤리적 평가라는 획일화된 방식에서 벗어나 문학사의 '학술적' 측면에서 이를 평가하고자 하였다.(홍쯔청洪子誠 『당대 문학 개론·서문當代文學概說·序言』, 광시교육출판사廣西教育出版社, 2000)

1980년대 문학사의 관점에서 그 '가치'를 경계하는 '학술적' 입장을 이해하는 것은 쉽지 않을 것이고, 1950년대부터 1970년대 문학의 현대성을 논하는 것도 쉬운 주제가 아닙니다. '17년' 내지는 '문화 대혁명' 시기의 주류 문학 서술의 틀 안에서 '혁명 문학'은 '오사五四' 문학 혁명의 정신적 본질을 계승하고 발전시켰으며 프롤레타리아 혁명 운동의 중요한 부분이 되었기 때문에 당연히 현대 문학의 범주에 속해야 합니다. 이러한 서술 방식에 의한 '사회주의 리얼리즘'을 주체로 한 '당대 문학'(1950년대부터 1970년대까지의 중국 문학)에 대한 이해는 '신민주주의'의 성격을 지닌 '현대 문학'에 대한 발전과 초월에 바탕을 두고 있습니다. 1980년대 문학사 서술의 재구성은 이러한 '위계질서'의 전복에도 반영되었습니다. 따라서 1980년대 문학사 연구자들이 구축하고 유지한 것은 이런 혼돈을 바로 잡는 어려운 과정을 거쳐 구축된 '올바른' 등급제라고 할 수 있습니다.

『문학사』의 이론적 돌파구를 구성하는 것은 분명히 두 '등급제' 사이의 선택이 아니라 '등급제' 자체에 대한 의문입니다. 저는 홍 선생님의 글 중 하나가 이 문제를 명시적으로 언급한 것을 발견하였는데, 홍 선생님은 왕야오王瑤, 탕타오唐弢와 같은 1980년대 이전에 주류를 지배했던 문학사에서 '현대 문학'의 핵심은 '등급제'이며 좌익 문학 또는 좌익 문학의 파벌이 '주류이며 지배적이면서 유일한 합법적 위치'에 놓여 있고, '사회주의적' 성격을 지닌 '당대 문학'은 신민주주의' 성격의 '현대 문학' 보다 한 수 위라고 평가하였습니다. 1980년대 이후 '현대 문학'과 '당대 문학'의 등급이 뒤바뀌면서 '현대 문학'의 학문적 규범과 평가 기준이 아니라 '당대 문학'이 20세기 중국 문학을 지배하는 단서가 되었습니다.(홍쯔청洪子誠 『중국 현대 문학 30년』 중의 '현대 문학'《中國現代文學三十年》的"現代文學", 《문학평론文學評論》, 1999, 1호).

'진정성'이라는 이름으로 '현대 문학'과 '당대 문학'이 끊임없이 뒤바뀌는 이 등급제가 바로 푸코Michel Foucault가 거듭 거론한 '배제의 메커니즘'입니다. 푸코의 견해에 따르면 '진정성'은 역사적으로 분화되고 발전되었으며 각 시기에 따라 그 진위의 기준이 완전히 다를 수 있고, 한 시기의 진리가 다른 시기에는 거짓된 지식으로 배척될 수 있습니다. 동시에 인간의 인지적 성향은 제도에 의해 뒷받침되고, 서로 다른 제도는 또 다른 진실과 거짓의 기준을 지지할 것이며 사람들은 자신의 담론을 진실된 담론의 기준에 맞추고, 이와 다른 담론을 거짓으로 취급하여 그것을 거부하는 경향이 있습니다. '제도적 지원과 분배에 너무 의존하려는 인간의 인지적 성향은 또 다른 담론 형식에 압박과 제한된 권력을 행사하는 경향이 있다고 생각합니다.' 푸코의 '지식의 고고학/계보학'은 이러한 배제의 메커니즘을 해체의 대상으로 삼고 있습니다. 푸코는 더 넓은 사회적 범주에서 지식을 고찰하는 것을 옹호하였고, 사회적 범주에서 어떤 사회적 힘이 지식을 생산하는지 알아

보기 위해 지식의 계보를 조사했습니다. 이것은 분명히 진정한 진리의 존재를 부정하는 것이 아니라 문제를 연구하는 또 다른 방법을 시도한 것으로 '물론 명제로서 진실과 거짓의 구분은 임의적이고 언제든지 수정이 가능하며 제도화되고 극단적이지 않습니다. 그러나 문제는 다른 방식으로 제기될 수 있는데, 그것은 우리의 담론을 통틀어 우리 역사에서 수세기 동안 지속되어 온 진리에 대한 정의가 무엇인지, 현재 그것은 무엇을 의미하는지, 혹은 일반적으로 어떤 분화가 인간의 인지적 성향을 지배하는지 묻는다면 우리는 발전 과정에서 어떤 배제적인 시스템을 발견할 것입니다.'(미셸 푸코 『지식의 고고학』, 삼련 서점三聯書店, 1998)

안타깝게도 1980년대에 구축된 지적인 맥락에서 '1950년대부터 1970년대' 문학의 현대성에 대한 논의나 1980년대 주류 문학의 권력적인 메커니즘에 대한 폭로는 흔히 '좌파'라는 꼬리표가 붙고, 개관사정蓋棺事定인 '문화 대혁명'을 긍정하는 것으로 해석되기도 하였습니다. 제 생각에는 이러한 '오독誤讀'의 이유는 지적인 맥락의 차이에 있습니다. 이 비평가들의 대부분은 '현대성'과 '현대화'라는 두 개념의 차이를 제대로 파악하지 못하였고, 그들에게 '현대성'은 '현대화'의 동의어이며 그 합법성은 의심할 여지가 없습니다. 따라서 '1950년대부터 1970년대까지의 문학', 심지어 20세기 좌익 문학의 의미 전체를 '부정확'하고 '비 현대성'이 아닌 '정확성'과 '현대성'의 범주에서 논하는 것이 논리적으로 역사를 뒤집는 것으로 이해되고 있습니다. 그러나 포스트모더니즘의 지적인 맥락에서 '현대성'은 주로 반성의 개념을 뜻합니다. 오랫동안 객관적인 역사의 과정으로 여겨졌던 '현대화'의 범주와 달리 '현대성'은 끊임없이 구축된 주관적 이데올로기로 변모하였고, 리오타르Jean-Francois Lyotard는 '현대성'을 '그랜드 내러티브grand narrative'라고 표현하였습니다. 훗날 '현대성'에 대한 지식인들의 반성은 현대적인 지식과 현대 사회의 과정에 대한 이중적 검토로 나타났습니다. 『감시와 처벌規訓與懲罰』, 『광기와 문명癲狂與文明』, 『성사性史』 등과 같은 푸코Michel Foucault의 일련의 작품들은 모두 인간의 해방, 인도주의와 자유라는 약속 뒤에 숨겨진 배척, 감시, 규범화된 메커니즘의 권력 관계를 드러냈습니다. 따라서 '1950년대부터 1970년대' 문학을 '현대성'의 범주에 포함시킨 것은 적어도 제 이해로는 이 시기 문학에 대한 '재확인'이 아니라 '1950년대부터 1970년대까지의 문학'을 포함해 20세기 중국 문학의 현대성에 대한 '반성'이 아닐 수 없습니다. 1980년대의 맥락에서 보면 사회주의와 혁명만이 '반성'이 필요한 것처럼 보이지만 사실 사회주의와 혁명의 역사를 현대적인 환경에서 '반성'한다는 것은 역사적 의식에 동조하는 것이며 현대성에 대한 '반성'을 제대로 하지 못한다면 급진주의와 혁명에 대해 진정으로 '반성'할 수 없습니다.

많은 독자들이 『문학사』에서 따옴표를 과도하게 사용한 것을 매우 불편해 할 수도 있는데, 이는 사실 사고 방식의 전환이라는 신호로 이해될 수 있습니다. 1980년대 중반 중국 문학계에서 현대파의 진실과 거짓에 대한 논의가 있었던 것을 기억합니다.사람들은 중국에 진정한 '현대파'가 존재했는지에 대해 논쟁할 때, 저는 중국의 현대파를 전문적으로 연구하는 서양 학자에게 이 문제에 대해 조언을 구하였고, 중국의 '진정한' 현대파와 '거짓된' 현대파를 구별해 보라고 요청했습니다. 이 학자는 그 질문이 무의미하다면서 대답할 수 없다고 하였습니다. 그의 관심사는 왜 1980년대 중반 중국에서 '현대파'에 대한 논의가 있었는지, 작가들은 왜 자신의 소설에 '현대파'라는 이름을 붙였는지, 그리고 평론가들은 왜 '현대파'라는 개념을 자주 사용하였는지 즉, 중국에서 '현대파'를 상징하는 그 발전 계보를 파악하려 했습니다.

그가 연구한 것은 이른바 현대파, 즉 따옴표를 달은 현대파일 뿐이었습니다. 분명히 이 학자는 우리의 관심사를 다른 문제, 즉 '진실'과 '거짓'의 '가치' 문제를 '지식의 계보학' 이라는 문제로, 『문학사』의 말을 빌리자면 '학술적인' 문제로 전환하였습니다.

저는 바로 이런 의미에서 인용 부호의 의미를 평가해 보고 있는데, 『문학사』에서 이처럼 인용 부호를 자주 사용한다는 것은 이미 작가가 역사 연구자로서 우리가 마주하고 있는 것은 역사 그 자체가 아니라 '역사'에 관한 '서술'이라는 지식의 관점을 받아들였다는 것을 의미합니다. 프레드릭 제임슨Fredric R. Jameson의 '오직 텍스트를 통해서만 역사에 접근할 수 있다'에서 자크 데리다Jacques Derrida의 '텍스트 이외에는 아무것도 없다'에 이르기까지, 이러한 문학사의 서술보다 중국 당대 문학 연구에 대한 지적 패러다임의 전환을 더 잘 반영할 수 있는 다른 방법으로는 어떤 것들이 있습니까?

다음으로 홍 선생님과 논의하고 싶은 것은 1980년대 문학사의 서술 방식이 『교과 과정教程』을 비롯한 1990년대 문학사 집필에 어떤 영향을 미쳤는지 그 이면을 짚어보고자 합니다.

창체昌切는 《문학평론文學評論》에 발표된 「계몽적 입장에서 학술적 입장으로從啟蒙立場到學術立場」라는 학술 필담에서 『문학사』를 구성하는 키워드인 '일체성'과 '다원성'이 여전히 이원적 대립의 한 쌍이라고 믿었으며, 『문학사』가 1980년대의 '계몽적 입장'에서 벗어나 진정한 의미의 '학술적 입장'으로 진입하지 못하였음을 보여주었습니다. 비록 저는 '진정한 의미'의 존재 여부에 대한 '학술적 입장'에 대해 의구심이 있지만 제 이해에 따르면 지식의 고고학/계보학은 가치 판단을 보류하고 언어의 철학적 문제를 인간 담론의 실천이라는 맥락에 놓고,

권력 실천의 범위와 윤리적 범위에서 그 역할을 살펴보는 것, 즉 우리의 비판 작업을 다양한 사회적, 역사적, 정치적 관계에 놓고, 비판과 비판에 대한 지도는 항상 이러한 관계에서 시작되어야 한다고 주장합니다. 따라서 이 비판의 가장 큰 생명력은 순수한 학술적 입장에 대한 추구와 신뢰에서 나오는 것이 아니라 그 논리에 담긴 자아비판의 동기와 메커니즘에서 비롯된 것이라고 생각합니다. 그러나 저는 『문학사』가 내포하고 있는 이원적 대립 방식에 대한 패러다임의 해체에 대해서는 매우 공감합니다. 여기에서 저는 이 주제에 대해 좀 더 보충하고자 합니다.

문학사에 대한 서로 다른 시각은 필연적으로 문학사를 쓰는 다양한 방식으로 이어질 것입니다. 형식주의 비판을 활용한 문학사 쓰기는 문학의 '내부 연구'와 시대를 초월한 문학성의 진화에 주목하지만 사회역사에 대한 비평, 신역사주의에 대한 비평, 나아가 푸코의 '지식의 고고학/계보학'까지 수용한다면 문학사가文學史家들은 문학과 시대적, 사회적, 정치적 환경의 관계에 주목하게 될 것입니다. 『문학사』는 많은 지면을 할애하여 제도적 권력이 문학의 생산에 미치는 제약과 영향, 특히 1950년대부터 1970년대까지 문학의 일체화 과정을 매우 상세하게 논의하였는데, 이는 분명히 '외부 연구'에 중점을 둔 문학사라고 할 수 있습니다.

그러나 문학에 속하는 것처럼 보이는 이러한 '외부 연구'의 연구 방법은 지식의 지향점에는 실제로 큰 차이가 있음을 지적할 가치가 있습니다. 예를 들어, 사회역사의 비평에서 역사는 객관적인 존재이며 문학과 시대 간의 상호 작용은 '진정성'을 명확한 가치 기준으로 삼기 때문에 '진실'과 '거짓'의 이원적 대립을 기반으로 하여 일련의 이원적 대립 계층을 구성할 수 있습니다. 푸코의 '지식의 고고학/계보학'에서

'역사'는 일종의 '지식'으로 존재하며, 문학과 시대-권력 간의 상호작용을 연구하는 목적은 진실과 거짓을 구별하기 위함이 아니라 이 지식의 성장 과정을 명확히 하는 것입니다. 이런 비판은 분명 가치 있는 비판이 아닙니다.

이것이 바로 『문학사』가 모호하게 느껴지는 대목입니다. '일체성'과 '다원성'은 『문학사』가 당대 문학의 두 시대를 구별하기 위해 사용된 개념으로, '일체화'는 '1950년대부터 1970년대까지의 문학'을 설명하는 데 사용된 반면 '다원화'는 1980년대 이후의 중국 문학을 가리킵니다.

> (이 책은) 1950년대 이후 중국 문학을 평가할 때, 상편과 하편으로 나누어 설명한다. 상편은 주로 이 특정한 문학적 규범이 어떻게 절대적으로 지배적인 지위를 차지했는지, 이 문학 형식의 기본적인 특징은 무엇인지 설명하였고, 하편은 1980년대에 이러한 지배적 지위의 붕괴와 다원적 문학 구조를 '재구축'하기 위한 중국 작가들의 고된 노력을 조명하였다.(『중국 당대 문학 개론中國當代文學概說』 61쪽)

강력한 '학술적 의식'의 주도 하에 있지만 『교과 과정』에 비해 '민간'과 '공식', '잠재적 글쓰기'와 '주류 문학'이라는 이원적 대립의 범주를 명확히 하여 문학사를 재구성하려는 노력보다는 『문학사』의 위계적 질서는 훨씬 모호하지만 이런 등급제는 여전히 존재하며, 그 '일체성'과 '다원'적 대립을 집약적으로 표현하였습니다. 의식 수준에 진입했는지 여부와 상관없이 『문학사』는 암묵적인 가치 판단을 표현하였는데, 이 판단에서 '일체화'보다는 '다원화'가 문학의 본질을 더 잘 반영한다고 생각합니다. 분명히 『문학사』가 1980년대 이후의 문학을 '다원'적으로 정의했을 때, 어떤 의미에서는 사실상 이를 뛰어넘으려 했던 '단절론'으로 회귀한 것을 의미합니다. 이것은 아마도 『문학사』의 예상치 못한 귀속일 것입니다. 따라서 『문학사』와 관련된 저서에서

'당대 문학'에 대한 전반적인 평가를 한다는 것은 전혀 놀라운 일이 아닙니다.

> 지난 40여 년 동안 '당대 문학'에는 일부 중요한 작가와 작품이 등장하였고, 특히 1980년대의 문학은 주목할 만한 성과를 거두었지만 일반적으로 그 '성과'는 특히, 1950년대부터 1970년대 사이에 속하며 극히 제한적이다.(『중국 당대 문학 개론中國當代文學概說』 61쪽)

> 여기에서 '당대 문학'의 '한정적인 성과'는 물론 '현대 문학'에 대한 것인 반면, '1950년대부터 1970년대까지의 문학'의 '한정적인 성과'는 1980년대의 문학을 가리키는 것입니다. '1950년대부터 1970년대까지의 문학'이 이런 등급제의 밑바닥에 자리 잡은 것은 이 시기 문학이 '일체화'된 문학이었기 때문입니다. 이 명확한 가치에 대한 입장은 책 전체의 구조뿐만 아니라 텍스트의 서술에서도 두드러집니다. 예를 들어, 『문학사』는 중화인민공화국 수립 이후 문학계에서 일어난 비판 운동에 대해 이러한 '비판 운동의 대부분은 문학적 범주에 속하기 어렵다'고 지적하였습니다.(『중국 당대 문학사中國當代文學史』 25쪽) 또 다른 곳에서 『문학사』는 '이러한 비판 운동이 문학 자체의 규제에 의존할 뿐만 아니라 정치권력의 개입에도 의존하여 '일체화'된 문학적 구조를 구성하는 환경에서만 일어날 수 있다'고 지적하였습니다.(『중국 당대 문학사中國當代文學史』 39쪽)

이것은 사실 정문에서 쫓겨난 등급제가 뒷문을 통해 슬그머니 되돌아 온 격이라고 할 수 있습니다. 우리가 푸코Michel Foucault 식으로 지식의 고고학/계보학의 방식을 고수한다면 문학과 권력의 관계에 대한 또 다른 '학술적' 글쓰기 방법이 존재할 것입니다. 푸코에게 있어서 '모든 것은 권력 관계'였고, 모든 시대에는 지식의 범주로서 문학에 대한 억압이 있었습니다. 즉, '일체화' 되지 않은 문학의 시대는 없었습니다. 이 설명에 따르면 '1950년대부터 1970년대까지의 문학'과 '1980년대 문학'의 관계는 '일체화'와 '다원화'된 관계가 아니라 '일체화'와 또 다른 '일체화'의 관계라고 볼 수 있습니다.

중국 신문학의 발생에 대한 제도적 배경은 최근 몇 년간 학자들의 관심을 끌기 시작한 매우 중요한 문제입니다. 왕샤오밍王曉明의 「한 권의 잡지와 하나의 '단체' : '오사' 문학 전통을 재평가하다一份雜誌和一個"社團"——重評"五四"文學傳統」는 '오사五四' 문학이 개성을 옹호할 뿐만 아니라 '오사' 시대의 기본적 규범이라고 믿었습니다. '문학 자체의 특성과 가치를 경시하는 관념, 문학이 주류와 중심이 되어야 한다는 관념, 문학의 과정이 설계되고 제작될 수 있다는 관념' 역시 '오사'의 일부분을 구성하고 있습니다. 이는 분명히 간과되어서는 안 되는 견해입니다.(왕샤오밍王曉明 「한 권의 잡지와 하나의 '단체' : '오사' 문학 전통을 재평가하다一份雜誌和一個"社團"——重評"五四"文學傳統」, 《상하이 문학上海文學》, 1993. 4호)

1980년대 문학사의 서술에서 '오사 문학'이나 '계몽 문학'은 줄곧 '좌익 문학'이 개척한 정치적 일체화의 억압, 개편, 개조의 대상이었지만 '오사 문학'이나 '계몽 문학' 자체가 일체화의 힘으로 다른 문학 형식에 대해 억압하는 것은 언급을 피했습니다. 사실 청나라 말기 이후의 역사적 맥락에서 교육 체제의 변화, 지식 계보의 전환, 나아가 신문학의 변혁, 심지어 백화문의 광범위한 사용과 위상을 결정하는 것까지도 결국 국가의 제도적 관행에 의해 완성되었습니다. 신문학의 전통 문학에 대한 철저한 부정과 통속 문학에 대한 포위와 탄압은 모두 제도적 차원에서 이루어졌습니다. 여기에서 말하는 '제도'는 창작과 비평에 관한 규정 외에 출판 기관, 문학 단체, 대학 연구 부서의 학과,

과목, 교재 등에 관한 규정도 당연히 포함되어야 합니다. 그 중 문학사의 집필, 정전正典의 확립, 통일된 수상 활동은 매우 중요한 역할을 하였습니다.

> 당시 청팡우成仿吾가 자신이 속한 '오사五四' 시대를 이렇게 격앙된 언어로 표현한 것도 어찌 보면 당연합니다.

> 우리는 임의로 사회의 어느 한 귀퉁이를 들여다보면 우리는 그것이 정국政局의 충실한 약자縮寫임을 알 수 있다. 우리 문학계는 또 어찌 정계의 무대가 될 수 있겠는가? (「창조사와 문학 연구회創造社與文學研究會」, 《창조創造》 계간 제1권 4호)

왕더웨이王德威의 『억압된 현대성被壓抑的現代性』은 '오사五四' 문학과 만청晩清 문학의 관계에 대한 서술을 통해 '오사'의 담론이 형성되는 과정에서 '권력 관계'를 명확히 보여주고 있습니다. 그의 관점에서 보면 만청 문학에 나타난 현대성의 이질적이고 격동적인 상상은 '오사' 문학에서 정형화되고 도덕화 되었습니다. '오사'의 현대적 상상은 만청 문학의 현대성을 강력한 힘으로 억눌렀습니다.

'1980년대 중국 문학'은 분명히 이런 각도로 보아야 합니다. 문학사가文學史家들은 1980년대 '해방'의 의미를 전적으로 주목하면서도 이 시기의 보편적인 문학적 규범을 간과하곤 했습니다. 이러한 규범은 역사적 지식, 자료 연구, 대중의 기억, 대중적 담론에 대한 통제, 독점과 관리를 통해 '신시기'의 '올바른 정치적 규범'을 구축하였습니다. 푸코Michel Foucault의 지식-권력의 계보학적 분석 방법을 고수한다면 1980년대 문학을 통해 표현된 '문화 대혁명'은 물론 모든 혁명의 역사에 대한 기억과 글쓰기가 똑같이 통제, 선별, 조작되었다는 것을 깨닫게 될 것이고, 이는 즉 선택적 기억과 망각의 결과이기도 합니다. 따라서 '신시기 문학'이 오랫동안 은폐했던 '진실'과 더불어 그 '진실'이라는 이름으로 또 다른 서사를 어떻게 은폐하려고 했는지, 이 속에서 어떤 담론이 형성되었는지, 어떤 담론이 억압되어 영원한 침묵으로 변하였는지, 또 다른 담론(예를 들어, '오칠 작가 그룹五七作家群'과 '지식 청년 작가 그룹')의 역사에 대한 다양한 기억 뒤에 숨겨진 권력적 메커니즘에 주목한다면, 우리는 '지식인 역시 권력의 일부이며 이런 '의식'과 언론의 대리인이라는 관념도 결국 이 제도의 일부'라는 푸코의 새로운 관점에 공감하게 될 것입니다.(『푸코집』, 상하이원동출판사上海遠東出版社, 1998.) 사실 '상흔傷痕문학', '반사反思문학', '지식 청년知青문학', '개혁 문학', '심근尋根문학' 등 오늘날 당대 문학사에 존재하는, 그야말로 단숨에 완성된 몇몇 개념들은 모두 유형화된 문학적 범주가 아닌 것은 없습니다. 쉬즈둥許子東의 '문화 대혁명'의 서사 방식을 논한 그의 박사 학위 논문 『망각을 위한 집단적 기억 : 문화 대혁명 소설 50편을 해석하다爲了忘卻的集體記憶——解讀50篇文革小說』는 우리에게 '공식화', '개념화', 심지어 '주제 선정'조차 '1950년대부터 1970년대까지의 문학'적 특성이 아님을 알 수 있습니다. 왜 1980년대 중국 작가들은 같은 방식으로 역사를 말했을까, 이러한 동질화-일체화라는 공통된 의식이 형성되는 과정에서 출판 기관, 문학 단체, 대학 연구 부서의 학과와 과목 및 교재에 대한 규정, 문학사 쓰기, 정전正典의 확립, 통일된 수상 활동 등은 어떤 역할을 하였는지 모두 탐구할 만한 가치가 있는 주제입니다. 이러한 요인들 중에서 제도적 실천으로서 문학사의 역할을 간과해서는 안 될 것입니다. 문학사의 새로운 질서가 확립된 후 그것은 또한 배타적인 체제가 되었습니다. 1980년대 이후 확립된 '문학'사의 질서는 '순수 문학'을 부각시킬 때 '비 문학'적 문학을 배제해야 합니다. 이러한 학술적 각도를 통해 '문화 대혁명 문학'은 물론 '17년 문학'까지 사실상 점차 '문학'에서 배제되었습니다. 문학사는 '문학성'이 전혀 없는 '지하 문학'을 연구할 수 있지만 '역사 소설'과 '농촌 소설'을 이야기할 때 한 시기의 중요한 정신적, 문화적 현상을 구성한 「붉은 바위紅岩」, 「리즈청李自成」, 「창업사創業史」에 대한 언급이 아예 없거나 거의 언급하지 않는 것은 '다원'적인 문학사라고 말하기 어렵습니다.

『문학사』는 중국 당대 문학을 '1950년대부터 1970년대까지의 문학'과 1980년대 이후의 문학', 이 두 편으로 나누고 있습니다. 이에 비해 '하편'은 분명히 '상편'만큼 흥미롭지 않으며, '상편'에서는 권력과 문학의 복잡한 관계에 대해 극도로 섬세하고 심오한 분석을 하고 있지만, '하편'의 분석은 이보다 훨씬 약한 수준이며, 극도로 간략하게 서술된 '1980년대 문학이 처한 환경'에서는 문학에 대한 제도와 권력의 규제, 혹은 이러한 제도와 규약에 대한 묘사가 '상편'보다 훨씬 덜 세밀하다고 생각합니다. 『문학사』에서 두 문학에 대한 평가가 상이함을 알 수 있는데, '상편'이 훌륭한 이유는 문학의 '타자'로서 '정치'나 '체제'가 존재하는 반면, '하편'에서는 '정치'적 '타자'가 더 이상 존재하지 않거나 혹은 '타자'의 역할을 할 만큼 중요하지 않고, 그에 반해 『문학사』의 서술은 무중력 상태에 놓여 있기 때문입니다. 그러나 이러한 불균형은 '지식의 고고학/계보학'의 접근 방식을 일관되게 고수한다면 피할 수 있습니다. '체제와 문학'의 관계에 대한 분석 방법은 '1950년대부터 1970년대까지의 문학' 연구에만 적용되는 것이 아니라 '1980년대 이후의 문학' 연구에도 유효합니다. 1990년대 이후 문학 연구의 매우 중요한 전환은 문학 연구자들이 문학을 위한 '외부 연구'로 그 명예를 회복시킨 것이고, 많은 사람들이 더 이상 1980년대처럼 '문학'이라는 이름으로 정치, 철학, 문화 연구를 하지 않으며 '문학'이라는 이름으로 '비 문학'을 입에 올리지 않는다는 것입니다. 사람들이 문학을 특수한 현대적 지식으로 보기 시작하고, '현대 문학'이 '민족국가 문학으로 해석될 때, 문학과 민족국가 중 다른 사회의 언어적 실천 사이에서의 상호 관계는 자연히 학술적 대상이 될 수 있습니다. 류허劉禾는 「텍스트와 비평, 민족국가 문학(文本、批評與民族國家文學)」에서 '현대 문학은 한 편으로는 민족국가의 산물일 수밖에 없고, 다른 한 편으로는 민족국가를 위한 이데올로기를 생산하고 주도하는 중요한 기반이 되지 않을 수 없다'고 지적하였습니다. 여기에서 민족국가의 운명은 사실상 현대 문학의 운명이며, 사카이 나오키酒井直樹가 『현대성과 비판 : 보편주의와 특수주의의 문제現代性與其批判 : 普遍主義與特殊主義的問題』에서 '한 민족국가는 이질성을 가지고 서구에 저항할 수 있지만 그 국민들 사이에서 동질성이 우세해야 한다'고 말한 것처럼 말입니다. '그래서 좋든 싫든 국민들이 바라는 현대화 과정은 그 국민 내부의 이질적인 요소부터 배제해야 합니다.' 민족국가가 현대적 숙명이 된 중요한 이유는 전통 사회가 효율을 기본적 목표로 하는 현대화된 대량 생산의 요구에 분명히 적응할 수 없기 때문입니다. 따라서 동서양을 막론하고 문화와 지역을 초월한 정치적 공동체로서 민족국가의 수립과 유지는 다양한 지방, 민간, 사적인 생활 방식을 억압하거나 강제적으로 개조하는 것을 의미합니다. 민족국가는 일련의 사회 운동, 정치적 변혁, 관념의 갱신, 문화 창조, 심지어 수천만 명의 유혈 사태를 통해 실용적이고 합리적인 계획을 옹호하고 구현하는데, 전통 사회의 다양한 노동력, 자본, 정보의 흐름을 제한하는 계층적 경계와 지역 간의 고립을 없애고, 통일된 내수 시장을 확장하고 보호하며, 새로운 사회의 생산 방식과 교류에 적합하고 표준화된 '대중'을 양성해야 합니다. '일체화'와 '동질화'는 모든 민족국가의 공통된 목표라고 할 수 있습니다. 민족국가의 문학은 당연히 이 목표를 위해 봉사해야 합니다. 어떤 의미에서 보면 20세기 사회주의의 실천은 이 불합리한 글로벌 정치, 경제, 문화적 '일체화'에 대한 저항과 초월, 그리고 '다원적' 세계 구조에 대한 추구에 뿌리를 두고 있습니다. 따라서 '일체성'과 '다원성'은 역사가 없는 한 쌍의 '철학적' 범주가 아니라 역시 따옴표를 붙여야 하는 개념, 즉 독립적으로 정의할 수 있는 객관적 사실이 아니라 지식과 권력이 작동하는 과정에서 생성된 상호 연관되고 제한된 역사적 개념입니다. '일체화'는 '다원화'의 추구에서 파생될 수 있으며 '다원화'는 '일체화'에 대한 또 다른 표현일 수도 있습니다. 따라서 지식의 범주로서 이러한 개념의 중요성은 복잡한 역사적 맥락에서만 인식되어야 합니다.

사실 문학이 오늘날까지 발전하여 독자들이 '관중'으로 변모할 때, 모든 중국인들이 인간의 지적 능력을 존중하지 않고 고도로 유형화(극히 단순한 줄거리, 얼굴로 도식화된 선인과 악인, 중간 인물의 성격이 없는)된 할리우드 영화를 통해 '세상'과 '자아'를 이해하려 할 때, 이러한 장면은 당시 '모범극樣板戲'을 보는 장면과 매우 흡사합니다. 1980년대 이후 시작된 문학과 문화의 변혁이 우리를 '다원화'된 세계로 이끌었는지, 아니면 더 높은 수준의 '일체화'된 사회로 이끌었는지 저는 도무지 알 수가 없습니다!

리양李楊

2

리양李楊 :

안녕하세요!

저의 『중국 당대 문학사中國當代文學史』(이하 『문학사文學史』라 함)에 대한 소중한 의견을 잘 읽어보았습니다. 이 문제에 대해 긍정적이든, 단점에 대한 비판이든, 다양한 질문에 관해 먼저 감사하다는 말씀을 드리고 싶습니다. 저자의 관점과 방법에 모순이 있다고 지적하였고, 상하 편 사이에 불균형이 존재하며 1980년대 이후의 문학에 대한 분석에서 푸코Michel Foucault의 '계보학' 방식이 구현되지 않았음을 지적하였으며 '일체성'과 '다원성'의 대립적인 틀로 당대 문학사를 구성하는 합리성에 의문을 제기하였는데, 이러한 견해는 모두 일리가 있으며 이에 관한 비판은 타당합니다. 일부 친구들과 독자들도 이 문학사의 문제점, 특히 하편의 단점에 대해 언급한 적이 있습니다. 최근 수도사범대학首都師範大學의 왕광밍王光明 교수도 미 발표된 논문에서 '주관적 시야의 흐릿함을 극복하고, 최대한 역사적 '정황'에 접근하려는 놀라운 노력을 기울였음에도 불구하고 비개인적인 서술의 효과를 지닌 홍쯔청洪子誠의 『중국 당대 문학사』도 문학사에 대한 '일관된' 시각이 결여된 부분이 있다고 하였고, 전반부는 서로 맞물려 밀접하게 연관되어 있는 '일체화'의 생성과 변천을 서술한 반면 후반부는 '해체'에 대해 서술하였지만 상대적으로 느슨하며 더 통일되고 강력한 서술적 관점이 부족하다'고 말했습니다. (「역사를 '잠글 것인가' 아니면 개방할 것인가에 관한 문제?"鎖定"歷史, 還是開放問題?」)

『문학사』를 집필하는 과정에서 저는 어떤 문학사를 쓰고 싶은지에 대한 생각이 자연스럽게 생겼지만 그것이 명확하지 않고, 일부 구상이 흔들리는 경우가 많았습니다. 당대 문학의 현상을 다루는 데 있어서 막스 베버Max Weber의 '중립적 가치'와 이에 관한 '지적 방식'이 사용된 것은 사실이며, 이는 이 문학사에도 어느 정도 반영이 되었습니다. 그러나 결국 이러한 문학사적 관점과 그에 상응하는 방식은 지속되지 못하였습니다. 문제는 문학적 현상과 기록된 텍스트의 해석 경향뿐만 아니라 어떠한 현상과 텍스트가 문학사의 지평에 진입할 수 있는가에 관한 것입니다. 이런 상황에 처한 이유는 제가 계몽주의적 '신앙'과 그 현실적 의미를 쉽게 포기할 수 없었기 때문이기도 한데, 계몽의 합리성이 이 문제에 대한 단서를 제공하는 것에서 출발하여 그 자체적인 문제로 전환되는 1990년대에도 마찬가지였습니다. 이와 관련하여 문학의 '엘리트 의식', 정형화되고 통속화된 문학에 대한 심리적 거부감, 서양 문학, 현대 중국 문학의 잠재적인 기준의 틀은 창체昌切가 말한 '학술'적 입장을 견지하는 것을 방해합니다. 오늘날 일부 사람들의 관심을 끌고 있는 '문화 대혁명' 소설과 홍위병의 시를 포함하여 '당대'의 방대한 시와 소설 텍스트를 마주할 관심과 인내심이 있는지 저는 아직도 확신할 수 없습니다. 따라서 이 문학사를 다시 쓰라고 해도 이런 망설임과 갈등이 해결될 리는 없을 것입니다.

또 다른 문제는 글쓰기 과정에서 제가 마주하고 '대화'하는 것이 실제로 하나가 아니라 두 개의 다른 문학사 시리즈, 즉 두 개의 사상 및 문학 평가 시스템이라는 점입니다. 하나는 1950년대에 확립된 문학사의 서사로서 현대 문학사를 좌익 문학사로 기술하고 있으며, '당대 문학'을 '현대 문학'보다 더 높은 수준의 문학 형식으로 간주하였습니다. 다른 하나는 1980년대에 등장하여 문학사에서 '좌익 문학'의 위상을 지속적으로 약화시키고, '다원적'이고 '문학성'이라는 틀 속에서 기존의 '급진적인 서사에 가려진 부분을 부각시켰습니다. 이 두 가지 서사적인 전략과 평가 시스템은 각각 다른 문학사의 텍스트에서 표현되었을 뿐만 아니라 동시에 같은 텍스트에도 존재하며, 여전히 당대 문학사의 주요 서사 방식입니다. 제가 당대 문학사를 쓸 때 직면하고 '저항'해야 한 것은 글쓰기의 잠재적 배경을 동시에 구성하는 두 개의 상반되고 얽힌 서사와 문학사에 대한 두 개의 시선입니다. 이것은 제 응답에 복잡함을 더하였습니다. 즉, 다른 개념과 방법을 동시에 성찰한다는 것은 상당히 어려운 일입니다. 또 한 가지는 이 문학사를 교과서로 할지, 아니면 개인 저서로 할지 망설여 왔다는 점입니다. 당초 이 책은 강의를 위해 교과서의 형식으로 구상되었습니다. 그러나 집필 과정에서는 교과서의 규범(평론하는 작가, 종합적인 텍스트, 교육적 요구의 부합 여부, 학계에서 기본적으로 인정하는 견해 등)에만 따르려 하지 않았고, 침착하지 못한 생각들이 쏟아져 나왔습니다. 두 방면을 모두 고려하는 부분에 있어서 항상 조화를 이룰 수는 없었는데, 결과적으로 상대방을 배려하지 못해 양쪽 모두의 비위를 맞추지 못했습니다. 이 문제는 천핑위엔陳平原 교수가 한 좌담회에서 지적한 바 있습니다.

물론 더 중요한 것은 1980년대 이후 문학의 현상과 문학에 관한 문제에 대한 보다 심도 있는 연구가 부족하였습니다. 1950년대부터 1970년대까지의 문학에 대해 저는 비교적 많은 노력을 기울였습니다. 1980년대에도 저는 다른 사람들과 마찬가지로 '신시기 문학'에 매료되었습니다. 그러나 얼마 지나지 않아 제가 가진 감수성과 재능이 부족하여 이 분야에서 할 수 있는 일이 없다는 것을 깨닫게 되었습니다. 그래서 당시 일반적으로 간과되었던 '17년'과 '문화 대혁명' 문학에 더 많은 관심을 기울였습니다. 제가 이 문학사를 집필한 1997년부터 1999년까지 이 기간 동안, 1980년대 이후의 문학에 대한 저의 이해는 대체로 이 책에 쓰여진 것과 같습니다. 물론 1980년대 이후에 확립된 그런 진부한 서술에 만족하지 않고, '상흔傷痕', '반성', '개혁', '뿌리 찾기'의 개념과 이와 관련된 선형線性적 배치를 재검토할 필요성을 느꼈고, '문학 부흥', '신시기', '제2의 오사五四', '사상 해방' 등 거의 공감대를 형성한 용어들을 재검토하고, 이미 평가된 것으로 보이는 텍스트를 다시 꺼내 읽었습니다. '신시기 문학'과 '17년 문학', '문화 대혁명 문학' 사이의 단편적인 처리도 재검토할 필요가 있습니다. 그러나 이러한 문제는 결국 효과적으로 다루어지지 못했습니다. 1980년대와 1990년대에는 지식의 범주로서 문학과 권력, 제도 사이의 관계가 완전히 간과되지는 않았습니다. 정치, 시장, 언론 및 학술 기관이 문학에 미치는 영향, 이에 대한 개입과 제약은 분명히 존재합니다. 또한, '국제 교류'와 수상, 지원 및 수당 정책과 제도도 검토할 필요가 있습니다. 예를 들어, 중국 작가협회라는 '문학 단체'의 경우, 그 역할, 성격, 지위는 '17년' 동안 지속되었을 뿐만 아니라 중요한 변화를 겪었는데, 그 '권한'은 왜 쇠퇴했으며 현재 어떤 역할을 하고 있습니까? 예를 들어, 언론은 어떻게 '정치적 논리'와 '경제적 논리'를 문학과 예술에 도입했는지, 문학의 평가 방식을 어떻게 제약하고 통제했습니까? 예를 들어, 문학은 이 '분야에서', 일반적인 기준으로 평가해 보면 그동안 '경시되어 온' 생산자들이 어떻게 '현장' 밖에서 동맹(정치적, 경제적)을 통해 '현재'의 권력 관계를 뒤집었습니까? 예를 들어, 문학사의 집필과 학술 기관이 1980년대와 1990년대 문학의 질서를 '재구성'하는 데 있어서 어떤 방식으로 참여했는지 … 이 모든 것에 대해 저는 아직 '연구'의 손아귀에 들어가지 못하였다고 할 수 있으며 문학사에서 이를 인상적으로(혹은 감상적으로)평가하는 것은 적절하지 못하다고 생각합니다. 물론 그렇게 많이 생각하지 않고 '교과서적 의식'이 약했다면 어쩌면 저는 지금보다 조금 더 잘할 수 있었을 것입니다. 1980년대 문학에 대한 평가에서 『문학사』는 저의 『작가의 자세와 자아 의식作家姿態與自我意識』(산시교육출판사陝西教育出版社, 1990년 판)보다 다소 '후퇴'했다는 느낌이 듭니다. 후자의 책에서도 그런 이야기를 했지만, 예를 들면 '다양성', '다원' 등의 의미가 내포되어 있지만 '본질적인 것'으로 이해되지 않는 더 구체적인 분석도 있습니다. '신시기 문학'에 대한 지나친 낙관적인 상상도 의구심이 드는데, 『작가의 자세와 자아 의식作家姿態與自我意識』이라는 책은 '신세기 문총'(책을 받았을 때 저는 비로소 이 문총의 이름을 알았고, 제가 '편집위원'이라는 사실도 알게 되었습니다. 이것은 제 주변에서 자주 일어나는 매우 이상한 일입니다) 중 하나입니다. 편집장은 「총서總序」에서 '신세기'의 의미를 설명하면서 1980년대 '사회주의 문학의 창작과 이론 비평이 유례없는 해방과 발전을 이루었다'고 하였고, 1990년대에는 '중국의 사회주의 문학예술'에서 '신세기의 꽃'이 더욱 붉고 선명하게 피어날 것이라고 예측했습니다. 이에 대해 저는 재판再版(1998)을 위해 좀 더 보강한 「후기」에서 그 의혹을 직접 표명했습니다. 그러나 이러한 견해는 『문학사』에서 명확하게 표현되지 않은 것 같습니다.

이 『문학사』의 득과 실을 논하는 데 그치지 않고, 이러한 주제로 확장한다면 당대 문학사의 집필에서 여전히 논의될 수 있는 몇 가지 중요한 문제가 있습니다.

우선, 이론과 방법의 위상에 관한 문제입니다. 1980년대 후반 이후 당대 문학사 연구의 지체로 인해 '문학사를 다시 쓰려는' 학문적 충동 속에서 당대 문학사의 학문적 수준을 향상시키고, 역사의 기억을 구조화하기 위한 새롭고 효과적인 이론적 틀을 찾는 실험이 각별히 중시되었습니다. 우리는 이 분야에서 다양한 성과를 얻었습니다. 어떤 논저에서는 '주체성'과 '인간성'의 상실과 회귀를 '역사'적 이론의 축으로 삼기도 하였습니다. 그러다가 현실주의와 현대주의가 기본적인 주축이 되었고, 당대의 문학 텍스트는 '사상이나 입장을 뿌리로 삼고 개념화하여 진정한 현실주의, 거짓된 현실주의, 현실주의에 대한 찬양, 삶에 관여하는 현실주의, 이상주의적 현실주의, 신 현실주의 등으로 분류되었습니다. 또한, 일부 텍스트는 '형식'과 '주제' 등으로 분류되었고, '사회를 재현하는 방식', '사상을 전달하는 방식', '인생을 표현하는 방식', '본질을 다원적으로 분석하는 방식' 등으로 분류되었습니다. 최근에는 '주류 이데올로기를 표현한 문학', '국가의 권력을 담론화한 문학', '민족국가를 다룬 문학' 등도 구조화된 문학사의 '주체적' 개념으로 활용하려는 시도가 있었습니다. 당대 문학사 연구에 적절한 이론과 개념이 도입되어야 한다는 것은 의심의 여지가 없으며, 이에 대한 노력도 놀라운 성과를 거두었습니다. 개념화와 추상화로 나아가는 것은 현상의 본질적인 특성을 발견하는 것일 뿐만 아니라 현상을 풍부하게 하는 것입니다. 그러나 우리는 문학사를 쓰는 데 있어서 방법론과 이론에 대한 지나친 맹신이라는 이면도 들여다보아야 합니다. 이러한 상황은 당대 문학사의 집필에서도 두드러집니다. 현재 문학사의 집필은 우샤오동吳曉東 교수의 말처럼 '본질주의적 경향'과 '동질성, 통일성'을 문학사의 내면으로 삼아' 모순과 역설로 가득 찬 복잡한 문학의 새로운 풍경도 더욱 추상화되고 하나로 통합되었습니다.(『기억의 신화記憶的神話』, 91쪽, 신세계출판사, 2001년 판). '민족국가의 문학'이라는 개념을 예로 들면, 20세기 중국 문학을 통합할 수 있는 본질적인 범주가 아니며 이 개념을 '도입한 사람'도 아마 그렇게 하기를 원하지 않을 것입니다. 특정 이론의 틀을 설계하여 텍스트에 진입한 다음 문학의 역사를 통합하려는 것은 그것이 의도적이든 의도적이지 않든 이 틀에서 수용하기 어려운 문학의 새로운 현상을 은폐하고, 텍스트 분석에서 발생한 모순과 그 차이점을 간과하는 것입니다.

사실 역사적 현상의 '원초적' 풍경은 우리가 상상했던 것처럼 그렇게 단순하지 않습니다. 게다가, 중요하지 않은 수많은 사건들이 사라지거나 묻혔습니다. 에릭 홉스봄Eric Hobsbawm은 『극단의 시대極端的

年代』(장쑤인민출판사江蘇人民出版社, 1999년 판)라는 책에서 20세기 이탈리아의 작가 리웨이李威의 말을 인용하였습니다. '운인지 기교인지는 몰라도 숨고 도망쳤다고 해서 우리가 지옥의 밑바닥으로 떨어진 건 아니야. 밑바닥으로 떨어진 자, 뱀과 전갈과 악마를 본 자들은 살아남지 못하거나 말문이 막혔지'. 이런 상황에서 발견되거나 발굴될 수 있는 자료들은 통일된 주제를 벗어나 '역사'의 '모호한' 측면에 대해 존경심을 갖게 하며, 분석하고 이해할 만한 충분한 가치가 있습니다.

더욱이 우리는 인간의 정신적 활동의 구성 부분인 문학에 직면해 있습니다. 이런 점에서 연구 대상에 대한 근접성이 더욱 옹호되어야 하며 그 사실에 대한 세밀한 감각이 유지되어야 할 것입니다. 오늘날 문학적 글쓰기는 섬세하고 '개인화' 되어 소소한 '일상'을 숭배하고, '웅대한 서사'는 문학사에 대한 왜곡으로 조롱의 대상이 되었습니다. 그러나 당대 문학사의 연구는 정반대의 길을 가고 있는 것 같고, 단순하고 간소한 것이 주류를 이루고 있습니다. 구체적이고 사소한 것들은 간과되거나 이미 짜여진 개념의 틀에 박혀 있어야만 '생존'할 권리가 있습니다. 철학가 이사야 벌린Isaiah Berlin은 『현실감現實感』(《학술 사상 평론學術思想評論》 5집, 랴오닝대학출판사遼寧大學出版社, 1999년 판)에서 인간의 삶은 두 가지 차원이 존재하는데, 하나는 표면적이어서 쉽게 설명할 수 있는 것이고, 다른 하나는 점점 더 모호하고 은밀하여 식별하기 어려운 것이라고 하였습니다. 작가와 시인이 책임지고 있는 대부분의 작업이 바로 이 단계에서 발견됩니다. 그들은 때로는 예측할 수 없고, 쉽고 명확하게 분류될 수 없는 섬세하고, 변화를 거쳐 곧 사라지는 색상, 냄새, 심리적인 세부 사항 및 현상에 대해 더 많은 관심을 기울입니다. 벌린Isaiah Berlin은 이러한 민감성이 없다면 우리는 일반적이고 포괄적이며 방대한 개념에 완전히 현혹되어 '현실적인 감각'을 갖지 못할 것이라고 말합니다. 마찬가지로 작가와 시인의 작업에 대한 논평도 대상의 이러한 특징에 부합해야 합니다. 문학의 역사는 법칙으로 요약될 수 있고, 개념으로 기술될 수 있지만 개념과 법칙은 '역사'와 동등하지 않습니다. 그러므로 『문학사』의 문제에 관해서는 특정한 이론과 방법의 불완전한 적용(물론 그것의 문제이기도 하지만)뿐만 아니라 구체적이고 변화하는 것에 대한 민감성과 세심함이 부족하다고 생각합니다. 후자의 경우, 제 자신에 대한 불만이 더 커졌습니다.

또 다른 문제는 왜 우리에게 '당대 문학사'가 남아 있느냐는 것입니다. 이 방면의 교재와 논저가 아직 부족합니까? 이런 상황에서 그것의 끊임없는 '재생산'에 대한 정당성은 무엇입니까? 이것은 글쓰기 과정에서 되풀이되는 문제입니다. 물론 가장 간단한 대답은 우리가 사용하는 교재가 더 이상 교육적 수요를 충족시킬 수 없다는 것입니다. 그러나 그 외에 언급할 가치가 있는 다른 이유는 무엇입니까?

일반적으로 우리는 항상 현실적인 관점에서 '과거의 기억'을 파악하고 정리하려고 합니다. 사실 역사적 서술은 현재와 과거의 만남이자 이 사이에서 벌어지는 대화입니다. '과거'가 '현재'의 이슈로 전환되지 않는다면 그것들은 아마도 우리의 '기억'이나 '역사적 사실'이 되지 못할 것이고, 시간의 흐름 속에서 누락되고 소멸될지도 모릅니다. 그러나 고대 등의 문학사 집필에 비해 당대 문학사는 현실과 더 가깝고 직접적이며 명확하게 구분할 수 없는 얽힌 상태로 나타나는 경우가 많습니다. 따라서 '당대' 사의 서술 역시 현 상태에 대한 비판에 개방적인 태도를 보이고 있습니다. 리양李楊 선생님의 편지에 언급된 내용은 모두 왕더웨이王德威, 왕샤오밍王曉明, 류허劉禾 등의 우수한 연구에 포함되어 있습니다. 엄밀히 말하자면, 그들이 다루는 대상은 '당대'라는 범주에 속하지 않습니다. 왕더웨이가 '청나라 말기가 없이 어떻게 '오사五四' 운동이 일어날 수 있겠는가?'라고 제시한 관점은 '오사' 운동으로부터 시작된 '급진적 미학'을 비판하고, '통속 소설'과 같은 대중문화의 현대성을 입증하기 위한 '만청晩淸' 문학의 이상화된 상상력을 바탕으로 한 것입니다. 그러나 '오사' 이후의 신문학의 성과에 대한 왕샤오밍의 질문은 '엘리트 문학'의 지위를 옹호하기 위한 척도로서 '세계 문학'(주로 프랑스와 러시아 문학)을 기반으로 한 것입니다. '억압'과 '해방'은 역사적 서술의 기본적인 방식을 구성하며 이에 대해 어떤 억압을 실시하는 것은 또 다른 해방을 위한 것이며, 그 반대의 경우도 마찬가지입니다. 모든 억압과 권력으로부터 완전한 해방이라는 이상적인 상태는 없습니다. '일체성'과 '다원화'에 대한 리양李楊 선생님의 분석은 이 질문을 훌륭하게 다루었습니다. 여기에서 조금 더 설명을 드리자면, 제가 『문학사』에서 언급한 가치 판단의 방치와 억제는 역사적 서술이 가치의 척도를 완전히 벗어날 수 있다는 의미가 아니라 오히려 '특정한 역사적 상황에서 창작과 문학적 쟁점을 추출하고, 집필자가 신봉하는 가치 척도에 따라 판단하는' 방식을 지향한 것입니다. 1950년대부터 1990년대까지 당대의 일부 문학적 현상, 특정 텍스트에 대한 우리의 평가는 종종 정반대였으며 장이우張頤武 교수가 말한 '전병 뒤집기'와 같은 논쟁이 끊이지 않았습니다. '혼돈'을 바로잡으면 '정상적'인 상태를 회복할 수 있고, '정상'적인 것에 대항하면 '혼란'이 반복되어 계속 앞뒤로 왔다 갔다 할 수밖에 없지만 이 문제 자체에 관해서는 대상의 '내부적 논리'에 대한 이해가 반드시 진전이 있는 것은 아니며 심지어 제자리걸음이기도 합니다. 이러한 상황은 당연히 만족스럽지 않습니다.

저는 이 문학사를 쓰면서 다음과 같은 쟁점들을 고찰하였습니다. 우선, 과거의 '현대 문학'과 '당대 문학'이 처한 단절된 상황에 맞서 '문화 정치'의 내실을 밝히고, 나아가 문학의 '전환점'에 대한 실상을 파헤쳐야 한다는 것입니다. 둘째, '당대'가 처한 문학의 체제, 문학의 생산 방식, 작가의 존재 방식에 어떤 중요한 변화가 일어났으며, 이러한 변화가 '당대'의 문학적 글쓰기에 어떤 영향을 미치고 결정적 작용을 했는지에 대해 답변하고자 하였습니다. 셋째, 신문학의 장르, 제재, 시와 소설 등의 형식이 '당대'에서 진화된 상황, 이러한 진화의 궤적과 현실적 근거를 분석하는 것입니다. 넷째, 20세기 중국 문학에서 중요한 역할을 한 '좌익 문학'이 당대에 처한 운명입니다. 물론 일부 중요한 작가와 작품에 대해서도 새로운 해석을 시도하려 하였습니다. 문체에 있어서는 주로 대상과 필요한 거리를 유지하기 위해 간결한 서술 방식을 사용하였습니다. 저에게 '당대 문학'은 '우리의 것'도 '그들의 것'도 아니며 '당대 문학'일 뿐입니다. 이런 '냉정함'도 사물에 대한 판단과 평가를 내릴 때의 소심함에서 나오는데, 저에게 과연 이런 능력이 있는지 의심하기 일쑤였습니다. 위에서 언급한 이러한 가설 중 일부는 더 나은 것처럼 보이지만 다른 가설은 딱히 이상적이지 않습니다. 리양 선생님과 일부 학자들이 지적한 것처럼 말입니다.

이 문학사를 쓰기 시작했을 때, 저는 이미 여러가지 '20세기 중국 문학사'의 집필이 진행 중이라는 것을 알고 있었습니다. 더욱이 그 때는 문학의 시대적 구분을 재고하고, '당대 문학'의 개념을 '철폐'하자는 학계의 목소리가 고조되고 있었습니다. 향후 현대 문학사의 구조에서 '17년'과 문화 대혁명'의 부분이 크게 압축되고, '당대'라는 개념이 사라질 수도 있다는 사실도 알고 있습니다. 이는 최근 몇 년 동안 출판된 콩판진孔繁今(산둥문예출판사, 1997년 판)과 황시우지黃修己(중산대학출판사, 1998년 판)가 편찬한 두 편의 『20세기 중국 문학사20世紀中國文

學史』에서 확인되었습니다. 우리가 살고 있는 '혁명 이후의 시대'에서 1950년대부터 1970년대까지의 문학은 '현대성의 억압'이라는 이론에서 어느 정도 '문화적 유물'이 되었지만 실제로는 많은 문제에 대한 진지한 연구가 이루어지지 않았습니다. 따라서 저는 '당대 문학'이라는 개념이 당분간 '유지'되어야 한다고 생각합니다. 이것이 제가 여전히 '당대 문학사'를 쓰고 싶은 이유입니다.

몇 년 전, 한위하이韓毓海 교수가 쓴 글을 읽은 적이 있는데, 그는 '우리 시대'의 문학에 대한 불만을 토로하면서 '문학의 파산'이라는 표현을 사용하였습니다. 이 파산은 '담론, 이해 관계와 성격의 차이, 투쟁과 논쟁의 관점에서 세상을 바라보는 방식'의 상실과 '세상을 바라보는 유일한 시각으로서 합리적'인 시각과 관련이 있습니다. 그는 '비판적인 예술이 활력의 장을 찾게 될 것'이라고 기대하며 문학에서의 비판적인 능력을 촉구하였습니다(「자본화된 세계화 시대에서 중국 당대 문학의 위상中國當代文學在資本全球化時代的地位」), 《전략과 관리戰略與管理》, 1998, 5호). 20세기 현대 중국에서는 '텍스트에서 텍스트로의 순환'이 아니라 '자신과 세상을 변화시키려는 작가의 이중적 실천'인 글쓰기가 좌익 문학에서 가장 극명하게 드러났습니다. 대다수의 사람들이 현실적 처지를 모반하고 비판하며 표현하는 것은 좌익 문학의 특징임에 틀림이 없습니다. 한위하이 등이 제기한 문제는 중국 좌익 문학의 위상과 의미를 주목하고 재평가하고자 하는 바람을 잠재적으로 표현한 것인데, 이는 즉 상업화된 소비 문화가 점차 주류 문화가 되어 인간의 가치 지향이 공허해지고 혼란스러워진 상황에서 '좌익 문학'이 과연 이에 대항할 수 있는 '이질적' 존재가 될 수 있는지, 가치의 재구축과 관련된 '자원' 중 하나가 될 수 있는지를 나타낸 것입니다.

이 질문에 대한 대답은 '예'와 '아니오'처럼 간단하지 않습니다. 한

위하이 교수는 이 글에서 왕멍王蒙의 「조직부에 새로 온 청년組織部新來的青年人」과 류전윈劉震雲의 「일지계모一地雞毛」가 '연속적인' '소림小林의 이야기'라고 말하면서 관련된 예문을 인용하였습니다. 1960년대(인용은 1950년대로 보아야 함) 린전林震의 경우, 유토피아로서 현대성에 대한 신념과 일상생활, 관료 기관과의 갈등은 반란의 서사를 조장했지만, 1980년대의 소림에게는 일상과 관료 사회에 저항할 힘이 사라졌다'고 하였습니다. 우리는 이 두 소설에서 사상적인 취지에 대한 서술에 잠정적으로 동의합니다. 그러나 이것은 여기에서 그칠 문제가 아닙니다. 문제는 당시 '반란의 서사'가 이단으로 여겨져 그것과 작가들에 대한 비판이 심했고, '그 때'는 '좌익 문학'이 유일하게 합법적으로 존재했던 시대라는 점입니다.

그렇다면 '반역적'이고 '비판적'인 문학이 사라진 것은 1980년대 또는 1990년대에만 발생한 것이 아니라 이미 대량으로 발생했다고 해야 할 것입니다. 오늘날 일부 소극장 예술과 같은 비판적 깃발을 내세운 창작물은 '문화 대혁명' 시기의 과장되고 격렬한 문체를 따르고 모방하여 현실의 복잡한 문제에 대해 답하지 못하고 진정한 비판적 정신도 배제되었습니다. 이런 상황에서 문학의 비판적 정신과 활력을 되살리려는 열망은 역사에 대한 반성이라는 길을 피할 수 없습니다. 당대 좌익 문학의 형식에는 어떤 '위기'가 나타났고, 그 속에서 '자기 손해'와 '자기 길들이기'는 어떻게 발생했는지, 이런 '자기 손해'는 어떤 '제도화' 과정을 거쳤는지, 그 원칙과 방법의 혁신, 도전적이고 비규범적인 힘, 그것은 비록 단순하고 투박하지만 활력이 넘친 다른 문학의 세력을 '억압'하고 끊임없이 자신을 규제하는 과정에서 어떻게 점차 약화되고 소진되었는지, 바로 이와 비슷한, 그리고 그 밖의 문제에서 '당대 문학사'가 필요한 것입니다.

당대 문학사를 쓰는 데 있어 논의할 만한 또 하나의 문제가 있는데, 그것은 바로 '당대인'이 '당대'의 역사를 어떻게 쓰느냐는 것입니다. 사실 1980년대 초반 탕타오唐弢가 '당대는 역사를 쓰기에 적합하지 않다'고 말했던 것은 지금의 '당대인'과 '당대'라는 말과 많이 다릅니다. 저는 한 글에서 이 문제에 대해 언급한 적이 있습니다.

'당대인'이라는 용어는 이미 정확하게 지적하기 어렵고 매우 모호합니다. '옛 중국에서 건너온' 당대인, 1950년대와 1960년대에 청춘을 보낸 당대인, 1960년대와 1970년대에 태어나 '문화 대혁명'에 대해 전혀 모르는 당대인도 있습니다. 많은 학생들이 수업 시간에 '문화 대혁명'이 무엇인지, 무슨 뜻인지 물을 때가 머지않아 올 것입니다. 그 때 사람들은 이른바 '당대'와 '당대인'이라는 개념의 분열을 깨닫게 될 것입니다. 그러나 어찌 되었든 간에 오늘날 당대인들이 당대의 역사를 어떻게 다룰 것인가는 여전히 논의할 가치가 있는 문제입니다. 그 이유는 다름 아닌 우리가 다루고 있는 범주 안에 들어 있기 때문입니다. 우리는 이 시대를 살고 있고, 이 시대를 '다루고' 서술하려고 노력하며, 이 시대에 일어나는 모든 일이 우리 삶의 일부가 되고, 우리도 이 시대의 일부가 되었습니다.

1990년대 이후 우리는 당대사와 당대 문학사에 대한 서술과 평가에서 점점 더 분열을 느끼고 있습니다. 몇 년 전, 대학교 1학년 학생들에게 강의를 할 때, '상흔傷痕 소설'에서 '문화 대혁명'의 파괴력, 잔인함, 고통을 묘사한 것에 대해 이야기했습니다. 일부 학생들은 그것은 '말할 권리가 있는' 지식인들의 서사일 뿐이고, 말 못하는 '대다수'가 반드시 그렇게 생각하는 것은 아니라고 생각하며 쪽지를 건넸습니다. 최근 당대 문학사를 논의하는 회의에서 일부 젊은 학자들이 그리 부정적이지 않은 태도로 '모범극樣板戲'을 언급하자 일부 '문화 대혁명'의 '목격자'들은 '문화 대혁명' 당시 철부지였던 어린 녀석이 뭘 아냐며 분통을 터뜨렸습니다. 이러한 현상에 의해 제기된 문제는 당대사와 '문화 대혁명'에 대한 것이며, 당대 문학의 경우 역사의 '진정한' 서술은 무엇입니까? 또 다른 문제는 이를 논할 '자격'이 있거나 '진정한' 서술을 할 수 있는 사람은 누구입니까?

이것은 마치 '거짓된 문제'인 것처럼 보이지만 실제로 우리가 직면해야 하는 문제입니다. 때로는 '진정한' 서술이 '합법적인' 서술보다 더 정확합니다. 1980년대에는 '문화 대혁명과 당대의 역사(문학역사 포함)에 관한 '합법적인' 서술이 확립되었습니다. 이러한 서술은 다이진화戴錦華 교수가 지적한 바와 같이 역사의 차이점과 복잡한 요소를 제거하고, '단일화된 패권/합의된 표현'을 구성했습니다. 따라서 당대 중국은 '대역사의 본질적이고, 차별화되지 않은 연장선'으로 기술되었고, 이는 정권의 존속과 이데올로기의 단절을 유지하기 위해 채택한 문화적 전략(『보이지 않는 글쓰기 : 1990년대 중국 문화 연구隱形書寫——90年代中國文化研究』, 장쑤인민출판사江蘇人民出版社, 1999년)이 되었습니다. 이러한 상황에서 역사의 복잡함과 차이점을 보여주는 것은 단일화된 '합법적' 서술의 탈피에 달려 있으며, 주류의 역사적 구성과 공공의 역사적 서술에 통합되지 않은 '개인의 기억'에 대한 보호와 존중은 아직 발견되지 않았거나 '합법적' 지위를 부여 받지 못해 간과되고 은폐된 당대의 경험과 발견에서 드러났습니다. 그것은 때때로 '주류적 서사, 대중의 상식과 그 공통된 꿈과 희망에 대한 모독'과도 같고, '여러 가지 상식과 관습에 따라 세워진 사람들의 새로운 문화에 대한 기대를 파괴하는 것'으로 영화 「햇빛 쏟아지던 날들陽光燦爛的日子」에서 그 '중요한' 의미를 발견했습니다.(다이진화戴錦華 『안개 속 풍경霧中風景』, 베이징대출판사, 2000년 판)

또 다른 문제는 이 특수한 역사의 '목격자'가 '진정한' 역사적 경관을 제시할 수 있는 가장 큰 자격이 있고, 그 가능성이 가장 높은 지의 여부입니다. '목격자'는 역사적 과정에 대한 '증인'으로 진상을 밝히고, 그 누구도 할 수 없는 진술을 합니다. 우리는 현실적 경험과 과거의 경험을 연결시키는 '메커니즘'(사회적 구조와 심리)이 크게 훼손된 시대에 살고 있습니다. 이 속에서 우리를 지배하는 것은 '현재'의 삶이 전부라는 관념입니다. 따라서 잊혀졌거나 잊혀질 역사적 사실과 경험을 말하는 것은 '증인'의 대체할 수 없는 책임과 의무임에 틀림이 없습니다. 그러나 자신이 직접 경험하지 않고는 말할 자격이 없다고 생각하거나 자신의 발언이 중요하지 않을 것이라고 무의식적으로 생각하는 것조차 어리석은 생각입니다. '증인'로서 자신이 겪은 경험의 중요성을 깨닫는 동시에 자신의 경험과 감정, 인식의 한계를 항상 경계해야 합니다. 특히, 역사의 기억 속에서 강한 감정적 요소가 작용하는 것을 주의해야 합니다. 그것은 '역사'를 바라보는 기회일 수도 있지만 '독소'가 될 수도 있습니다. 이는 역사 연구에서 편협함, 완고함, 독선으로 이어져 불합리하고 맹목적인 파괴를 초래할 가능성이 큽니다.

사실 우리는 특수한 상황에서 생활하며 서로 다른 인지 패턴과 감정 구조를 가지고 있습니다. 따라서 역사 연구에서 '역사적 상황에 가까운' 글쓰기를 옹호하는 전제 조건은 개인의 맹목적인 감정과 불완전한 경험을 부풀리기 위함이 아니라 자신의 한계를 자각하는 것입니다. 물론 이러한 자각은 단순한 감정이나 생각이 아니라 주로 세상을 바라보는 타인의 시선과 또 다른 입장을 비교함으로써 실현될 것입니다. 이처럼 개체, 세대, 국가와 민족 간의 차이에 대한 '역사적 기억'은 의미 있는 대화와 '충돌'을 일으켜 이전에 보았던 것들을 단순히 '보는 것' 뿐만 아니라 원래 '볼 수 없었던 것'('보이지 않는 것')도 보게 할 수 있습니다.

《문학평론文學評論》, 베이징北京, 2002년 3호에 게재

문학 작품의 연대

작품의 연대는 문학사 연구의 한 작업이다. 이 방면의 난제는 오래된 작품에서 종종 발생하며, 일반적으로 '당대 문학'은 문제가 되지 않을 것이다. 그러나 당대 문학에도 몇 가지 특수한 상황이 나타날 수 있다. 예를 들어, 1983년 톈젠田間은 1935년부터 1981년까지 그의 대표작을 직접 편찬하고 수집한 단편短篇 시집(『톈젠 시선田間詩選』, 인민문학출판사人民文學出版社) 중 항일 전쟁 당시 '시가집' 에 15편의 거리 시를 수록하였다. 그 중 8편(「홍양각紅羊角」, 「망연안望延安」, 「땅굴地道」, 「산 속 사람山裡人」, 「여구장女區長」, 「노화탕蘆花蕩」, 「우물井」, 「나는 천둥이다我是雷聲」)는 그의 이전 시집에서 볼 수 없는 것들이다. 이렇게 새로 등장한 거리 시의 구상 방식과 언어 스타일은 1940년대부터 전해지기 시작한 거리 시(「우리가 전쟁에 나서지 않는다면假使我們不去打仗」, 「견고한 벽堅壁」, 「의용군義勇軍」)와는 사뭇 다르다. 그 속에는 '피와 땀으로 황토를 물들이고/붉은 마음을 등불 삼아 불을 켠다', '나는 크게 외치며/대지여, 대지여/그리고 크게 뒤집어', '청산을 손으로 어루만지며/내 몸은 험준한 산봉우리에 놓여 있다', '문 앞에 서서/하늘을 바라본다'··· 그리고 땅굴 전쟁의 터널을 '역사의 붉은 선'에 빗대어 '대지는 하나의 거대한 천둥이며 이 선 위에 매여 있다' 등의 표현은 항일 전쟁 시기 톈젠이 창작한 거리 시의 '소박하고 직설적이며 진실된 말'(원이둬聞一多의 말)과는 거리가 있다. 1958년 '대약진大躍進의 민요'에 익숙한 독자라면 이 새로운 '거리 시街頭詩'의 상상력과 언어적 특징이 '대약진'의 시대적 분위기와 시풍에 더 가깝다는 인상을 받을 것이다. 이는 1958년 전후의 톈젠의 작품과 같은 유형에 속한다. 그러나 이 시집에서 톈젠 본인이 그 기원을 밝히지 않았기 때문에 우리가 이를 항일 전쟁의 거리 시로 다루기는 어렵다. 당시 내 추측으로는 이 시들이 『톈젠 시선田間詩選』(1983)에 수록되기 전에 저자가 대대적으로 수정하였거나 원본이 손실되어 저자의 기억에 의해 다시 쓰여졌을 것이고, 재집필을 시도한 경우 후기 예술 양식의 영향을 피할 수 없었을 것이다. 물론 이런 추측으로 문학사 연구의 난제를 해결할 수는 없다. 그렇다면 이 작품들이 쓰여지고 출판된 연대를 어떻게 정할 것인가?

최근 몇 년 동안 당대 문학사를 쓰면서 나도 비슷한 어려움을 겪었는데, 이는 주로 두 가지 유형으로 나뉜다. 하나는 '문화 대혁명' 시기에 다양한 방식(예를 들면 필사본手抄本)으로 시와 소설이 크고 작은 범위에서 전해졌고, '문화 대혁명' 이후에는 신문과 간행물에 실리거나 정식으로 출판되었다. 예를 들어, 장양張揚의 장편 「두 번째 악수第二次握手」, 베이다오北島, 진판靳凡, 리핑禮平의 중편 「파동波動」, 「공개된 연애 편지公開的情書」, 「저녁 노을이 질 무렵晚霞消失的時候」, 스즈食指, 망커芒克, 둬둬多多, 수팅舒婷, 베이다오北島 등의 일부 시가 그것에 속한다. 「두 번째 악수」의 집필은 1963년에 시작되었으며, 저자가 '문화 대혁명' 기간 중에 인민 공사人民公社의 생산대生産隊에 들어가 노동에 종사할 때' 수정되었다. 이 때부터 원고가 전사傳抄되고 유포되기 시작했다. 특히, 원고가 여러 번 분실되어 저자는 계속해서 다시 쓰고 수정했으며 전사는 또 다른 원고를 기반으로 하여 때로는 필사자가 자신의 창작물에 추가하기도 한다. 이렇듯 필사본의 단계에서 '최종본'이라는 것은 없다. 이 소설은 필사 과정을 거쳐 1979년에 정식으로 출판되었고, 이는 작가의 6번째 원고를 바탕으로 수정된 것이다. 1980년대 이후의 문학사(내가 쓴 것 포함)에 대한 일부 평가는 공식적으로 출판된 이 판본을 기반으로 하지만(그들은 당시 다양한 사본을 볼 수 없었음) '문화 대혁명' 시기의 '필사본' 소설이라고도 불린다. 이와 비슷한 상황은 시 뿐만 아니라 「파동波動」의 세 번째 중편에도 존재한다. 스즈食指, 망커芒克, 둬둬多多, 수팅舒婷, 베이다오北島, 구청顧城 등이 1968년에서 1976년 사이에 쓴 시와 현재 우리에게 친숙한 많은 작품들이 집필된 연대를 표시하였으며 일부 사람들의 회고록에서도 이 작품들은 당시 일정한 범위 내에서 전사되고 읽혀진 것으로 알려져 있다. 그러나 일반 독자들과 문학사 연구자로서 그들이 읽은 것은 그 해의 원고나 필사본이 아니라 '문화 대혁명' 이후 공개된 출판물(신문 잡지와 시집)에 실린 텍스트이다. 그 중 일부는 1978년 말에 창간된 간행물 《오늘今天》과 '오늘출판사今天社'에서 발행한 망커와 베이다오의 개인 시집에서 찾아볼 수 있으며, 조금 늦게는 1970년대 말과 1980년대 초에 공식 또는 비공식적으로 출판된 문학잡지들도 있다. 현재 비교적 높은 평가를 받고 있는 '문화 대혁명' 기간 동안 둬둬가 쓴 시와 같은 일부 중요한 작품의 경우, 많은 연구자들이 본 최초의 출처는 베이징대학 '오사五四' 문학사에서 편찬하고 인쇄한 『신시조 시집新詩潮詩集』

인데, 이 시집의 출판일은 1985년으로 연기되었다.

또 다른 상황은 1950년대부터 1970년대까지 '문화 대혁명'이 끝나기 전 근 30년 동안 일부 작가가 쓴 작품, 그들의 사상과 예술이 당시 문학적 규범에 따라 확실히 '불법'으로 간주되어 공식적으로 출판되지 않았다(일부 작가는 당시 작품을 쓰고 발표할 권리를 잃었다). 당시 '문학 작품'이라고 간주되지 않고, '출판'을 기대하지 않은 글(일기 및 편지)을 쓴 작가도 있다. 위에서 언급한 작품들은 '문화 대혁명' 이후에 본인이나 친척들이 신문과 간행물에 우호적으로 발표하였고, 그들의 집필 시기를 표시하였다. 이후의 작품집과 문학사 연구에 관한 논저도 일반적으로 표기된 집필 시기에 따라 저술된 연도를 결정하였다. 예를 들어, 시에멘謝冕 교수와 내가 공동으로 편찬한 「중국 당대 문학 작품 정선中國當代文學作品精選」(베이징대학출판사, 1995년), 린즈林子의 시 「그에게給他」, 정쮜曾卓의 「증정有贈」, 「현암변의 나무懸岩邊的樹」, 스즈食指의 「이것은 4시 8분의 베이징這是四點零八分的北京」, 「미래를 믿다相信未來」, 차이치자오蔡其矯의 「간구祈求」, 무단穆旦의 「겨울冬」, 「정전 이후停電以後」는 1958년에서 1978년 제2권에 실렸다.(1950년대부터 1980년대까지의 중국 신시집中國新詩萃50年代——80年代」, 인민문학출판사, 1985년)과 1980년대 이후의 다양한 선집도 비슷하게 취급되었다. 이 작품들의 연대기적 특징은 글 말미에 명시된 집필 시기와 공개적으로 발표된 시점이 다르고, 이러한 차이는 중요한 성격을 띠고 있다. 「그에게給他」는 1958년에 쓰여 1980년 《시간試刊》에 공식적으로 발표되었고, 「현암변의 나무懸岩邊的樹」는 1970년에 쓰여 1979년 《시간》에 공식 출판되었다. 「성경 다시 읽기重讀《聖經》」는 1970년에 쓰여 1980년에 잡지 《방초芳草》에 공식적으로 게재되었고, 「나는 제멋대로인 아이我是一個任性的孩子」는 1970년대 초에 쓰여졌으나 1981년 《화성花城》에 실렸다는 설명이 있다.

문학사 집필에서 위와 같은 상황을 어떻게 다룰 것인가는 많은 고민을 필요로 한다. 나는 일찍이 여러 가지 방안을 생각해 보았다. 하나는 작품의 말미에 표시된 시간(또는 저자나 연구자가 다른 곳에서 명시)에 따라 모든 작품을 검토하는 것이다. 다른 하나는 작품이 공개 발표된 시점에 배치하는 것으로, 1980년대와 1990년대 '당대 문학사'에서 '문학'적 화석의 발굴이라는 제목으로 장을 설계하여 과거에 집필되고 얼마 후에 공개 발표된 작품들을 전문적으로 검토하는 것이다. 위의 두 가지 방법은 결국 실행되지 않았다. 이에 수행되는 작업은 사례별로 이루어지지만 실제로는 모호하고 일관성 없는 방식으로 이루어진다. 예를 들어, 무단穆旦, 망커, 둬둬 등의 시와 「두 번째 악수第二次握手」, 「파동波動」과 같은 소설은 '문화 대혁명' 시기의 문학에서 검토될 것이며, 1950년대부터 1970년대에 정쮜曾卓 등이 쓴 시와 「부뢰가서傅雷家書」, 「종문가서從文家書」 등은 그것이 공개 출판된 1980년대와 1990년대에 논의될 것이다. 사실 이런 처리 방식은 일관되고 충분한 근거를 찾기 어려워 결국 많은 허점을 남길 수밖에 없다.

이러한 작품의 집필과 출판된 시기가 중요한 쟁점인 이유는 '문화 대혁명'의 종식이 당대 문학에 중요한 시간적 한계라는 데 있다. 그 전후로 글쓰기의 외부 환경과 작가의 감정, 마음가짐은 큰 변화를 겪었다. 정쮜의 「현암변의 나무懸岩邊的樹」가 1970년대에 쓰였는지 아니면 1980년대에 쓰였는지, 둬둬의 시가 1970년대 초반에 쓰였는지 아니면 1980년대 중반에 쓰였는지는 결코 중요하지 않은 것은 아니다. 장편소설 「두 번째 악수」는 '문화 대혁명' 시기에 필사본으로 널리 유포되어 1979년에 정식으로 출판되었으나 큰 호응을 얻지 못하였고, 이 현상은 또한, 시간적인 한계를 보여주고 있다. 또 한 가지 고려해야 할 요소는 1950년대부터 1970년대까지 20세기의 중국 문학은 엄격한 통제로 인해 상대적으로 빈약한 문학 시기였고, 사상, 감정, 스타일, 방법 등은 대부분 단일하게 나타났다. 다양한 목소리를 찾고, 다양한 색채를 발견하며 주류를 벗어난 '대체된' 문학의 존재를 확립하는 것은 연구자의 끈질긴 상상이자 기대이다. 따라서 연구자들의 이러한 '기대의식'도 이 시간적 한계의 중요성을 강화하였다.

그러나 문학사가 다루는 내용이 문학뿐만 아니라 역사이기도 하다는 관점에 동의한다면 사료史料의 진정성과 정확성이 문제가 될 수 있다. 즉, 문학사는 역사의 한 갈래로서 자료, 역사적 사실의 선별과 분석을 위한 기준과 방법을 따라야 한다. '당대 문학사'의 집필에서 내가 사용한 방식은 글을 쓸 때 기대와 상상을 어느 정도 충족시킬 수는 있지만 일련의 물음표를 남겼다는 점이다. 그 문제 중 하나는 출판 당시 글의 말미에 명시된 집필 시간에 따라 작품의 연대를 결정할 수 있는지의 여부이다. 역사 편찬 자료의 식별에 있어서 이를 뒷받침할 추가 증거(예를 들어, 필사본 등)을 찾아야 하는가? 둘째, 표시된 집필 시점과 발표된 시점 사이에(그것들은 문학의 두 단계 변화를 거침) 작품이 수정되고 변경되었는지의 여부, 즉, 작가 또는 타인에 의해 수정되었는지의 여부이다. 만약 중요한 수정을 가한 적이 있는 경우, 집필된 시간을 표시된 시간으로 완전히 결정할 수 있는가?

여러 시기에 장용메이張永枚의 시 「말을 타고 총을 메고 천하를 간다騎馬挂槍走天下」가 수정되었고, 허징즈賀敬之의 일부 시가 수정되었으며 「어우양하이의 노래歐陽海之歌」가 수정된 것은 당대 문학에서 중요한 현상인 만큼 이 질문도 진지하게 생각해 볼 필요가 있다. 셋째, 문학이 읽히지 않으면 종이에 검은 얼룩만 남는다는 장 폴 사르트르Jean Paul Sartre의 말이 일리가 있다고 생각한다면 읽히지 않은 작품을 쓰는 것과 읽히는 작품을 출판하는 것(출판이든 전사傳抄든) 사이에는 구별이 있어야 한다. 후자는 '문학적 사실'이라고 할 수 있지만 전자가 '문학적 사실'을 구성하는지 여부는 여전히 의구심이 든다. 작품의 다른 '존재 방식'은 문학사 연구의 과제 중 하나이다. 작품이 알려지지 않고 독자가 읽지 않는 경우, 우리는 그것을 어느 정도까지 그 시대의 '문학적 구성'이라고 할 수 있을까?

2000년 1월 12일 《중화 독서보中華讀書報》에 게재

좌익 문학과 '현대파'

'좌익 문학'의 개념

'당대'에 들어서면서(여기에서는 구체적으로 1950년대부터 1970년대를 가리킴) 좌익 문학이나 혁명 문학이 합법적으로 존재하는 유일한 문학이 되었다. 이를 위해서는 먼저 중국에서 '혁명 문학'이나 '좌익 문학'과 같은 개념이 실제로 무엇을 의미하는지에 대한 논의가 필요하다. 이 문제는 자명自明해 보일 수 있지만 사실 이를 명확히 하기는 쉽지 않다. 이러한 개념과 관련하여 '프롤레타리아 문학', '노동자, 농민, 병사 문학', '새로운 인민 문학', '사회주의 문학' 등이 있다. 일반적으로 우리가 '좌익 문학'과 '혁명 문학'이라는 개념을 사용할 때, 때로는 그 의미가 명확하지 않고, 관련 대상과 범위도 항상 명확한 것은 아니다. 정치적 경향과 정치와 밀접하게 관련된 문학의 개념을 구분하는 것은 20세기 중국 문학을 구별하고 문학의 추세와 파벌을 식별하는 방법이 비교적 일반적이다. 이 경우 '혁명 문학', '좌익 문학' 등의 개념을 서로 대체할 수 있는데, 이는 1920년대 후반의 혁명 문학 운동, 중국 좌익 작가 연맹 문학 운동과 작가의 창작, 1950년대 이후의 '사회주의 문학' 등을 가리킨다. 그러나 이러한 개념은 특정한 상황에서 생성되고, 함축된 의미가 다르기 때문에 일부는 임의로 대체될 수 없다. 예를 들어, 일반적으로 '좌익 문학'은 1930년대 중국 좌익 작가 연맹과 좌익 문학 운동과 관련이 있고, '노동자, 농민, 병사 문학'은 1940년대 근거지와 해방구解放區 문학의 주장과 실천에 더 가까우며, '사회주의 문학'은 1950년대 중반에 생겨난 개념이다. 이런 방식으로 이 개념을 사용할 때 우리는 서로 다른 상황을 구분하고, 그에 상응하는 설명을 해야 한다.

그러나 이러한 개념을 논의할 때 그 자체의 '모호성'에도 주의를 기울여야 한다. '좌익 문학' 및 '혁명 문학'과 같은 개념은 때때로 명확한 의미와 대상을 가질 수 있다. 특히, 이러한 문학적 명제가 제시될 때, 또는 다른 문학 파벌과의 논쟁이 있을 때, 문학의 형식과 역할에 대한 '설계'를 통해 그것이 촉진하는 문학적 관념이 더 명확하게 설명될 것이며, 이런 '설계'를 실천하는 작품들도 나타날 것이다. 그러나 항상 꼭 그런 것은 아니며 특히, 특정 작가와 작품의 경우 상황이 더 복잡하다. 이러한 '복잡한 내용'은 다음과 같은 측면에서 드러난다. 첫째, 일반적으로 '혁명 문학'(또는 '좌익 문학') 진영으로 분류되는 작가들 사이에는 관념과 창작에 많은 차이가 있다. 둘째, '혁명 문학' 진영 밖의 작가들과 혁명 작가들의 견해와 창작은 때로는 그렇게 명료하지 않고, 혁명 작가와 다른 파벌 작가들의 관계도 복잡하게 얽혀 있을 때가 많다. 셋째, 일부 혁명 작가의 주장과 창작도 끊임없이 변화하는 과정에 있다. 넷째, '혁명 문학' 진영 자체도 서로 다른 역사적 단계에서 다양한 진화 현상이 나타난다. 또한, 문학에 관한 주장과 관념, 창작 사이에 나타나는 차이는 더욱 뚜렷하다.

이 주제가 제기되면 20세기의 문학 단체, 유파流派, 사조 연구에 관한 방법론적 문제가 떠오를 것이다. 이른바 '질적 규정'이라는 구별에 주의를 기울여야 할 뿐만 아니라 이러한 그룹, 유파, 사조에도 '수렴'되는 것이 있고, 그 경계가 명확하지 않은 부분도 있다. 우푸후이吳福輝 교수는 '자유주의 문학'의 개념을 논의한 글을 쓴 적이 있다. '중국 자유주의 문학'의 개념이 '한 격식을 차린다'거나 예를 들어, 특정한 시기에 다양한 사상과 문학으로 혼합된 유파를 구별할 수 있다'고 해도 '문학사라는 주체의 기준'으로 활용되어서는 안 된다는 것이다. 그는 이러한 현상이 '신월시新月詩歌', '경파京派 소설',' 구엽시파九葉詩派'라는 개념을 따로 적용하는 대신 어사사語絲社, 학형파學衡派, 현대평론파現代評論派, 신월파新月派, 제삼종인第三種人, 자유인自由人, 경파京派, 신감각파新感覺派, 해파海派, 서남연합대학西南聯大 작가 등을 거대한 체계로 묶어 수십 년간 자유주의 문학 발전의 맥락을 가다듬는 추세'[1]라고 불만을 토로했다. 문학사 연구에서 우푸후이의 비평은 매우 일리가 있다. 물론 다른 각도에서 보면 1980년대 이후 '자유주의 문학'이라는 개념의 '확장'도 우리가 연구할 가치가 있는 중요한 현상이다. 이러한 '확장', 혹은 중국 현대 문학을 '좌익 문학', '민주주의 문학', '자유주의 문학' 등으로 서술하려는 시도는 사실 1990년대에는 등장하지 않았고, 1940년대 후반에 나타났는데, 이는 당시 '좌익 문학'계에서 사용하던 유형을 분석하는 방법이었다. 주로 사상적, 정치적 시각에 입각한 이러한 분석 방법은 당시 현실적인 요구를 위한 것이었

1 우푸후이吳福輝 「중국 자유주의 문학의 평가 문제中國自由主義文學的評價問題」, 『중국 현대 문학 논집: 연구 방법과 평가中國現代文學論集——研究方法與評價』, 홍콩 중문대학 중국어문학과, 1999, 71쪽.

다. 현재 일부 학자들은 이 방법을 그대로 따를 뿐 이 방법과 개념 자체에 대한 '성찰'이 부족하다. 이러한 상황은 개념의 보급, 수용 및 사용이 끊임없이 변화하는 과정임을 상기시켜준다. 우리는 이러한 '변이'와 '수용'을 조사 분야로 받아들여야 한다. '당대 문학'의 발생과 그것이 확립되는 과정에서 문학적 '자원'의 선택과 변용을 논의할 때, 개념적 변화의 시각은 논제로 진입하는 '통로'로 삼을 수 있다.

1940년대 후반은 이런 시기였는데, 그것은 좌익 문학이 어떻게 문예계에서 절대적인 지위를 확립한 것과도 관련이 있다. 이 중요한 대목은 '당대 문학' 생성의 기본적인 원동력이기도 하다. 이러한 목표를 달성하기 위해서는 먼저 자신을 정의해야 한다. 그러나 1940년대에는 '좌익 문학'이나 '혁명 문학' 자체의 대상과 범주가 그다지 명확하지 않았는데, 이는 창작과 이론 등의 복잡한 상황 외에 항일 전쟁 시기 문학계의 상황과도 관련이 있다. 사오췐린邵荃麟은 1948년 홍콩의 《대중 문예 총간大衆文藝叢刊》에 쓴 글에서 1940년대에 문학이 처한 상황을 정리하면서 '지난 10년 간 우리의 문예 운동은 우경화 상태에 있었으며' 이러한 '우경화 상태'를 초래한 원인은 특히 '노동자와 농민 의식을 앞세운 강력한 주류 사상과 그 조직력의 결여'에서 나타난 두 노선의 투쟁에 대한 주장'을 등한시했기 때문이라고 지적하였고, 문예사상에서도 이러한 '혼란스러운 상황'[2]이 나타났다. 여기에서 사오췐린이 말한 것은 모든 문예 운동이 아니라 '혁명 문예 운동'이다. 마오둔茅盾은 1949년 제1차 전국 문학예술 근무자 대표 대회全國第一次文

2 사오췐린邵荃麟 「현재 문예 운동에 대한 의견: 검토, 비판 및 향후 방향對於當前文藝運動的意見——檢討·批判·和今後的方向」, 《대중 문예 총간大衆文藝叢刊》제1집, 홍콩, 1948.

代會에서 '10년 동안 국통구國統區의 혁명 문예 운동'을 요약한 보고서를 작성하였고, 이에 대한 성과를 언급하기도 하였다. 그 성과를 지적한 후 그는 '단점'과 '유해한 경향'을 강조하면서 '이런 유해한 경향은 바로 진보 문예의 적군들이 우리 진영에 의도적으로 퍼뜨린 것'[3]이라고 주장하였다. 따라서 이러한 '혼란'과 '유해한 경향'의 침투를 정리해야 한다. '정리'는 일종의 '정화'이자 '개념'의 재정립이다. 그리하여 1940년대 후반에는 문학 사상, 문학 파벌의 구분과 그 구분으로 인한 갈등이 점점 커졌다. '좌익 문학'의 주류 세력은 앞서 언급한 '우경화' 현상을 바로잡기 위해 보다 엄격한 기준을 제시하였다. 이러한 종류의 작업은 다음과 같은 내용을 포함한다. 하나는 창작과 문학적 관념을 포함하여 '우경화'라는 문학의 실천으로 간주되는 것을 식별하는 것이고, 다른 하나는 어떤 문학적 '전통'이 '좌익 문학'의 구성 요소, 즉 '자원'이 될 수 있는지를 확인하는 문제이기도 하다. '개념'을 재정립하는 '정화' 과정은 '당대 문학'의 생성 과정이다. 물론 '조직'과 '체제'의 확립, 그 기능의 결정은 '당대 문학'의 생성을 위해서 여전히 해결해야 할 중요한 문제로 남아 있다.

'자원'의 문제는 1940년대 '좌익' 문학의 세력이 수많은 문학의 전통과 사조 중에서 무엇을 선택하고 흡수하며 변형, 발전시키고 어떤 것을 배척하려 했는지를 가리킨다. 그것이 직면한 것은 넓은 범주에서 볼 때, 아마도 여러 유형의 대상을 거칠 것이다. 하나는 중국 고전 문학과 서양 문학, 다른 하나는 민간 문화와 대중문화이다. 물론 '오사五

3 마오둔茅盾 「반동파의 억압 속에서 투쟁하고 발전한 혁명 문예在反動派壓迫下鬥爭和發展的革命文藝」, 『중화 전국 문학예술 노동자 대표 대회 기념 문집中華全國文學藝術工作者代表大會紀念文集』, 신화 서점, 1950 참조.

四' 이후 신문학 내부의 다양한 파벌을 어떻게 다루어야 하는가에 대한 문제도 있으며 처리해야 할 일도 적지 않고 상당히 복잡하다. 여기에는 주된 것과 부차적인 것, 중요한 것과 그렇지 않은 것의 구분이 있다. 서양 문학, 특히 서구의 현대 문학과 '오사五四' 이후의 신문학을 다루는 것이 가장 시급하다. 여기에서 논의되는 것은 '현대파'에 대한 '좌익 문학'의 태도이다.

「야독우기夜讀偶記」와 루카치Georg Lukács

마오둔茅盾의 「야독우기夜讀偶記」는 서구 '현대파'에 대한 중국 좌익 문화의 기본적인 견해와 태도를 이해하는 데 중요한 자료이다. 이 글의 주된 목적은 '사회주의 리얼리즘'의 창작 방법과 문학의 진보적 성격을 논하는 것이다. 따라서 문학사의 틀 안에서 비교를 통해 이 사상에 관한 논증을 완성하였다. 마오둔의 관점에서 사회주의 리얼리즘 문학의 발전은 문학의 '진화'라는 역사적 과정에서 나타날 뿐만 아니라 공시적인 측면에서도 드러난다. 후자의 경우, 비교의 대상은 '비판적 현실주의'(혹은 구 현실주의), 특히 20세기의 '현대파' 문학이다. 그는 주로 '현대파'(그는 과거에 '신 낭만주의'라는 개념을 사용하였다고 언급)의 사상적 기반이 비이성적이고 예술적으로는 추상적인 형식주의이며 일종의 '퇴폐적인' 예술이라고 지적하였다. 이 글에서 마오둔은 그 비판적 이론의 근거를 명확하게 설명하지 않았고, 전적으로 그의 개인적인 창조라고도 볼 수 없다. 그가 비판하는 방식을 포함하여 '현대파'의 특징에 대한 귀납은 헝가리의 미학자 루카치Georg Lukács와 비슷한 점이 있다. 물론 그의 이론이 루카치로부터 나왔다는 것을 증명할 수 있는 직접적인 증거를 찾기는 어렵다.

서구 마르크스주의의 중요한 미학자로서 루카치의 문학적 주장과 정치적 실천의 복잡한 관계로 인해 당대 중국의 좌익 문학계는 그에 대해 모호한 태도를 가지고 있다. 일부 이론가와 비평가들은 비판적 현실주의와 사회주의 리얼리즘의 차이점, 세계관과 창작 방법의 모순, 현실주의 소설의 전형적인 문제, 그리고 '현대파' 문학에 대한 비판과 같은 중요한 문제에 대해 이야기할 때, 이 영향은 종종 간접적이긴 하지만 루카치의 관점에서 어느 정도 영향을 받았다. 그러나 그들의 글은 편수가 적거나 또는 루카치라는 이름이 거의 등장하지 않는다. 전반적으로 1950년대와 1960년대에 루카치는 중국에서 비판의 대상이었다. 1950년대 중국과 다른 사회주의 국가에서 벌어진 사회주의 리얼리즘에 대한 논쟁에서 중국의 이론가들은 종종 그를 이 창작 방법을 반대하는 사람이자 부정하는 사람으로 간주하였다. 이췬以群은 1957년에 이 창작 방법이 생긴 이래로 '해외의 계급적인 적대 세력과 소련 내부의 반체제 인사들에게 끊임없이 공격을 받았다'는 점에서 루카치를 제일 먼저 언급하였고, 그는 1939년부터 1940년까지 소련에 체류하면서 '사회주의 리얼리즘'을 '왜곡하고 비방했다'[4]고 말했다. 사실 이러한 해석은 정확하지 않으며, 루카치의 특수성은 19세기 사회주의 리얼리즘과 현실주의의 연계와 지속성을 강조하는 데서만 드러난다. 루카치가 중국에서 반동 인물이 된 또 다른 이유는 1956년 헝가리의 10월 사건 당시 나지Imre Nagy 정부에서 문화부 장관을 지냈기 때문이다. 그 당시 소련과 중국에서 나지 정부는 '반혁명' 정부이자 '부르주아 계

4 이췬以群 「사상의 순결성을 위한 소련 문학의 투쟁蘇聯文學爲思想的純潔性而鬥爭」, 《문예보文藝報》, 베이징, 1957, 33호.

급의 복귀'(지금은 완전히 그런 식으로 보지 않는 것 같다)로 여겨졌다. 루카치는 또한 당시 「근대 문화에서의 진보와 반동적 투쟁近代文化中進步和反動的鬥爭」이라는 제목의 글을 썼는데, 이는 그의 '수정주의修正主義'적 사상의 증거로 간주되었다.[5] 이 글의 중국어 번역본은 『루카치 문학 논문집盧卡契文學論文集』 제1권[6]에 수록되어 있으며, 1956년에 작성된 또 다른 중요한 글인 「문학에서의 비전에 관한 문제關於文學中的遠景問題」에도 수록되어 있다. 이 시기 사회주의 리얼리즘에 대한 그의 시각이 달라져 의문을 제기하였지만 그렇다고 '부정적'이라고 말하기는 어렵다.

논란의 소지가 있는 루카치는 마르크스주의 문학 비평을 연구하는 서양 학자들 사이에서도 의견이 분분하다. 예를 들어, 포케마Douwe Fokkema와 이부스Elrud Ibsch(또는 입쉬로 번역됨)가 공동 저술한 『20세기 문학 이론二十世紀文學理論』[7]이라는 책은 '정통적인' 마르크스주의자와 '신新' 마르크스주의자의 차이점에 대해 서술하고 있다. 포케마는 양자를 구별하는 경계가 마르크스, 엥겔스, 레닌의 말에 무조건적으로 의존하면서 문화와 과학에서 공산당의 지도력에 복종하는 사람들을 정통적인 마르크스주의자라고 부르는 데 있다고 여겼으며, '신' 마르크스주의자는 마르크스와 엥겔스의 이론을 믿지만 그들의 이론을 독단적으로 해석하지 않거나 문화적이고 과학적인 측면에서 공산당의 절대성과

5 차오디草狄 편찬 「10월 사건 전후 헝가리 작가의 동태十月事件前後的匈牙利作家動態」, 《문예보文藝報》, 1957, 25호.

6 중국사회과학출판사, 1980.

7 [네덜란드] 포케마Douwe Fokkema · 이부스Elrud Ibsch 『20세기 문학 이론二十世紀文學理論』제4장 「마르크스주의 문학 이론馬克思主義文學理論」, 린수우林書武, 천성성陳聖生 · 스옌施燕 · 왕샤오윈王曉雲 번역, 베이징: 삼련서점三聯書店, 1988.

우월성을 인정하지 않는다는 점이다. 이러한 기준에 따르면 포케마는 아도르노Theodor Adorno, 벤야민Walter Benjamin, 골드망Lucien Goldmann, 린하트Maurice Leenhardt, 제임슨Fredric Jameson 등을 '신 마르크스주의자'로 꼽았지만 '루카치는 그렇지 않았다'[8]. 여기에서의 차이점은 마르크스주의의 원칙을 절대적 진리로 받아들일 것인지, 아니면 단순히 '영감의 원천'으로 받아들일 것인지에 관한 것이다.

루카치Georg Lukács의 '위상'에 관해서는 『서구 마르크스주의에 대한 탐구西方馬克思主義探討』[9]라는 책과 같이 다른 견해를 갖고 있는 것도 있다. 서구 마르크스주의를 소개하고 논평한 이 책은 1977년에 작성되었으며 중국어 번역본은 1981년에 출판되었다. 이 책의 저자인 페리 앤더슨Perry Anderson은 포케마와 달리 루카치를 서구의 마르크스주의라는 '진영'에 집어넣었다. 전통적인 마르크스주의와 서구 마르크스주의의 차이를 이야기할 때는 좀 더 세밀하고 깊이가 있어야 한다. 앤더슨의 책은 서구 마르크스주의가 생겨난 역사적 연대와 그 지역적 분포를 분석하였다. 전통적인 마르크스주의자들은 그들의 출생지와 활동 지역이 소련과 동유럽에 집중되어 있지만, 서구 마르크스주의자들의 출생지와 활동 지역은 점차 서부 유럽에 집중되었다. 앤더슨은 서구 마르크스주의의 '형태학적 구조'의 몇 가지 특징을 분석하였는데, 하나는 '정치적 실천과 동떨어진' 것이다.[10] 프란츠 메링Franz Mehring, 카를 카우츠키Karl Kautsky, 블라디미르 레닌Vladimir Lenin, 로자 룩셈

8 『20세기 문학 이론二十世紀文學理論』, 122-123쪽.

9 [영국] 페리 앤더슨Perry Anderson 『서구 마르크스주의에 대한 탐구西方馬克思主義探討』, 가오시엔高銛·원관중文貫中, 웨이장링魏章玲 번역, 가오시엔高銛 교정, 인민출판사人民出版社, 1981.

10 『서구 마르크스주의에 대한 탐구西方馬克思主義探討』, 41쪽.

부르크Rosa Luxemburg, 레프 트로츠키Лев Дави́дович Тро́цкий, 브루노 바우어Bruno Bauer, 니콜라이 부하린Николай Иванович Бухарин과 같은 제1차 세계 대전 이전의 '고전적 마르크스주의자'들은 그들의 이론 및 정치적 실천과 밀접하게 결합되어 있었고, 그들 자신이 혁명가이며 정당의 책임자이자 혁명 운동의 지도자이며 추진자였다. 반면 서구 마르크스주의자들은 점차 대학에 진학해 정당과 혁명적 실천에서 벗어났다. 앤더슨은 서구 마르크스주의자들 가운데 초기의 몇 안 되는 중요한 이론가들이 처음에는 정당의 주요 지도자였으며 모두 혁명적 실천에 참여했다고 하였다. 예를 들어, 루카치는 헝가리 공산당의 주요 책임자였으며 1928년 총서기를 지냈고, 안토니오 그람시Antonio Gramsci는 이탈리아 공산당의 지도자였으며 독일의 칼 코르쉬Karl Korsch도 그렇다. 그러나 이러한 추세가 바뀌어 '서구 마르크스주의'의 이론가들이 점차 학교에 진학하면서 혁명적 실천과 동떨어진 것은 역사적 압박에 의해 드러났다. 내 개인적 견해로는 '역사적 압박'이라는 표현은 외부의 압력 뿐만 아니라 혁명적 이론과 실천 자체의 문제를 의미하기도 한다. 앤더슨은 '형태학적 구조'의 두 번째 특징으로 '형식의 전이'를 지적하였다. 경제학과 정치학에서 철학에 이르기까지 이론의 중심에는 벤야민과 같은 사람들이 진정한 철학가라고 할 수 있으며 이론적인 형식도 학문적으로 바뀌었고, 그 문체도 난해해졌다.[11] 또 다른 특징은 '주제의 혁신'이다. 그들은 '상부 구조'에 총력을 기울였고, 연구의 초점은 '상부 구조'의 법률과 국가가 아니라 오히려 '상부 구조'의 '경제적 기반'에서 가장 멀리 떨어져 있는 문화와 예술이었다. 이러한 서구 마르크스주의의 전이는 공산주의 운동 자체가 직면한

11 『서구 마르크스주의에 대한 탐구西方馬克思主義探討』, 66쪽.

문제와 관련된 '비극적' 의미를 갖고 있다. 앤더슨은 위의 기준에 따라 루카치를 '서구 마르크스주의'로 분류하였다. 그러나 그는 루카치가 '과도기적' 인물이라는 점도 지적했다.

또한, 마틴 제이Martin Jay의 『프랑크푸르트 학파의 약사法蘭克福學派簡史』[12]도 이 문제를 다루고 있다. 저자는 마르크스주의 미학의 전통에 두 가지 분리된 단서가 있다는 조지 스타이너George steiner의 의견을 인용하였는데, 하나는 레닌Vladimir Lenin의 저서에서 파생되어 제1차 소련 작가 대표 대회에서 소련의 안드레이 즈다노프Andrei Alexandrovich Zhdanov가 편찬한 것으로, '공개적인 정치적 당성黨性을 보여준 작품만이 가치를 지닌다고' 하였고, 이는 '결국 진부한 스탈린Joseph Vissarionovich Stalin의 사회주의 리얼리즘의 정통성을 키웠다'고 하였다. '엥겔스Friedrich Engels의 전통'에서 파생된 두 번째 단서는 더 주목할 만하다. 엥겔스는 예술을 평가할 때 작가의 정치적 의도에 따른 경우가 거의 없었고, 작품의 객관적인 사회 관련 내용은 작가의 공개된 의도와는 달리 작가의 출신 계급을 초월할 수 있다고 생각하였다. 엥겔스의 이러한 관점과 논술은 주로 그가 1888년 마가렛 하크니스Margaret E. Harkness에게 보낸 편지에서 비롯되었다. 조지 스타이너George steiner에 따르면 루카치는 동시에 '두 진영'에 배치될 수 있는 특징으로 인해 복잡한 상황을 나타내고 있으며 그는 '레닌주의자들과 엥겔스 진영 사이의 격차를 해소하려고 시도했지만' '결코 레닌주의의 구속에서 벗어나지 못했다'고 주장하였다.[13] 그 중요한 상징 중 하나는 그가 현대주

12 [미국] 마틴 제이Martin Jay 『프랑크푸르트 학파의 약사法蘭克福學派簡史』, 단스리엔單世聯 번역, 광둥인민출판사廣東人民出版社, 1996.

13 『프랑크푸르트 학파의 약사法蘭克福學派簡史』, 199-200쪽.

의 예술과 '현대파' 문학을 배척하는 태도인데, 마르크스주의 문학 '진영' 내부에 대한 이러한 분석은 어느 정도 일리가 있다. 1950년대 소련과 중국에서는 일부 비평가들이 사회주의 리얼리즘에 의문을 제기할 때, 엥겔스를 더 많이 인용하는 경향이 있었고, 엥겔스를 내세워 자신들의 입장을 관철하였다. 그러나 마르크스주의 문학을 명확하게 '두 진영'으로 나누고, 그 차이를 '간극'으로 기술하는 것이 적절한지에 대해서는 다시 생각해 볼 필요가 있다.

1930년대에 유럽에서는 '표현주의'에 대한 논쟁이 있었는데, 이 논쟁은 훗날 종종 루카치Georg Lukács와 브레히트Bertolt Brecht 사이의 논쟁으로 요약되었다. 당시 브레히트는 조금씩 글을 쓰고 있었고, 일기에 자신의 관점을 적었는데, 이 일기는 1950년대에 이르러서야 발표되었다. 당시 논쟁에 참여한 주요 인물은 독일의 또 다른 마르크스주의자인 에른스트 블로흐Ernst Bloch였다. '표현주의'에 대한 필전에서 루카치는 '현대파'에 대한 그의 기본적인 견해를 밝혔다. 루카치는 사회적 현실에서 '현상'과 '본질'에 대한 또 다른 부분이 존재하며 '현상'과 '본질'이 통일될 수도 있다고 생각하였다. 또한, 작가의 주관적 체험과 객관적 진실도 통일될 수 있다고 보았다. 루카치의 현실주의론은 이러한 두 가지 기본적인 평가에 기초한다. 따라서 그의 현실주의론에는 두 가지 중요한 개념이 있는데, 하나는 '전체'이고 다른 하나는 '전형'이다. 작가는 제한된 환경에서 전형적인 인물의 창조를 통해 삶의 '전반적인 측면'을 표현하였고, 사회생활의 본질을 드러내며 현실의 발전 경향을 표현하였다. '표현주의'와 같은 예술적 유파에 대해 루카치는 그것이 묘사하는 현실을 부서진 파편 조각이라고 보았다. 1938년에 발표된 「현실주의에 대한 논쟁現實主義辨」[14]에서 그는 제임스 조이스James Joyce와 같은 작가를 당시 현실주의자인 토마스 만Thomas Mann

과 비교하였다. 두 작가 모두 자본주의가 제국주의 단계로 발전한 현실적인 사상과 상황은 당시 사회 현실의 불연속성과 단절을 통해 표현된 것이라 생각하였지만 제임스 조이스는 이러한 상황을 현실 그 자체와 동일시하며 이 균열되고 불연속적인 이미지의 본질과 그 발생 원인에 대해서는 밝히지 않았다. 이 두 작가 역시 우려를 표했지만 토마스만은 본질과 원인을 드러내며 사람들을 '걱정'에서 벗어나도록 유도하였고, 프란츠 카프카Franz Kafka나 제임스 조이스는 사람들을 오히려 걱정과 비관으로 이끌었다. 또한, 루카치는 예술적 형식에 있어서 표현주의는 추상적이며 우언화寓言化와 형식주의를 옹호하고, 작품의 세부적인 부분은 상호 교환이 가능하다고 지적한 반면, 토마스 만의 소설은 그렇지 않았는데, 그 이유는 세부적인 부분이 더욱 구체적이고 명확하며 고정적이어서 임의로 바꿀 수 없는 위치[15]에 놓여 있기 때문이라고 지적하였다. 마오둔茅盾의 「야독우기夜讀偶記」에서 루카치의 이러한 기본적인 논술은 문학사적 관점에서 재확인되었다.

격렬한 거부

중국 '당대 문학'은 '현대파'로 불리는 광범위한 문학 사조와 작가, 작품을 거부하는 엄격한 태도를 취하였다. 이러한 거부는 주로 공개적인 비판을 통해서가 아니라 정보를 은폐하고 차단하여 조용히 벗겨내

14 중국어 번역본은 『루카치 문학 논문선盧卡奇文學論文選』제2권, 중국사회과학출판사中國社會科學出版社, 1980을 참조.

15 포케마Douwe Fokkema · 이부스Elrud Ibsch 『20세기 문학 이론二十世紀文學理論』, 135쪽 참조.

는 방식으로 이루어졌다. 1950년대부터 1970년대까지 20세기 서구 '현대파'의 작품은 '객관적으로' 출판된 적이 거의 없었고, 비평적인 글도 드물었다. 내가 '객관적'이라는 말을 쓰는 이유는 언제부터인가 '비평을 위해' '내부 발행' 방식으로 출판된 「고도를 기다리며」, 「호밀밭의 파수꾼」, 「길 위에서」와 같은 작품들이 등장하였기 때문이다. 간혹 문예지나 정기 간행물에 이른바 '현대파'와 관련된 작가의 작품이 등장하기도 하였는데, 이는 지극히 우연한 상황이거나 또 다른 요인이 작용한 것이다. 예를 들어, 1957년 초 잡지 《역문譯文》은 시인 천징룽陳敬容이 번역한 보들레르Charles Pierre Baudelaire의 『악의 꽃』의 일부 번역본을 게재했으며, 동시에 프랑스 작가 루이 아라공Louis Aragon이 보들레르를 긍정적으로 평가하는 글도 실었다. 그러나 이 시기는 문예를 번영하고, 과학을 발전시키겠다는 방침雙白方針이 관철되었던 때였다. 또한, 1950년대에는《인민문학人民文學》 등의 간행물에도 폴 엘뤼아르Paul Eluard와 파블로 네루다Pablo Neruda와 같은 시인의 작품이 실렸다. 이 작가들에 대한 긍정적인 태도는 그들이 진보적 성향을 가지고 있고, '사회주의 진영'에 기대고 있으며 공산당원이기 때문이다. 서구의 '현대파'에 대해 이런 태도를 취한 결과는 일반 독자들과 심지어 당대의 작가들로 하여금 이러한 사상과 작품이 존재한다는 사실조차 인지할 수 없게 하였다.

'현대주의'적 경향을 지닌 중국 작품들은 더 이상 출판되지 않았다. 펑즈馮至의 『십사행집十四行集』은 1950년대 이후에 재출판 되지 않았으며 '문화 대혁명' 이후 1980년대 초반이 되어서야 다시 출판되었다. 리진파李金髮의 시와 무단穆旦, 정민鄭敏 등의 작품은 더 이상 출판되지 않았다. 일부 중요한 문학사에는 그들의 이름이 아예 거론되지 않는다. 1960년대 초반에 대학교의 문과 교재로 쓰였던 양저우한楊周翰

교수의 『유럽 문학사歐洲文學史』와 주광첸朱光潛이 편찬한 『서양 미학사西方美學史』는 기본적으로 19세기 말 까지만 쓰여졌다. 20세기 서구 문학, 특히 '현대파' 문학과 20세기 서구 비 마르크스주의 문학 이론은 간과되고 평가되지 않았다. 이러한 방법은 때로는 비평보다 더 효과적이다.[16] 예를 들어, 펑즈馮至의 『십사행집十四行集』 처리 방식을 들 수 있다. 이 시집은 1950년대부터 1970년대까지 재출판 되지 않았으며, 수록된 시도 선집에 포함되지 않았다. 펑즈는 1950년대 초반에 이 문제에 대해 언급하면서 자신이 지금은 전혀 가치가 없어 보이는 일부 '부르주아의 형식주의'에 대해 쓴 적이 있는데, 그것은 당시 그의 사상에 '문제'가 발생했던 것이기 때문에 본인도 이 작품을 인쇄하려 하지 않았다.[17] '형식주의'는 마오둔茅盾이 「야독우기夜讀偶記」에서 '현대파' 예술에 대해 비판적으로 요약한 것이다. 1958년 한 시가 좌담회에서 쉬츠徐遲가 최근 시를 쓰면서 갑자기 '하늘에서 푸른 음표가 날아온다'는 문구를 썼다는 발언이 생각났는데, 이것이 바로 1930년대에 받아들여진 '현대파'의 꼬리가 아닐까? 그는 재빨리 원고지에서 그것을 긁어냈고, 이는 누군가의 것이 아니라 당시 '사회적 심리'를 반영한 것이다. 이 상황은 실제로 이해하기 어렵지 않다. 사람들은 불법, 반동, 독소로 선언되고 '인식'된 것에 대해 집착하고 얽히는 것을 두려워하여 항상 그것을 피하려 한다. 1957년 중국 작가협회의 당 조직이 개최한 누구나 자신의 견해를 자유롭게 밝히는 좌담회에서 시인 천멍지아陳夢家는 '자신에게 과거의 간판('신월파新月派'를 지칭)을 씌운 사람들

16 '문화 대혁명'이 끝난 후 '현대파' 문학을 포함한 서구의 현대 문학이 대규모로 유입되기 시작하였고, 긍정적이건 부정적이건 강렬하고 긴장된 반응은 이러한 봉쇄와 은폐의 결과를 나타낸 것이다.

17 『펑즈시문선집馮至詩文選集』을 참조, 인민문학출판사人民文學出版社, 1955.

이 마음에 들지 않는다'며 이 간판은 자신에게 정말 어울리지 않는다'고 거듭 강조했다. 당시 그는 단지 시를 즐겨 썼을 뿐이며 '신월파'의 시인들과 가깝게 지냈다. 그는 허치팡何其芳 등이 자신보다 '신월파'와 더 가깝다고 불평하였지만 '자신이 사상을 개조하여 입당했기 때문에 이 간판을 계속 걸어 둘 수는 없었다.' 라오멍칸饒孟侃도 천멍지아가 '신월파'에 대한 책임을 지지 말아야 한다고 털어놓았다.[18] 물론 여기에는 사실에 대한 분별과 분석이 존재하고, 사물을 이해하는 방식도 포함된다. 그러나 천멍지아의 불만은 '신월파'가 '역류'와 '불법'으로 간주되는 상황에서 발생하였다. 현재 '신월파'는 중국 신시의 중요한 유파로 여겨지고, 문학사가文學史家들은 그 공헌에 대해 더 많이 이야기하고 있기 때문에 이와 같은 불만이 상대적으로 적을 것이며 오히려 그것과의 관계를 명확히 하려는 움직임이 일어났다.

물론 때때로 기술적인 측면에서 당대 문학은 비현실적인 표현 요소를 수용하는 것을 고려한다. 예를 들어, 1960년대 초반에는 '연극의 관점'에 대한 문제가 제기되었다. 1962년 상하이 인예上海人藝의 감독인 황줘린黃佐臨은 연극의 개념을 논하는 글을 발표했다.[19] 1950년대 이후 중국의 연극 창작은 주로 '입센 모드', 즉 사실적인 연극 모드를 기반으로 하였으며, 공연에서는 소련의 스타니슬라프스키Konstantin Sergeyevich Stanislavski 연극 이론의 영향을 가장 많이 받아 '스타니 모드'라고 불렸다. 황줘린은 우리가 특정한 연극의 개념과 연기 이론을 식별할 뿐

18 「작가협회는 정풍에서 누구나 다 말할 수 있는 길을 널리 열어주다作協在整風中廣開言路」, 《문예보文藝報》, 1957, 11호.

19 1962년 3월, 황줘린黃佐臨은 광저우에서 열린 전국 연극, 오페라 창작 좌담회에서 이 문제를 제기하였다. 이어 그해 4월 25일자 《인민일보人民日報》에 그의 「'연극의 관점'을 논하다漫談"戲劇觀"」가 실렸다.

만 아니라 다른 연극 이론과 장르를 참조하여 창작과 공연의 다양화를 달성해야 한다고 주장했다. 그는 현대 연극 이론에는 세 가지 유파流派가 있다고 보았는데, 하나는 스타니슬라프스키와 같이 무대에서 실생활과 같은 '실제' 상황을 만드는 것이고, 배우의 연기는 이 속에 완전히 몰입되며, '규정된 상황'을 경험하는 방식이다. 황줘린은 이 외에도 관객은 무대에서 연극하고 있음을 이해하고, 그들의 '현실적' 환상을 깨뜨리기 위해 '분리 효과'를 강조하는 브레히트Bertolt Brech의 연극 이론을 강조하였다. 다른 하나는 중국 전통 오페라의 가상적이고 절차화 된 공연인 매란방梅蘭芳의 연극 이론이다. 황줘린은 또한 그가 연출한 연극 「격류용진激流勇進」에서 조명과 슬라이드 프로젝션 기법을 활용해 극중 인물의 심리적 활동을 보여주었다. 이를 통해 1960년대 초반에는 비현실적인 예술 장르에 대해 기술적으로 어느 정도 융통성이 있었음을 알 수 있다(이는 당시 음악계에서 인상파 작곡가 드뷔시 Claude Achille Debussy 등에 대한 제한적인 동조도 포함). 그러나 아무리 '기술적인 것'이라고 해도 경계하였는데, 이렇게 약간 느슨한 상황도 잠시나마 존재했다.

좌익 문예사를 이해하는 사람들은 좌익 문화계가 항상 '현대파'에 대해 격렬하게 대립하고 비판적인 태도를 취하지 않았다는 점을 짐작할 수 있다. 그들 중 일부 파벌도 '현대파'에 대해 긍정적인 태도를 가지고 있으며 높은 평가를 내렸는데, 이는 사실이다. 예를 들어, 앞서 언급한 브레히트와 프랑크푸르트 학파의 일부 이론가들도 마찬가지이다. 또한, 사람들은 '현대파'의 일부 인사가 훗날 정치적, 문화적인 문제에서 '좌파'의 입장을 취하였고, 좌익 혁명 운동에도 참여했다는 사실에 주목하였다. 미래주의인 마야코프스키Vladimir Vladimirovich Mayakovsk, 초현실주의인 폴 엘뤼아르Paul Eluard 등이 그렇다. 1950년대부터 1970년대까지 이러한 현상에 대한 해석은 이들의 입장이 바뀌었고, 세계관과 정치적 성향이 바뀌었다는 것을 의미한다. 그러나 상황이 그렇게 단순한 것만은 아니다. 사실 좌익 문학은 다소 '미래주의'적 요소를 지니고 있다. 이러한 현상은 사물에 대한 일반적이고 모호한 고찰이 아니라 구체적으로 조사해야 한다는 점을 상기시켜준다. 그러나 전반적인 상황을 보면 20세기 좌익 혁명 문학의 세력과 '현대파'는 역사적 관점과 예술적 관점에서 '정반대'일 정도로 다르거나 심지어 격렬하게 대립하였다. 이러한 이해와 추정은 성립된다고 해야 할 것이다.

이 속에서 확립해야 할 사상과 입장에 대한 견해는 루카치Georg Lukács와 같은 다른 마르크스주의자들의 견해와 근본적으로 다르지 않다. 그는 삶에 대해 생각하고, 대중을 교육하는 데 있어 문학과 예술의 역할을 강조하였기 때문에 연극에도 특별한 관심을 기울였다. 문학과 예술의 사회적 효과와 사회적 행동과의 관계를 중시하는 모든 작가와 예술가들은 연극이라는 장르에 주목할 것이다. 그러나 브레히트Bertolt Brech는 루카치가 19세기 현실주의를 숭배하는 것에 동의하지 않는다는 입장을 분명히 하였다. 그는 「코카서스의 백묵원*Der kaukasische Kreidekreis*」이라는 연극을 창작했는데, 이 연극을 창작한 '영감' 중 일부는 중국 원나라의 리싱다오李行道가 포공판결包公斷案의 이야기를 쓴 잡극雜劇 「회란기灰闌記」에서 비롯되었다. 「회란기」는 1830년대와 1840년대에 유럽에 소개되었고, 브레히트는 1925년 베를린에서 이 연극의 공연을 본 후 1940년대에 「코카서스의 백묵원」을 집필했다. 「회란기」의 이야기에는 '원형原型'이 포함되어 있는데, 민담에는 이런 비슷한 이야기가 적어도 수십 가지가 있다고 전해지고 있다. 예를 들어, 「성경聖經 · 열왕기列王紀」에 기록된 솔로몬 왕의 심판도 이와 비슷한 이야기이다. 타이완의 학자 장한량張漢良은 「〈회란기〉에서 〈코카서스의 백묵원〉에 이르기까지」[20]라는 제목의 글을 썼으며, 비교를 통해 브레히트Bertolt Brech의 이 이야기에 대한 '변형'을 논하였다. 브레히트는 줄거리에 있어서 '반대되는 구상'[21]을 선택했다. 구 소련의 총독 부인은 혁명 중에 도망쳤고, 버려진 아이는 요리사에 의해 양육되었다. 훗날 총독 부인이 재산 상속권이 있는 아들을 인정하려 하자 아이의 소유권 문제가 불거졌다. 그래서 그들은 땅에 흰 재로 원을 그렸고, 두 여자는 손을 뻗어 재빨리 아이를 끌어당겼다. 원나라의 잡극 「회란기」와는 달리 이번에는 아이가 친어머니(생산에 관여하지 않는 부패한 지배계급)가 아니라 요리사(노동 계급)에게 주어졌다. 그 이유는 아이가 다치는 것을 보고 싶지 않은 사람이 엄밀히 따지면 친어머니가 아니라 아이를 잡아당기면서 손을 두 번이나 뻗은 요리사였기 때문이다. 브레히트가 계급을 강조하였다면 이전의 비슷한 소설은 인간의 본성과 혈연관계를 강조했음을 알 수 있다. 계급론자들은 '피가 반드시 물보다 진할 필요는 없지만 함께 사는 방식이 오히려 더 중요하며', 즉 계급의 공통성이 피보다 더 중요하다는 신념을 갖고 있다. 이것은 프롤레타리아의 '혁명 문학'이 표현하고자 하는 중요한 개념이다. 이 개념은 우리에게 조금도 낯설지 않다. 이것은 모범극樣板戲 「홍등기紅燈記」에서도 등장하는데 이옥화李玉和, 이 씨 성을 가진 할머니, 이철매李鐵梅는 혈연관계가 없지만 주로 계급으로 이루어진 우정을 기반으로 그들만

20 장한량張漢良 『비교 문학 이론과 실천比較文學理論與實踐』, 타이베이 : 타이완 동대도서공사台灣東大圖書公司, 1986.

21 이러한 '반대되는 구상'의 흥미로운 예로는 홍콩香港 작가 시시西西가 쓴 「비토진회란기肥土鎮灰闌記」가 있다. 허푸런何福仁 편찬 『홍콩 문총·시시 권香港文叢·西西卷』, 홍콩: 삼련서점유한공사三聯書店有限公司, 1992 참조.

의 가정을 이루었고, 이 가족에게 있어서 구성원 간의 관계는 혈연관계보다 더 단단하고 숭고하다. 또 다른 것은 이 이야기에 대한 브레히트의 관심이 '선택'이라는 행위에 대한 그의 강조에서 비롯되었다는 점이다. 그의 관점에서 연극의 주요 기능은 오락적인 것이 아니라 가르치는 것, 즉 관객의 행동과 생각, 선택을 자극하는 것이다. 따라서 「코카서스의 백묵원」은 그 줄거리를 아이를 두고 경쟁하는 두 여자의 문제를 현실에서 해결해야 할 문제로 전환하고 있다. 극의 초반부에는 혁명 이후 두 농장이 산골짜기를 두고 경쟁하며 끝없이 다투는 가운데 위에서 사람을 보내 중재를 시켰다고 쓰여 있다. 중재하는 동안 모두에게 연극을 보게 한 것이 바로 이 「회란기」가 등장한 배경이다. 즉, 배우나 관객 모두 극장에서 공연하는 것이 '실제'의 삶이라고 생각하지 않도록 '분리' 효과를 창조하는 브레이트의 연극 개념을 표현한 것이다. 이 환상을 깨뜨리는 것은 사실상 리얼리즘이 만들어낸 환상을 깨는 것과 같다. 따라서 그는 연극이 관객으로 하여금 극 중의 삶을 상상하고 몰입할 수 있도록 유도하는 것이 아니라, 극장에서 펼쳐지는 것은 '실제'의 삶이 아닌 연극이라는 것을 깨닫고 냉정한 자세를 유지하는 것이라고 명시했다. 따라서 예술은 진실이라는 환상을 만들어내는 것이 아니라는 것이다.

브레이트의 이런 연극의 개념은 주광첸朱光潛(그리고 크로체Benedetto Croce)이 주장하는 미학적 거리와 다소 비슷해 보이지만 실제로는 많이 다르다고 할 수 있다. 브레이트Bertolt Brech는 관객들에게 무대와 삶의 거리를 깨닫고, 연극과 삶을 혼동하지 않기를 바랐으며 주광첸은 인간의 심미적 태도를 공리주의功利主義적이고 윤리적인 사고와 구별하여 심미적 과정을 현실의 공리주의에 얽매이지 않는 '도취'로 간주해야 한다고 주장했다. 주광첸이 말하는 소위 '거리'는 미학에 도취되어 현실에 대한 사고와 비판을 잊는 것에서 비롯된 반면, 브레이트는 현실 문제에 대한 사고와 비판을 강조하였다. 프랑크푸르트 학파의 이론가들은 이러한 관점을 중시하였고, 브레히트의 '거리' 또는 '분리'에 관한 이론은 사회와 역사를 '충실하게' 기술하는 리얼리즘의 방식에 의문을 제기함과 동시에 '현대파'를 '형식주의'로 보는 루카치Georg Lukács의 비판에도 의문을 제기하였다. 아도르노Theodor Wiesengrund Adorno는 루카치와 브레히트의 차이점을 언급하면서 문학이 진정으로 현실의 본질을 드러내고 현실을 반영할 수 있다는 루카치의 견해는 주체와 객체, 사회와 개인이 통일될 수 있다고 믿는 잘못된 이해에 바탕을 두고 있다고 주장하였다. 아도르노는 현대 사회에서 사회와 개인, 주체와 객체 간의 분열과 대립은 극복할 수 없는 현상이며, 인간이 파악하고 이해하는 현실은 일종의 '경험'에 지나지 않는다고 생각하였다. 이러한 '현실적 경험'은 대체로 사회적 이데올로기에 의해 '위장'되었다는 것이다. 인간은 '물질만능주의('소외되어')'에 속해 있기 때문에 그는 이 사회를 들여다보기 위해 뛰어들 방법이 없었고, 오직 '소외된' 자아와 함께 이 사회를 '내부'에서 부수고 폭로하려고 하였다. 이러한 원칙에 입각하여 아도르노는 '현대파'의 추상적이며 왜곡되고 부서진 '형식'이 루카치와 마오둔茅盾이 비판한 '형식주의'가 아니라 부조화되고 모순된 '형식'을 통해 현실의 파편과 부조리를 부정하는 것으로, 여기에는 '전통적인' 예술 형식과 언어에 대한 반란을 포함하고 있다. 즉, 예술적인 형식 자체가 전복할 수 있는 힘을 가지고 있다는 것이다. 따라서 프랑크푸르트 학파의 이론가들은 카프카Franz Kafka와 조이스James Joyce의 소설, 베케트Samuel Beckett의 연극, 쇤베르크Arnold Schoenberg의 음악과 같은 '현대파'의 작품을 높이 평가하였다.

역사적 관점과 '현실'에 대한 태도는 중국 좌익 문학이 '현대파'에 대해 맹렬히 부정적 입장을 취하는 열쇠이며, 그 뿌리가 여기에 있다. 중국 좌익 문학은 문학이 객관적 진실을 파악하고, 실생활의 '본질'을 표현해야 하며 이렇게 함으로써 역사적 흐름에 명확한 방향을 제시할 수 있다고 하였다. 만약 이러한 관점들이 의심을 받고 그 기반이 흔들리게 되면 문학 파벌의 기반도 흔들리게 된다는 것이다. 리오우판李歐梵은 「중국 현대 문학에서의 '퇴폐'에 대해 논하다漫談中國現代文學中的"頹廢"」라는 글에서 이 문제를 언급하였다. 좌익 문학을 포함한 중국 신문학의 지배적인 의식은 일종의 '이성주의'적이며 역사적 진보라는 관점을 신봉한다. '역사적 진보라는 범 도덕적인 정서에 의해 퇴폐는 부도덕함을 나타내는 대명사가 되었다.'[22] 실로 '퇴폐'는 우리가 '현대파' 문학을 비롯해 방향을 제시하지 못하는 '비관주의', 분위기가 불분명하고 불건전한 문예 작품을 비판할 때 흔히 사용되는 단어이자 '키워드'이다. 리오우판은 '퇴폐'가 서양 문학과 예술상의 개념으로, 영어로는 decadence를 뜻하며, 1920년대와 1930년대 중국에서는 '퇴가당頹加蕩'[23]으로 번역된 적이 있었는데, 이는 음역이면서 의역이기도 하다. 서구 문학과 예술에서 이 단어는 도덕적 가치 판단을 포함하지 않을 수도 있지만 소련의 사회주의 리얼리즘 문학의 맥락을 포함하여 현대 중국에서는 매우 심각한 폄훼의 의미를 담고 있는 '나쁜 용어'임이 분명하다. 이는 '시간적 의미에서 진보'에 대한 의심과 저항이 결코 용납될 수 없고, 문학과 예술이 표현하는 '퇴폐미'의 합법성도 인정할 수 없기 때문일 것이다.

22 왕샤오밍王曉明편집 『20세기 중국 문학사론二十世紀中國文學史論』제1권, 동방출판중심東方出版中心, 1997, 64쪽.

23 같은 책, 59쪽.

이 문제에 대해 전 체코슬로바키아의 저명한 한학자였던 야고슬라브 프루섹Jaroslav Prusek은 몇 가지 실수를 범하였다. 그는 한때 현대 중국 문학의 주류를 '서사시'와 '서정시'라는 두 가지 전통으로 분석해 유럽 문학과 '일관성'이 있다고 주장하였다. 예를 들어, 마오둔茅盾의 서사적 작품에서 19세기 유럽의 현실주의와 연계를 찾을 수 있으며, '오사五四'의 서정적 작품은 일정한 경향을 보였는데, 이는 유럽의 두 차례 전쟁 사이에서 발생한 현대적이고 서정적인 작품, 즉 '현대파'로 알려진 문학예술과 매우 유사하다는 것이다. 후자의 관점에 대해 리오우판李歐梵은 이와 다른 견해를 밝혔다. 그는 '보들레르Charles-Pierre Baudelaire 이후 유럽 문학과 예술을 가득 채운 아방가드르 기질은 완전히 다른 일련의 예술적 전제에 의해 결정되었기 때문에 이 두 문학 작품은 형식적으로는 유사한 점이 적지 않지만 '오사五四' 운동의 문학적 기질과는 성격이 크게 다르다'고 하였다.[24] 이 문제에 대한 리오우판의 견해는 일리가 있다. 여기에서 그가 언급한 '예술적 전제'는 역사적 관점과 예술적 관점 등 복합적 요소를 담고 있다.

'소외'에 관한 문제

'현대파'를 둘러싼 갈등은 또한 현대 사회에서 인간의 '소외' 문제에 대한 다른 견해를 포함하고 있다. '소외'에 관한 문제는 실제로 루카치 Georg Lukács가 좌익 문학과 훗날 프랑크푸르트 학파에 제공한 중요한

24 리오우판李歐梵 『프루섹의 중국 현대 문학 논문집·서언普實克中國現代文學論文集·前言』, 『프루섹의 중국 현대 문학 논문집普實克中國現代文學論文集』, 리옌쥔李燕君 등 번역, 후난문예출판사湖南文藝出版社, 1987, 5쪽.

유산이다. 여기에서 우리는 '과도기적' 인물로서 루카치의 복잡한 정체성도 엿볼 수 있다. 루카치는 '소외' 에 관한 연구에 많은 노력을 기울였고, 실제로 프랑크푸르트 학파는 루카치가 남긴 연구를 계속해서 진행하였다. 중국 당대 문학이 '현대파' 문학을 거부하는 이유는 무엇인가? 그 중 매우 중요한 이유는 사회주의 사회에서 '소외' 라는 현상을 인식하지 못했다는 것이다. 1980년대 초, 저우양周揚과 후차오무胡喬木는 물론 당시 '학술계에서도 인도주의와 소외 문제를 둘러싸고 열띤 논쟁이 벌어졌다. 저우양은 1983년 마르크스 사망 100주년을 맞이하여 3월 7일 중국 공산당 중앙당교中央黨校에서 열린 마르크스 기념 학술 보고회에서 「마르크스주의에 관한 몇 가지 문제에 대한 탐구關於馬克思主義的幾個問題的探討」 라는 제목의 보고서를 제출하였다.[25] 이 보고서의 목적은 수십 년 동안 진행된 중국의 '좌파' 정치 사상과 철학적 뿌리를 '청산'하려는 것이었다. 그 중 가장 논란이 된 것은 마르크스주의와 인도주의의 관계, 그리고 사회주의 사회에서 '소외'가 존재하는지 여부였다. 저우양은 당시 사회주의 체제 하에 '소외된' 현상이 존재한다고 믿었다. 그는 경제적 분야에서의 소외, 정치적 분야에서의 소외(권력에 있어서의 소외), 사상적 분야에서의 소외(개인 숭배 등)의 세 가지 형태의 '소외'에 대해 언급하였다. 저우양의 보고서는 많은 사람들의 지지를 얻었지만 일부 사람들의 분노를 일으키기도 하였다. 저우양에 대한 가장 체계적이고 '권위' 있는 비판은 후차오무의 「인도주의와 소외에 관하여關於人道主義和異化」를 들 수 있다.[26] 이 글은 저우양

25 이 보고서는 이후 1983년 3월 16일 《인민일보人民日報》에 실렸다. 보고서의 작성 과정은 1997년 12월 12일, 《남방주말南方週末》(광저우), 왕위엔화王元化의 「저우양을 위한 글 기안 전말爲周揚起草文章始末」을 참조.

26 이것은 1984년 1월 3일 중국 공산당 중앙당교中央黨校에서 후차오무胡喬木가

이 작성한 보고서가 '사회주의적 방향에서 벗어났고', '사회주의에 대한 불신을 유발하는' '근본적 성격'의 오류라고 지적하였는데, 이는 당시 매우 심각한 비판이었다.

사실 저우양은 훨씬 일찍 '소외' 에 관한 문제에 주목했으며 1960년대 초부터 이 문제에 대해 고려하기 시작했다. 그러나 당시 그는 '소외'라는 개념을 사용하지 않았다. 물론 이런 생각은 그 시대의 분명한 한계를 드러내고 있다. 예를 들어, 1961년 6월 전국 장편 영화 창작 회의 연설에서 이 점을 언급하였다.[27] 그는 '사회주의의 신인'은 단순한 두뇌, 단순한 감정, 단순한 취미를 가진 사람이면 안 된다고 주장하였으며 이에 관한 예를 하나 들었다. 베이징 사범대학에는 모든 일에 원칙을 중시하고, 원칙에 따라 행동하는 소녀가 있었다. 《붉은 깃발紅旗》, 《인민일보人民日報》, 『마오쩌둥 선집毛澤東選集』을 제외하고 그녀는 다른 분야에 관한 책을 전혀 보지 않았고, 집에서 가져온 음식을 모두에게 나누어 주었다. 영화 「상감령上甘嶺」과 같이 사람들 또한 자신이 했던 것처럼 서로에게 양보할 것이라고 생각하였지만 결국 모든 사람들은 음식을 먹기 위해 허둥대며 그녀를 크게 실망시켰다. 한편 그녀의 아버지는 남동생의 건강에 대해 매우 걱정하였는데, 그녀는 이런 아버지를 이렇게 비판했다. '아버지는 아이들에게 어떤 영향을 주었나요?' … 그녀의 급우들은 그녀가 아주 좋은 사람이라고 평하였지만 안타깝게도 그녀는 우리처럼 인간 사회에 사는 사람 같지는 않다고 이야기하였다. 저우양은 이렇게 단순한 사람들을 키우는 것에 대해 많

한 연설로, 1984년 《붉은 깃발紅旗》(베이징) 2호에 수정된 후 게재되었다.

27 1990년 『저우양 문집周揚文集』 제3권에 수록된 「전국 장편 영화 창작 회의 연설在全國故事片創作會議上的講話」을 참조.

은 걱정이 앞선다고 언급했다. 그는 혁명이 만들고자 하는 '사회주의의 신인'은 이렇게 단순하고 창백해 보여서는 안 된다고 주장하였다. 그가 이 예를 든 것은 사람들이 실제로 '물질적'으로 변하고, 그들이 믿는 관념 자체는 구체적이고 생생한 내용이 없으며 풍부하고 변화된 개성 뿐만 아니라 사람들 사이의 관계를 억누르는 추상적인 현상이 되었다는 것을 모두에게 보여주기 위한 것이다. 그래서 저우양은 이와 같은 상황을 비교해 보면, 린다이위林黛玉가 오히려 귀여운 존재일 뿐만 아니라 그녀는 괴로울 땐 울기도 하는 인간미가 넘치는 사람이라고 평하였다.

소외에 관한 문제는 철학, 사회학, 정치적 이론과 실천의 문제일 뿐만 아니라 문학적인 문제와도 깊은 관련이 있다. 이것은 프랑크푸르트 학파가 중점적으로 연구하는 문제이기도 하다. 그들은 소외된 사회에서 문학 작품의 책임은 바로 이런 소외 현상을 파헤치는 것이라고 하였다. 그리고 이러한 '폭로'는 사르트르Jean Paul Sartre와 같이 '개입'이라는 직접적인 비판 방식을 채택하지 않는다. 그들은 브레히트Bertolt Brech의 '형식주의'에 대한 비판에 동조하려는 경향이 있으며, 이른바 '분리 효과' 자체가 이렇게 소외된 현상에 대한 비판이라고 주장한다. 따라서 아도르노Theodor Wiesengrund Adorno는 현대 사회에서 카프카Franz Kafka의 작품이 이러한 소외된 현상을 드러내고 있으며, 이는 현실주의 작품보다 훨씬 더 강력하다고 여겼다. 마찬가지로 20세기의 아방가르드 음악은 전통적인 음악보다 현대인들에게 더 큰 힘을 가져다준다. 프랑크푸르트의 일부 주요 인사들은 중국 좌익 문학과 완전히 다르고, 소련의 사회주의 리얼리즘과도 완전히 다른 현대파의 예술을 지지하였고, 거의 거리낌 없이 긍정적인 태도를 취하였다. 베케트Samuel Beckett와 같은 황당파 연극은 전통적인 연극의 풍모를 없애고,

줄거리의 갈등, 극의 전개 과정과 등장인물에 대한 정체성도 없으며 극의 모든 장면은 추상적이고 세부 사항은 대체될 수 있다. 그러나 톨스토이Leo Tolstoy와 같은 현실주의 작품에서는 세부 사항이 대체될 수 없으며 특별하고 구체적인 상황을 구성한다. 아방가르드 예술에 대해 프랑크푸르트학파는 대중의 일상적 관행이 된 '세속적인' 예술의 전통을 거부한다고 하였는데, 진정한 예술은 이렇게 '세속적인' 전통에 대한 거부감을 드러내야 하기 때문이다. 이것이 프랑크푸르트학파가 '예술의 정치성'이라고 부르는 것이다. '예술의 정치성'은 작품의 정치적 관념을 표현하는 것이 아니라 형식의 혁신을 통해 고정된 관습을 깨고, 정치적 가능성을 실현하는 것을 의미한다. 여기에서 아도르노 등은 대중문화를 거부하는 엘리트적 입장을 보였다. 현대파의 예술은 프랑크푸르트학파와 서구 마르크스주의에 있어서 매우 중요한 문화적 자원이자 정신적 수단이었고, 그들이 현실에 저항하는 가장 중요한 방식이었다.

중국 당대의 '현대파'와 유사한 특징을 가진 음악, 그림, 소설, 시 등을 언급할 때 물론 나는 이 영역에 대해 잘 알지 못하지만 그것에 대해 연구하지 않는 경우가 많다. 그러나 현대 중국에는 항상 뿌리가 없는 것처럼 느껴진다. 1980년대 초반, 종푸宗璞, 왕멍王蒙, 베이다오北島를 포함한 이른바 '현대파'라고 불리는 작품은 예술적인 측면에서 실제로 서양의 작품과 매우 다르다고 할 수 있다. 많은 평론가들도 이 점을 지적하였는데, 그것이 부정적인 의미와 '유사한 현대파'이든 긍정적인 의미에서의 '중국적 특색'이든 모두 이런 차이를 드러내고 있다. 한국 학자인 백낙청白樂晴은 '카프카보다 톨스토이와 같은 작가가 더 필요하다'고 언급한 적이 있다.[28] 오늘날 백낙청의 진술은 매우 흥미롭다. 이 개념은 다양한 역사적 상황과 문학, 예술의 다양한 역사에 대한 이해에서 비롯된다. 그러나 서구 현대파의 예술적 성취와 문화적 유산도 우리 문학의 중요한 참고 자료이며, 중요한 '자원'이라고 할 수 있다. 우리가 이 '자원'을 단순히 거부한다면 우리가 살고 있는 이 사회와 이 사회에 살고 있는 사람들의 상황과 경험을 표현하는 데 많은 피해를 주지 않을까?

이 문제는 하나의 예를 들어 설명할 수 있다. 밀란 쿤데라Milan Kundera의 『소설의 예술小說的藝術』[29]은 '카프카 현상'을 이야기하면서 체코에서 일어난 실제 상황에 대해 묘사하고 있다. 이것은 사실 중국에서도 일어난 일이라 많은 힘을 들이지 않고도 찾아볼 수 있을 것이다. 한 엔지니어가 학술회의에 참석하기 위해 영국에 갔다가 돌아오는 길에 그가 외국에서 조국을 비방하는 발언을 하고 망명하였다는 신문 기사가 실린 것을 우연히 보게 되었다. 그는 자신의 눈을 의심하지 않을 수가 없었다. 그래서 그는 신문사를 찾아갔고, 신문사는 일이 뭔가 잘못되었다고 인정하였지만 이러한 문제는 자신들의 책임이 아니며 이 원고는 내무부에서 내려온 것이라고 강조하였다. 내무부는 런던 주재 대사관의 비밀 경호국으로부터 보고를 받았다고 밝히면서 그에게 아무 일도 발생하지 않을 것이라고 장담하며 일단 그를 안심시켰다. 그러나 그는 곧 자신이 철저한 감시를 받고 있다는 사실을 알게 되었다. 그의 전화기는 도청되었고, 그가 외출할 때 미행하는 사람도 있었

28 [한국] 백낙청白樂晴 「현대 문학을 어떻게 볼 것인가如何看待現代文學」, 『세계화 시대에서의 문학과 사람 : 분단체제하의 한국적 시각全球化時代下的文學與人 : 分裂體制下韓國的視角』에 수록, 김정호金正浩 · 정인갑鄭仁甲 번역, 중국문학출판사中國文學出版社, 1998.

29 [체코] 밀란 쿤데라Milan Kundera 『소설의 예술小說的藝術』, 멍메이孟湄 번역, 베이징: 삼련서점三聯書店, 1992.

다. 그는 위험을 무릅쓰고 이 나라를 탈출해 진정한 이민자가 될 때까지 끊임없는 두려움과 악몽에 시달렸다. 이 이야기에 대한 우리의 즉각적인 반응은 카프카의 「성Das Schloss」에 나오는 그 '미궁'의 이야기와 같지 않은가? 쿤데라Milan Kundera는 '그 엔지니어가 끝없는 미로와 같은 조직과 마주하고 있을 때, 긴 복도의 끝은 영원히 도달할 수 없으며 운명에 대한 판결을 내리는 사람도 결코 찾을 수 없다'고 하였다. '그는 토지 측량사 K와 마찬가지로, 그들은 모두 이런 세상에서 살고 있다.' '이 세상은 거대한 미로와 같은 조직일 뿐이며 그들은 결코 그곳을 빠져나올 수 없고, 아무도 이런 상황을 이해하지 못할 것이다.'[30] 쿤데라는 그가 '카프카 현상'이라고 부르는 몇 가지 측면을 이렇게 분석했다. 그는 도스토예프스키Fyodor Mikhailovich Dostoevskii의 「죄와 벌」과 「심판」을 비교하였고, 「죄와 벌」에서 라스콜니코프는 자신이 저지른 범죄의 무게를 견디지 못하고 스스로를 평안하게 하기 위해 자진해서 벌을 받았는데, 이는 '공개된 잘못으로 벌칙을 찾는 상황'과 같다. 그러나 「심판」에서는 그 논리가 정반대인데, 벌을 받은 사람은 형벌의 이유도 모르고, 형벌의 부조리함을 참을 수 없어 피고인을 늘 평안하게 하기 위해 자신의 고통에 대해 해명하려 하였다. 이것은 역으로 '잘못을 찾아 처벌하는 격'이다. 이어 쿤데라는 카프카 소설의 '희극적' 특징을 지적하였다. 카프카 현상에서 '희극성은 비극(희비극)과의 대립을 나타내지 않고', '그것은 비극을 그 싹으로부터 파멸시키며, 희생자들이 기대할 수 있는 유일한 위로를 박탈한다. 비극의 위대함(현실적이든 가상적이든) 속에 존재하는 위로를 읽게 하는 것이 카프카 소설의 특징인데,[31] 이러한 상황은 우리의 역사나 현재의 삶 속에서 보기 드

30 『소설의 예술小說的藝術』, 98쪽.

묻고, 그 관점이 난해하다고 쉽게 말할 수 없다.

그러나 이를 역으로 생각해 볼 필요도 있다. 중국의 좌익 문학 작가들도 카프카와 같은 관점으로 세상을 바라보고 그와 동일한 역사적 관점과 예술적 관점을 갖고 있다면 과연 중국의 '좌익 문학'이 존재할 수 있었을까?

《현대 중국現代中國》제1집, 후베이교육출판사湖北教育出版社, 2001년 6월 게재

31 『소설의 예술小說的藝術』, 100-103쪽.

『중국 현대 문학 30년中國現代文學三十年』 중의 '현대 문학'

왕야오王瑤와 탕타오唐弢 교수의 현대 문학사를 『중국 현대 문학 30년中國現代文學三十年』[1]과 합치면 '현대 문학'이라는 개념의 의미가 크게 달라졌음을 알 수 있다. 이러한 변화는 작가의 개인적인 요인도 있겠지만 더 중요한 것은 현대 문학사의 이념에 관한 시대적 변화를 반영하고 있다는 점이다. 명확한 학문적 의미를 지닌 개념으로서 '현대 문학'은 1940년대에 등장하였다(비록 저우양周揚의 『신문학 운동사 강의 요강新文學運動史講義提綱』과 왕야오의 『중국 신문학사고中國新文學史稿』는 여전히 '신문학'이라는 용어를 사용하고 있지만 말이다). '오사五四' 이후 문학의 '역사적 서술'에 대해 '현대 문학'은 마오쩌둥毛澤東의 『신민주주의론新民主主義論』을 방법론적 기초로 삼았고, 정신적, 정치적, 경제적 혁명에서 문화적 혁명에 이르기까지 물질이 미치는 결정적 의미와

1 『중국 현대 문학 30년中國現代文學三十年』(개정판), 첸리췬錢理群 · 우푸후이吳福輝群 · 원루민溫儒敏 편찬, 베이징대학출판사北京大學出版社, 1998.

정치적, 경제적 요소에 상응하는 문화적 요소가 존재한다는 이론은 왕야오와 탕타오가 가지고 있는 문학사관文學史觀의 핵심이라 할 수 있다. 이들의 역사적 저서에서 '현대 문학'에 내포된 기본적인 의미는 일종의 '등급'이다. 첫째, 현대 문학의 복잡한 구성과 모순은 존재의 등급을 구성한다. 이것은 계급 분석의 잣대에 따라 성격이 다른 문학 장르로 구분되고, 등급의 서열로 나누어져 서로 다른 운명을 결정한다. 왕야오와 탕타오의 문학사에서는 이 '등급'을 '통일전선의 성격'이라고 부른다. 좌익 문학(왕야오의 문학사) 또는 좌익 문학의 주류 분파(탕타오의 문학사)는 이러한 축소, 협소 및 '억압'을 통해 주류가 되었고, 지배적이며 합법적인 위치에 놓여 있다. 둘째, '가장 완전하고 진보적이며 혁명적이고 합리적인'(『신민주주의론新民主主義論』) 사회적, 문화적 형식에 비해 '신민주주의론'의 성격을 띤 현대 문학은 '사회주의적' 성격의 문학으로 발전될 필요가 있다(이런 종류의 문학은 '현대 문학'이 본격적으로 널리 사용되던 1950년대 중후반부터 '당대 문학'이라고 불렸다). 현대 문학의 '과도기적' 특성은 그것을 '당대 문학'과는 또 다른 등급에서 더 낮은 수준에 놓이게 한다. '신중국'과 신중국 시대에 놓인 '당대 문학'의 정당성을 입증하는 것이 이 '현대 문학'의 서술 방식이 달성하려는 목적이다.

1980년대 중반에 처음 출판되어 1990년대 말에 개정된 『중국 현대 문학 30년中國現代文學三十年』은 분명히 1950년대에 등장한 '현대 문학'이라는 개념이 아니다. 역사적 가치와 학문적 수준이 높은 이 책의 「서문前言」(개정본)에서는 이 개념을 다음과 같이 설명하고 있다. '이 책의 역사적 서술에서' '현대 문학'은 시간적 개념일 뿐만 아니라 이 시기 문학의 현대적 특징을 드러내는 개념이기도 하다. '즉, 현대 중국인의 사상, 감정, 심리를 표현하기 위해 현대 문학의 언어와 문학적 형식을 사용하는 문학'이다. 문학사의 이념과 평가 체계가 새롭게 바뀌면서 문학의 '계열', 특히 과거에 짓눌리고 가려졌던 부분들이 재구성되기 시작하였다. 1940년대 후반, '당대 문학'의 생성 과정에서 방치되고 제거된 문학의 다양한 현상과 작가들의 작품이 발굴되어 중요한 위치에 놓이게 되었다. 한 때 봉건적이거나 반봉건적인 문화로 간주되었던 '통속 문학'도 이 시기에 등장하여 '정통적인' 문학이 되었다. 그리고 '현대 문학'과 '당대 문학'의 '등급'도 뒤바뀌어 '당대 문학'의 학문적 규범과 평가 기준이 아닌 '현대 문학'이 20세기 중국 문학을 통솔하는 중요한 단서가 되었다(이것은 '20세기 중국 문학'과 '문학사 다시 쓰기'라는 명제에 포함되어 있다).

이러한 변화는 1980년대 이후 문학 연구에 대한 사유와 성찰의 결과이다. 독단적인 등급 분류 방식에서 일정한 거리를 두는 것은 중국 문학의 '현대성'이라는 모순된 상황에 대한 인식과 중국 문학의 '현대적 추구'라는 복합적인 요소와 다양성에 대한 인식에서 비롯되었다. 그런 의미에서 『중국 현대 문학 30년』은 우리에게 '현대 문학'에 대한 새로운 해석과 이 속에서 확립된 문학사의 값진 서술 방식을 제공하고 있다. 물론, 또 다른 문제도 한 단계 더 부각하였다. 예를 들어, 문학의 '순수화'를 위해 계속되는 등급 구분에 관한 사고와 담론 양식을 거부한다는 것은 우리가 흔히 문학적 '이상'으로 간주하는 '오사五四' 급진세력의 지식에 대한 태도 역시 반성해야 하는 것은 아닌지 의문을 남긴다(이는 『중국 현대 문학 30년』에서도 반영되었다). 평가 기준(문학적 현상은 '역사적 서열'로 엮이면 그 배열에 대한 척도가 없을 수 없다)은 문학의 독창성에 대한 신념과 미학적 기준, 그리고 '대중문화'의 잣대 사이에서, 계몽주의의 비판성에 대한 강조는 문화적 측면의 '반 현대적인 현대성'이라는 입장에서 어떻게 하나의 서술로서 조화를 이룰 수 있을까?

최근 10여 년 동안 문학사 연구의 '혁명적' 측면은 이전에 정치적 이데올로기와 지적 엘리트주의에 의해 '억압'되었던 '현대성'을 완전히 '해방'하는 것이다. 이 중요한 작업의 의미는 두말할 필요가 없다. 그러나 '역사'의 재구성은 여러 가지 복합적이고 모순적인 요소들의 나열이 아니다. 이러한 '재구성'에서 우리가 직면한 문제는 서술자가 역사적 의식에 구속되어 있을 때, 다양한 가능성을 향한 화자의 사유와 노력을 보여주기 위한 '선택'과 '평가'의 기준을 어떻게 정할 것인가 하는 점이다. 더 나아가 오늘날 우리가 '신뢰할 수 있는' 입장이 될 수 있는 것으로는 또 어떤 것들이 있을까?

《문학평론文學評論》, 베이징北京, 1999년 1호에 게재

우리는 왜 망설이는가

청광웨이程光煒 교수는 최근 몇 년간 당대 문학 연구의 변화('전향')에 대해 함께 논의하자고 제안한 적이 있다. 업무 관계로 인해 최근 몇 년 동안 당대 문학에 대한 많은 논저를 읽었지만 '변화'에 대한 근거 있는 귀납을 하되 이에 대한 확신이 없다면 제한된 이해를 바탕으로 한 약간의 인상적인 측면에 대해 이야기 할 수밖에 없다.

우선 당대 문학의 관심사가 조금씩 바뀐 것 같다. 1980년대 초에 중국 교육부가 대학의 중문학과 현당대 문학의 교과 과정 개설에 있어서 현대 문학은 '중국 현대 문학사', 당대 문학은 '중국 당대 문학'이라는 '차별 대우' 정책을 채택한 것으로 기억한다. 여기에 포함된 내용은 두 가지 측면이 있는데, 하나는 '당대 문학'이 아직 '역사적' 기술 범위에 들어가지 않고, 이에 대한 '정전화正典化' 작업이 너무 이르다는 것이다. 다른 하나는 '중국 당대 문학'이 역사적 고증과 현상에 대한 연구 및 비평적 측면도 겸비하고 있다는 점이다. 내 기억 속에는 1980년대와 1990년대 초반에도 학교의 교수들과 학생들은 대부분 문학의 현 상황에 대해 큰 관심을 기울였다. 그들이 쓴 글과 제출한 논문들은 대부분 현재의 문학 현상과 관련이 있다. 당시에는 당대 문학의 '역사'에 대해 관심을 갖는 사람이 많지 않았고, 논의가 되더라도 현실적 문제를 해결하는 배경 요인에 불과하였다. 그러나 최근 몇 년 동안 상황은 달라졌다. '17년'과 '문화 대혁명'의 문학에 관한 학술회의가 열렸고, 일부 간행물에는 특별 칼럼이 생겼으며 일부 논저와 총서는 이미 출판되었거나 계획 중에 있다. 그리고 학교에서는 '역사'라는 주제가 쏟아졌다. 「홍기보紅旗譜」, 「임해설원林海雪原」, 「청춘의 노래青春之歌」, 자오수리趙樹理, 《수확收穫》, 《문예보文藝報》, '혁명 역사 소설', '홍색紅色소설', 홍위병紅衛兵의 시, 모범극樣板戲에서 옌안延安의 문학 운동, 앙가극秧歌劇 등에 이르기까지 모두 '핫 이슈'가 되었다. 나는 지난 2년간 학생들이 현 상황에 대한 비판과 연구에 관한 논문을 쓰게 하였고, 1980년대 당대 문학의 '역사'를 연구하기 위해 학생들을 다방면으로 지도하는 것도 마찬가지로 쉽지 않은 일이었다. 대략적으로 생각해 보면 세상의 변화와 기복에 그저 감회가 새로울 뿐이다. 이는 요 몇 년 동안 부진했던 문학이 더 이상 우리의 관심을 끌지 못해서인가? 아니면 변화무쌍하고 복잡한 현실 앞에서 우리가 둔감해진 탓에 현실에 대한 관심은 물론 이를 대처할 능력을 상실한 것인가?

물론, 당대의 '역사'에 주목하는 것이 그릇된 것은 아니다. 소위 당대의 역사란 보통 20세기 1950년대에서 1970년대, 즉 '17'년에 문화대혁명을 더한 30년을 가리킨다. 이 역사를 대할 때 일반적으로 두 가지 상반되고, 때로는 혼합된 입장이 존재한다. 다이진화戴錦華 교수가 말했듯이 '여러 가지 이탈된 이론에 의해 절단된 첫 30년은 특정 '금지구역'과 버려진 아이棄兒가 되어 다양한 '은유'와 '수사' 사이에서 그 의미가 확장되고, 여러 가지 '공식적인 진술'과 침묵 사이에서 사라졌다. 그 결과 당대사는 끊임없이 인용되고 우회되는, 큰 소음 속에서 극도로 침묵하는 시대가 되었다.[1] 그러나 오늘날 상황은 다소 바뀌었다. 우리는 다양한 '은유'와 '수사'에 대해 경계할 수 있게 되었을 뿐만 아니라 '침묵'에 대해 반성하기 시작했고, 보다 '차분하고' 합리적인 방식으로 '당대사' 연구에 직면할 수 있게 되었다. 어쨌든 이것은 '진보'로 간주되어야 할 것이다.

처음 30년 동안의 '당대사'가 우리의 '시야'에 들어올 수 있었던 것은 물론 여러 가지 이유가 있다. 오늘날의 '학술' 연구는 더 이상 빈약한 직업이 아니라 대중문화와 유사한 논리를 가지고 있으며, '유행'이라는 문제를 포함하고 있다. 유행이란 변화무쌍함을 의미하며 오랫동안 지속되기는 어렵다. 게다가 '현대 문학'과 '신시기 문학'이라는 화두는 이미 충분히 언급되었지만 확대될 수 있는 공간이 극히 제한적이다(아마 그렇지 않을 수도 있다). 이렇듯 충분히 개간되지 않은 '황무지'를 찾는 것은 당연하다. 또 다른 이유는 최근 몇 년 동안 이 시기 문학에 대해 '효과적으로' 이야기할 수 있는 '지적인 준비'가 되어 있는 것이다. '구미 사상계의 근 30년 간 '현대화' 이론과 '현대성'의 서사에 대한 심도 있는 반성'이 중국 지식계에 전파되면서 현대성'의 모순과 분열, 역설에 대해 논의하기 시작하였는데, 이는 다른 한 편으로 '중국 문학의 현대성을 이해하기 위한 하나의 열쇠'[2]라 할 수 있다. '중국의 역사 발견'[3]에 대한 노력의 결과로 현대 문학에서는 떠들썩하고 매력

1 다이진화戴錦華 「당대사를 마주하다面對當代史」, 《당대작가평론當代作家評論》 2000, 3호.

2 쾅신니엔曠新年 「현대 문학의 현대성現代文學之現代性」, 『현대 문학과 현대성現代文學與現代性』을 참조, 상하이원동출판사上海遠東出版社, 1998.

3 [미국] 커원柯文 『중국의 역사 발견 : 미국에서 중국 중심관의 대두在中國發現歷史——中國中心觀在美國的興起』, 린동치林同奇 번역, 중화서국中華書局, 1989.

적인 '만청晩清 문학'의 현대성[4]과 옌안延安에서 당대로 이어지는 '반현대적인 현대성'이라는 '문화에 대한 선봉적인 운동'[5]이 일어났다. 그리하여 1980년대에 기술된 중국 현대 문학의 '정체성'[6]에는 분열이 일어났다. 사람들은 '중심과 주변, 주류와 역류, 진보와 반동이라는 이분법적 대립만으로는 중국 현대 문학을 정착시키기 어렵다'는 사실을 깨닫게 되었다.[7] 이러한 '정체성'의 훼손과 붕괴는 '통속 문학'에 대한 조예가 더욱 깊어지게 했을 뿐만 아니라 20세기 '고대의 격률시'가 '현대적인' 문학의 범주에 진입할 수 있게 하였다. 또한, 1950년대부터 1970년대까지의 문학을 '소환'하는데 있어서 유용한 이론적 근거를 제시하였다. 그것은 이데올로기적('정치적 도구', '이데올로기적 선전')이고 문학적('비문학적')이라는 이유로 낙인 찍혀 경멸과 추방을 당하기도 하였다.

오늘날 '당대'의 혁명 문학과 20세기 '좌익 문학'[8]의 흐름에 대한 재

4 왕더웨이王德威「억압된 현대성 : 청나라 말기가 없이 어떻게 '오사' 운동이 일어날 수 있겠는가?被壓抑的現代性——沒有晩清, 何來"五四"?」, 『중국을 상상하는 방법想象中國的方法』, 베이징: 삼련서점三聯書店, 1998.

5 탕샤오빙唐小兵 「〈재해독〉 소개: 우리는 어떻게 역사를 상상할 것인가《在解讀》代導言 : 我們怎樣想像歷史」, 『재해독再解讀』, 홍콩 : 옥스퍼드대학출판사, 1993.

6 황즈핑黃子平, 천핑위엔陳平原, 첸리췬錢理群은 '20세기 중국 문학'의 개념을 제시하였고, 천쓰허陳思和는 '중국 신문학新文學의 총체적 관점'을 제시했다.

7 쾅신니엔曠新年 「현대 문학의 현대성現代文學之現代性」

8 나는 『중국 당대 문학사中國當代文學史』(베이징대학출판사北京大學出版社, 1999)와 일부 글에서 '좌익 문학'이라는 개념을 사용하여 현대 중국의 통일된 특성을 지닌 문학 사조와 창작 성과를 요약하였다. 이런 방법은 일부 학자들에 의해 비판을 받았다. 그들은 중국 현대 문학의 연구 분야에서 '좌익 문학'이라는 개념은 1930년대 초반 중국 좌익 작가 연맹 시대의 혁명 문학을 지칭하는 특정한 의미를 가지고 있으며, 이는 이미 학계에서 공감대를 이루어 이것을 일반화해서는 안 된다는 것이다. 물론 이러한 비평은 일리가 있다. 그러나 나는 아직 더 적절

조명도 실제 사회 문제에 대한 불안감을 내포하고 있다. 1980년대 '문학 자체로의 회귀'를 주장하거나 동조했던 학자들이 1990년대에 들어서 '인문학의 정신'적 쇠퇴에 대해 진정으로 우려를 표명한 것이 이와 관련된 최초의 신호탄이었다. 이후 작가들에게 현실에 대한 관심을 호소하였고, '프롤레타리아 성향이 충만한 글쓰기'[9]를 제안하였으며, 비판적이고 활력 있는 문학의 창조와 '비판적 예술이 그 활력의 장을 열 을 수 있을 것이라는 기대를 갖게 하였다.[10] 비판적 예술, 즉 '세상을 바라보는 유일한 방법으로서 합리화'에 대해 의문을 제기하는 예술은 '텍스트에서 텍스트로의 폐쇄적 순환'이 아니라 오히려 작가 자신과 세상을 변화시키는 이중적 실천'에 관한 예술이라 할 수 있다. 20세기 중국에서 이런 '예술'은 '좌익'의 성향과 색채를 띠는 경우가 많다. 따라서 오늘날 이 시기 문학의 '역사'에 대한 재검토는 단순히 나르시시즘적 '추억'이 아니라 현실적인 문제를 고민하는 출발점이었다. 이러한 탐색과 고찰은 당연히 이 문학이 그 과정에서 범한 과오, 자기 손해와 당대의 '소외된 현상'을 포함하고 있다.

최근 몇 년 동안 당대 문학 연구의 또 다른 변화는 '당대사'를 효과적으로 해석하고, '당대 문학의 연구'를 일종의 '학문'으로 전환하여 가능한 빨리 '학과의 체제'로 진입할 수 있게 한 것이며, 이에 대한 연

한 요약 방법을 찾지 못했기 때문에 당분간은 이러한 논리를 사용할 수밖에 없다.

9 멍판화孟繁華는 그의 논문에서 이 관점을 제시하였다. 아마도 우리는 개념상의 엄격함이 아니라 표현된 감정과 의도에서 긍정적인 의미를 찾고 이해해야 할 것이다.

10 한위하이韓毓海 「자본주의 세계화 시대에 중국 당대 문학의 위상中國當代文學在資本全球化時代的地位」, 『지식의 전술 연구 : 당대 사회의 키워드知識的戰術研究 : 當代社會關鍵詞』, 중앙편역출판사中央編譯出版社, 2002 참조.

구자의 태도와 방법도 크게 조정되었다. 특히, '비평'과 '연구'의 경계가 강조되었고, 많은 연구자들이 즉흥적이고 감각적으로 문제를 처리하는 태도와 거리를 두려고 노력하였다. 1990년대에 들어 우리가 즐겨 들은 것은 '역사적 상황으로의 회귀', '역사를 접하다', '역사를 역사화하다'와 미셸 푸코Michel Foucault의 '역사적 맥락을 복원하는 '지식의 고고학', 천인커陳寅恪의 '옛 사람의 학설에 대해 이해심과 동정심을 가져야 한다는 것'이며, 대상을 보다 객관적이고 독립적으로 간주하여 대상의 내적 논리를 발견하는 데 중점을 두는 것, 강한 도덕적 판단의 가미와 연구 방향에 대한 지배를 피하는 것, 개념과 현상에 대한 고정되고 본질적인 이해를 역사의 구조물을 보는 것으로 전환하는 것이다… 당대 문학의 역사에서 이러한 방법론적 변화는 '외부 연구'에서 '내부 연구'로의 편중, 또는 '계몽주의'에서 '역사주의'로의 편향을 드러낸 것이라 할 수 있다.

일부 학자들은 다재다능한 사람들이 충만한 시대에서 전문가가 중심이 된 시대로 접어든 뒤에도 문학가(문학 연구자 포함)가 여전히 '특권'을 유지하고 있다고 지적하였다. 그들이 '남의 일에 함부로 말참견하는 것은 실로 자신들도 '어찌할 방법이 없음'[11]을 표명하는 것이며 사실이 그렇다. 그러나 당대 중국에서 더욱 보편적인 현상은 누구나 문학과 문학 연구에 '무분별하게 참견'할 수 있다는 것이다. 한 때 나와 시에멘謝冕 교수는 중앙방송통신대학교中央廣播電視大學 당대 문학 학과를 지도하는 구성원 중 하나로 교재 검토 회의에 참여하였는데 회계학, 마케팅, 근대사 등의 전공 분야에 대해서도 함께 검토하게 되었

11 쑨거孫歌 「역사 속으로 들어가는 순간을 포착하라把握進入歷史的瞬間」, 『학술사상평론學術思想評論』2집, 랴오닝대학출판사遼寧大學出版社, 1997.

다. 토론하는 동안 시에멘 교수와 나는 당연히 상대방의 의견에 귀를 기울이고, 그저 듣기만 하면 되는 자리였다. 마지막으로 당대 문학사를 논할 차례가 되었는데, 우리가 미처 입을 열기도 전에 사학자, 회계사, 마케팅학, 통계학 전문가들은 모두 하나같이 '자기들은 문외한이라 그들이 하는 말이 꼭 맞는 말은 아니지만'이라는 서두에 이어 작가에 대한 평가, 작품의 사상성과 예술성, 그리고 이 속에서 발생할 수 있는 사회적 효과 등에 대한 각자의 의견을 피력하였다. 듣고 보니 이에 비해 문학 전공의 교수와 연구자는 가장 학문적이지 않은 것 같다는 생각이 들었다. 특히, 당대 문학 연구자들은 이런 밥벌이꾼들 보다 밑바닥에 있다. 그들이 '어찌할 방법이 없고', '엄밀하지 못하다'고 말하는 것은 다른 학과의 학자들로부터 의심을 받을 뿐만 아니라 고전 문학과 현대 문학을 연구하는 사람들에 의해서도 경시되곤 한다. 이런 부끄러운 상황과 '학문적이지 않다'는 평가에서 벗어나야 한다는 '불안감'이 사실 우리를 더욱 엄밀하고 깊이가 있는 학자로 만들었다.

방법과 태도를 조정하면 분명한 효과가 나타난다. 실제로 당대 문학에 관한 문제와 문학사 연구에서 많은 '새로운 결과'가 나타났다. 적어도 '당대'를 기반으로 한 시각과 연구방식은 1980년대에 확립된 현대의 '정전正典'을 바탕으로 한 시각이나 방법과 대조를 이루어 이 속에서 깊이 있는 대화도 가능케 하였다. 오늘날 '현대 문학'과 '당대 문학'의 경계는 허물어지고, 연구 분야를 발전시키고 확장하는 것은 보편적인 현상이 되었다. 그러나 이는 단순히 분야의 '확장'이 아니며 특정 방법에 관한 차이가 아니라, 경우에 따라서는 시각과 '입장(물론 방법도 포함)의 차이를 보이기도 한다. 이러한 의미에서 '당대 문학은 일부 연구자들의 시야에서 사라졌지만 다른 연구자들에게는 여전히 존재하고 있다. 서로 다른 견해와 입장의 차이, 대립과 상호 침투라는 다양한 가능성은 분명 20세기 중국 문학의 연구에 활력을 불러일으켰다.

최근 몇 년 동안 당대 문학의 연구와 연구자의 심리, 태도라는 관점에서 보면 일부 사람들은 점점 자신감이 떨어지고 모순으로 가득 차 있으며 종종 하고 있는 일에 대해서도 주저하는 경향이 있는 것 같다. 1997년 시에멘謝冕 교수가 조직한 '비평가의 주말批評家週末'에 참가하여 문학 비평과 연구 현황 및 문제점에 대해 논의한 기억이 난다. 당시 나는 '모순의 그물'에 갇힌 곤혹스러움을 언급하며 중국어에 맞지 않는 '문제의 비판'이라는 용어를 사용하였다. 훗날 당대 문학사를 쓸 때 이런 감정은 더욱 날카로워졌다. 1999년 봄, 첸리췬錢理群 교수는 나에게 그의 글 한 편을 보여주었고, 나는 종이쪽지에 이러한 의심과 당혹감에 대해 적었다. 첸리췬 교수는 돈키호테와 햄릿의 '동쪽으로의 이동'을 다룬 「풍부한 고통豐富的痛苦」이라는 글을 썼다. 그는 두 인물 모두 동정심이 있다고 하였지만 내 생각에는 이상주의, 낭만적인 열정, 단호함, 명확한 목표 등 돈키호테적 요소가 더 많이 담겨 있는 것 같다. 따라서 당시 '잠재 의식'이라는 관점에서 이 단어를 쓴 것은 아마도 그가 내게 조언해 주기를 진심으로 바랐던 절절한 심정과도 같다. 나는 이 글들을 따로 남기지 않았지만 언젠가 다시 보니 첸리췬 교수의 글에 인용되어 있었다. 그 중 '미적 평가까지 포함하여 우리가 이를 얼마나 방치할 수 있겠는가? 아니면 역사를 '읽는' 이 '가치중립적인' 방식으로 우리의 모든 문제를 해결할 수 있을까? '다양한 문학의 존재와 그것에 대한 선택과 평가는 별개의 일이다. 그리고 우리가 이를 평가하는 기준은 무엇인지, 여기에는 옳고 그름, 높고 낮음, 거칠고 세밀함 등의 차이가 존재하는가? 단순한 문학사가 아니라 하나의 정제된 문학사로서 우리가 '역사'에 담을 만한 근거는 무엇인가?' '신성화되고 본질적인 서사를 끊임없이 탐구하고 뒤집을 때도 자신의 질문과 서술을 '본질화'하고 '신성화하는 것을 경계해야 하는가?' 그리고 이 '모든 서술은 동등한가? 우리는 모든 서술에 의문을 제기해야 하는가?… 모든 서술에 역사적 한계가 있다는 판단 하에, 우리는 냉소주의로 나아가 도덕적 책임을 상실하고 역사적 책임을 회피할 것인가?… '[12] 등이다(지금 이 구절을 다시 읽어보니 그런 문제들이 여전히 존재하지만, 일련의 대조적인 질문을 사용하는 것을 포함하여 그것에 대해 이야기하는 방식에는 당시 내가 미처 깨닫지 못한 '억지스러운' 부분이 있다). 마침 첸리췬錢理群 교수의 의견을 듣고 싶었을 때, 그도 '이 부분은 잘 모르겠다'고 하였다. 또 다른 글에서 그는 1980년대에는 자신만만하고 거리낌이 없으며 정치적 태도가 분명했지만 지금은 머리 속에 '문제'와 '의혹'으로 가득 차 있다고 말했다' … 나는 내가 무엇을 '원하는지, 무엇을 추구하는지, 무엇에 대해 동조하는지 말할 수 없다. 솔직히 말하자면, 나는 나만의 철학과 역사적 관점도, 나만의 문학적 관점과 문학사적 관점도 없다. 따라서 나는 적어도 단기간에 20세기 중국 문학에 대한 나 자신의 고정적이고 이를 설명할 수 있는 전반적인 이해와 판단을 섣불리 내릴 수 없으며, 내 자신의 가치관과 이상은 늘 혼돈에 빠져 있다. 마치 필사적으로 앞을 향해 나아가던 돈키호테도 머뭇거리며 모순으로 가득 찬 모양새다. 그러나 첸리췬 교수는 '우리가 모든 것이 명확해질 때까지 기다렸다가 연구하고 글을 쓸 수는 없으며 이것은 끊임없는 고민과 탐구, 질문의 과정'이라고 말했다.[13] 그는 이러한 끊임없는 자아 성찰을 지식인의 자질이자 필연적인 조우遭遇로 이해하였다. 이런 혼란과 모순이 '학문적' 범위로 국

12 첸리췬錢理群 「홍쯔청의 〈중국 당대 문학사〉를 읽은 후讀洪子誠《中國當代文學史》後」, 《문학평론文學評論》, 2000, 1호.

13 첸리췬錢理群 「모순과 곤혹 속에서 글쓰기矛盾與困惑中的寫作」, 《문학평론文學評論》1999, 1호.

한된다면 다음과 같을 수 있다. '문학'의 경계와 특징적인 역사의 흐름을 깨달은 후, 오늘날 다시 문학의 경계를 확립하는 것이 필요하지 않을까? 그것은 가능한 일인가? 대상의 '내적 논리'를 이해하려고 애쓰면서 '계몽주의적' 판단과 도덕적 판단을 억누르면 대상에 '동화'되어 필요한 비판적 능력을 상실하는 것은 아닐까? 문학 연구자들이 '이론이 없고', '방법이 없다'라는 비난을 피하고, 엄격한 과학적인 방법에 기대는 것은 문학의 '직관적인' 방식으로 세상을 발견하는 신선함과 독특한 힘을 포기하는 것을 의미하는 것은 아닐까? 즉, 문학의 다양한 현상과 텍스트를 완전히 사상사와 역사 연구의 방식으로 다루어야만 하는가? '지식'과 '방법'을 찾기 위한 우리의 노력은 마침내 학문적 시스템에 의해 받아들여질 수 있으며 이 때, 자기 쇄신과 성찰에 대한 요구도 굳어지지 않을까?

몇 년 전, 타케우찌 요시미竹內好와 마루야마 마사오丸山真男에 관한 쑨거孫歌의 글을 읽고 감명을 받은 구절이 있다. 그녀는 '위기감이 없는 사회에서 문학이 갖고 있는 방식은 지식보다 사상의 평범함을 더 쉽게 드러낼 수 있고', 지식은 여전히 그 근원적인 '첫 번째 텍스트'의 부족함을 감출 수 있는 반면, 문학가는 '빈 손으로 문제 의식의 빈약함과 얄팍함을 드러낼 가능성이 가장 높다'고 하였다.[14] 근본적으로 나의 모순과 우유부단함은 이 부분에 대한 이해와 관련이 있다.

《남방문단南方文壇》, 난닝南寧, 2002년 4호에 게재

14 첸리췬錢理群 「홍쯔청의 〈중국 당대 문학사〉를 읽은 후讀洪子誠《中國當代文學史》後」, 《문학평론文學評論》, 2000, 1호.

당대當代 문학사 연구에서 사료史料의 문제

문학적 가치와 문학사적 가치[1]

첸원량錢文亮(이하 첸) 홍 선생님, 최근 창장 문예출판사長江文藝出版社에서 교수님이 편찬하신 『중국 당대 문학사中國當代文學史』의 『작품선作品選』과 『사료선史料選』을 출판하였는데, 동종의 다른 선집과 비교해 보면 구체적인 내용의 변화가 유독 눈에 띄는 것 같습니다. 예를 들어, 홍 선생님은 보고 문학報告文學을 한 편도 선택하지 않으셨고, 1980년대와 1990년대의 잡문雜文도 선택하지 않았지만 시가 차지하는 지면이 크게 확대되었습니다. 특히, '바이양뎬白洋淀 시 그룹'의 둬둬多多와 망커芒克, 그리고 이와 비교적 가까운 시인인 바이화白樺, 왕지아신王家新과 장자오張棗 등이 모두 포함되었습니다. 소설 부문에서는 리핑禮平의 「저녁 노을이 질 무렵晩

1 이것은 첸원량錢文亮과의 대화이다. 당시 첸원량은 베이징대학교에서 당대 문학을 전공하는 박사생이었고, 현재 상하이 사범대학 중문학과에서 근무하고 있다.

霞消失的時候」, 왕숴王朔의 「동물은 사납다動物兇猛」, 왕샤오보王小波의 「황금 시대黃金時代」 등이 포함되었고, 또한, '8개의 모범극樣板戲' 중 「홍등기紅燈記」와 「사가빈沙家濱」도 선택되었습니다. 이전에 대부분의 선집에 선정되지 않은 작품도 많은데, 그 중 일부는 여전히 문학사에서 논란이 되고 있습니다. 물론, 홍 선생님께서는 '편찬에 관한 설명'에서 이 책은 『중국 당대 문학사中國當代文學史』의 보조 독본讀本이며 선정된 작품은 주로 '문학성'을 기준으로 삼았고, 문학의 사상적 가치(혹은 문학사적 가치)도 적절히 반영한 것이라고 하였습니다. 그럼에도 불구하고 이미 말씀하신 것처럼 당대 문학의 수많은 작품과 소재, 현상에 대해 그것들을 어떻게 식별하고 선택하며 다룰 것인가는 신중한 고민이 필요한 문제라고 생각합니다.

홍쯔청洪子誠(이하 홍) 당대 문학사에 관한 연구는 오랫동안 진행되어 왔으며 많은 학자들이 이에 대해 깊은 노력을 기울였습니다. 어느 정도 안정성이 있는 사료史料나 선별된 작품도 마찬가지인데, 이를 번복해서는 안 될 것이며 물론 그렇게 할 수도 없습니다. 무엇을 선택하고, 선택하지 말아야 하는지, 때로는 매우 구체적이고 현실적으로 고려해야 할 사항들이 있습니다. 예를 들어, 그 용량의 문제인데, 가르치는 책이기 때문에 너무 두껍지 않아야 합니다. 그렇지 않으면 학생들이 에너지와 금전적인 면을 모두 감당하기 어려울 것입니다. '보고 문학報告文學'은 중요하지 않지만 길이가 매우 길고 관련된 내용은 또한 시효성이 매우 강합니다. 이 책은 특히 1980년대와 1990년대의 시에 비중을 좀 더 두었는데, 이는 최근 몇 년간 문학계에서 시를 냉정하게 취급했다는 느낌을 받았기 때문이고, 이 상황이 부당하다고 여겨 나의 개인적인 견해를 피력하고 싶었습니다. 당대 문학 작품집을 편찬할 때 많은 모순과 문제에 직면하게 되는데, 그 작품의 문학적 가치와 문학사적 가치의 관계를 어떻게 다루어야 하는지는 매우 골치 아픈 문제 중 하나입니다. 그들 중 일부는 통일되거나 상대적으로 일관성이 있으며 때로는 차이가 있고 통일적이지 않습니다. 여기에서 선정된 '작품'이 독립된 문학 텍스트의 성격을 갖고 있는지, 아니면 문학사의 '사료'로서 더 많은 가치를 갖고 있는지는 차이가 있습니다. 내가 편찬한 선집은 이 두 가지 측면을 모두 고려한 것으로 이러한 '조합'은 분명 모순이 생길 수밖에 없고, 어딘가 어울리지 않는 부분이 있을 것입니다.

첸 현재 일부 선집은 매우 혼란스럽고 자신만의 잣대가 없습니다. 예를 들어, 일부는 여전히 「반주임班主任」, 「치아오공장장 부임기喬廠長上任記」 등을 선택하고 있으며, 시는 여전히 궈모러郭沫若의 「낙타駱駝」, 허징즈賀敬之의 「옌안으로 돌아가다回延安」, 「삼문협: 화장대三門峽——梳妝台」와 대약진大躍進시기의 「신민요新民歌」, 그리고 「톈안먼시초天安門詩抄」를 선택하고 있습니다. 한 마디로, 당시 센세이션을 일으켰던 작품은 모두 선택되었다고 해도 과언이 아닙니다. 따라서 홍 선생님께서는 '당대 문학 작품선'이 아닌 『중국 당대 문학사中國當代文學史』의 작품집과 사료집이라고 특별히 명시하여 사람들에게 '화룡점정畫龍點睛'이라는 느낌을 주었는데, 이는 홍 선생님의 판단을 정확히 반영하여 많은 다른 선집과 구별되었습니다. 이 점은 선정된 시가와 잡문雜文에서 특히 뚜렷하게 나타나고 있습니다.

홍 1950년대와 1960년대의 잡문을 선택하였지만 1980년대 이후의 작품은 선택하지 않았습니다. 잡문은 1950년대와 1960년대에 특수한 장르였기 때문에 특정 시기에는 중요한 표현 방식이었습니다. 1980년대 이후에는 표현의 기회가 확대되고 전달 가능성이 높아지면서 그 위상과 중요성이 크게 달라졌고, 그것이 예술 양식의 축적과 혁신에도 크게 기여하지 못했습니다. 물론 지면이 허락한다면 이를 적당히 고를 수도 있겠지만 말입니다.

첸 방금 말씀하신 '모순'은 '문학성'의 기준 자체에서 무언가 통일되지 않은 점이 있다는 것이 아니라 작품을 선택할 때 '문학성'(문학적 가치)과 문학사적 가치라는 두 기준 사이에서 곤혹스러움을 말씀하시는 것 같습니다. 문학사의 기준에 근거해야 하고, 장즈중張志忠 교수의 진술에 따르면, 실제로 고려되는 것은 문학의 역사적 효과라고 할 수 있습니다.

홍 물론 '역사적 효과'와도 관련이 있지만 다른 요인도 있습니다. 당시 문학 사조에서 작품의 위상, 발표된 시기 및 출판된 당시의 상황과 그 후에 끼친 영향 등을 모두 포함하고 있습니다. 이런 영향에는 복잡한 측면이 존재하기도 합니다.

첸 어떤 작가나 작품이 문학사적 가치가 있다는 것은 대체로 그(그것)가 어떤 문학 사조를 대표하는 선구자이거나 대표적인 지위를 갖고 있다는 것을 의미합니다.

홍 지금 우리가 당대 문학사와 문화사를 연구할 때, 여기에 활용되는 모든 자료가 매우 중요합니다. 앞서 언급한 대약진大躍進의 민요를 포함하여 「반주임班主任」, 「치아오공장장 부임기喬廠長上任記」 등은 당시에 큰 영향을 미쳤으며, 문학의 흐름에서도 '선봉작'이라고 할 수 있습니다. 그러나 '17년'과 '문화 대혁명' 기간을 포함한 작품이 많아 이를 다루기는 쉽지 않습니다. 일부 작가와 작품들은 현재의 평가에 있어서 큰 격차가 있습니다. 1950년대 궈샤오촨郭小川의 서사시를 높이 평가하는 사람들도 있었는데, 이 서사시들은 당시와는 다른 사상과 시각, 감정적 함의를 제공하였습니다. 당대에 적대적이거나 차별적인(당시 주류에 비해) 사상, 감정, 표현 방식을 탐구하는 것은 매우 중요합니다. 그러나 한 시대를 풍미한 시의 '풍격'('정치적 서정시')을 확립하는 데 있어서는 그의 다른 작품들이 더 주목할 만합니다.

첸 더 나은 해결 방법이 있을까요? 일부 작품들과 문학사에 관한 저서는 빼놓을 수 없는데, 예를 들어 시인의 경우 그의 가장 유명한 작품이 꼭 그의 최고의 작품이 아닐 수도 있지만, 이러한 '성공작'(또는 대표작)은 문학사에 관한 저서에서 반드시 언급되어야 할 것입니다. 작품을 편찬할 때 다른 것을 선택할 수도 있는데, 즉 작가 개인이 오랜 시간 예술적 실천과 자기 연마를 거쳐 쓴 문학적 가치가 높은 작품은 출판되었을 때 오히려 큰 영향을 미치지 않을 수도 있습니다.

홍 이것은 사실 첸 선생님 개인이 문학사와 작품 선정에 있어서 무엇을 해결하고, 무엇을 부각시킬 것인가에 관한 문제입니다. 물론 다른 문학사와 작품에 대한 다양한 선택이 있어야 합니다. 문학(문화)적 사조의 변화와 장르의 진화에 주목해야 하는지, 정신적 갈등에 주목해야 하는지, 아니면 작가와 작품의 독창성에 더 주목해야 하는지, 이 초점의 차이는 문학사의 서로 다른 서술 방식과 작가 작품의 선택 기준을 결정합니다. 말씀하신 '문학성'을 바탕으로 한 문학사와 작품 선정은 시대적으로 매우 가까운 당대 문학을 다룰 때 어려움이 따르기도 합니다. 그 예술적 수준을 판단하는 것이 쉽지 않을 뿐만 아니라, 더 중요한 것은 '현대인'이 다루어야 할 문제와 현상(예술적 관점에서 볼 때 부진할 수도 있음)이 존재한다는 것입니다. 따라서 저는 시의적절한 문학의 현상을 다룰 때는 상대적으로 잣대를 완화하는 것이 더 유리하다고 생각합니다.

첸 문학사는 문학성만 존중한다면 한계가 있을 것이고, 그럴 가능성도 희박합니다. 미셸 푸코Michel Foucault 이후에는 누구의 문학성이 어떤 기준에서 비롯되었는지에 대한 의문이 제기되었습니다.

홍 첸 선생님의 주장은 일리가 있지만 물론 절대적일 수는 없습니다. 이것은 보편성과 특수성이 걸린 문제입니다. 나는 여전히 어떤 공통된 경험이 존재한다고 믿습니다. 오늘날에도 이견, 차이, 분열이 우리가 현상에 대해 더 쉽게 느끼고 다가갈 수 있는 것들입니다.

첸 1980년대에서 1990년대 이후, 사람들은 아마도 현대주의의 문학적 기준에서 '문학성'을 더 많이 판단했을 것입니다. 반항적이고 허구적인 것들은 '새롭고' '독창적인 것'으로 간주되기 쉽고, '문학성'이 강하고 문학사가文學史家들에게 중시되어 받아들여지기 쉽습니다. 앞으로는 포스트모더니즘과 그 속에서 해체되고 조롱받는 것들이 더 선호될지도 모르겠습니다.

홍 분명 변화가 있을 것입니다. 어떤 시와 소설이 좋은 것인가요? 고시古詩와 신시新詩의 기준이 완전히 같을까요? 신시의 시인과 장르가 다르더라도 신시에 대한 '상상력'은 제각각 입니다. 같은 시인과 비평가도 시대에 따라 변합니다. 1940년대 후반 펑즈馮至와 주즈칭朱自清은 모두 시를 선동하고 낭송하면서 '집단적' 감정과 의지를 표현하는 시를 강조하였습니다. 이것은 『십사행집十四行集』을 쓸 때의 펑즈가 시에 대해 생각했던 것과는 많이 다릅니다. 문학사의 작업은 이러한 변화를 정리하고 드러내는 것, 안정된 것과 변화하는 것 사이의 복잡한 관계를 밝히는 것을 포함한다고 생각합니다. 따라서 문학적 가치 기준의 형성은 지속적인 축적과 변화, 논쟁의 과정이기도 합니다. 우리는 기존의 예술적 경험과 이러한 경험에 대한 '반항'(혁신) 관계를 다룰 때 분명히 난관에 직면하게 될 것입니다. 그러나 절대적인 안정성도 절대적인 새로움도 개별적인 잣대가 되어서는 안 될 것입니다. 게다가 문학사의 집필은 결코 '순수한' 것이 아닙니다. 역사이기 때문에 작가들의 작품을 찾아 하나하나 분석하고 평가하는 것만으로는 부족합니다. 문학사를 쓰려면 작가와 작가 사이, 작품과 작품 사이에 연관성이 있다는 전제를 인정해야 합니다. 이러한 연계를 부인한다면 문학사가 더 이상 필요하지 않을 것입니다. 새로운 비판은 텍스트의 독립성과 자족성自足性을 고수하는 경향이 있는데, 이런 경우에는 문학사가 발전할 수 없습니다.

첸 작품의 선택이 아닌 문학사의 저서로서 여기에 언급된 작품 중 일부는 반드시 문학적 수준이 높은 것은 아니지만 비교 분석이 필요하며 이를 다룰 때 전반적인 예술적 맥락을 고려해야 한다고 생각합니다. 작품은 문학사를 다룬 후에 선택해야 하는데, 그 이유는 역사적 분석을 통해서만 어떤 작품이 정말 좋은 것인지 알 수 있으며 그 당시뿐만 아니라 오랫동안 지속된 예술적 매력, 예술적 혁신과 공헌에 대해 파악할 수 있기 때문에 이 작품들을 선정할 수 있습니다. 이 책의 의의는 문학사적 가치와 문학적 가치를 기본적으로 구별한다는 사실에 있습니다. 적어도 저는 이 문제에 대해 생각하고 있는데, 역사에 대한 배려가 있어야 합니다. 문학사에 대한 홍 선생님의 생각에 따르면, 그것은 실제로 문학성을 기반으로 하며 이에 관한 역사적 안목도 갖고 있습니다. 과거 당대 문학사는 개인적이고 독립적인 색채가 뚜렷하지 않고, 작품 선택에 반영이 되어도 대동소이大同小異하여 전체적인 틀에는 변화가 없었습니다. 이번 선집은 이런 점에서 상당히 다르다고 할 수 있으며 당대 문학의 전반적인 발전 과정에서 예술적 축적에 대한 홍 선생님의 성찰을 충분히 드러냈다고 생각합니다.

홍 첸 선생님의 분석이 타당한지는 모르겠습니다. 이 선본選本은 자연스럽게 나의 개인적인 생각을 어느 정도 담고 있겠지만 과거 선본과의 차이를 과장하고 싶지는 않습니다. 앞서 말했듯이, 특히 시대적으로 가까운 당대 문학사를 집필하는 것은 대체로 탐색적이고 탐구적인 성격을 띠고 있습니다. 우리가 여러 차례 언급한 '문학성'에 대해 말하자면, 천쓰허陳思和 교수가 쓴 당대 문학사, 그와 리핑李平이 공동 편찬한 작품선도 이러한 측면을 강조합니다. 그러나 당대에는 이 문제에 대한 이해가 때때로 '비주류'의 정치적, 사상적 '대결'이라는 의미로 편향되었고, 이는 '문학적 가치'가 높다는 징표로 간주됩니다. 나도 종종 이런 생각을 하곤 합니다.

첸 문학성은 예술적 형식의 축적과 예술적 경험의 기여에 있어서도 정치적 또는 문화적 대립이라는 의미에 지나치게 치우쳐서는 안 될 것입니다. 오늘날 30대 이상의 사람들은 모두 '문화 대혁명'에 대한 '기억'을 가지고 있으며 주류 정치에 대한 본능적인 거부감이 있고, 모두 문학성과 '미적 계몽'을 강조하며 미학이 곁든 현대성에 대한 강한 호소력을 가지고 있습니다. 1980년대에는 미학에 대한 붐이 일었지만 그것 자체가 정치를 포함하지 않는다는 것은 아닙니다.

홍 우리는 특정 시대의 틀 안에서 문학에 대한 관념을 형성하고 있습니다. 내 개인의 경우, '17년'에서는 정치, 현실 사회와 밀접한 관련이 있는 작품이 좋고 아름답다고 생각한다면, 1980년대에는 이와 반대로 사회적, 정치적으로 소외된 작품들을 추천했을 것입니다. 이는 개념과 기준에서 근본적인 변화가 일어난 것 같지만 사실은 여전히 이 개념의 틀 안에서 움직이고 있다고 해야 할 것입니다. 물론, '17'년과 '문화 대혁명'에 관한 문학은 경계, 경험의 깊이, 언어 등 예술적인 측면에서 많은 한계를 가지고 있습니다.

첸 예술은 지식의 구조, 인문적 시야, 세계관, 예술적 수양을 모두 포괄한 종합적인 정신의 결정체입니다. '17'년 문학은 폐쇄적이고, 식물학적 용어를 빌리자면 단성번식單性繁殖이라는 점이 매우 치명적입니다. 그러나 중국인의 집단적인 심리로서 한 세대의 정신적 생활과 사상을 기록하고, 급진적인 사조로서 향후에도 사라지지 않을 것이며, 시대에 따라 다른 방식으로 표현되어 자신의 역사를 구성할 것입니다. 이런 상황은 문학사의 서술에서도 나타나지만 작품 선택에서는 나타나지 않을 수도 있습니다.

홍 문학은 그림과 다를 수 있습니다. 나는 20세기 중국 문학대전中國文學大典과 같은 거대한 그림책을 훑어보았는데, 그 안에는 '문화 대혁명' 시기의 선전 포스터, 노동자, 농민, 홍위병 등이 포함되어 있었습니다. 이것은 훗날 Political Pop을 모방한 것이 아닙니다. 이런 종류의 선정 기준은 문학 선집의 기준과는 분명히 다릅니다. 이는 예술적 형식과 관련이 있습니까, 아니면 관념과 관련이 있습니까? 1958년 대약진大躍進 시기의 벽화와 후현戶縣의 농민을 그린 그림 등으로 문학 작품을 선택하는 것은 불가능할 것입니다.

첸 문학 작품이 미술 작품과 다른 것은 시각적으로 좌익의 회화가 새로운 지각의 공간을 제공한다는 점입니다. 좌익 문학은 처음에는 반항적인 모습을 보였지만 이후 주류의 목소리를 대변하며 제도화되었습니다. 덧붙여서 같은 제도화의 산물이기도 하지만 이 책에는 '모범극樣板戲'이 포함되어 있어 이를 이해하기 어렵고 다른 선집에서는 감히 시도할 수 없는 일입니다.

홍 유감스럽게도 대담하거나 그렇지 않은 것의 문제는 아닌 것 같습니다. 많은 사람들이 여전히 '모범극'에 대한 악감정과 적개심을 가지고 있으며, 이는 장칭江青과 당시의 정치적 노선, 그리고 일부 지식인에 대한 박해와 연결이 되어 있어 분리될 수 없습니다. 이것은 주로 정치적 판단을 포함하지만 물론 미학적인 측면도 있습니다. 따라서 선택하기 싫다고 해서 감히 하지 말라는 의미는 아닙니다. 그러나 당대에는 피할 수 없는 중요한 문제라고 생각합니다. 일부 '모범극'은 여전히 사용되고 있습니다. 그렇지 않습니까? 전통적인 형식은 줄거리의 구성, 노래의 곡조, 음악, 무대 미술 등을 포함하여 많은 변형을 거쳤습니다. 이제 일부 경극 공연도 '현대화'되고, 로큰롤의 형식으로 변하고 있지만, '문화 대혁명'보다는 훨씬 못하다는 생각이 듭니다. 전통적인 패턴을 유지하면서 그것을 산산조각 내지 않고도 많은 새로운 것들이 추가되었는데, 여기에는 많은 노력과 시도가 있었습니다.

첸 '모범극'의 정수는 민족의 전통적인 예술 형식의 계승이라고 볼 수 있습니다. 예술 형식으로서 일정 수준까지 연마되면 당시의 정치적 맥락과 무관하게 독립되어 심오한 민족의 기억을 일깨울 것입니다. 이를 두고 '기억의 습작'이라고 부르는 사람들도 있습니다. 그것은 그 자체로 민족과 심지어 인류의 오랜 미적 요구와 기대를 충족시킬 것입니다. 우리는 여전히 중국과 서양 시학의 통합을 기대하고 있지 않습니까?

홍 그래서 장칭江青은 전통적인 형식이 현대 정치와 혁명에 어떻게 적응할 수 있는지에 대해 탐구한 문학예술의 혁신가입니다. 설령 그들에 대해 부정적인 태도를 갖는다고 해도 이 중요한 문예 현상에 대한 고찰을 피할 수는 없습니다.

첸 아마도 몇 년 후에는 그것을 경험한 이 세대 사람들뿐만 아니라 미래의 젊은 독자들도 그 안에 흥미로운 점이 있음을 발견하게 될 것입니다. 언어의 가창성, 단어의 색채와 음운의 조화 등은 중국의 전통 예술을 계승하고 변형하였습니다. 일부 작품은 정치에 기여하였지만 예술성도 가지고 있으며 정치적 성향이 강하다고 해서 예술성이 없는 것은 아닙니다. 정치와 밀접한 관련이 있는 사람들은 한동안 배척당할 것이고, 이는 사람들이 자기 방어를 하기 위한 본능이기도 합니다.

작품 연대의 식별과 처리

홍 이번 작품의 선정과 사료史料 선정에서 가장 큰 문제 중 하나는 일부 작품의 연대에 관한 인식에 모순이 있다는 점입니다. '작품의 연대'는 주로 집필된 연대를 가리킵니다. 여기에는 몇 가지 상황이 있는데, 첫째, 1950년대와 1960년대 혹은 '문화 대혁명' 시기에 쓰여진 것으로 표시된 작품들이 1980년대 이후에 발표된 것입니다. 다른 하나는 원고를 서로 교환하여 읽거나 일정한 장소에서 낭독하는 등 '필사본手抄本'과 같이 당시와는 다른 방식으로 '발표'된 적이 있다고 하는 것들입니다. 그러나 이렇게 공개된 '텍스트'는 더 이상 존재하지 않아 조사 대상이 될 수 없습니다. 이러한 작품에 대해서는 작품이 발표되었을 때 글 말미에 명시된 집필 날짜를 기준으로 정하거나 작가 또는 작가의 친인척의 설명에 따라 집필된 연대를 정하는 것이 통상적으로 이루어지는 방식입니다. 예를 들어, 1960년대와 '문화 대혁명' 기간에 류사허流沙河가 쓴 시, 쩡쮜曾卓와 니우한牛漢, 스즈食指의 일부 시, '바이양뎬白洋淀 시 그룹'의 둬둬多多, 망커芒克 등이 '문화 대혁명' 기간에 쓴 작품, 수팅舒婷, 구청顧城, 베이다오北島의 일부 작품, 「두 번 째 악수第二次握手」 등 '필사본'… 이 작품들을 나는 기본적으로 동일하게 다루었습니다. 그러나 이렇게 할 때마다 늘 마음이 편치 않았습니다. 나는 작가의 설명을 의심하지 않지만 역사 연구의 기본적인 요구 차원에서 이 문제를 고려하였습니다. 즉, 역사 연구의 실증적 요구 차원에서 우리는 이를 확증할 방법이 없다는 것입니다. 더욱이 이 작품들이 '영향'을 일으킨 것도 이것이 발표된 1980년대, 즉 1980년대 이후에야 비로소 '문학적 사실'이 되었습니다. 따라서 나는 당대 문학사를 집필할 때 푸레이傅雷의 가서家書를 포함하여 이와 유사한 상황을 다루기 위해 '문학적 화석의 발굴'이라는 한 구절을 인용한 적이 있습니다. 푸레이의 가서는 원래 사적인 것이었고, 1980년대에 문학적으로 큰 영향을 끼쳤습니다. 그러나 결국 내 계획대로 다루어지지 못했는데, 그 이유 중 하나는 최근 책에서 '1950년대부터 1970년대까지 우리는 이 문학의 시대가 단일하고 창백하지 않다는 상상력을 뒷받침 할 '이단'의 목소리를 내고자 하는 욕망이 항상 강했기 때문입니다.'(『문제와 방법問題與方法』, 삼련서점, 2002). 현재는 이 작품들이 선정되었지만 이런 세세한 부분이 잘 다루어지지는 않았습니다. 무단穆旦의 시는 대부분 '문화 대혁명' 말기부터 그것이 끝날 때까지 쓰였는데, 독자들이 이를 본 것은 1980년대였고, 선별된 작품은 여전히 '문화 대혁명'에 놓여 있었습니다…

첸 또 다른 각도에서, 담론과 예술적 풍격이라는 관점에서 보면 무단의 시는 일찍부터 자신만의 스타일을 형성하였으며, 1940년대에는 스스로 자족自足함을 느꼈는데…「가을秋」,「겨울冬」,「봄春」,「여름夏」과 같은 시는 문화 대혁명' 시기에 두어도 낯설지 않으며, 그는 한 마디로 글을 쓸 줄 아는 사람입니다.

홍 지금 이러한 문제는 다루기가 더 복잡해졌습니다. 작가 혹은 음악가는 종종 발표되지 않은 일부 원고를 발견하고, 일반적으로 언제 작성되었는지 확인하기 위해 꼼꼼한 조사를 거칩니다. 무단穆旦의 상황은 그래도 조금 나은 편인데, 작품이 나왔을 때 이미 무단이 세상을 떠났기 때문에 그는 더 이상 이것을 수정할 수 없습니다(물론 다른 사람이 수정하였는지는 정확히 알 수 없지만 그의 시를 편집한 사람은 처음 원고를 기초로 할 것입니다). 한 번은 '문화 대혁명' 기간에 쓴 그의 시가 1980년대에 출판되었을 때 수정이 있었느냐고 한 시인에게 물었더니 당연히 수정되었다고 대답하였습니다. 이러한 문제는 골칫거리가 되었습니다. 수정이 어느 정도까지 이루어졌는지, 그게 몇 글자인지, 개별적인 수정과 조정이 있었는지, 아니면 대폭 수정이 이루어졌는지? 만약 크게 수정되었다면 이를 '문화 대혁명' 기간 중에 쓰여졌다고 말할 수 있는지, 그것을 확인할 방법이 없습니다.

첸 만약 어떤 작품이 1980년대에 놓인다면, 그것의 예술적 수법과 담론 방식은 예술적 독창성은 고사하고 1950년대나 1960년대에 쓰여진 것과 같은 문학사적 의미나 '문화 대혁명'과 같은 의미를 갖지 못할 것입니다.

홍 작품의 집필 시기가 몇 년 빨리 또는 몇 년 늦는 것이 그다지 중요하지 않을 때도 있습니다. 그러나 당대에는 나름대로 복잡한 요소들을 가지고 있습니다. '문화 대혁명' 시기에 쓰였거나 그보다 조금 앞서 쓰여진 작품들은 '문화 대혁명' 이후에 발표되었을 때 특수한 시대적 맥락에서 반항적인 성격을 강조하면서 당시 작가가 도달한 정신적 깊이를 보여주었습니다. 만약 그런 작품이 1980년대에 쓰여졌다면 그 가치와 의미가 약해졌을 것이고, 또 다른 평가를 받았을 것입니다. 린즈林子의 시 「그에게給他」는 1950년대에 쓰여졌으며, 1950년대에 비판을 받았던 낭만주의와 '사랑이 제일' 이라는 사상을 계승하였습니다…

첸 영국의 낭만주의는 페퇴피 산도르Petőfi Sándor, 알렉산드르 푸시킨

Александр Сергеевич Пушкин 등의 표현 방식을 사용하였습니다.

홍 엘리자베스 브라우닝Elizabeth Browning의 서정시의 영향 때문인지 그녀의 작품은 1950년대에 많은 독자를 보유하고 있었습니다.

첸 적어도 린즈의 기질과 서정적 스타일은 1980년대 이전에 이미 몸에 배어 있었다고 생각합니다.

홍 이것은 작품 선정 중에 제대로 다루지 않아 명확하지 않은 부분이 있는데, 이는 당대의 비교적 특수한 현상으로, 과거 작품에서도 그런 경우가 있었는지는 모르겠지만 나는 그런 면을 특히 주목하지 않았습니다. 또한, 작품과 사료를 선정하고, 당대 문학사를 연구할 때 관련된 중요한 문제는 이 시기의 문학이나 문화 연구가 과연 어떤 가치가 있느냐는 것입니다. 어떤 문제들은 이 방면에 대해 더욱 고려할 것입니다. 나는 종종 혼란스럽고 이런 부분들을 근본적으로 이해하기 어렵습니다. 따라서 오늘날에도 우리는 이 문제를 정확히 단정 짓기 어렵습니다.

첸 홍 선생님께서 언급한 가치는 정신적인 의미에서 궁극적인 것을 가리키는 것입니까? 이것은 개인의 정체성에 대한 불안감이라고 할 수 있습니다. 사실, 과학적 연구는 일종의 '무용지용無用之用(아무 쓸모없는 것처럼 보이는 것이 참으로 쓸모가 있다는 철학적 표현)'입니다. 그것은 민족과 인류 전체의 문화적 축적에 대한 기본 사업이자 자아를 인식하는 주요 수단입니다. '17년 문학'을 연구하는 의미도 여기에 있습니다. 즉, 병에 걸리더라도 그 병의 원인과 문화적 '병변病灶'이 발견되어야 합니다. 저는 홍 선생님의 『당대 문학사當代文學史』가 이 점에서 가장 고무적이라고 생각하는데, 이는 견실한 자료를 통해 '17년 문학'의 배후에 있는 문학 생산의 메커니즘과 그 정신적 계보를 드러냈기 때문입니다.

당대 문학 사료의 정리 및 편찬

첸 그러나 당대 문학 전체를 포함하여 '17년 문학'을 연구하는 데 있어 가장 큰 어려움은 오히려 사료에 관한 문제입니다. 특히, 당대와 같은 현실 정치와 밀접한 특수한 상황에서는 많은 중요한 자료를 확보하기가 거의 불가능합니다. 특히, 중국은 아직 의사 결정에 있어서 자료에 관한 암호를 해독할 수 있는 규정이 없는 것 같습니다…

홍 문학과 예술에 대한 직접적인 정보를 얻는 것은 매우 어렵습니다. 공류公劉의 시에서 말했듯이, 얼마나 많은 것들이 '만두에 싸여 있는가'. 공개적으로 편찬되고 출판된 당대 문학의 사료선史料選은 대부분 과거에 발표된 글과 문서들입니다.

첸 과거 중국 문학예술계 연합회가 조직한 『신문예대계新文藝大系』는 『이론집理論集』과 『이론사료집理論史料集』을 편찬하였는데, 여기에는 일부 정책, 법규, 문서 및 이론적 사상이 포함되어 있으며 주로 문예 운동과 문예 논쟁을 중심으로 한 글들을 선택하였습니다. 당대 문학의 사료 수집과 정리에 관한 이 작업은 만족스럽게 진행되지 못하였고, 충분한 관심을 끌기에도 역부족이었다고 할 수 있습니다.

홍 문학사 연구와 저술은 사료와 분리될 수 없으며, 사료는 학과學科 건설의 기초 작업일 뿐만 아니라 학과 발전을 촉진하는 역할도 합니다. 물론, 당대 사료의 발굴과 수집이 많은 제약을 받고 있는 상황에서 우리가 이 분야에서 해야 할 일이 아직 많이 남아 있습니다. 일반적으로 우리는 '당대'가 우리에게 너무 가깝고, 사료를 수집하고 정리하는 데 문제가 없다고 생각할 것입니다. 이로 인해 당대 문학 연구에서 너무 많은 포괄적이고 '거시적인' 서사를 초래하였습니다. 구체적인 분석은 '주류의 담론'과 '국가 이데올로기'와 같은 개념으로 대체되었는데, 사실 당대 문학의 사료는 매우 흥미롭습니다. 당대는 비교적 특수하여 많은 운동이 일어났지만 1980년대 후반 이후에는 이런 운동이 감소되었습니다. 우리는 이 시기 작품과 평론에 더 많은 관심을 기울이고 있지만, 사실 '17년' 중 '문화 대혁명' 시기에는 정치와 문학의 관계가 매우 복잡하였습니다. 따라서 사료의 문제는 시대적 특성을 띠고 있습니다. 어떤 시기에 어떤 자료에 관심을 기울여야 하는지에 대한 논리는 완전히 같을 수는 없습니다.

첸 이것은 문학사가文學史家들의 역사적 사고와 밀접한 관련이 있습니다. 선생님께서는 당대 문학의 이면에 깔린 강력한 이데올로기적 생산 메커니즘과 국가 제도, 정치권력에 의한 문학의 현실적 규제에 더 많은 관심을 기울였기 때문에 『중국 당대 문학사·사료선中國當代文學史·史料選』에서 선별한 사료의 초점은 다른 선본選本들과 차이가 있는 것 같습니다.

홍 여기에는 특별한 주안점이 있습니다. 물론 이런 초점도 지면의 한계로 인해 모든 것을 다루는 것은 불가능합니다. '17'년과 '문화 대혁명'에서는 시옌細言(왕궈옌王國彦), 마오둔茅盾, 허우진징侯金鏡 등의 작품에 대한 평론이 중요한 것은 사실이지만, 지면이 한정되어 이를 전부 선택할 수 없었습니다. 또한, 나는 아직은 좀 더 단순할 필요가 있고, 많은 문제를 포함하는 것은 불가능하다고 생각합니다. 1950년대와 1960년대에서 1970년대에 이르기까지 마찬가지로 가장 중요한 문제는 문학 체계의 확립이었습니다. 문학 내부의 많은 문제는 문학 체계와 관련이 있습니다. 사실 당대의 사료는 공개적으로 발표된 것이라 할지라도 여전히 주목할 가치가 있는 흥미롭고 유용한 자료가 많이 남아 있습니다. 예를 들자면, 1958년에 마오둔茅盾과 궈모러郭沫若 등을 포함한 많은 작가들이 1년에 몇 편의 장편, 중편, 단편을 쓸 것인지, 그리고 드라마와 시를 각각 몇 편 쓸 것인지 등 자신만의 창작 계획을 세웠습니다. 당시에는 과감히 생각하고 행동하며 각 방면의 '만능인'이 되어야 한다는 점을 강조하였습니다.

첸 『사료선史料選』은 시간적 한계를 1945년부터 시작하여 1940년대 중후반으로 밀어붙여 '현대 문학'의 영역을 침범한 것 같습니다.

홍 이는 나의 『중국 당대 문학사中國當代文學史』의 서술과도 관련이 있습니다. 이 문학사는 '당대 문학'의 발생을 연구하였기 때문입니다. '당대 문학'이 어떻게 '출현'하였는지, 그 '구성' 과정에서 다양한 문학 세력과 파벌과의 관계는 어떠하였는지, '당대 문학'과 그 '원천'인 옌안延安 문학의 중요한 차이점은 무엇인지 등입니다.

첸 이것이 바로 당대 문학이 발생한 역사입니다. 저는 당대 문학의 형식(조직 기구, 서적과 간행물에 대한 검열제도, 출판 및 발행 방식 등을 포함)의 초기 기획과 설계에 누가 참여하였는지, 각자의 문화적 정체성은 또 어떠한지, 이 속에서 어떤 역할을 하였는지에 대해 종종 생각하곤 합니다. 이것은 모두 중요한 사료들입니다. 그러나 아직까지 당사자들에 의해 그 기밀이 폭로되거나 유출되지 않은 것은 매우 유감입니다.

홍 당대 문학의 특성과 형식이 어떻게 세워지고, 그 합법성은 또한 어떻게 확립되었는지에 대한 연구가 필요합니다. 이 문제가 해결된 것은 1949년 신중국 건국 이후에 시작된 것이 아니며, 조금 더 추론하자면 2차 세계 대전 이후 일본이 항복한 이후부터 이미 진행되었다고 할 수 있습니다. 이것은 단순히 내 개인적인 추측이 아니라 당시 좌익은 말할 것도 없이 자유주의 작가들조차 '중국의 문예는 어디로 가는가?'라는 질문을 제기하였습니다. 전후戰後에는 '문예 재건'이라는 문제가 있었습니다. 중국 문학은 어떤 새로운 구조를 갖게 될 것이며, 그 성격은 어떠할지, 다양한 문학의 세력과 파벌은 문단에서 어떤 관계를 맺게 될 것인가를 둘러싸고 1940년대 후반에는 팽팽한 긴장 관계가 형성되었습니다. 해방구解放區의 문예 지도자들도 이 시기에 소련의 문예 정책을 소개하는 등 나름대로 많은 활동을 전개하였습니다. 1948년과 1949년에는 즈다노프Zhdanov의 보고서와 문예 문제에 대한 소련 공산당 중앙위원회의 결의안과 같은 문서 및 보고서가 거의 동시에 번역되어 출판되었습니다. 나는 원래 1953년 인민문학출판사人民文學出版社에서 출판한 『소련의 문학과 예술에 관한 문제蘇聯文學藝術問題』가 최초의 번역본이라고 생각하였는데, 실상은 그렇지 않았습니다. 해방 직전, 해방구는 이미 신중국의 문학(문화)정책을 설계하고 준비하고 있었습니다. 현재 해방구의 문예를 전문적으로 연구하는 간행물과 학술 기관이 있지만 그 연구의 개념과 방법에는 심각한 문제가 있으며 항상 '변호'와 '방어적'인 입장에 서 있습니다. 이는 자료 수집의 시야에도 영향을 미칩니다.

첸 이것은 '역사적 지식'이 부족하기 때문입니다. 자족적이고 독립적인 문학사관이 없으면 이를 관통할 수 있는 힘과 흡수력이 없을 것이고, 자료를 대할 때 처음 형성된 '선 이해'(또는 사고의 패턴)를 따를 수밖에 없습니다.

홍 사료 발굴에 있어서 어떤 것이 중요하고 변화하는지는 우리의 관념과도 관련이 있습니다. 1980년대 《문예보文藝報》를 읽었을 때 나는 통속 문학에 대한 부분은 크게 주목하지 않았고, 《설열창창說說唱唱》, 《민간 문예民間文藝》, 《고사회故事會》와 같은 출판물에도 거의 관심을 기울이지 않았습니다. 이 사료 중 일부는 20세기 문학에서 통속 문학의 위상 등이 재조명된 후에 비로소 그 가치를 인식하게 되었습니다. 예를 들어, 딩링丁玲 등이 해방 초기에 《문예보文藝報》를 편집할 때 통속 소설가들을 위한 좌담회를 개최하였고, '소시민 독자'들을 어떻게 점유할 것인가에 대한 문제를 명확하게 제기하였습니다. 참가한 사람들 중에는 '옛 통속 소설가' 뿐만 아니라 자오수리趙樹理와 같은 새로운 통속 소설가도 포함되어 있었습니다. 이는 당시 '통속 소설'을 흡수하고 변용하려는 관념을 반영한 것입니다. 그러나 이와 같은 바람은 실제로는 이루어지지 않았습니다.

첸 사실 1980년대와 1990년대 이후 우리가 문학적 실천에서 접하고 논쟁을 불러일으킨 많은 문제들은 이전의 문학 탐구에서도 다루어져 왔습니다. 통속 문학이라고 하면 1990년대 '통속 문학은 모든 사람의 욕망을 겨냥한다'는 관점을 들었던 기억이 납니다. 전에 없던 새로운 사상이어서 당시 무척 감격에 겨웠습니다. 훗날 쑤저우대학교蘇州大學의 통속 문학 전문가인 쉬스녠徐斯年과 이야기를 나누었을 때 그는 껄껄 웃으면서 민국民國 시대에 누가 그렇게 말했는지 알려 주었습니다. 그 때 저는 역사적 감각과 의식이 정말 중요하다고 느꼈습니다. 문학사가文學史家들은 정말 존경스럽습니다. 홍 선생님, 문학사 연구에 관해서는 리양李楊 선생님이 홍 선생님의 『중국 당대 문학사中國當代文學史』에 대해 언급하였을 때 그는 이 책을 통해 1990년대 이후 문학 연구자들이 '외부 연구'를 위한 명성을 되찾았다고 믿었습니다(대략적인 의미).

홍 그가 어디에서 그런 말을 했는지 모르겠습니다. 이른바 '외부 연구'라는 것은 지난 10년 동안 많은 사람들에 의해 행해졌는데, 그들은 아주 잘 해냈습니다. 예를 들어, 왕샤오밍王曉明 교수의 현대 동아리와 간행물에 대한 연구, 천핑위엔陳平原 교수의 만청晩清 소설 출판, 작가의 신분, 원고료 제도에 대한 연구, 멍웨孟悅의 상무인서관商務印書館에 대한 연구 등이 매우 훌륭하다고 생각합니다. 리양李楊 교수의 평가에는 사실 나를 비판하는 내용도 포함되어 있습니다. 나는 개인적으로 1980년대 이후 문학의 맥락에 대한 연구가 부족하였고, '내부'와 '텍스트' 분석에 대한 작업도 부족했다고 생각합니다. 물론 처음에는 잘하려고 노력도 많이 했는데, 생각보다 잘 해내지 못한 것 같습니다.

첸 저는 홍 선생님께서 안팎으로 많은 노력을 하셨다고 생각합니다. 선생님은 당대의 일부 예술적 형식이 가지고 있는 자체적인 문제에 대해 전문적인 연구를 수행하였습니다. 문학 생산의 메커니즘과 당대 문학의 정신적 계보는 외부적일 뿐만 아니라 내부적이기도 합니다. 내부에 대한 파악이 전혀 없는 문학사 연구가 어떻게 진행될지는 상상조차 할 수 없습니다. 따라서 성숙한 문학사가文

學史家는 반드시 내외를 겸비하고, 역사를 꿰뚫는 끊임없는 노력을 해야 합니다. 역사적 관점에서 궁극적인 해답이 없는 문학적인 문제들이 반복적으로 나타나고 있는데, 그것은 종종 내부적인 것임을 발견할 수 있습니다. 문학사에 관한 연구는 실제로 문학의 특정한 내부 문제에 대한 연구와 불가분의 관계에 있습니다.

《문예쟁명文藝爭鳴》, 창춘長春, 2003년 1호에 게재

당대 시가사의 글쓰기 문제

:『등불을 든 사자持燈的使者』와 『타락한 성전沈淪的聖殿』을 중심으로

홍콩 옥스퍼드대학출판사에서 2001년에 처음 출판된 『등불을 든 사자持燈的使者』(이하 『등불을 들고持燈』라고 함)는 류허劉禾가 편집하였으며 '오늘의 문학 총서今天文學叢書' 중 하나이다.[1] 『타락한 성전 : 1970년대 중국 지하 시의 생전 사진(沈淪的聖殿——中國20世紀70年代地下詩歌遺照)』(이하 『성전聖殿』이라고 함)은 랴오이우廖亦武가 편집, 신장청소년출판사新疆青少年出版社에 의해 1999년에 출판되었다. 이 두 책의 내용은 모두 1970년대와 1980년대 중국 당대의 시 가운데 '지하

1 옥스퍼드대학출판사에서 발행한 '오늘의 문학 총서今天文學叢書'를 비롯하여 『빈 연습곡 : 오늘의 시 선정 1990-1999空白練習曲——今天詩選1990-1999』(장자오張棗, 송린宋琳 편집) 『왼쪽 : 마오쩌둥 시대의 서정 시인左邊——毛澤東時代的抒情詩人』(바이화白樺 저술), 『폐허에서 : 오늘의 소설 선정 1978-1980在廢墟上 一今天小說選1978-1980』(완즈萬之 편집), 『위기 속의 해석 : 문학사 '다시 쓰기'의 오늘날의 의의危機中的闡釋——"重寫"文學史的今天意義』(리퉈李陀 편찬), 『또 다른 목소리 : 오늘의 소설 선정 1990-1998另一種聲音——今天小說選1990-1998』(리퉈 편찬) 등이 있다.

시'[2]와 간행물 《오늘今天》(1978-1980)에 관한 것이다. 편집과 문체에서도 비슷한 점이 있는데, 회고록과 당사자의 인터뷰를 모았다(이외에 『성전聖殿』에는 당시 시인의 사진, 《오늘今天》과 '싱싱미전星星美展'의 활동 사진, 그리고 원고, 편지, 간행물 사진 등 많은 사진이 수록되어 있다). 『성전聖殿』은 1990년대 후반에 기획된 책으로, 이전에 발표되었던 글들이 적지 않게 활용되었지만 자료 수집과 당사자와의 인터뷰 등에서 많은 작업이 이루어졌다. 『등불을 들고持燈』는 1990년대 초부터 10년 간 해외에서 출판된 《오늘》에 대한 칼럼을 모은 것으로 1970년대 후반에 창간된 '지하 잡지' 《오늘》에 대한 회고이다. 또한, 『사자使者』에는 『성전聖殿』의 일부 글과 인터뷰도 사용되었다. 이렇게 두 권의 책에 수록된 글이 겹치는 부분이 많고, 같은 글이 17~18편(개별적인 글의 제목은 다름)이 있다. 물론 많은 유사한 점이 있지만 그 나름대로의 가치도 있는데, 이는 당대 시의 역사에 대한 이해와 구체적인 정리에 있어서 유사한 점과 차이점을 모두 갖고 있기 때문이다. 이러한 차이점을 분별하기 위해서는 세밀한 비교와 분석이 필요하겠지만 그렇다고 해서 그 차이가 중요하지 않은 것은 아니다.[3]

2 '지하 시'는 1990년대부터 보편적으로 사용된 개념이다. 각기 다른 사용자와 다양한 상황에서 그것의 의미는 다르거나 동시에 사상적, 예술적, 이단, 불법, 비밀, 필사手抄(또는 구전口傳 혹은 '민간 간행물'에 게재)에 의해 유포되는 등의 의미를 포함하고 있다.

3 이러한 차이에 대해서는 여기에서 토론하지 않기로 한다. 1970년대의 '지하 시'와 《오늘今天》의 관계를 보면 분명히 다르다는 점을 간략히 제시할 수 있다. 『등불을 들고持燈』는 시의 시대를 열고 이끌어가는 《오늘》의 정신적 가치를 높이 평가했으며, 과거 '바이양뎬白洋淀의 시' 등을 이 절정의 순간을 맞이하기 위한 준비 단계로 보았다. 『성전聖殿』은 1970년대의 모호하고 부서진 역사를 명확하고 완전하게 만드는 것이 당중앙위원회 제11기 제2차 전체회의十一屆三中全會를 전후하여 《오늘》을 창간하는 것보다 더 중요하다고 보았고, 그 당시 '청년

'또 다른 종류의 역사적 서사'

일반적으로 이 두 권의 책은 회고록 또는 자료집으로 간주되는데, 이것도 잘못된 것은 아니다. 편집자들은 '설자楔子'(『성전聖殿』)와 '편집자의 말'(『등불을 들고持燈』)에서 그들의 편집 의도를 설명하는 것과 '지하 시地下詩歌'와 《오늘今天》에 대한 일부 견해를 밝힌 것 외에[4] 본문은 모두 독립적인 자료와 글로 구성되어 있다. 『성전聖殿』의 편집장 역시 '사진, 필사본, 편지, 간행물, 편찬 목록, 메모 등으로 구성된 자료집'이라고 지적하며 자료의 성격과 가치를 직접 인정하였다. 또한, 역사적 장면에 대한 세부 사항과 파편을 발굴하여 후대 사람들이 '대역사'를 쓸 수 있는 지혜와 힘을 발휘하도록 하였다.[5]

그러나 그것들은 또 다른 종류의 문학사(시가사詩歌史), 즉 『등불을 들고持燈』의 편집장인 류허劉禾가 주장한 일종의 '주변화된 문학사의 집필'로 간주될 수도 있다.[6] 이는 두 책의 기획 목적, 선정된 글, 자료 수집의 범위와 조직, 편찬 방식 등에서 모두 문학사에 대한 명확한 인식을 보여줌으로써 편집자와 저자 사이의 '공모共謀'로 구현된 역사적 서술의 논리를 제시하고 있기 때문이다. 그것들은 일반적인 자료집이 아니다(비록 모든 자료집과 작품 선택에는 암묵적으로나 명시적으로 일종의 문학사적 의도가 있지만). 그러나 이를 '문학사'(또는 '문학사 쓰기')라고 부

지식인들의 강호적 성격은 당시 주류 정치와 양립할 수 없는 주변적인 문화'로만 생산될 수 있다고 판단하였다.' '그들은 매우 개인적이고 비 공리적非功利이었다 … '(『타락한 성전沈淪的聖殿』, 180-182쪽)

4 『성전聖殿』에서는 편집장이 각 장의 주제에 대한 자신의 견해를 설명하는 글로 시작한다. 이것은 '설자楔子'의 확장이라 볼 수 있다.

5 랴오이우廖亦武 『타락한 성전·설자沈淪的聖殿·楔子』.

6 류허劉禾 『등불을 들고·편집자의 말持燈的使者·編者的話』.

를 때 류허의 이해와는 차이가 있을 수 있다. 그녀가 말하는 '문학사적 글쓰기'는 책 속의 회고문을 뜻하며, 이 글을 쓴 작가들의 집필 태도와 방식을 가리킨다. 여기에서 언급하고 있는 '문학사적 글쓰기'는 주로 이 두 권의 책을 '전체'로 지칭하는 것이다. 즉, 이러한 글을 기획하고 유도하며, 관련 자료와 함께 정리하는 과정과 그에 따른 결과물이다.

류허가 『등불을 들고持燈』에서 이런 '문학사적 글쓰기'를 '주변화'라고 부르는 데에는 두 가지 의미가 있을 수 있다. 하나는 '이데올로기적'(언어, 시적 관념의 반란)이고, 다른 하나는 문학사의 '제도적' 측면이다. 후자의 경우 『등불을 들고』 등은 우리가 일반적으로 인식하는 문학사(시가사)와 매우 다르며, 통상적인 문학사의 스타일과 서술 방식이 아니다. 그들은 일반적으로 기술적 언어를 사용하지 않고, '정전正典'에 대한 명확한 순서도 정하지 않았는데, 이는 일반적으로 문학사의 기본적인 특징이라 할 수 있다. 요컨대, 포괄적이거나 체계적이지도 않고 그렇게 '엄격'하거나 '과학적'이지도 않다. 두 책의 편집자들이 말했듯이 그들의 목적은 일어난 상황을 '복원'하는 것이며, '세부화'는 그것들을 나타내는 중요한 지표이다. 이런 종류의 문학사 쓰기는 일종의 '산만하고 세세한 것을 중시하며 생동감이 강한 문학사 쓰기'라 할 수 있다.[7]

문학사(시가사)의 저술에서 다양한 서면이나 구술 자료에 힘입어 보다 '생동감' 있는 갖가지 요소들이 차례로 쏟아져 나왔다. 그러나 '규칙'을 찾아 '역사'를 체계화하고 논리화하는 과정에서 이러한 산만하고 복잡한 세부 사항은 '정제'되어 '규칙'이 추출되고, '정전'의 순서로 배열된 그물에서 정화된다. 그것들은 '정통적인 문학사'로 받아들여지기 어렵고, '정통적인 문학사'의 운영 체계와 절차는 이러한 세부 사항

7 류허劉禾 『등불을 들고·편집자의 말持燈的使者·編者的話』.

을 수용할 공간을 제공하지 않으며, 이를 다룰 능력도 갖추지 못하였다. 물론, 이런 종류의 더 '생동감' 있는 텍스트('문학사'라고 부를 수 있는 경우)는 항상 존재해 왔지만 다양한[8] 유형의 문학사에서는 '정식'으로 간주되지 않거나 '정통적인 문학사'에 대한 보완책으로 '부차적인' 위치에 놓이게 된다. 이와 관련하여 류허劉禾는 다음과 같이 말했다.

> 나는 『등불을 들고持燈』와 정통적인 문학사에 대한 집필의 관계는 역으로 보아야 한다고 생각한다. 『등불을 들고』는 기존 문학사의 내용을 보완하고 개선하기 위해 문학사에 대한 원시적인 문헌을 제공하는 것이 아니라, 반대로 『등불을 들고』의 집필은 우리로 하여금 현대 문학사의 일관된 전제와 가설을 다시 생각하게 한다. 왜냐하면 그것이 나타내는 경향은 또 다른 종류의 역사적 서사이기 때문이다…[9]

여기에서 '일관된 전제와 가설'에 대한 의문과 반박은 일리가 있고 중시할 만하다. 이를 증명하기 위해 류허는 1930년대의 『중국 신문학대계中國新文學大系』를 예로 들었다. 그녀는 '오사五四' 문학이 거의 잊혀졌을 때 자오쟈비趙家壁가 상하이 양우도서공사上海良友圖書公司에서 기획한 10권짜리 『대계大系』가 '오사 문학을 살렸다며' 이는 '오사' 문학을 서술하는 길을 열었다고 하였다. 류허는 '지금까지 정통적인 현대 문학사는 『대계』가 처음 만든 규칙과 선택, 그리고 그것이 들

8 예를 들어, 문학사의 '증인'형으로 알려진 차오쥐런曹聚仁의 『문단 50년文壇五十年』, 첸리췬錢理群의 『1948 : 천지현황1948 : 天地玄黃』, 천투서우陳徒手의 『하늘은 사람이 아픈지 여부를 알고 있다 : 1949년 이후 중국 문단의 기록人有病天知否──1949年後中國文壇紀實』, 종밍鐘鳴의 3권짜리 『방관자旁觀者』, 그리고 일부 문학사의 이야기 등이 그것이다.

9 류허劉禾 『등불을 들고 · 편집자의 말持燈的使者 · 編者的話』.

려주는 현대 문학에 관한 이야기와 여전히 분리될 수 없다'고 지적했다.[10] 『대계大系』의 업적은 대부분의 현대 문학 연구자들이 인정한 것으로 간주된다. 이는 작품집과 자료집의 형태로 나타나기도 하지만 이론 자료의 편찬과 다양한 장르의 작품 선별, 각 권의 '서론'에 나오는 역사적 서술을 통해 '오사五四' 문학의 '합법성'을 입증하고, 또한 신문학의 역사적 서술에 대한 규칙을 확립하였으며 류허劉禾에 따르면 이것은 '오사' 문학에 대한 완전한 이야기를 들려주었다. 물론, 『대계』의 영향력을 논할 때 문학계에서 창작가의 신분과 학식, 그리고 그들의 권위를 고려해야 한다. 그렇다고 해서 '또 다른 유형'의 역사적 서사가 『대계』와 동일한 효과를 낼 수 있는 것은 아니다. 『등불을 들고持燈』도 마찬가지이며 그 영향력도 검증되어야 한다. 따라서 나는 '일관된 전제와 가설'에 대한 질문에는 동의하지만, 서로 다른 문학사의 형식에 관한 구체적인 관계는 개별적으로 취급되어야 하며, 이에 대해 일률적으로 논할 필요는 없다고 생각한다.

'세부화'된 서술의 의미

'디테일과 자료성'을 강조한 것은 『등불을 들고持燈』(『성전聖殿』도 포함)가 갖고 있는 특징이다. 생동감 있고, '세부화'된 서술은 역사적 '현장감'을 부각시키는 데 도움이 되며, 구체적인 생각, 감정, 분위기 등의

10 『중국 신문학 대계中國新文學大系』의 편찬 및 출판과 현대 문학사 저술과의 관계에 대해 류허劉禾는 다른 글에서 자세히 논술하였다. 『크로스 어페어 실천: 문학, 민족 문화와 번역된 현대성跨語際實踐——文學, 民族文化與被譯介的現代性』 중 제8장 「〈중국 신문학 대계〉의 제작《中國新文學大系》的制作」, 베이징: 삼련서점三聯書店, 2003을 참조.

요소를 포함하여 추상적인 요약에 의해 생략되고 가려진 상황을 나타낸다. 이것은 문학(시)을 대상으로 한 역사적 집필에 있어서 특히 중요하다. 개인의 감성적 경험을 다루는 데 초점을 맞춘 문학(시)의 경우, 그것에 대한 역사적 묘사는 모두 감성적인 세부 사항을 제거하는 경로를 따르며, 이는 항상 성찰이 필요한 문제이다.

'세부적이고 자료적인' 면에서 서술의 의미가 물론 이것에 국한되는 것만은 아니다. 역사적으로 복잡하고 우발적인 측면을 끌어내는 체계적인 서사 패턴에 개입하고 질문하는 것도 중요하다. 이것은 내부의 '긴장감'이 흐르는 이른바 열린 서술 방식이다. 『등불을 들고』의 편집장은 또한 여기에 포함된 글이 '공덕을 기리고, 정전正典을 세우는 것을 목표로 하지 않으며, 성실하고 회의적인 태도로 과거를 들여다보기 때문에 그 서사는 가볍고 자연스러우며(다루는 주제가 그렇게 가볍지는 않지만) 개방적이고 성급하게 결론을 내리지 않는다'는 그 의미를 중시하였다.[11] 역사적 서술에 대한 회의, 개방적인 태도와 서술 방식은 서술하는 주체의 자아 통제와 질의, '단일한' 담론에 대한 경계, '주제' 이외의 영역에 대한 개방성, 더 많은 '이질적인' 내용을 수용하는 것을 의미한다. 이는 수렴과 분산, 중심과 주변, 정통과 이단, 전체와 파편, 필연과 우연, 그리고 이들 사이에 뒤섞이고 변모하는 관계 등 '역사'의 다양한 상황을 표현하는 것을 가능하게 한다.

이 두 '주변화'된 시가사에서 '지하 시'와 《오늘今天》의 '역사'는 가감되고 입체화 되었으며, 웅대한 주제는 '일상생활'의 차원에서 그 서사에 반영되었다. '자유로운 정신'과 '시가 혁명', '이상과 '초월' 등과 같은 추상적인 기술은 적당히 줄였고,[12] 여러 가지 이유로 비록 '정통

11 류허 『등불을 들고·편집자의 말持燈的使者·編者的話』.

적인 문학사'에서는 '서술'되지 않았지만 상대적으로 각광받지 못한 작가와 사건에 대한 내용이 드러났다. 또한, 책에 담긴 개인적인 기억에 대한 독립된[13] 서사에서 우리는 같은 사물의 다른 측면, 같은 사건에 대한 다양한 서술과 감상을 엿볼 수 있다.

그러나 '세부적이고 자료적 측면이 강조된' 문학사적 글쓰기가 개방적인 특징을 가질 수밖에 없는가? 꼭 그렇지는 않다. 이러한 '개방적인' 서술 경향에 비해 『등불을 들고持燈』와 『성전聖殿』은 역사적 서술에 대한 규칙을 정하려는 움직임이 더욱 강하게 나타났다. '정전正典의 확립을 목표로 하지 않거나' '성급하게 결론을 내리지 않는다'는 것은 일부 회고문에는 존재할 수 있지만, 두 책의 전반적인 경향에 관한 한 그들의 '정전 확립'이라는 목표는 '정통적인 문학사'보다 더 모호하지 않다. 이는 일반적인 항수도 아니며 역사를 '되돌리는' 다양한 가능성을 열어 보기 위한 시도도 아니다. 그들의 편집과 출판은 특정한 역사적 '불안감'을 다루고 이를 해결하려는 동기를 나타내므로 명확한 '주제'를 표현하기도 한다.

'불안감'은 무엇보다도 '시간적 폐허'에 관한 것으로 『등불을 들고』는 '편집자의 말'에서 이를 언급하였다. 《오늘今天》(해외 출판)이 《오늘》

12 쉬샤오徐曉는 이미 고인이 된 《오늘今天》의 참여자와 그녀의 남편 저우메이잉周郿英을 회상하면서 다음과 같은 글을 썼다. '사실 그는 타고난 강자는 아니었지만, 마치 베이다오北島가 시구詩句를 울릴 줄 알고, 스톄성史鐵生이 소설을 멋지게 쓸 줄 아는 것처럼 자신의 위치를 알고 자신을 단련할 줄 아는 방법을 잘 알고 있었으며' 이는 또한 노동자가 자신의 일을 가능한 한 아름답게 변화시키는 방법을 알고 있는 것과 같다… 고 하였다.'(『등불을 든 사자持燈的使者』, 245쪽)

13 이러한 '독립'에는 당연히 한계가 있다. 그것들은 말할 때의 큰 맥락뿐만 아니라 이 두 책의 기획과 운영의 총체적인 목표에 있어서도 제약을 받았다.

('지하 간행물')을 회고하는 칼럼을 만든 것은 1990년대 초반으로 《오늘》('지하 간행물')의 창간과 '몽롱 시 운동'[14]이 시작된 지 10년 만이다. 『성전(聖殿)』의 기획과 『등불을 들고持燈』의 편집은 1990년대 후반에 이루어졌으며 그 시간 간격이 두 배로 벌어졌다. 그 해 선풍적인 인기를 끌었던 《오늘》('몽롱 시'와 함께)은 이미 '역사'가 되어 사람들의 기억 속에서 사라졌고, 이것은 당사자(사건의 의의를 중시하는 사람도 포함)에게는 몹시 견디기 어려운 상황이었다. 그러나 그것은 일반적인 의미에서 단지 '시간적 흐름'을 가리키는 것만은 아니다. '망각'에 대해 말하는 것도 실제로 그다지 정확하지 않다. 1990년대 이후 당대 문학사와 시가사에는 '정통적'이라 할지라도 《오늘》과 '몽롱 시', 그리고 그 '대표적' 시인이 대거 포진해 있었다.[15] 1993년 구청顧城이 아내를 살해하고 자살한 사건조차 용서와 동정을 받으며 '시인의 죽음'이라는 주제 아래 숭고한 의미의 상징으로 해석되기까지 하였다. 이렇게 빨리 '정전화正典化' 되었는데, 불평할 일이 더 무엇이 있겠는가?

그러나 이러한 '불안감'은 또한 현실이다. 이 두 권의 책을 읽음으로써 문제의 핵심은 다음과 같다고 추론할 수 있다. 첫째, '이단'에 대한 '지하 시'의 성격이 '몽롱 시'의 논쟁과 그 이후의 역사적 서술에서 고쳐지고 '왜곡'되었다는 불안감(사실 특정 시인과 사건이 부각된 반면 다른 시인과 사건이 묻히는 불만)과 둘째, '반란'(정치적이고 언어적)에 대한 시의 '선봉성'이 흩어지고 사라져 일종의 '무해한' 예술이 되었다는 불안

14 『등불을 들고持燈』와 『성전聖殿』의 편집장은 모두 《오늘今天》과 1970년대 이래의 '지하 시'에 대해 '몽롱한 시'라는 명칭을 붙이기를 거부했다.

15 당연히 1990년대 중후반에 《화하시보華夏時報》 광저우에 실린 글처럼 《오늘》과 '몽롱 시'에 대해 강한 부정적 의견을 가진 사람들도 존재하였다. 그러나 이런 의견은 분명히 무시되고 외면당했다.

감이다. 이 두 가지 측면은 물론 밀접한 관련을 맺고 있다. 첫 번째 측면은 1970년대 '바이양뎬白洋淀 시 그룹'을 중심으로 한 '지하 시'의 발굴과 '그 시대를 서술하기 위해' 《오늘今天》의 '세부적인' 내용을 검토한 것이다.[16] 『등불을 들고持燈』는 《오늘》에 초점을 맞췄고, 『성전聖殿』은 《오늘》보다 '지하 시'를 더 중시하여 스즈食指 등이 그 '발견'의 주요 대상이 되었다. 두 번째로는 '선봉 문학'의 생명력에 관한 것인데, '선봉적인' 역할은 소비를 위한 제물이나 유행이 되어서는 안 된다는 것이다. 따라서 『등불을 들고持燈』의 편집장은 《오늘今天》의 '선봉적인 문학'이 '오사五四' 문학이 '정통'으로 거듭난 기적을 되풀이할 필요가 없으며, 선봉의 의미는 정통과의 대립에 있다고 지적하였다. 그들이 바라는 것은 '타락'에 처한 운명에서 '개척자'를 구하기 위해 '정통'에 대항하는 그들의 정신과 자세를 계속 유지하는 것이었다.

이러한 '불안감'은 지난 10년에서 20년 동안 중국의 사회적, 문학적 변화로 인해 발생한 압박과 관련이 있다. 『등불을 들고』와 『성전聖殿』의 기획자들은 이러한 변화에 민감하였다. 그러나 어느 선상에서 이런 변화에 직면하는 것을 회피하기도 하였다. 그들은 '선봉적인' 정신의 부식銷蝕을 보았지만 이 부식과 '시간적 상황' 사이의 연관성에 주의를 기울이지 않았다. 적어도 그들은 1970년대와 1980년대 초 시단에서의 이단과 정통, 관료와 민간, 지하와 지상, 합법과 불법 사이의 대립적 구분이 1990년대 중반 이후 완전히 무효화되지 않았다는 사실을 깨닫지 못하였고, 이에 대해서도 모호한 경향이 있다. '오늘날의 선봉적

16 둬둬多多 「1970-1978 베이징의 지하시단1970-1978 北京的地下詩壇」, 『등불을 든 사자持燈的使者』, 117쪽. 둬둬의 이 글은 『타락한 성전沈淪的聖殿』이라는 책에서 「매장된 중국 시인(1970-1978)被埋葬的中國詩人(1970-1978)」이라는 제목으로 쓰였다.

인 문학이 그 틈바구니에서 살아남고, 여전히 망명이 필요하다'[17]고 말하는 것은 사실이 아니다. 위에서 언급한 바와 같이 《오늘》 등은 1930년대에 '오사五四 문학'처럼 '정통'이 되었고, 그 '틈새'에서 살아남지 못한 지 오래다.[18] '소비주의'와 이윤지상주의의 시대에서 주변화된 시가 공적인 삶에서 차지하는 지위와 그것이 속한 제도 속에서 시에 주목하는 정도, 그 정치적 '에너지'에 대한 평가는 이제 더 이상 '문화 대혁명' 기간이나 1980년대 초반과 같은 상황이 아니며, 그러한 '대결'을 뒷받침하는 조건도 바뀌었다. 이런 시대에는 더 이상 '개척자'가 없다는 것이 아니라 '개척자'가 나타날 가능성과 그 본질을 재인식하고 정의해야 할 필요가 있다.

물론 『등불을 들고』와 『성전』을 쓴 작가와 편집자의 우려도 일리가 있다. '선봉적인' 시가 예술의 확산과 내부의 복잡한 분열로 인해 《오늘》에 구현된 시적 정신은 계승하고 확장할 가치가 있거나 '내부'에서 지나치게 의심받고 폐기되거나 '외부'에서 광범위하게 복제되어 유행하는 소비적 패턴이 되었다. 현재 우리가 살고 있는 이른바 '끊어진' 골짜기로 가득찬 이 시대에는 망각되거나 '변질'된 것들이 참으로 많은데, 그것들이 형성되는 과정은 실제로 많은 시간을 필요로 하지 않으며 대략 5년 혹은 10년이면 충분하다. 이러한 결과는 매우 안타깝고 한심한 일이 아닐 수 없다.[19]

---

17 류허劉禾 『등불을 들고·편집자의 말持燈的使者·編者的話』.

18 개별화된 '선봉先鋒적' 시인들은 물론 그 나름의 특수한 사정이 있겠지만 이것이 《오늘今天》에서 '선봉적인 문학'의 전반적인 상황을 요약하는 데 사용될 수는 없다.

19 쉬샤오徐曉는 「제목 없는 지난 일無題往事」에서 '문화 대혁명'에 관한 자료를 수집하고 보존한 자오이판趙一凡의 비극적 운명에 대해 느낀 감회를 다음과 같이 말했

관련된 시가사의 창작 문제

『등불을 들고』와 『성전』은 비록 '완전한' 당대의 시가사는 아니지만 둘 다 중국 당대 시가사의 기본적 양상과 서술 규칙을 어느 정도 계획하였다. 이에 비해 『등불을 들고』는 더 은폐되고 신중하여 더 많은 공간을 남겨 둔 반면, 『성전』은 서술적 규칙을 확립하고 시의 새로운 판도를 내세우려는 의도가 훨씬 강한 편이다. 당대 시가사의 역사적 서술 규칙에 대한 그들의 설계가 보편적으로 받아들여지지 않을 수도 있지만 몇 가지 생각할 만한 가치 있는 문제를 제기하였다. 이 문제들은 위에서 이미 논의한 것 외에도 다음과 같은 문제를 열거할 수 있다.

그 문제 중 하나는 당대 시가사의 담론에 힘입어 1980년대 중반부터 시작된 노력, 즉 시와 시인의 지위를 높은 곳에서 다시 끌어내리고, 시를 일종의 '장인'의 습작으로 '복원'하며, 대중의 세속적 삶과 더 많이 연결시켜야 하는가에 대한 관점이다. 앞서 언급한 바와 같이 『등불을 들고』와 『성전』의 '세부화된' 서술은 시와 시인을 '일상생활'로 되돌리려는 경향이 있다. 그러나 이 두 권의 책은 시의 종교적 요소를 강화하고 시인의 '선지자적' 역할을 인정하는 역설적인 구성도 포함하고 있다. 이는 이 두 책의 편집장이 붙인 제목만 봐도 알 수 있다. 물론 더 깊은 관점에서 이들의 논술은 시인의 방랑, 수난, 고독한 투쟁, 헌신이라는 고유한 특성을 부각시키고, 주변인, 영웅, 열사로서 시인의 정체성을 구현하여 시를 종교적, 계몽적이고 철학적으로 정의하려는 데 목적이 있다. 이러한 상황은 시미奚密가 그녀의 저서 『주변에서 출

다. '지금은 분열된 시대이다. 이판一凡이 살아있다고 해도 그 때의 매력이 남아있을 수 있을까? 얼마나 많은 사람들이 그에게 응집될 수 있을까?라는 생각이 종종 들곤 한다.'(『타락한 성전沈淪的聖殿』, 176쪽, 『등불을 든 사자持燈的使者』, 275쪽)

발하다從邊緣出發』에서 '시의 숭배'라고 부르는 것을 예로 들을 수 있다. '시의 숭배'는 1980년대와 1990년대에 중국의 시단에서 보편적인 현상이 되었고, '정치, 경제, 문화'라는 기반을 가지고 있으므로 '합리성'도 있다고 해야 할 것이다.[20] 그러나 문제는 '왜 방랑, 고난, 헌신을 강조하는 시가 다른 것보다 더 숭고하거나 위대하다는 것인가?' 또한, '시의 숭배'가 기존 체제에 아무리 강하게 반발해도 무심코 숭배의 대상만 교체했을 뿐 원래의 사고방식과 글쓰기의 패턴에서 적용된 것은 아닌지 의문'이라고 한 것은 일리가 있으며, 신비주의와 '낭만주의'에 탐닉한 신앙과 시적 상상은 당대 시인들이 성찰해야 할 목록 중 상위권에 나열되어야 할 것이다. 그러나 역으로 생각해 보면 '숭배'나 '시의 숭배'가 반드시 받아들여질 수 없는 것인가? 이는 우리 시대에 부정적인 결과를 낳을 수밖에 없는 것일까? '반 숭배'라는 담론의 구축[21]은 반드시 절대적인 정당성을 가져야만 하는가? 이것이 바로 시가사의 담론이 직면한 당혹감이자 난제이다. 이와 관련하여 다음과 같은 진술은 우리의 혼란을 일시적으로 완화시킬 수 있다. '시의 숭배'와 '반 숭배' 사이의 대조와 성쇠는 선봉적인 시의 주요 원동력 중 하나이며 이는 선봉적인 시의 중요한 측면을 이루고 있다.'[22] 그것은 '대조와 성쇠'를 나타내므로 '누가 누가를 이기는가'에 대해 결정할 필

20 '시인들이 억압적인 문화적 제도와 그들을 주변화하는 소비적인 사회를 마주할 때, 그 위기의식은 '시의 숭배'의 핵심에 숨어 있는 일종의 영웅주의를 고취시킨다.'(시미[奚密] 『주변에서 출발하다從邊緣出發』, 광둥인민출판사廣東人民出版社, 2000년, 221쪽)

21 1980년대 중반 이후 '반 숭배'라는 담론(시의 창작과 이론 연역演繹 포함)의 흐름은 사실 '시의 숭배'에 대한 경향에 못지않다. 오히려 20세기 말에는 차라리 '숭배'라는 경향이 더 이상 지배적이지 않았다.

22 시미奚密 『주변에서 출발하다從邊緣出發』, 241, 250쪽.

요가 없다.

두 번째 질문은, 당대 시가사의 집필에 있어서 우리는 시의 정전正典에 대한 선택과 평가를 위한 '본질적'이고 배타적인 기준을 확립하고, 차이점에 대한 인식을 일깨우며, 일관된 단서로 '위대한 전통'을 정리해야 하는가, 아니면 보다 포괄적이고 '상대주의적인' 담론 방식을 채택하여 주관적인 개입과 지나치게 강한 충동을 억제하여 일시적으로 판단하기 어려운 복잡한 현상을 다차원적으로 드러낼 수 있도록 해야 하는가? 『등불을 들고』와 『성전』은 의심할 여지없이 전자의 입장을 강조하였다. '사자使者'와 '성전聖殿' 등의 용어에서 우리는 담론의 대상이 당대 시의 '기원'과 '지상'의 위치에 놓여 있음을 감지할 수 있다. 이 책의 일부 설명도 이 점을 반영하고 있다. 예를 들어, 「이것은 4시 8분의 베이징這是四點零八分的北京」을 '1950년대와 1960년대의 유일한 시라고 부를 수 있는 하나의 유일한 증거'로 삼았다. 또 다른 예는 스즈食指가 '중국 신시에서 갖는 위상은 미국 시에서 월트 휘트먼Walt Whitman과 동일한 지위를 갖는다'고 한 것 등이다.[23] 이러한 논리에 따르면 1970년대와 1980년대의 '지하 시'와 《오늘今天》에서 시의 예술적 전통을 이어갔다고 여겨지는 부분들과 별개로 '당대'의 '또 다른 시적 현상', 시인과 작품도 당대 시가사에서 추방될 수 있다는 점을 짐작할 수 있다. 또한, 성전聖殿』에서는 '자유로운 정신적 문화'를 구축하기 위한 시가 운동의 목표도 세웠다. 1960년대 베이징의 'X시사(X詩社)', '태양종대太陽縱隊', 1970년대 지식 청년知青들의 '지하 시', 1970년대와 1980년대 《오늘》은 다양한 척도로 확대되고 해석된 뒤 서로 연결되어[24] 당대 시의 '발전된 추세'를 구축하였다.

---

23 랴오이우廖亦武 편찬 『타락한 성전沈淪的聖殿』, 53, 55쪽.

이러한 시가사의 담론 방식은 시가계詩歌界에서 상당히 통용되는 대립적 개념인 시와 시가 아닌 것, 진정한 시와 날조된 시 등의 개념을 도출하고, 시가사의 집필에서 적대적인 전선을 나누는 방식을 도출한다. 정통과 이단, 공식적인 시단과 비공식적인 시단, 지상 시와 지하 시 등 특정 시기에 등장한 이러한 분류는 분명히 사실적 근거가 있으며 역사적 합리성을 가지고 있다. 특히, 1970년대와 1980년대 초반까지 시가 처한 상황을 다룰 때 말이다.[25] 그러나 이러한 대립적 개념과 지원된 분석 방법은 역사적 맥락을 고려하지 않고 남용되고 있다. 이렇게 남용된 시기로는 1950년대와 1960년대, 그리고 1980년대 중반 이후를 포함한다.

당대 시가사의 논의에서 전선戰線에 대한 구분은 결코 지난 20여 년간 일어난 일만은 아니다. 1950년대 중국 신시의 발전 과정을 기술한 것이 그렇다. '주류'와 '역류'의 명확한 구분과 각각의 일관된 단서는 당시 시가사에 대한 일부 권위 있는 담론이 그린 단상이다.[26] 『성전聖

24 1960년대의 'X시사X詩社'와 '태양종대太陽縱隊' 같은 경우 다소 모호한 회고문이 2-3편에 불과하였고, 그 구성원들의 작품도 거의 남아 있지 않지만 이들은 '시대적 뿌리'로 이 시적 전통에 포함되었다.

25 시가사에 대한 다양한 담론에서 획분劃分의 근거는 사실 동일하지 않다. 일부는 주로 시의 이데올로기적 의미에 근거하며 어떤 이는 시인의 '신분'을 기준으로 판단한다. 또한, 출판물의 성격과 소속도 종종 분류의 기준으로 사용된다. 이러한 구분은 다음과 같다. '공식적인 시단'에는 신문, 문학잡지, 시에 관한 잡지, 시집 등과 같은 행정 부처(중앙, 성, 현, 시 등의 기관)를 통해 편집, 출판되는 정부의 자금 지원을 받은 간행물이 포함된다. '비공식적인 시단'은 민간이 출자하여 공식적인 허가 없이 발표된 많은 시집과 간행물로 구성되어 있다. 시미奚密 『주변에서 출발하다從邊緣出發』, 206쪽을 참조. 그러나 1990년대 이후 시인들이 '공식적인' 출판물과 '비공식적인' 출판물에 글을 게재하는 것은 보편화되어 '공식적인 시단'과 '비공식적인 시단'을 명확히 구분하기 어렵다.

殿』의 논술은 일관된 단서를 명확하게 구별하고 확립하는 데 있어 이러한 사고방식과 방법을 이어나갔고, 물론 대상, 기준, 가치 인식에서도 큰 반전이 일어났다. 중국의 현당대 시가사에는 종종 대립적인 역류와 주류의 구분이 나타나며 시와 시가 아닌 것, 진정한 시와 날조된 시의 '본질'에 대한 판단이 존재한다. 그러나 소설이나 다른 장르에서는 그런 장면을 거의 볼 수 없다. 높고 낮음, 옳고 그름의 등급 판단이 있지만 '진정한 소설'과 '날조된 소설'과 같은 용어는 들어본 적이 없다. 시인과 비평가들은 '당대 시'가 《오늘今天》(또는 '몽롱 시' 이후)에서 시작되었다고 자신 있게 주장할 수 있지만, '당대 소설'이 '상흔傷痕문학'(또는 '반사反思 문학', 또는 '심근尋根 문학', 또는 '선봉적인 소설')에서 시작되었다고 말할 수 없다. 이러한 담론적 경향과 관련된 요인은 무엇인가? 신시의 '합법성'에는 항상 문제가 존재하는가? 시와 시인들이 더욱 '주변화'된 궁핍한 처지 때문일까? 정신적, 언어적 탐구에서 시의 '주도적' 위치 때문인가? 시와 현실 정치의 밀접한 연관성 때문인가? 시인의 강렬한 '이상적인 감성' 때문인가? 그들에게 내재된 심리적인 예민함과 나약함, 억제할 수 없는 강박관념 때문인가? …

세 번째 질문은 시인의 시가사 논의에 대한 가치와 한계이다. 『성전聖殿』과 『등불을 들고持燈』는 시인들이 역사적 담론에 참여한 실례로 이해할 수 있다. 중국 현대 시가사의 성립은 결코 비평가와 시가사가

26 장커지아臧克家의 「'오사' 이래 신시 발전의 한 윤곽"五四"以來新詩發展的一個輪廓」(《문예학습文藝學習》, 1955, 2호)과 장커지아가 편찬한 『중국 신시 선집中國新詩選』(중국 청년출판사中國青年出版社, 1956), 사오췐린邵荃麟의 「문외담시門外談詩」(《시간詩刊》 1958, 4호)를 참조. 사오췐린은 '오사五四' 이후 매 시기마다 두 가지 다른 스타일의 시가 투쟁하였는데, 하나는 주류인 인민대중에 속하는 진보적인 시풍이고, 다른 하나는 이에 반대하는 부르주아 계급의 반동적인 시풍'이라고 하였다.

詩歌史家만의 문제가 아니며, 좀 더 과장되게 말하자면 시인은 더 열성적이고 분명한 역할을 해야 한다. 주즈칭朱自清, 원이둬聞一多, 페이밍廢名, 위안커자袁可嘉, 장커자臧克家(허치팡何其芳과 아이칭艾青도 포함될 수 있음)[27] 등의 작업에 주의를 기울이면 이 문제에 대해 이해할 수 있다. 그러나 1980년대와 1990년대 같은 상황은 드물었다. 지난 20여 년 동안 수많은 시인들이 다양한 방법을 통해 당대 시가사의 질서를 구축하고, 시인과 시가의 파벌을 형성하고 그 순위를 매기는 활동에 동참하였다. 이러한 상황은 천둥둥陳東東이 설명한 것과 같다.

> 시인은 모든 것을 스스로 한다. 시인은 작가, 편집자, 출판인이기도 하며… 열정적이고 유능한 독자이기도 하고, 당대 시인은 또한 자신의 시에 대한 비평가이기도 하다… 시는 이제 시인만이 진정으로 관심을 갖고 최종 발언권을 갖는 진정한 학문과 전공처럼 보인다. 새로운 공백을 메운 시인들의 글쓰기 성과는 자체 제작한 도서나 내부 브리핑에서 자체적인 낭독의 형태로 동료들에게 전달되고, 동료들의 평가를 회수한다.[28]

최근 몇 년 동안 시인들이 시가사를 논의하는 방법으로 채택한 것은 글을 쓰고 논쟁에 참여하는 것 이외에도 시가 선집選集을 편집, 시가 총서叢書및 연감年鑑을 출판, 시의 시기를 구분하고, 시의 개념을 해석하며, 시의 '패러다임'을 확립하는 권리를 놓고 경쟁하였다. 또한,

27 실제로 주즈칭朱自清과 원이둬聞一多 등의 시가사에 대한 검토 작업은 시에 관한 창작 경험 뿐만 아니라 자신의 창작 경험과 예술적 취미와 거리를 두는 데에도 도움이 되었다.

28 천둥둥陳東東 「단면적인 견해片面的看法」, '민간 간행물' 《표준標準》, 1996, 봄 창간호創刊號에 게재.

한 시기에 나타난 시의 예술적 특성을 '자아 서술'을 통해 '개인적인 글쓰기', '일상성', '지식인의 글쓰기', '민간의 글쓰기', '서사성' 등과 같은 보편적인 '패러다임'으로 탈바꿈하였다. 그 결과 '의식'과 '사실', '가능한 측면'과 '역사적 측면'이 뒤섞이고 얽히며 이 속에서 진행 중인 것들은 급속도로 굳어지고 '역사화' 되었다. 이것은 시인이 역사적 담론에 참여하는 가장 중요한 방식이다.[29]

시인의 역사적 논술에는 분명 그것의 합리성과 중요한 의미가 있다. 오늘날 어떤 '대중적인 시'의 전망에 대해 어떻게 상상하든지 간에 시는 결국 소수의 몫이다. 시 쓰기의 '전문적', '실험적' 경향은 시를 논하기 위한 충분한 조건을 필요로 한다. 문화적 배경, 사상적 깊이, 예술적 감수성 외에도 '성공적인' 시를 쓴 경험이 있는지 여부는 중요한 항목이다. 적어도 시인들은 그렇게 생각한다. 이러한 상황에서 집필 경험이 없는 평론가와 시가사가詩歌史家들은 요점을 놓치고 자격을 상실한 열정적인 문외한으로 '전락'하였다. 시인들은 다른 사람들이 머리를 긁적이고 있다고 생각하지만 결국 그들만이 '마지막 발언을 할 수 있다'(시가 비평과 시가사)고 생각한다. 실제로 이들은 남들과 단절된 영역으로 깊숙이 들어가 '핵심'으로 통하는 '비밀의 통로'를 손아귀에 넣었다. 그들은 다소 극단적인 말을 하지만 적어도 그다지 '문외한'은 아니다.

그러나 시인의 시가사 담론의 가치에도 '한계'를 내포하고 있으며, 그들은 또한 어디에나 있는 '글쓰기의 이익'과 '시적 정치'를 다루는 방법에 대한 난제에 직면하고 있다. '편파적이지 않은' 외투를 벗고,

29 장타오姜濤 「서술 속의 당대 시敘述中的當代詩歌」, 《시 탐구詩探索》, 1998, 2호를 참조.

자신과 소수 집단의 대변인 역할을 하는 것도 물론 선택이겠지만 그렇다고 해서 그것이 전부는 아닐 것이다.

《정저우대학교 학보鄭州大學學報》, 정저우鄭州, 2005년 4호에 게재

시의 '주변화'

1

시의 '주변화'는 당연히 새로운 화두가 아니며, 1990년대부터 이 판단은 널리 받아들여졌고, 1990년대 이후 중국 본토에서 논란의 여지가 없는 서술이 되었다. 이러한 개념의 보편적인 적용에서 1980년대는 당대 시의 '황금기'로 설정되었고, 1980년대 말부터 '주변화'가 시작되었다. 비평가들의 서술에서 시의 '주변화'는 주로 시가 처한 상황, 즉 사회적, 문화적 공간에서의 시의 위상과 관련되어 있다. 감소, 하강, 미끄러짐 등은 '주변화' 현상을 설명하는 데 자주 사용되는 동적 특성이 풍부한 단어들이다. '미끄러짐'은 먼저 시를 대하는 독자들에게 큰 손실로 간주되며, 시의 창작 및 유통이 점점 더 '원형화'되는 경향이 있다. 대체가 가능한 또 다른 일반적인 표현으로는 '시를 읽는 사람보다 쓰는 사람이 더 많다'는 것이다. 따라서 시는 때때로 '생산자를 위한 제품'[1]이라고도 불린다. 이 현상에 대한 추가적인 설명은 시가 광범위한 호소력과 영향력을 상실했다는 것이다. 시는 '대중' 뿐만 아니라 문학계에서도 잊혀졌다고 해도 과언이 아니다. 이러한 공간적 위치의 '중심'으로부터의 이탈은 '문학 장르'에서도 드러난다. 대중문화는 커녕 심지어 '엄숙한 문학'이라는 범위 내에서도 그 위상은 예전 같지 않다. 전반적으로 1990년대 문학의 위상은 쇠퇴하고 있지만 소설은 '통속화'라는 특성으로 인해 이 속에서 직면해야 하는 그 충격이 시에 비해 상대적으로 덜하다. 20세기 중국의 현대 문학에서는 당연히 소설이 지배적인 역할을 하였지만, 시 또한 상당 부분 중요한 위치를 차지하였다. 20세기 말에 이르러 이러한 상황은 크게 바뀌었고, 문학적 성취를 측정한 결과는 거의 전적으로 소설에 의해 좌우되는 경향이 있어 시는 불필요한 존재가 되었다. 현재 대학의 문학 교육에서 당대의 시는 단순히 구색만 맞추고 있는데, 당대 문학을 전공한 일부 교수들은 1980년대 이후 시에 대한 이해가 '몽롱 시'와 1980년대 소수의 시인에게만 국한되어 있으며, 1990년대의 상황에 대해서는 이해가 부족한 편이다.

시의 '주변화'에 대한 분석은 시인의 상황을 탐구하는 중요한 요소이기도 하다. 시의 위상이 하락한 것과 다소 모호한 시인의 정체성과 같은 이미지는 같은 사안의 다른 측면이다. 시인의 입장과 이에 따른 글쓰기 문제는 더욱 복잡해졌다. 피상적이지만 비록 중요하지 않은 수준에서, 또한 생계 수단으로서 '직업적' 측면에서 보면 '전문적인 시인'은 곧 사라질 것이다. 1990년대만 해도 혼자 시를 쓰는 것만으로는 생계를 꾸리기 어려웠다. 시집의 출판이 어렵고, 시에 대한 원고료가 빈약하다는 것은 이미 잘 알려진 사실이다.[2] 그렇다고 시인들이 줄줄이

1 커레이柯雷 「어떤 종류의 중화성이, 또 누구의 주변에서 일어났는가?何種中華性, 又發生在誰的邊緣?」, 《신시평론新詩評論》제1집, 베이징대학출판사北京大學出版社, 2006 참조.

2 한 가지 예로는 필자와 청광웨이稱光煒가 시가 선집을 함께 편찬하였는데, 당시

굶어 죽었는가? 반드시 그런 것은 아니며, 시인들이 모두 가난하고 궁핍한 것도 아니다. 시를 쓰는 것이 본업이든 부업이든 간에 이런 현상을 계속 유지하기는 어렵다. 시인이 동시에 공무원, 교수, 사업가, 기업인, 회사원, 신문사 편집장을 맡는… 이런 사실은 물론 '새로운 것'이 아니다. 불교의 선을 실천하고, 노승처럼 묵묵히 길가의 서점에 앉아 있는 시인[3]은 기이하다고 칭송을 받으며 그의 시에 무게를 더한다. 그러나 관공서와 쇼핑몰에서 최대한 정치적, 경제적 이익을 얻으며 등불 아래에서 순수한 사랑을 노래하는 시인은 많은 사람들의 서로 다른 '신분'과 '얼굴'을 조합하고 통합할 능력이 없다. 그러나 '직업'은 한 가지 측면일 뿐이고, 어려운 점은 시인이 새로운 맥락에서 어떤 '문화적인' 역할을 수행해야 하는지(그리고 사람들이 수행하기를 원하는)이다. 1980년대에는 '시차로 인해 이데올로기적 해체와 상업화의 물결이 도래하기 전의 공백', '시인은 '구세주, 투사, 목사, 가수'와 같이 잘못된 가면을 쓰고 있었다.'[4] '잘못 착용했다'는 것은 논의할 가치가 있지만, 확실한 것은 이런 종류의 '가면'은 대부분 자동적으로 또는 강제적으로 제거되었다는 것이다(그들의 '유령'이 사라지지는 않았지만). 이 경우 시인이 어떤 종류의 '가면'을 써야 하는지에 대해서는 물론 비평가와 대중들에게도 불분명하다. 그들은 여전히 '투사'인가? 일부는 이것이 허망하다고 생각할 것이다. 그들은 단어의 단조자鍛造者인가? 다른 사람들은 그것을 사회적 책임감의 상실이라고 볼 것이다. 자신과 남을 즐겁게 하는 가수라면 더 많은 사람들이 그를 타락했다고 비난할 것이

출판사가 시인에게 지급한 원고료는 한 줄에 1위안이었다.

3 시인 저우멍디周夢蝶는 1962년에 불교의 선을 배웠으며 타이베이 우창武昌 거리에 노점을 차리고 묵묵히 앉아 무명 시인의 시집과 철학 서적을 팔았다.

4 베이다오北島 『실패한 책失敗之書』, 산터우대학출판사汕頭大學出版社, 2004, 168쪽.

다. 시인(그들이 '진짜' 시인이라면)은 '초자연적인' 사고방식과 상상력을 가지고 있으며 그들의 일부 행동은 기이한 면도 없지 않아 있다. 이러한 것들은 문화적 전통, 신성한 사명, 낭만적 무드가 뒷받침되면 미담이 되는 경우가 많다. 일단 모든 종류의 지원이 제거되면 진짜(또는 가짜) '초월적인 힘'은 구경꾼의 관심을 끄는 기괴하거나 심지어 광기가 될 수도 있다. 따라서 한 시인은 '시를 오래 쓰다 보면 늘 눈살이 찌푸려지는데, 산문을 쓰기 시작하면 마음이 정화되고, 모든 것이 용서가 되는 것 같다'고 하였다.[5]

시의 위상이 하락한 것은 1990년대 신시에 대한 새로운 차원에서 '정체성'의 위기를 불러일으킨 시점이다. 이것은 '주변화'에 대한 또 다른 신호이다. 시가 영광을 누렸던 1980년대에는 그런 '위기론'이 등장하지 않았고, 누군가 제기한다 해도 귀담아 듣지 않았다. 신시의 '위기'(혹은 '죽음')에 대해 이야기하는 것은 새삼스러운 일이 아니라 몇 년에 한 번 혹은 영원한 화두(혹은 케케묵은 소리)라고도 할 수 있다. 중국 신시의 100년의 역사는 자신의 '합법성'을 수호하기 위해 분투한 역사이다. 새로운 '위기론'은 '세계화'의 관점에서 다음과 같은 주장을 제시하고 있다. 100년 된 신시는 왜 '국제적으로 인정을 받은' 위대한 시인과 정전正典이 없을까? 국제적으로 인정을 받은 '찬란한 고전 시'에 이어 '세기 말'에는 이것이 신시의 자신감을 무너뜨리는 또 다른 효과적인 수단이 되었다. 역설적이게도 '신문학新文學'은 '끝났다'고 하지만 '신문학'의 길을 열어준 '신시新詩'의 합법성에 대한 집요한 질문은 계속되고 있다. 나는 신시의 옹호자들조차 신시의 문제점과 과실을 검토하는 데 반대하지 않을 것이라고 생각한다. 문제는 이러한 성

5 베이다오北島 『실패한 책 · 자서失敗之書 · 自序』.

찰이 역사의 '뒤안 길'에서 신시의 발생과 그것이 존재하는 토대를 '송두리째' 흔드는 경우가 많다는 점이다. 이는 1958년 신시의 발전 경로에 대한 논의에서도 지배적으로 드러났고, 1990년대에 제기된 문제 역시 이와 비슷한 논리를 가지고 있다.

2

최근 몇 년 동안 시의 '주변화'에 대한 분석과 '주변화'라는 비판적 개념의 적용에는 두 가지 근거가 있음을 알 수 있다. 하나는 현상에 대한 기술과 가치 평가의 중첩 및 교차, 즉 관련 현상에 대한 설명일 뿐만 아니라 많은 학자들에게 있어 해석에 대한 비판적 개념이기도 하다. 다른 하나는 '1980년대'를 사실적 관찰과 평가의 기초로 삼는다는 점이다. 전자의 관점에서 볼 때 많은 담론에서 '주변화'는 시적 공간의 이동과 변화의 궤적을 명확히 하기 위해 사용되었을 뿐만 아니라 시적 사실(시인과 작품)에 대한 평가를 의미하기도 한다. 따라서 '주변화'는 시적 수준과 질이 떨어지는 것, 시단의 쇠퇴와 허술한 현상을 나타내기도 한다. 관찰과 해석의 기준점인 '1980년대'는 기준의 대상, 구성 자료, 평가 척도 등 복합적인 기능을 수행하였다.

논의할 가치가 있는 것은 '1980년대'가 1990년대 이후 시에 대한 논평의 근거로 어느 정도 혹은 어떤 의미로 사용될 수 있는가 하는 것이다. 왜 1990년대 이후 시의 '실패'라는 비난이 '1980'년대와 비교를 바탕으로 해야 하는 것인가? 1980년대는 당대 시에 있어 당연히 매우 중요한 시기였고, 그것을 경험했든 경험하지 않았든 간에 시를 연구하는 많은 후대들이 이 시기를 특히 감사히 여길 것이라고 생각한다. 1980

년대는 구속받고 갇혀 있던 시인과 독자들의 감수성을 열어주고, 시를 창작하는 에너지를 발산하는 데 중요한 역할을 했으며, 그 시대가 얻은 감정과 경험은 여전히 귀중한 자산이다. 그러나 '몽롱 '시'(일부 시인과 비평가들은 이 개념에 강하게 반대하며 '오늘의 시군詩群'이 되어야 한다고 믿는다)를 중심으로 한 '1980'년대 시적 경험이 '축소되면서' 이것이 '고착화'되는 상황이 발생하였다. '축소'는 경험의 배타적 특성을 의미하는 반면 '고착화'는 특정 조건에서 분리됨을 의미한다. 시가사에서 강조하는 '정전화正典化' 운동은 신뢰할 수 있는 '기준'을 제공할 뿐만 아니라 이후의 경험을 수용하고 이를 개방(폐쇄가 아닌)하는 데 도움이 되어야 한다. 1990년대 시의 '주변화'에 대한 논술에서 '몽롱시'(또는 '오늘의 시군詩群')의 경험과 '유산'은 계승과 변용이 불충분했을 뿐만 아니라 문맥에서 제거되고 굳어져 경직된 척도가 되었고, 훗날 성과를 폄하하는 문제로 전환되기도 하였다. 사실 1980년대의 시는 여전히 시의 창작에 대한 다양한 가능성을 제한하고 있다. 시와 '시대', 개인적 삶과의 관계 구축, 현대 한어에서 시적 능력의 발견 등, 여기에 제시된 복합적 양상과 다양한 가능성은 이후 점차 전개되었다. '신시기' 이후의 시적 현상을 서술하는 비평적 틀을 마련하기 위해서는 1980년대 이후의 탐색과 이 속에서 생성된 새로운 경험도 포함되어야 한다.

스티븐 오원Stephen Owen의 글에서 베이다오北島의 시 「비 오는 밤雨夜」[6]의 일부 구절을 인용하기 전에 '다음과 같은 시를 피하는 것이 아마도 시인이 배워야 할 가장 중요한 덕목일 것이다'라는 말이 있다.

6 '내일 아침/ 총구와 핏빛 태양이/ 나에게 청춘과 자유의 펜을 내놓으라면/ 나는 결코 이 밤을 넘겨주지 않겠네/ … '

'멀리 떨어져 있고 문화적, 정치적 상황이 다른 미국의 학자로서 특정 작품에 대한 느낌이 중국의 독자들과 사뭇 다르다는 것은 충분히 짐작할 수 있다. 그러나 중국의 독자들 사이에서도 이 작품들에 대한 반응이 한결같지는 않을 것이다. 스티븐 오원은 '선대 시인'과 비교하여 이미지를 사용하고 결합하는 대담한 '몽롱 시' 세대의 시인들을 칭찬하면서 시제의 선택과 감정 표현 등의 방면에서 이룬 혁신이 서양의 독자들로 하여금 대담하다고 느끼지 않을 수 없으며, '중국 문학의 보수주의라는 맥락에서' 그들이 일으킨 감흥은 '19세기 말과 20세기 초 서구 독자들에게 가져온 시의 모더니즘에 못지않을 것'이라고 하였다. 그러므로 그는 '대담함은 상대적인 특성'[7]이라고 덧붙였다. '상대적'이라는 것은 그것이 존재하는 특정 환경과 그것이 발생하는 특수한 조건을 기반으로 한다. 1980년대에 시적 경험을 '고착화'하지 않는다는 것은 시의 문화적인 맥락에서 추상적인 담론을 피하고, 이 추상화된 경험을 다시 '문맥화'하려는 것을 의미한다. '문맥화'는 역사적 시간의 '한정성'에 주목하는 것이며, 이러한 경험은 시공간의 제약을 받지 않고 교조화[8]하려는 것이 아니라, 경험이 내포한 생명력을 받아들일 수 있는 요소로 전환하는 것이다.

7 스티븐 오원Stephen Owen 「세계의 시란 무엇인가?什麽是世界詩歌?」, 《신시평론新詩評論》제1집, 베이징대학 출판사北京大學出版社, 2006, 123-124쪽.

8 스티븐 오원은 1980년대 베이다오北島와 같은 시인이 이룬 대담한 혁신과 그들의 시가 만들어낸 '감흥'을 특정 맥락에서 보아야 한다고 지적하였지만 그는 서양의 시와 중국의 고전 시를 언급할 때 구체적인 시공간과 분리될 수 있는 '특성'이 존재한다고 생각하였다. 따라서 그는 '대담함이 가져온 특별한 감흥은 당연히 오래가지 못할 것이고,… 연기가 걷히고 나면 진정한 시가 보인다'고 하였다. 사실, 연기가 '사라진' 후에도 이러한 감흥은 여전히 남아 있거나 다른 연기로 둘러싸여 있을 것이다.

3

1990년대 시의 '주변화'를 바라보는 또 다른 시각은 20세기 중국 신시의 전반적인 역사적 맥락을 관찰해 보는 것이다.[9] 시미奚密는 신시(그녀는 '현대 한시現代漢詩'라는 개념을 사용함)의 '주변화'가 등장할 때부터 이미 존재했다고 분석하였다. 처음부터 신시는 '두 가지 세계'의 가장자리에 있었는데, '하나는 빠르게 변화하는 전통 사회이고, 다른 하나는 대중의 전파와 소비주의가 날로 지배하는 현대 사회'이다. 따라서 '주변화'는 역사적 과정의 특정 단계에서 나타나는 현상이나 예외가 아니라 필연적인 산물이자 진화의 과정이기도 한 '현대적인 현상'이며, 또한 '현대 한시'를 구성하는 '본질'이고, 그것의 '미학적, 철학적 특징'이기도 하다. 이런 의미에서 시미奚密는 때때로 '주변성'이라는 용어를 사용하기도 하였다. 실제로 중국의 '전통 사회'에서 시는 한때 우월한 지위를 차지하였다. 그것은 정치권력으로 향하는 사다리이자 정상에서 세련된 형태의 대인 관계를 나타낸다. 그러나 신시가 등장하면서 이 '전통 사회'는 와해되었고, 시가 가진 우월성과 정치적, 문화적 기능은 모두 상실되었다. 그러나 현대 사회에서 시는 대중 매체와 경쟁하며 광범위한 소비자 계층을 끌어 모을 수 없기 때문에 현대 시는 그것이 '신세계'의 가장자리로 밀려나는 것을 보고도 살아남을 방법이 없었다. 신시의 이러한 역사적 맥락을 살펴보면 1990년대에 발생한 '주변화' 현상은 사실 이 역사적 과정의 연속이며, 그것이 야기한 많은 문제와 모순은 신시의 역사에서 찾아볼 수 있다.

9 시미奚密의 논술은 그녀의 저서 『주변에서 출발하다從邊緣出發』의 첫 장 「주변에서 출발 : 현대 한시의 현대성에 대하여 논하다從邊緣出發 : 論現代漢詩的現代性」, 광둥인민출판사廣東人民出版社, 2000년을 참조.

그러나 시미의 묘사에는 분명히 몇 가지 문제가 있으며 그녀 자신도 이를 인지하고 있을 것이다. 신시가 '본질적인' 측면이나 사회적, 문화적 공간에서의 위치를 막론하고 '주변성'을 일반화하는 것은 이에 대한 사실을 완전히 충족할 수 없으며, 실로 중국의 신시 역사에서도 '중심'에 대한 일관되고 강력한 접근성도 존재하고 있다. '오사五四' 기간 동안 신시의 제창자와 옹호자들은 말할 것도 없고, 그들이 활동을 시작할 때부터 문화적 혁명과 사회적 혁명에서 신시는 점차 중요한 위치를 차지하였다. 더욱이 1920년대 후반부터 시인, 이론가, 정치권력은 모두 시가 사회적 운동에 참여할 수 있는 방법과 수단을 적극적으로 모색해왔다. 시적 탐미주의의 '상아탑' 경향을 비판하고, 시인의 '현실'에 대한 도피를 비판하면서 시의 서민화와 대중화를 옹호하고, 시의 민족적 형식을 탐구하며, '시가 시골로 향하고', '군대 시'를 장려하며 '거리 시, 시 낭송, 새로운 민요 운동을 시작하여 '정치적인 서정시'의 양식을 창조하였다. 타이완의 '향토 문학' 운동의 전개도 이러한 노력의 결과라고 할 수 있다. 1950년대에서 1970년대까지의 '대약진大躍進 민요 운동'과 '정치적인 서정시'의 흐름은 말할 것도 없고 심지어 '톈안먼 시가天安門詩歌'까지 시가 사회정치에 직접 개입한 사건도 있었다. 1980년대 초반의 '몽롱 시'는 그 담론 형식이 '중심적인 담론'을 멀리하는 주변성을 보여주었지만, 또 다른 관점에서 보면 시 자체가 당시 사회적 운동의 중요한 구성 요소였으며, 이는 시가 '주변화'되지 않았음을 보여준다(이것도 나중에 달콤한 추억의 근원이 되는 이유이기도 하다). 이러한 비 주변화 현상에 대한 시미의 관점에 따르면 '1920년대에서 1940년대까지의 혁명 문학의 깃발은 시의 주변화에 대한 부정적인 반응으로 볼 수 있다'[10]는 것이다. 그녀가 시사하는 바는 이러한 주변적 위치에 대한 불만과 중심으로의 복귀를 강력하게 추구하는 것으로 이를 다시 검토해야 할 필요성을 직시하게 하며, 이러한 '주변화'에 대한 '반동'은 시의 독립성을 훼손하고 '중심적인 담론'과의 필요한 거리 유지를 손상시키며, 그 실험에서도 시의 법칙 자체를 탐색할 수 있는 공간을 축소시킨다는 것이다.

이러한 묘사와 평가는 물론 '순수한 시'와 시의 '독립성'에 대한 믿음에 기초하고 있다. 그러나 20세기 중국의 역사적, 사회적 상황과 신시가 속한 '신문학'의 강한 사회적 특성, 그리고 부정적인 현상이라고 볼 수 없는 '개입'이라는 특성을 감안하면, 신시의 역사에 대한 서술은 '주변'이라는 해석과 비판적 관념으로 또다시 바뀔 수 있다. 신시의 역사는 '주변적' 지위를 유지하고 '중심'으로 진입하기 위해 이 주변적 지위를 떠나는 두 가지 시적 명제, 얽힘, 변용, 갈등, 교섭의 역사라고 볼 수 있다. 서로 다른 시적 명제와 실천에 대해서는 특정 상황과 관계없이 절대적인 가치 판단을 내릴 수 없으며, 이들의 구체적인 시적 성취와 기존의 문제점도 역시 별도로 세심하게 분석할 필요가 있다. '개입된' 시학詩學과 시적 실천이 대부분의 시간을 지배해 왔기 때문에 '주변화'된 시의 문화적 가치 유지, 시적 역량의 개발은 20세기에는 분명히 불충분하였고, 그들은 '현실 도피'와 '기교만을 중시하는 자'로 낙인 찍혀 공격받기 일쑤였다. 이러한 비판은 종종 사회적 양심과 도덕적 자세에 의해 뒷받침되기 때문에 비판을 받는 사람들이 자신을 방어할 수 있는 능력을 무너뜨릴 수 있다.

10 시미奚密 『주변에서 출발하다從邊緣出發』, 23쪽.

4

1990년대 이후 시장 경제와 소비주의 시대에 시가 문화의 '중심'으로 진입할 수 있는 여건은 더 이상 주어지지 않았고, '주변화'의 압박과 이에 따른 상실감은 그 어느 시대보다 강하고 뼈저리게 느껴진다.[11] 따라서 신시 역사의 일종인 '관성慣性'적인 운동으로서 '주변'에서 벗어나 '중심'에 더 가까이 다가가려는 다양한 의지와 대책들이 생겨났다. 그 대책 중 하나는 시의 사회생활에 대한 개입, 사회에 대한 비판과 개조라는 시의 책임과 의무를 상기시키며, 표현의 전략적 측면에서 '직선 운행'이라는 서정적 양식을 촉구하여 시인의 문화적 '투사' 의식을 되살리려는 것이다. 이와 병행하여 1990년대 시를 이른바 '심각한 현실과의 괴리', '최하위층의 이익을 배반'하는 행위라고 비판하였다. 이러한 요구는 근거가 없다고 할 수 없지만 이 시대의 복합적인 특징과 시에 관한 문제를 간과한 것이다. '시는 행동의 언어, 사회를 개조하는 도구, 또는 개인과 사회 간의 대화, 사유와 상상의 표현인가? 시인은 사회적 영웅인가, 문화적 투사인가, 아니면 선지자와 예언자인가, 아니면 롤랑 바르트Roland Barthes의 말처럼 믿음의 기사도 초인도 아닌 권세를 누리는 언어로만 논할 수 있는 평범한 인간인가? 시를 쓰는 것은 '사회 질서'에 기반을 둔 것인가, 아니면 소통하고 공유하고 싶은 마음에서 내면의 감정과 깨달음을 표현하기 위한 것인가?' "'사

11 왕광밍王光明은 당시 중국 본토의 시가 처한 상황에 대해 "'빛이 흐려지고, 막이 내렸으며, 줄거리는 이미 새로워졌다… 많은 것들이 하루아침에 비극에서 희극으로 바뀌었고', '시는 정말 황혼과 어둠에 접어든 것 같다.'라는 감성적인 묘사를 하였다. 『현대 한시의 백 년 변천現代漢詩的百年演變』, 허베이인민출판사河北人民出版社, 2003, 607-610쪽.

회', '현실', 독자'라는 이름으로 시를 규제해야 하는가, 아니면 사회와 현실을 수용하기 위해 시를 활용하고, 언어적 실천과 문화적 상상력을 펼치기 위해 '시의 독특한 양식'을 사용해야 하는가?"[12]

'시'가 소외되고 독자가 이탈하는 딜레마를 해결하기 위해 시의 '통속화'와 '평민화'라는 명제가 다시 제기되었고, 가상의 '대중'들이 참여하기를 기대하며, 영화와 대중가요에 매료당하는 사람들의 안목을 변화시키고, 시가 우월하고 이해하기 어렵다는 부정적인 이미지를 바꾸기 위해 더 많이 노력하였다. 실제로 시의 문턱도 크게 낮아졌다. 그러나 '대중'은 그것을 정말로 감사히 여기지 않는 것 같다. 거의 모든 사람들이 참여할 수 있는(쓰기와 읽기) 이해하기 쉬운 시와 마찬가지로, 난해하고 모호한 시는 놀랍게도 거부와 조롱의 대상이다. 따라서 시인은 너무 많은 허망한 기대를 하지 말아야 할 것이다. 어려운 시와 통속적인 시를 읽는 것은 사실 똑같은 사람들이다. 이와 반대로 백화문으로 구성된 '구수시口水詩'의 등장은 시가 존재하는 이유와 그 가치를 더욱 의심스럽게 하였다.

시의 '주변화' 문제를 해결하기 위한 또 다른 중요한 방안은 시의 보급과 유통 수단, 특히 '멀티미디어'를 적극 활용하는 것이다. 이것은 물론 유익하고 긍정적인 노력이며 이미 어느 정도의 성과를 거두었다. 전문 배우들이 출연하는 무대 공연, TV로 방송되는 시 낭송회, 시인이 직접 자신의 작품을 읊는 낭송회, 각지의 크고 작은 시를 향한 축제, 시와 관련된 다양한 친목회와 모임, 리셉션, 시의 평론에 대한 다양한 시상식, 각종 시가 차트 발표 등은 이러한 노력의 다양한 결실로 시의 '주변화'에서 이례적인 '시적 열풍'을 초래하였다.[13] 시는 이렇게 그 영

12 왕광밍王光明 『현대 한시의 백 년 변천現代漢詩的百年演變』, 612-613쪽.

향력을 확대하고, 일부 독자(관객)들도 이를 통해 시와 점점 '가까워지는' 것 같다. 그러나 여전히 다른 측면의 문제점도 있다. 활기차고 떠들썩한 일부 시에 관한 활동은 '활기 넘치는 시의 카니발'이라 할 수밖에 없다. 이는 "카니발의 주최측과 관객들을 은근히 기쁘게 할 뿐만 아니라, 그 자체로 향수를 불러일으키는 욕구를 만족시키고 있다." 그러나 '알코올로 측정되는 시인의 본성 외에도 시를 논하고 전시展示하는 것은 모두 형식적인 절차에 불과하였다.'[14]

시의 '주변화'는 시가 더 이상 필요하지 않다는 것을 의미하지 않으며, 그 '가능성이 고갈된' 것이 아니라 전환된 것[15]을 나타낸다. 따라서 '주변은 언어의 예술이자 이데올로기적 전략'[16]이다. 그것은 '중심적 담론'(정치적이고 대중적인 문화)으로부터 필요한 거리를 의미하며, 인간의 인문학적 정신에서 출발하여 새로운 감수성을 제공하고, 시가 지닌 대체불가한 문화적, 비판적 가치를 발휘하는 등 인간의 생존에 관한 모든 측면을 탐구하는 것이다. 이러한 이유로 '주변'은 전적으로 시의 지위에 대한 부정적인 판단이 아니다. 이 시대가 직면한 문제, 그리고 이 시대의 시가 해결해야 할 문제를 인식하는 시인들에게 있어서 '주변'이란 몸과 마음(언어를 포함한)에 대한 '저항'이 있어야만 가능한 위

13 통계에 따르면, 2005년에는 전국적으로 거의 60회에 가까운 다양한 시에 관한 축제, 시를 읊는 낭송회, 친목회, 시의 평론에 대한 다양한 시상식과 같은 행사가 열렸다. 저우잔周瓚의 『2005년 중국 본토의 시계에 대한 회고2005年中國大陸詩界回顧』, 《신시평론新詩評論》2006년 제1집, 베이징대학출판사北京大學出版社, 2006년을 참조.

14 쉬징야徐敬亞, 천둥둥陳東東의 말은 저우잔周瓚의 『2005년 중국 본토의 시계에 대한 회고2005年中國大陸詩界回顧』에서 인용되었다.

15 왕광밍王光明 『현대 한시의 백 년 변천現代漢詩的百年演變』, 611쪽.

16 시미奚密 『주변에서 출발하다從邊緣出發』, 53쪽.

치이며, 효과적인 실천을 위한 새로운 출발점이다.

《문예연구文藝硏究》, 베이징北京, 2007년 5호에 게재

당대 중국 문학의 주요 역사적 사건[1]

1949년, '문학의 새로운 구도' 확립

1949년 7월 해방된 베이핑北平에서 열린 제 1차 전국 문학예술 근무자 대표 대회第一次文代會는 일반적으로 20세기 중국 문학이 '당대'에 진입한 시초로 간주된다. 국통구國統區와 해방구解放區의 문예가 824명이 대표로 이 회의에 참석하였다. 마오둔茅盾과 저우양周揚은 각각 1940년대 중국의 국통구와 해방구의 문예 운동의 경험을 요약한 보고서를 작성하였다. 본 회의는 중국 본토 문학의 새로운 패턴을 확립하고, 다양한 문학의 요소와 세력 중에서 좌익 혁명 문학은 합법적으로 존재하는 유일한 문학이 되었다. 마오쩌둥毛澤東의 「옌안 문예 좌담회에서의 연설在延安文藝座談會上的講話」은 문예가의 '공동 강령'으로 선언되었고, 제재, 주제, 인물, 언어와 창작 양식을 포함하여 앞으로

1 이것은 1999년 12월 26일 《남방일보南方日報》(광저우廣州)에 실린 20세기 중국 문학의 주요 역사적 사건'에서 '당대當代'에 관한 내용이다. 그 중 '현대現代'에 관한 내용은 천핑위엔陳平原 교수가 작성하였다.

다가올 '당대 문학'의 창작과 이론적 비평, 문예 운동의 방식에 대해서도 지켜야 할 규범을 확립하였다. 또한, 문학의 '새로운 패턴'으로 중요한 것은 작가와 예술가가 모든 조직에 포함되었으며 특히, 문예 창작과 작가, 예술가의 사상과 조직의 리더십을 강화하기 위해 '문화 예술 부서'를 전담하는 조직(궈모뤄郭沫若 : 회의)에 관한 '요약 보고서'를 작성하였다. 이 기관들은 주로 중화 전국 문학예술계 연합회中華全國文學藝術界聯合會(주석 궈모뤄郭沫若 부주석 마오둔茅盾, 저우양周揚)와 그 산하 기관으로 중화 전국 문학 근무자 협회中華全國文學工作者協會(1953년 중국작가협회로 개명) 및 기타 협회가 있다.

1954년, '후펑 그룹胡風集團'의 붕괴

후펑胡風이 이끄는 문학 그룹은 중국 좌익左翼 문학의 중요한 세력이다. 이론과 세계관, 문학적 실천의 관계에서 그들은 삶과 창작의 실천에 더 많은 관심을 쏟았고, 창작의 주관성과 객관적 문제에 있어서는 문예의 생명력과 작가의 인격과 정신을 더욱 강조하였다. 그리고 중국의 현대화에 직면한, '봉건성'의 거대한 저항에 대한 평가에서 작가는 지식인의 계몽 정신을 계승해야 한다는 점을 강조하였다. 이러한 주장과 실천은 저우양周揚과 같은 좌익 문학의 주류와 상충된다. 사실 1940년대 후반에 후펑 등은 비판을 받는 위치에 놓였다. 그러나 후펑을 중심으로 한 세력은 그들의 주장이 '진실'된 것이라고 믿었고, 이상적으로는 그들이 결국 승리할 것이라고 생각하였다. 1954년에 그는 중국 전통 문인들이 쓰던 '상서上書' 방식을 채택하여 거의 30만 자에 달하는 '의견서' 「해방 이후 문예 실천 상황에 관한 보고서關於解放以來

的文藝實踐情況的報告」를 중국 공산당 중앙위원회에 제출해 마오쩌둥毛澤東의 지지를 얻으려 했다. '의견서'에서 그는 다시 한 번 자신의 이론적 관점을 설명하였고, 린모한林默涵과 허치팡何其芳 등의 비판을 반박하였으며, '해방 이후' 저우양 등이 주관한 문예 사업을 비판하였고, 문예에 관한 문제는 '실천 과정에서 그 차이를 해결해야 한다'는 중요한 안건을 제시하였다. 그러나 이 '의견서'는 결국 받아들여지지 않았고, 마오쩌둥은 '후펑의 부르주아적 이상주의, 당을 반대하고, 반인민적인 문예 사상을 철저히 비판하라'고 지시하였다. 그리고 1955년에 전국적으로 비판 운동이 일어났다. 후펑의 추종자였던 수우舒蕪는 비판 운동에서 후펑이 그에게 보낸 편지를 제출했고, 그 관계자에게 나중에 이를 '찾게' 되면 자신과 후펑이 주고받은 서신을 본인에게 다시 되돌려 달라고 요구하였기 때문에 후펑에 대한 비판은 문예 사상에서 '정치적인 문제'로 격상되었고, 후펑 등은 '반혁명 집단'이 되었으며 여기에 연루된 사람들은 루링路翎, 아룽阿壠, 루리魯藜, 뤼잉呂熒, 니우한牛漢, 뤼위엔綠原, 왕위엔화王元化, 지아즈팡賈植芳, 쩡줘曾卓 등 78명이 있으며 수십 명이 체포되어 투옥되었다. '당대 문학'은 이렇게 재능이 충만한 작가와 비평가들을 잃었고, 좌익 문학의 틀 안에서 경직된 문학 개념, 정책의 협소함을 조정할 기회도 상실하였다.

1956년, 문학의 '백화百花시대'

그 해 봄, 중국 문학의 전망을 우려했던 작가들은 마오쩌둥이 제시한 '백화제방, 백가쟁명百花齊放、百家爭鳴(1956년 중국 공산당이 제출한 예술 발전, 과학 진보와 사회주의 문화 번영을 촉진시키는 방침)'이라는 정책에서 영감을 받아 문학의 혁신적 추세를 촉진하기 시작했다. 「현실주의: 광활한 길現實主義——廣闊的道路」(허즈何直, 즉 친자오양秦兆陽), 「문학이 인문과학임을 논하다論"文學是人學"」(첸구룽錢谷融), 「인심을 논하다論人情」(바런巴人), 「현재 문예 문제에 대한 나의 견해我對當前文藝問題的一些意見」(류사오탕劉紹棠), 「가시는 어디에 있는가?刺在哪裡?」(치우윈秋耘), 「문학예술의 현실주의를 위해 투쟁한 루쉰爲文學藝術的現實主義而鬥爭的魯迅」(천융陳湧) 등의 글에서 해방 이후 문학이 처한 상황은 물론 이론과 정책의 '교조주의'와 '종파주의'에 대한 비판이 제기되면서 예술 창작이 자율성을 갖는 자유로운 환경을 조성하기를 내심 기대했다. 이 기간 동안 문학 간행물(예를 들면 《인민문학人民文學》, 《문예보文藝報》 등)도 다양한 개혁을 추진하였다. 이러한 환경에서 1956년부터 1957년까지 많은 중요한 작품들이 발표(출판)되었다. 예를 들면, 소설 「조직부에 새로 온 청년組織部新來的青年人」(왕멍王蒙), 「철목전전鐵木前傳」(쑨리孫犁), 「개선改選」(리궈원李國文), 「명경대明鏡台」(겅룽샹耿龍祥), 「골목 깊숙한 곳小巷深處」(루원푸陸文夫), 「붉은 팥紅豆」(종푸宗璞), 「아름답다美麗」(펑춘豐村) 등이 그것이며, 특필 「본보의 내부 소식(本報內部消息)」(류빈옌劉賓雁), 「포위된 농촌의 주석被圍困的農村主席」(바이웨이白危), 「깃대에 올라간 사람爬在旗桿上的人」(겅졘耿簡, 즉 류시柳溪), 시 「하나와 여덟一個和八個」(궈샤오촨郭小川, 당시 공개 발표되지 않았고, 내부 비판의 대상이 됨), 「초목편草木篇」(류사허流沙河), 「가계향賈桂香」(사오옌샹邵燕祥), 「칠레의 곶에서在智利的海岬上」(아이칭艾青), 연극 「찻집茶館」(라오서老舍), 「동고동락同甘共苦」(웨예岳野) 등이 있다. 이러한 작품들은 사회적 결합과 관련된 '삶에 개입'하는 경향을 보이거나 소외된 일상과 개인의 감정을 유지하고 발굴하는 경향이 있어 어느 정도 다양한 예술성을 보여주었다. 그러나 1957년 하반기에 전개된

'반 우파 운동'은 이러한 혁신을 좌절시켰고, 많은 작가와 이론 비평가들이 '우파 분자'로 전락하였다.

1958년, 장편 소설의 '풍성한 수확'

'대약진大躍進' 운동 중에 문학 창작의 수준은 크게 저하되었다. 그러나 오랜 시간 동안 구상되고 쓰여진 장편 소설 작품은 이 시기에 대거 발표되었다. 1957년 우창吳強의 「홍일紅日」과 취보曲波의 「임해설원林海雪原」은 1940년대 내전에 대해 묘사하였고, 량빈梁斌의 「홍기보紅旗譜」는 1930년대 북방의 농민 운동을 그렸다. 1959년 출판된 장편 소설은 더욱 밀집된 경향이 있는데, 「산골의 격변山鄉巨變」(저우리보周立波), 「전투 중인 청춘戰鬥的青春」(쉐커雪克), 「청춘의 노래青春之歌」(양모楊沫), 「상하이의 아침上海的早晨」(제1부, 저우얼푸周而復), 「야화춘풍투고성野火春風斗古城」(리잉루李英儒), 「고채화苦菜花」(펑더잉馮德英), 「적후무공대敵後武工隊」(펑즈馮志), 「열화금강烈火金鋼」(류류劉流) 등이 있다. 장편 소설 출판의 이러한 경향은 1959년 「삼가항三家巷」(어우양산歐陽山), 1960년 「창업사創業史」(제1부, 류칭柳青), 1961년 「붉은 바위紅岩」(뤄광빈羅廣斌 · 양이옌楊益言) 등으로 1960년대 초까지 이어졌다. 이 시기의 장편 소설 가운데 가장 편수가 많고 비교적 높은 완성도를 보인 작품은 '혁명의 역사'를 쓴 작품이다. 「청춘의 노래青春之歌」는 1960년대 일본, 홍콩, 동남아 등지에서도 많은 독자를 거느렸고, 「붉은 바위紅岩」는 초판부터 1980년대까지 800만부 이상 발행되었다. 1950년대 무협, 로맨스 등을 그린 통속 소설은 '봉건적'이고 '매판적' 문화라는 비판을 받아 배척당했다. 「적후무공대敵後武工隊」, 「열화금강烈火

金鋼」과 「임해설원林海雪原」 등은 '혁명의 역사'를 쓰기 위해 통속 소설을 부분적으로 사용하였고, 많은 독자들에게 환영을 받았으며 그것들은 혁명적 통속 소설로 간주되었다.

1964년, 중심으로 가는 연극

1963년부터 '문화 대혁명'에 이르기까지 연극 창작과 공연은 급증하였다. 이 기간 동안 전국 각 지역의 연극과 희곡 공연이 여러 차례 개최되었다. 1965년에만 172편의 연극을 포함하여 현대 생활을 표현한 327편의 연극이 제작되고 상연되었다. 당시 큰 호응을 얻었던 작품으로는 「제2의 봄第二個春天」, 「두견산杜鵑山」, 「네온사인 아래의 보초병霓虹燈下的哨兵」, 「레이펑雷鋒」, 「제발 잊지 마세요千萬不要忘記」, 「젊은 세대年青的一代」 등이다. 이에 앞서 1964년 7월 베이징에서 전국 경극 현대극 공연 관람 대회全國京劇現代戲觀摩演出大會가 열려 9개 성, 직할시, 자치구自治區의 28개 경극단京劇團이 「홍등기紅燈記」, 「호탕화종蘆蕩火種」(이후 「사가빈沙家濱」으로 개명), 「기습백호단奇襲白虎團」, 「지취위호산智取威虎山」 등 38편의 '경극 현대극京劇現代劇'을 공연했다. 장칭江青은 공연자 관찰 좌담회에서 연설을 하였고(1967년 공개 발표 당시 제목은 「경극 혁명에 대해 논하다談京劇革命」였음), '모범극樣板戲'을 육성하는 실험을 시작했다('모범극'이라는 개념은 1967년에 공식적으로 사용되었으며, 그 해에 8개의 '모범극'에 관한 첫 번째 명단이 작성되었다). 위에서 언급한 4편 외에도 경극 「항구海港」, 발레 「홍색낭자군紅色娘子軍」, 「백모녀白毛女」, 교향곡 「사가빈沙家濱」 등이 있다. 문학(문예)의 다양한 양식 속에서 연극은 점차 중심으로 향하였다. 양적으로 뿐만 아니라 다른 문학 양식(시, 산문, 소설)에 미치는 영향과 국가의 정치적 생활에서 차지하는 위치에서도 연극은 정치 투쟁의 '돌파구'(「해서파관海瑞罷官」과 「이혜낭李慧娘」에 대한 비판)가 되었고, 정치와 문예의 '진지陣地'를 점령하는 데 사용되는 중요한 '무기'(예를 들면 '모범극')가 되었다.

1968년, 문학 세계 속의 저류潛流

'문화 대혁명' 시기(1966-1976)의 문학은 여러 부분으로 나뉜다. 하나는 공개된 부분(공적인 문학 활동과 작품을 공개된 간행물에 게재하는 것)이고, 다른 하나는 은폐된 부분(어떤 사람들은 그것을 '지하'라고 부름)이다. 1968년 지식 청년 궈루성郭路生(ス ス食指)은 「미래를 믿다相信未來」, 「이것은 4시 8분의 베이징這是四點零八分的北京」과 같은 시를 썼는데, 이는 지식 청년들 사이에 널리 퍼졌고, 최초의 '지하 문학'으로 간주되고 있다. 분단된 문학 세계의 저류潛流로서 이 작품들은 당시 비밀스러운 상태로 쓰여 출판이 불가능하였으며 대부분 '필사본手抄本'의 형태로 유포되었다. 차이치차오蔡其矯, 무단穆旦, 니우한牛漢, 류사허劉沙河 등과 같은 유명한 시인들은 이 기간 동안 많은 중요한 작품을 썼다. '문화 대혁명'에서 지식 청년들의 시 쓰기는 매우 보편적인 현상이었다. 그 중 일정한 규모와 집단을 형성한 것이 바로 '바이양뎬 시 그룹白洋淀詩群'이다. 허베이河北 안신현安新縣의 바이양뎬白洋淀으로 내려가 인민 공사人民公社에 정착한 일부 베이징의 중학생들은 이곳에서 자신의 정신적 경험을 기록하면서 독재 정치에 대한 비판, 삶이 좌절되고 발 밑의 땅이 무너졌을 때의 혼란과 고통을 표현했다. 주요 작가로는 둬둬多多, 망커芒克, 건즈根子가 있으며 베이다오北島, 장허江河, 정이鄭義, 천카이거陳凱歌 등은 이 그룹의 시와 밀접한 관련이 있다. '문화 대혁명'에서 지식 청년들이 쓴 시는 1970년대 후반 베이다오, 수팅舒婷, 구청顧城, 양롄楊煉 등으로 대표되는 몽롱 시의 창작 물결을 용솟음치게 하는 계기가 되었다. 이 시기의 '지하 문학'에는 필사본 소설도 포함되어 있다. 그 중 가장 유명한 작품은 장양張揚의 「두 번째 악수第二次握手」이며 가장 가치 있는 작품은 '문화 대혁명' 후기의 세 편의 중편 소설 「공개된 연애 편지公開的情書」(진판靳凡), 「저녁노을이 질 무렵晩霞消失的時候」(리핑禮平), 「파동波動」(자오전카이趙振開, 즉 베이다오北島)이다.

1978년, 대형 문학 간행물과 '4대 명단名旦'

1950년대와 1960년대에 유일한 대형 문학 간행물은 1957년에 창간된 《수확收穫》이다. 1978년 3월 《종산鍾山》은 난징南京에서 창간되었고, 8월에는 《시월十月》이 베이징에서 창간되었으며 이듬해 1월에는 《수확收穫》이 복간復刊되었고, 4월에는 《화성花城》이 광저우廣州에서 창간되었으며, 7월에는 인민문학출판사人民文學出版社의 《당대當代》가 창간되었다. 이후 《장성長城》(스자좡石家莊), 《춘풍春風》(선양瀋陽), 《청명清明》(허페이合肥), 《장강長江》(우한武漢), 《강남江南》(항저우杭州), 《부용芙蓉》(창사長沙), 《소설계小說界》(상하이上海), 《곤륜崑崙》 (베이징北京), 《황하黃河》(타이위안太原), 《망원莽原》(정저우鄭州) 등 각지의 대형 문학 간행물이 우후죽순처럼 쏟아졌다. 이 간행물들은 매 호마다 200-300페이지에 달하기 때문에 중장편 소설의 분량을 수용할 수 있으며 이는 1980년대 중편 소설의 위대한 업적에 중요한 역할을 하였다. 1980년대에는 이 간행물 중 《수확收穫》, 《시월十月》, 《당대當代》, 《화성花城》의 뛰어난 성과로 인해 '4대 명단名旦'으로 불렸다. 물론 이후의 《종산鍾山》(난징南京), 《대가大家》(쿤밍昆明)도 문학을 발전시키는 데 큰 공을 세웠다.

1980년, '경파京派' 소설의 여맥餘脈

1978년부터 1980년대 초까지 소설계에는 '상흔傷痕 소설'과 '반사反思 소설' 등이 지배적이었다. 소설가들은 '문화 대혁명'에 대한 그들의 기억을 서술하였고, 이 '역사적 비극'을 목격한 사람들을 대신하여 그들의 감상이나 슬픔에 대해 증언하였다. 대표적인 작품으로는 「상처傷痕」(루신화盧新華), 「반주임班主任」(류신우劉心武), 「단풍楓」(정이鄭義), 「큰 담장 아래 붉은 목련大牆下的紅玉蘭」(총웨이시叢維熙), 「부용진芙蓉鎮」(구화古華), 「허무와 그의 딸들許茂和他的女兒們」(저우커친周克芹), 「리순따의 집짓기李順大造屋」(가오샤오성高曉聲), 「중년이 되어人到中年」(천룽諶容), 「월식月食」(리궈원李國文), 「형 노인과 개의 이야기邢老漢和狗的故事」(장셴량張賢亮), 「나비蝴蝶」(왕멍王蒙) 등이 있다. 그들은 삶에 남겨진 트라우마를 표현하거나 '신시기' 소설의 주된 흐름이 된 굴곡진 역사의 뿌리를 탐구하였다. 그러나 1980년 왕쩡치汪曾祺는 《베이징 문학北京文學》에 단편 소설 「수계受戒」를 발표했고, 이어 세상에 나온 「대뇨기사大淖記事」, 「이병異秉」 등의 소재와 주제는 '문화 대혁명'과 직접적인 관계는 없다. 그러나 그는 자신의 문학적 이상에 따라 정신적, 정서적 침전을 겪은 친숙한 기억을 표현하였고, 다소 '트렌드 밖'

의 글쓰기 입장을 표명하였다. 1940년대 왕쩡치汪曾祺의 연구와 창작은 선총원沈從文 등의 영향을 받았으며 1980년대에 발표된 단편 소설은 예술적 추구에 있어서 여전히 경파京派 소설가(예를 들면 선총원, 페이밍廢名, 루펀蘆焚 등)의 주장을 계승하였다. 그는 소설의 지나친 '극적인'(줄거리와 등장 인물에 대한 치밀하고 의도적인 설계) 경향을 해소하여 담백하고 조화로운 글쓰기를 옹호하였고 글을 '자연스럽게' 쓰며, '산문화된 소설'(또는 '에세이풍의 소설')을 제창하였다.

1985년, 문학 혁신의 해

이 해에 발생한 많은 문학 관련 사건은 1985년 일부 비평가들을 흥미롭게 만들었다. 예술적 측면에서 '상흔傷痕', '반사反思' 소설과는 다른 작품들도 등장하였다. 마위안馬原의 「강디쓰의 유혹岡底斯的誘惑」, 장신신張辛欣, 상예桑曄의 「북경인北京人」, 스톄성史鐵生의 「명약금현命若琴弦」, 류쒀라劉索拉의 「당신은 선택의 여지가 없다你別無選擇」, 왕안이王安憶의 「작은 바오씨 마을小鮑莊」, 천춘陳村의 「소년소녀, 총 일곱少男少女, 一共七個」, 한사오궁韓少功의 「아아빠爸爸爸」, 찬쉐殘雪의 「산 위의 작은집山上的小屋」, 모옌莫言의 「투명한 홍당무透明的紅蘿蔔」, 자시다와扎西達娃의 「가죽끈에 매인 혼系在皮繩扣上的魂」 등이 모두 이 해에 발표되었다. 1985년에는 두 가지 창작 경향이 주목을 끌었는데, 하나는 문학의 '뿌리 찾기尋根'이고, 다른 하나는 중국 '현대파現代派 문학'의 등장이다. 문학의 뿌리 찾기는 한사오궁韓少功, 아청阿城 등 지식 청년 작가들에 의해 시작되었는데, 그 목적은 문학의 '문화적' 의미를 부각시키고, 사회적, 정치적 관념의 매개체로서 당대의 문학이 처한 상황을 뒤흔들고, 문학 발전의 기반이 되는 민족 문화의 정신을 탐구하려는 것이었다. 류쉬라劉索拉, 찬쉐殘雪, 천춘陳村 등의 소설은 서구의 '현대주의' 문학에 가까운 주제를 가지고 있다. 세상에 대한 부조리한 감정을 표현하고, 인간의 외로움에 대한 글을 썼으며, 이는 문화를 반대하고, 숭고함을 거부하는 경향이 내포되어 있다. 비평가들은 이러한 '현대파' 문학에 대해 반대되는 태도를 취하였다. 일부는 그것을 문학의 '타락'으로 생각하는 반면 어떤 사람들은 '현대파'가 충분하지 않다고 여겨 '가장된 현대파'라는 별명을 붙였다. 이 시기에는 시 역시 새로운 '전환점'을 맞았다. '몽롱 시'는 쇠퇴하였고, 더 젊은 세대의 시인들이 쓴 '3세대 시'(또는 '신세대 시')가 새롭게 등장하였다. 1985년 문학의 '혁신'은 작가들이 더 넓은 현실과 삶에 직면하고 새로운 사고와 경험을 키우며 다양한 예술적 형식과 언어 표현을 탐구하는 데 큰 도움이 되었다.

1993년, 1990년대 문학의 분열

1993년 문단은 핫 이슈로 가득 찼다. 소설 「폐허의 도시廢都」, 「백록원白鹿原」의 출판과 그로 인한 논란, 그 해 연말 시인 구청顧城이 아내를 살해하고 자살한 사건, 왕숴王朔의 상흔傷痕을 둘러싼 논쟁, '인문학 정신에 대한 토론' 등이 그렇다. 1980년대 말부터 왕숴의 소설은 많은 독자를 얻었고, 일부 소설은 영화와 TV 작품으로 각색되었으며, 그는 또한 영화와 TV 창작에 직접 참여하여 그 영향력이 급속히 확대되었다. 1993년 초, 왕멍王蒙은 잡지 《독서讀書》에 「숭고함을 피하다躲避崇高」를 발표하였는데, 왕숴王朔는 그의 소설이 '위선으로 물든 숭고한 가면을 찢어버리고', 작품에서 사상, 감정, 언어의 '평민화平民化'를 이루었다고 극찬하였다. 이로 인해 왕쉬王朔의 창작물을 비판하는 사람들 사이에 불만이 생겼다. 그들은 왕쉬의 문학이 위선으로 물든 숭고함을 해소할 때도 모든 가치 있고 존귀하며 아름다운 것들을 비웃는 '사악한 문학'이라고 생각하였다. 왕쉬가 그린 인물이 '파렴치하고 무뢰한' 것은 돈, 이기심, 실용성 및 세속화된 사회적, 문화적 현상을 구현했기 때문이다. 이 한 해 동안 《상하이 문학上海文學》 제6호에는 비평가 왕샤오밍王曉明 등의 대화가 실렸다. 「광야에서의 폐허 : 문학과 인문 정신의 위기曠野上的廢墟——文學和人文精神的危機」는 현재 문학이 처한 위기가 '실제로 당대當代의 중국인이 직면한 인문 정신의 위기임을 폭로'하고, 이는 '공공 문화의 소양이 쇠퇴한 것을 나타내며 심지어 여러 세대의 정신적 자질이 갈수록 떨어짐을 나타낸 것'이라고 하였다. 이에 앞서 작가 장청즈張承志는 「붓을 기로 삼다以筆爲旗」 등의 글에서 문단의 타락을 맹렬히 비판했다. 이러한 글이 발표된 후, 한동안 많은 신문과 간행물에서 인문학의 위기에 대한 논의를 유발하였고, 많은 작가와 학자들이 글을 통해 자신의 견해를 밝혔다. 1993년에 발생한 많은 문화적 논쟁은 상품 경제의 발전 과정에서 피할 수 없는 문화적 충돌이었다. 대중의 소비 문화가 중심의 위치를 차지하기 시작하였고, '엘리트 문학'은 주변으로 물러났으며, 지식인들은 이런 상황에서 자신의 기존 가치관과 문화적 관념에 대해 혼란을 느껴 또 다른 선택을 하게 되었다. 이것은 '다원화'된 문화적 패턴의 확립을 나타낸다.

1995년, '여성 문학'의 풍경

신시기 문단에서 여성 작가들이 거둔 성과는 누구나 알고 있을 것이다. 그들의 창작물을 과소평가할 필요가 없으며, 남성 작가들과 완전히 견줄 만한 훌륭한 작품들을 대거 발표하였다. 그녀들의 이름을 열거하면 아마 긴 목록이 될 것이다. 장제張潔, 천롱諶容, 다이허우잉戴厚英, 종푸宗璞, 양장楊絳, 웨이쥔이韋君宜, 루즈쥐엔茹志鵑, 정민鄭敏, 다이칭戴晴, 왕안이王安憶, 장캉캉張抗抗, 수팅舒婷, 장신신張辛欣, 티에닝鐵凝, 링리凌力, 찬쉐殘雪, 류쉬라劉索拉, 자이용밍翟永明, 팡팡方方, 츠리池莉, 장즈단蔣子丹, 츠쯔젠遲子建, 린바이林白, 천란陳染, 하이난海男, 쉬쿤徐坤, 쉬샤오빈徐小斌, 란蘭… 등이 있다. 1980년대 후반 서구 여성주의 이론의 도입으로 인해 여성 작가들의 글쓰기 관행이 보다 풍부해졌고, 1995년 베이징에서 열린 제4차 세계 여성 대회로 인해 '여성 문학'은 문단文壇의 주된 관심사가 되었다. 이 기간 동안 '홍고추紅辣椒' 문학 총서, '다재다능한 여성 작가의 작품'을 담은 창작 총서, 중국 여성 작가의 시를 담은 창작 문고文庫와 같은 풍부한 성과를 보여주는 여러 작품이 출판되었다. 그러나 일부 여성 작가들의 창작은 '성별에 대한 입장'과 '사적인 경향'이 점점 더 강해져(예를 들면, 린바이林白의 「혼자만의 전쟁一個人的戰爭」, 천란陳染의 「사생활私人生活」) 비평계에서 큰 논란이 되었다.

1999년, '세기말'의 회상

금세기는 곧 지나갈 것이다. 금세기 문학에 대한 회고와 미래에 대한 전망은 많은 작가와 비평가들의 마음 속에 콤플렉스로 남아 있다. 『20세기 중국 문학사二十世紀中國文學史』라는 제목의 저서는 1998년 두 권(문학사가文學史家 콩판진孔範今과 황시우지黃修己가 각각 편찬)으로 출판되었으며, 총 11권의 『100년 중국 문학 총계百年中國文學總系』(1898년부터 1993년까지 시에멘謝冕과 멍판화孟繁華가 편집을 도맡아 각각 11년을 선정해 금세기 문학의 쉽지 않은 여정과 영광스러운 과정을 평론한 것)도 이 해에 출판되었다. 이에 앞서 『100년 중국 문학 정전百年中國文學經典』의 작품 선곡도 출판되었다. 1999년 《아주주간亞洲周刊》은 100년 동안 100편의 중국 소설을 선정하였고, 베이징 인민문학출판사人民文學出版社도 전문가와 학자들을 초빙하여 심사위원단을 구성해 중국의 100대 우수 문학 도서를 선정하였다. 《베이징 문학北京文學》은 이 해에 '세기의 메시지'라는 칼럼을 열었고, 저명한 작가와 학자들은 그들의 감상과 기대를 적었다. 세기의 노인이라 불린 바진巴金은 '나는 끊임없이 흐르는 생명의 홍수 속에서 격동하고, 급류를 쫓고 추월하며 더 깊고 넓은 급류를 스스로 만들어야 한다. 그리고 썩은 쓰레기는 모두 씻어내야 한다'고 하였다. 20세기 중국 문학의 격동기와 마찬가지로 '신세기'에 대한 뿌리 깊은 인식을 가진 중국 당대의 문인들은 예전과 같이 문학의 '신기원新紀元'이 열리기를 고대하였으며 그들의 무한한 기대를 아득한 미래에 걸었다.

1999년 12월 26일자 《남방일보南方日報》와
《당대작가평론當代作家評論》 2000년 1호에 게재

부록

『중국 당대 문학사中國當代文學史』에 관한 토론회 기록

• 주 최 : 베이징대학출판사
• 사회자 : 시에몐謝冕
• 참가자 : 옌자옌嚴家炎, 첸리췬錢理群, 양쾅한楊匡漢, 자오위엔趙園, 란디즈藍棣之, 자오주모趙祖謨, 원루민溫儒敏, 천핑위엔陳平原, 차오원쉬엔曹文軒, 멍판화孟繁華, 청광웨이程廣煒, 리자오종李兆忠, 리양李楊, 한위하이韓毓海, 차오정성喬征勝, 가오슈친高秀芹, 자오진화趙晉華, 홍쯔청洪子誠
• 시 간 : 1999년 9월 10일 15 : 00-18 : 00
• 장 소 : 베이징대학교 중문학과 회의실

시에몐謝冕(베이징대학교 중문학과) : 홍쯔청洪子誠 교수의 저서는 당대 문학에 관한 것으로, 글쓰기의 각도, 글쓰기의 특징, 연구 성과(물론 장단점 모두 포함) 등의 방면에서 충분히 논의될 수 있습니다. '당대 문학'이라는 주제는 매우 흥미롭고, 저는 이 주제에 대해 오랫동안 연구해 왔으며, 이것은 또한 매우 어려운 주제라고 생각합니다. 특히, 많은 문제를 다루는 데 있어 재치와 기술이 필요합니다. 따라서 이 책에서 다룬 자료, 문학과 이데올로기의 관계, 문학사 쓰기의 희로애락에 대해 모두 토론할 필요가 있습니다.

원루민溫儒敏(베이징대학교 중문학과) : 이 책은 제가 접한 당대 문학사와 현대 문학사에 비하면 매우 특색이 있다고 생각합니다. 일반적으로 사람들에게 더 사실적인 느낌을 주며, 비교적 단순하고 평이하며 지혜로운 서술 방식을 사용하였습니다. 그 특징 중 하나는 문학적 현상을 파악하는 것을 문학사를 다루는 기본적인 방식으로 삼았다는 점입니다. '현상 파악'은 새로운 것이 아니며 루쉰魯迅의 『중국 소설 사략中國小說史略』에서 다양한 문학사에 이르기까지 모두 문학의 현상을 분석하고 연구하는 데 중점을 두었습니다. 우리가 예전에 쓴 문학사를 포함하여 우리도 그런 방향으로 계속 발전해 나가고 싶지만 사실 그게 쉽지는 않습니다. 그러나 저는 홍 교수님의 책이 더 낫다고 생각합니다. 이러한 점에서 당대 문학사에 접근하는 것은 매우 지혜롭고 연구 대상에 더 적합한 것 같습니다. 이에 비해 1950년대 부분은 더 생동감 있고 개성 있게 쓰여져 문학의 다양한 현상을 아주 잘 파악했다고 생각합니다. 특히 이 책이 좋은 점은 문학의 생산 방식에 주목했다는 것입니다. 생산 방식에 있어서 문학이 어떤 형태로 나왔는지, 심지어 다양한 글쓰기의 자세, 한 세대 또는 여러 세대의 글쓰기에 대한 심리까지 포함하여 이 책은 문학의 다양한 현상으로 거슬러 올라가 분석하고 있습니다. 비교적 신선한 점은 '독자들의 반응'을 포함한 것인데, 예를 들어 일부 장에서는 '독자가 보낸 편지'의 구성, 정치적 분위기, 그것이 형성된 역사적 조건 등을 분석하고 문학 비평에도 참여하여 어떤 의미에서는 한 시기의 창작에도 큰 영향을 미쳤습니다. 예를 들면 '작가협회'가 어떻게 구성되었는지, 문단에서 어떤 역할을 했는지, 창작에 있어서는 어떤 차원으로 관여했는지 등 문학 단체에 대한 소개까지 하였습니다. 예전의 문학사에서는 이러한 문제에 대해 언급한 적이 없지만 홍 교수님의 책은 그것들을 매우 잘 설명해 주었습니다. 또 다른 특징은 홍 교수님이 정말 쉽지 않은 '사가史家의 필법'을 사용하였다는 점입니다. 연구 대상이 어떤 것을 단도직입적으로 말할 수 없고, 현재의 역사가 아직 정착되지 않았기 때문에 이것은 전적으로 정치적인 제약 때문이라고 단정 지을 수는 없습니다. 이 책은 매우 '실제적'이면서도 이런 문제점들이 잘 처리되었습니다. 저는 이것이 약간 중립적인 단어를 사용하는 『케임브리지 중국사劍橋中國史』의 간략하고 묘사적인 글쓰기 방식과 비슷하다고 생각합니다.

그러나 저는 이 책을 읽으면서 만족스럽지 못한 점도 있었는데, 더 높은 요구를 한다면 역사의 복잡한 측면을 좀 더 전개할 수 있지 않을까 생각합니다. 예를 들어 1950년대 각 시기의 보편적인 미적 추구는 물론 정치적인 영향을 받았습니다. 홍 교수님은 1990년대 '당대'라는 관점에서 이러한 미적 경향을 평가했지만, 역사는 어느 정도 '복구'될 수 있다고 평가하는 것이 더 적절한 것 같습니다. 당대가 갖고 있는 특성을 강조하고, 당시 특수한 역사적 조건 하에서 보편적인 미적 추구에 대해 좀 더 객관적인 평가를 내리는 것이 더 좋지 않을까 생각합니다.

천핑위엔陳平原(베이징대학교 중문학과) : 1980년대 중반 옌자옌嚴家炎, 첸리췬錢理群, 홍쯔청洪子誠, 황즈핑黃子平, 우푸후이吳福輝와 저, 이렇게 우리 6명은 '20세기 중국 소설사20世紀中國小說史'에 대해 구상하였습니다. 1986년부터 1987년까지 우리는 '문학사를 어떻게 쓸 것인가'에 대해 끊임없이 논의했습니다. 제가 쓴 『20세기 중국 소설사·제1권20世紀中國小說史·第一卷』은 하나의 시도를 하였는데, 기본적으로 비교적 완전한 성과가 나왔다고 할 수 있습니다. 따라서 저는 문학사를 쓰는 방법부터 이야기하도록 하겠습니다. 당시에는 세 가지 기본적인 관념이 있었습니다. 그 기본적인 개념 중 하나는 문학사는 혼자 써야 한다는 것입니다. 저는 30명 혹은 50명이 한 편의 문학사를 함께 쓰는 것에 반대합니다. '20세기 중국 소설사20世紀中國小說史'는 많은 사람들이 함께 저술했지만 각 권은 독립적으로 쓰여졌습니다. 독자적으로 역사를 써야만 문학사에 대한 우리의 관점, 학문적 지식, 훈련 및 재능을 발휘할 수 있습니다. 홍 교수님은 몇 명의 학생들을 찾아 『당대 중국 문학 개관當代中國文學槪觀』과 같은 책을 집필하는 대신 혼자서 이 문학사를 완성해 이 문제를 분명히 하였습니다. 둘째, 문학적 현상을 역사의 한 시기를 기술하는 돌파구로 삼았다는 것입니다. 이 문제도 우리가 1980년대부터 줄곧 토론해 온 것입니다. 셋째, '주요 사건 연대기'라는 부록의 형식으로 기본적인 사료史料와 단서를 제공하여 학생들이 더 읽고 생각할 수 있도록 하였고, 제도사의 집필에 주력하여 연구자의 역사적 사고를 강조하였습니다. 이에 대해 당시 제가 했던 말은 '종이의 뒷면에 사료를 누르라는 것'이었습니다. 왜냐하면 오늘날 많은 사람들이 사료를 지면에 띄우고 있기 때문에 그 사료에 압도되어 몸을 가눌 수 없게 되고, 결국 작가의 의견을 놓치거나, 많은 사료 더미에 묻히기 때문입니다. 또는 사람들이 운운하는 것이 드러나지 않게 됩니다. 따라서 사료에 관한 작업도 중요하겠지만 사료를 종이 뒷면에 두는 것이 가장 좋은 방법이라고 할 수 있습니다. 홍 교수님의 문학사에서 가장 기본적인 사료 처리 작업은 대부분 글보다 주석注釋과 주요 사건 일람표에 반영되어 있습니다. 저는 작가의 전기를 쓰고 줄거리를 추가하여 마지막 두 문장에 대해 논평하는 방식에 특히 반대합니다. 이것은 문학사라고 할 수 없습니다. 이러한 문제는 주석과 일람표에 의해 해결되어야 합니다. 홍 교수님은 다른 책에서 작가와 작품 분석, 그리고 일반적인 문제를 해결하였지만 이 책에서는 단지 개괄적인 것만 담았습니다.

저는 이 책의 기본적인 틀을 교과서이자 학술 저서로 매기고자 합니다. 이것은 순수한 교과서도 아니고, 순수한 학술 저서도 아닙니다. 앞으로 그것의 장단점은 모두 여기에서 나올 것입니다. 교과서는 학문적 수준에 대한 요구 사항을 포함하여 교과서적 문체를 가지고 있고, 독자에 대한 가정은 학술 저서와 다르기 때문입니다. 이 책은 이 두 가지를 모두 다루고자 하므로 문제가 발생하였습니다. 좋은 점은 이 책이 기존 교과서의 주석 스타일을 타파했다는 것입니다. 교과서의 공통된 특징은 현대인의 연구 성과를 끌어들이기 꺼린다는 것입니다. 홍 교수님의 저서에는 황즈핑黃子平『혁명·역사·소설革命·歷史·小說』, 양젠楊健의『문화 대혁명 기간의 지하 문학文化大革命中的地下文學』, 시에멘謝冕, 허시라이何西來, 지홍쩐季紅真, 레이다雷達, 리즈윈李子雲, 천쓰허陳思和, 멍판화孟繁華 등의 연구 결과를 비교적 많이 인용하고 있는데, 저는 이것이 하나의 돌파구라고 생각합니다. 현대인의 연구 성과를 어떻게 문학사의 집필에 포함시킬 수 있을지는 큰 문제라고 생각합니다. 만약 그렇지 않다면, 우리의 연구 성과를 신속하게 개선할 수 없습니다. 이는 학문적 도덕성의 문제일 뿐만 아니라 학문적 지식의 지속적인 축적을 위해서도 필요한 것입니다. 저는 이 책이 교과서이자 학술 저서라고 하였는데, 한 편으로는 이 책에 대한 저의 개인적 감상이지만 다른 한편으로는 또 다른 문제를 제기할 수 있습니다. 이 책은 '단도직입적'으로 말하자면 『중국 당대 문학 개론中國當代文學概說』(홍콩: 청문서옥青文書屋, 1997)보다 못합니다. 그 책은 매우 얇지만 기본적으로 '촌철살인'이라고 할 수 있는데, 『중국 당대 문학사中國當代文學史』는 이러한 추가적인 전개 또는 학생들이 읽을 수 있도록 하기 위해 관점의 '모서리'가 약간 손상되었습니다. 이 책은 한 편으로는 학술 저서의 품위가 느껴지지만 다른 한편으로는 교과서와 학술 저서는 엄연히 다르기 때문에 다루기가 쉽지 않을 것 같습니다.

한위하이韓毓海(베이징대학교 중문학과) : 저는 두 가지 견해를 가지고 있습니다. 첫 번째는 원루민溫儒敏 교수님이 방금 '문화적 생산'을 언급하셨는데, 이는 매우 중요합니다. 중국 현대 문학과 당대 문학은 큰 차이가 있는데, 우선 문화적 생산으로서 유물론적 기반이 크게 바뀌었습니다. 1952년 생산 수단의 소유권이 전환된 후 모든 출판물과 협회는 공동의 소유가 되었습니다. 사회주의의의 변혁 이전에 우리는 그것의 경제적 형태에만 관심을 기울였을 뿐 문화적 생산에 대한 소유권의 변혁에는 관심을 두지 않았습니다. 아마도 「옌안 문예 좌담회에서의 연설在延安文藝座談會上的講話」 이후 중국 공산당은 이미 문화적 생산의 형식 또는 문화적 활동 및 문화에 관련된 공공 영역의 형식을 바꾸기 시작하였습니다. 사회주의의 생산 수단의 변화로 인해 문화 분야의 표현 양식에도 근본적인 변화가 생겼습니다. 이러한 변화는 '독서 자료'에서 '가시적인 자료'로, 개인적인 독서 형태에서 군중 집회의 독서 형태로 전환되었습니다. 우리는 생산 방식의 변형과 문학 사이의 관계, 즉 우리 문학이 어떤 형태로 존재하는지에 대해 거의 관심을 두지 않습니다. 문학은 무엇보다도 일종의 생산이며, 이는 홍 교수님의 문학사 실천에서 매우 분명히 드러났습니다. 두 번째 문제는 20세기 후반 중국 문학과 문화가 끊임없이 '세계'로 융합되는 과정이 있었다는 것입니다. '오사五四' 시기의 '세계'에 대한 이해는 매우 광범위하였는데, 예를 들어 루쉰魯迅의 관점에서 러시아 문학과 약소 민족의 문학이 '세계'를 구성하는 중요한 요소가 되었습니다. 그러나 1980년대 이후 20세기 문학을 내세우면서 그 이해가 편향되어 '20세기 문학'의 '세계'는 주로 영미권을 가리키고 있습니다. 1980년대의 이해대로라면 당대의 첫 30년은 '쇄국'의 30년으로 간주되고, 마지막 20년은 '개혁 개방'의 20년인 셈입니다. 이런 이해는 잘못되었습니다. 중화인민공화국은 1971년 '제3세계'에서 온 63명의 가난한 형제들에 의해 유엔UN으로 '옮겨'졌기 때문입니다. 이는 의심할 여지없이 '세계로' 향하는 것입니다. 홍 교수님의 책은 중국 당대 문학의 '세계'에 대한 전반적인 그림을 복원할 수 있을지도 모릅니다.

멍판화孟繁華(중국 사회과학원 문학 연구소) : 중국 당대 문학은 가장 '학문적이지 않은' 연구로 간주될 수 있으며, 심지어 그것이 '학문'을 구성하는지 여부도 문제가 되고 있습니다. 1980년대 초반 스저춘施

蜇存과 탕타오唐弢 교수는 당대 문학이 '역사'를 쓸 수 있는지에 대한 질문을 던졌습니다. 저는 다른 학문 분야에서 '당대 문학'에 대한 지적이 부분적으로 타당하다고 생각합니다. 왜냐하면 저는 항상 그것이 고대 문학이든 근현대 문학이든 그들의 사료史料 작업이 '당대 문학'보다 조금 더 낫다고 생각하기 때문입니다. '당대 문학'이 문제시되고 '학문적이지 않다'는 것은 우리의 사료 작업이 부실한 것과 밀접한 관련이 있습니다. 그러나 여기에는 당대 문학을 다루는 사람이 뛰어넘을 수 없는 숙명적인 딜레마가 존재합니다. 즉, 어떤 자료들은 당대의 문학사가文學史家로서 당신이 아무리 노력해도 얻을 수 없습니다. 예를 들어, 1990년대에 가장 가치 있는 글을 발행한 《문예보文藝報》는 바로 당대 문학의 배경 자료를 드러내는 몇 가지 사료적인 글입니다. 예를 들어 샤싱전夏杏珍과 메이바이梅白의 글이 그렇습니다. 이 글들은 모두 중앙위원회 내부 직원들에 의해 공개되었으며, 그들은 직접 자료를 접할 수 있는 조건을 가지고 있었습니다. 당대 문학 자료에 있어서 더 많은 어려움은 아마도 여기에 있을 것입니다. 홍 교수님은 당대 문학사를 다루면서 항상 자료를 매우 중요한 근거로 삼았고, 당대 중국 문학을 진정한 학문으로 변화시켰습니다. 과거에는 당대 문학사에 대한 연구가 제대로 이루어지지 않았고, 문학 체계에 대한 많은 제약과 더불어 또 다른 문제점은 '동일한 문학사'가 너무 많다는 것입니다. 개인적으로 쓴 문학사에 대해 말하자면, 홍 교수님이 쓴 두 권의 책이 아마도 '유일할' 것입니다. 과거 문학사 집필의 특징 중 하나는 '집단적 저술'입니다. 1953년 왕야오王瑤 교수의 『신문학사고新文學史稿』를 논할 당시 일부 비판적인 글에서는 한 사람이 이렇게 짧은 기간에 문학사를 쓰는 것은 매우 어렵다고 평가하였습니다. 이후 문학사 쓰기의 또 다른 패러다임이 열렸는데, 그것은 바로 집단적 글쓰기입니다. 물론 베이징대학에서도 시작되었고, 그 중 55학번은 '중국 문학사(속칭 : 붉은 가죽 문학사紅皮文學史)'를 집필하였습니다. 이후, 전국의 대학들은 완전히 집단적으로 문학사를 썼습니다. 개인적인 문학사가 부족한 것도 이런 배경과 관련이 깊습니다. 이러한 점에서 홍 교수님은 우리의 문학사적 글쓰기 체계를 위한 돌파구를 마련해 주었습니다. 다른 하나는 지금까지 당대 문학사는 아마도 수십 권이 있을 것입니다. 그것들이 고대 문학사에 대한 절대적인 모방이라고 제가 말하는 이유는 무엇일까요? 해방 이후 고대 문학사의 글쓰기는 기본적인 전제가 있었는데, 처음에는 '현실주의'와 '반현실주의'로 시작되었고, 1960년대에는 완전히 '계급 투쟁'을 전제로 하였습니다. 고대 문학은 비교적 양호한 조건을 가지고 있었으며 그것은 시간적 선택을 거쳤기 때문에 일부 작가의 작품은 문학사라는 의미에서 '정전正典'이 될 수 있었을 것입니다. 그러나 우리의 당대 문학사도 이런 사고방식에 따라 쓰여졌는데, 이는 기본적으로 '메달 달기'와 비슷하여 만약 누군가 현실주의 작가이거나 '계급 투쟁을 핵심으로 삼는' 작가라면 그는 이 문학사에 영원히 기록될 것입니다. 따라서 당대 문학에서 역사를 공부하는 과정은 다른 학문에서는 찾아볼 수 없는 몇 가지 문제를 포함하고 있습니다.

양광한楊匡漢(중국 사회과학원 문학 연구소) : 우리가 가지고 있는 자료는 미비하며, 현재 전국의 공식적인 출판사나 대학 출판사에 의해 출판된 중국 당대 문학사는 대략 38편입니다. 절대 다수의 당대 문학사는 이미 하나의 틀을 형성하였습니다. 첫째는 정치적 이데올로기의 개념이 너무 강하다는 것이고, 둘째는 마치 '줄을 서서 과일을 먹는 것'과 같이 모든 측면을 고려한다는 것입니다. 그 중 큰 문제는 낮은 수준이 반복되는 현상입니다. 이러한 상황에서 우리는 베이징대학교의 움직임을 면밀히 주시해 왔고, 개인적으로 홍 교수님께 존경과 찬사를 보냅니다. 홍 교수님의 이 책은 문학 그 자체로 돌아가 문학의 다양한 현상, 문학 작품, 작가의 창작 활동, 문학의 생산 등을 특정한 역사적, 문화적 분위기에 담아낸 점이 가장 큰 특징이라고 할 수 있습니다. 홍 교수님의 저술에서 우리가 주목해야 할 몇 가지 사항이 있습니다. 첫째, '복원'하는 방법으로 역사의 원형을 회복하고, 이를 충분한 역사적 사실과 함께 둘러보는 것입니다. 문제를 역사적 환경과 역사적 맥락으로 되돌려 놓음으로써 문학의 진화 과정을 보다 명확하게 설명하였습니다. 둘째, 문학의 다양한 현상과 작품을 다시 읽고, 과거에 묻혀 있던 '진주'까지도 발굴해냈습니다. 셋째, '척도'를 제대로 파악하였습니다. 당대 문학의 발전 과정에서 작가가 구현한 독특한 경험, 독특한 표현 및 독특한 평가에 대해 특별한 관심을 기울였습니다. 넷째, 이 책의 '점화點化'인데, 지금까지 이것은 오래된 칼과 펜입니다. 설사 무언가를 보고 매우 화가 났을 때도 사람들이 많은 현상에 대해 생각할 수 있도록 움직였습니다. 이것은 작가의 기교이며 일종의 지혜라고 할 수 있습니다.

이 책에는 물론 개선해야 할 부분도 있습니다. 첫 번째는 장과 절이 너무 많아 사람들에게 '깨진' 느낌을 준다는 것입니다. 물론 교과서이자 학술 저서가 되기를 바라는 마음도 있었겠지만 일부 장과 절은 통합할 수도 있습니다. 예를 들어 '문화 대혁명의 문학'과 '문화 대혁명 시기의 문학'을 합칠 수 있습니다. 두 번째는 멍판화

孟繁華 교수의 의견에 동의하는데, 1990년대 부분은 10페이지에 불과하여 내용이 약간 적은 것 같습니다. 1950년대와 1960년대는 일원화되었고, 1980년대에는 이원화되었으며, 1990년대에는 다원화되기 시작하였습니다. 세 번째는 이론적으로 충분히 전개할 필요가 있다고 생각하며 이 속에는 여전히 몇 가지 결함을 가지고 있습니다.

자오위엔趙園(중국 사회과학원 문학 연구소) : 20세기 중국 문학을 기술하려면 두 시기가 매우 중요합니다. 하나는 근현대 문학의 관계이고, 다른 하나는 현당대 문학의 관계입니다. 홍 교수님의 책에서 제가 놀란 것은 특히 과거에 간과되었던 많은 세부적인 부분을 통해 현당대의 '전환'을 내부적인 메커니즘으로 구현하고 있다는 점입니다. 우리는 일반적으로 '기록을 역사적 복원'이라고 말할 수 없는 것 같습니다. 소위 '사실'이라는 것은 항상 일관적이지는 않습니다. '사실'이란 무엇이며, 이 '사실'이 문학사의 저서에 포함되어야 하는지, 역사 연구에 있어서 사료史料를 인증하는 문제가 항상 존재해 왔습니다. 저는 홍 교수님이 이 문학사에서 과거에 '사실'이나 '사료'로 여겨지지 않았던 많은 것들을 포함시켰다고 생각합니다. 이것은 매우 중요한 공헌이라고 할 수 있습니다. 이 책의 좋은 점은 모든 민감하고 예리한 문제를 회피하지 않으면서도 글이 굉장히 절제되고 적절하다는 것입니다. 저는 문학사를 쓰는 것이 이렇게 되어야 한다고 생각하는데, 그것은 '규범'에도 매우 부합합니다. 문학사와 논문 혹은 논저가 다른 점은 문제를 드러내면서도 어디에서 멈춰야 할 지 아는 것입니다. 홍 교수님에 대해 가장 인상 깊었던 것은 바로 이런 능력, 이른바 '판단 능력'인데, 이것은 역사에 대한 지식과 그에 대한 판단 능력입니다. 저는 이 책이 그 무엇도 회피하지 않는다는 것이 매우 놀랍다고 생각합니다. 훌륭한 역사 저서는 역사를 이해하는 재능이 있으며 이를 맹목적으로 발전시키거나 그 가장자리를 넘어서지 않는 것입니다.

그동안 사람들은 문학사가 어떻게 개인에 의해 쓰여졌는지를 강조해 왔는데, 저는 홍 교수님이 많은 유익한 경험을 제공하였다고 생각합니다. 사실 이전에도 사람들은 이 분야에 노력을 기울였겠지만, 어떤 '개인'을 의미하는지가 문제였습니다. 과거에는 개인이 서명한 문학사가 많은데, 이를 개인적인 문학사라고 부르기는 어려울 것 같습니다. 저는 심지어 왕야오王瑤 교수가 쓴 『신문학사고新文學史稿』도 교과서가 갖고 있는 규범적 한계가 있다고 생각합니다. 방금 여러분은 문학사와 개인 저서의 조합에 대해 언급하였는데, 저는 문학사가 원래 개인적인 저서이며, 이 둘 사이에서 타협할 필요는 없다고 생각합니다. 여기에는 이미 보이지 않는 제약이 너무 많을 뿐만 아니라 이 속에서 드러난 생략된 부분과 두드러지는 요소들이 어떻게 보면 더 개인적인 것일 수도 있기 때문입니다.

청광웨이程光煒(중국 런민대학교 중문학과) : 20세기 후반 중국 당대 문학사는 당대 문예 정책과 방침을 어느 정도 구현한 '체계사'라고 할 수 있습니다. 즉 문예 체제가 문예 사조, 작가와 작품의 역사적 지위를 어떻게 정리하고, '신중국'의 역사적 서사를 문학화하고 가시화하는 하나의 역사적 과정을 상징한다고 볼 수 있습니다. 이 점을 자각하지 않고는 당대 문학의 여러 복잡한 현상에 대한 관찰과 사고, 그리고 이 역사적 단계에서 작가들의 정신적인 역사와 문화적 심리에 대한 심도 있는 파악을 제대로 할 수 없습니다. 베이징대학교에서 출판한 『중국 당대 문학사中國當代文學史』 신간은 당대 정치 문화의 복잡한 맥락을 고려한 학술 저서입니다. 그 중 눈길을 끄는 것은 '문학과 예술의 제도화에 관한 연구'가 아니라, 이 연구를 문학 현상의 발생사, 작가 집단과 개별 작가에 대한 전반적인 고찰로 확대하여 더욱 깊이 있는 질문을 던지고 있다는 점입니다. 당대 문학사에서 '역사를 구축'하는 메커니즘은 당대 문학의 '평론'에서 당대 문학의 '역사' 연구로 심오한 전환점을 완성하였습니다. 이러한 변화는 1980년대 문학사 연구의 사유와 성찰의 직접적인 결과입니다. 1980년대 문학사 저술의 선봉적인 요소는 점차 미학적인 측면으로 대체되었고, 역사 연구에 관한 열정은 문학사 집필의 주요 원동력이 되었습니다. 따라서 역사 연구에 대한 관심과 열정을 적절히 억제하면서도 내면의 충만한 열정을 유지하는 것 사이의 '균형' 문제, 당대 문학의 '역사주의화'와 '비 역사주의화' 사이에서 조화를 이루는 문제가 발생하였습니다. 문제의 복잡한 측면은 서술자의 판단 능력뿐만 아니라 중국 당대 문학이 처한 전반적인 역사적 맥락의 다양성에서 비롯된다고 생각합니다. 한편으로는 정신적으로나 사상적으로 해결하기 어려운 모순과 혼란에 직면하고 있지만, 다른 한편으로는 이러한 모순과 혼란이 당대 문학에 불러일으킨 다양한 문제들을 살펴보아야 합니다. 문학사의 집필을 냉정하고 서정적인 '서술'로 전환시키려 하고, 이 과정에서 객관적이고 초연한 학문적 태도를 취하려고 노력하면서 동시에 우리 자신이 서술의 대상이 되었을 때 절대적인 '냉정함'과 '객관성'을 유지하는 것은 사실상 불가능하다는 사실을 발견하게 될 것입니다. 이러한 관점에서 보면 현대인들이 '당대 문학'사를 쓸 수 없다는 것이 아니라, 현대인들이 '직접 경험한' 문학사를 '어떻게 쓸 것인가' 하는 것입니다. 그 과정에서 현대인들의 역사관과 세계관을 어떻게 한층 더 깊이 '재구축' 할 수 있는지를 고려해야 합니다.

리자오종李兆忠(중국 사회과학원 문학 연구소) : 이것은 독립적이고 학문적 품위를 지닌 최초의 당대 문학사의 저서라고 할 수 있으며, 1990년대 학술 사상의 정점에 서서 중국 당대 문학의 복잡한 역사적 과정을 철저히 기술하고 정리하여 그것의 진면목을 밝혀냈으며 그 출현은 당대 문학사 연구의 학문적 수준을 높이고, 당대 문학사 연구가 당대 문학의 비평에 뒤처지는 국면을 타파하였습니다.

『중국 당대 문학사中國當代文學史』는 개인이 직접 쓴 최초의 당대 문학사 저서로 역사가의 통찰력 있는 안목과 용맹하고 예리한 학문적 인격을 구현하고 있습니다. 이는 중국 당대 문학의 전반적인 발전을 제약하는 구심점인 마오쩌둥毛澤東의 문학 사상과 그 문학적 규범을 학문적 메스 아래 과감히 내려놓고 예리한 분석을 했다는 점에서 드러나고 있습니다(이전의 유사한 출판물들은 여러 가지 이유로 이 근본적인 문제를 거의 회피함으로써 그 문제를 역설적이고 자가당착에 빠지게 하여 당대 문학의 발전 궤도 자체가 소멸될 수밖에 없었습니다). 그 역사적 합리성을 해명하면서 당대 문학에 미치는 부정적인 영향을 충분히 드러냈고, 다양한 작가들이 처한 문화적 상황, 주류 작가들의 문화적 성격에 대한 분석, 좌익 내부의 후펑胡風과 저우양周揚의 이견에 대한 분석은 특히 예리하며 이 부분은 이전에 발표된 적이 없습니다.

『중국 당대 문학사中國當代文學史』의 또 다른 특징은 총체적 의식이 강하다는 점인데, 이는 십여 년 전에 세 학자가 제시한 '20세기 중국 문학'의 이론적 명제에 대한 성공적인 실천이라고 할 수 있습니다. 어떤 문제가 논의가 되든 간에 겉으로 보기에 사소해 보이는 문제인 것 같지만 말입니다. 작가는 항상 그것들을 20세기 중국 문학의 전반적인 구조 속에 집어넣고, 현대화 과정에서 보여지는 중국 문학의 복잡하고 역동적인 흐름 속에서 그것들을 분류하여 사람들이 읽으면 읽을수록 그 진리를 깨닫게 만듭니다. 그 중 당대 문학사에서 다양한 장르의 위상과 성장 및 쇠퇴의 원인에 대한 분석은 명료하고 설득력이 있습니다.

더욱 극찬할 만한 것은 역사적 사실을 작가가 매우 중요시한다는 점인데, 그러한 개념의 표현은 문학의 사실적인 요소 그 자체보다 더 크다고 할 수 있습니다. 차이점은 홍쯔청洪子誠 교수님의 연구는 특정한 '역사적 상황'에서 결코 벗어나지 않고 문제를 다시 검토하여 역사를 최대한 복원하기 위해 노력하였다는 것입니다. 그 결과 그의 펜 아래에 있는 당대 문학사는 유난히 살과 피로 가득 차게 되었고, 사람들로 하여금 당대 문학에 대한 많은 지식을 습득하게 했을 뿐만 아니라 그 시대의 진정한 역사적 분위기를 충분히 감상할 수 있게 하였습니다. 문학사는 물론 다양한 방식으로 쓰여질 수 있다는 점에서 사람들의 공감대를 형성하고 있지만 그렇다고 해서 모든 문학사가 동일한 가치를 지닌다는 의미는 아닙니다. 그 중에서 가장 가치 있고 사람들이 가장 읽고 싶어 하는 것은 여전히 '역사'에 가장 근접하고, '역사' 본연의 모습을 구현할 수 있는 것, 당대 문학의 진실된 모습이 크게 가려진 오늘날 특히 더 그렇다고 생각합니다. 이러한 종류의 문학사 집필은 독자들의 큰 기대를 모으고 있으며, 『중국 당대 문학사中國當代文學史』는 이 기대를 충족시켰습니다.

란디즈藍棣之(칭화대학교 중문학과) : 저서와 교과서에 있어서 저서는 개인적인 견해인 반면 문학사는 비교적 평이하고 '모든 사람의 견해'에 부합합니다. 개인적인 견해가 중요한 이유는 일부 사람들의 의견, 일부 평범한 주장 또는 잘못된 공식적 주장에서 벗어날 수 있기 때문이라고 생각합니다. 그러나 개인적인 견해는 편향되기 쉽습니다. 한편으로는 개인적인 견해가 있고, 다른 한편으로는 좀 더 객관적이어야 하는데, 저는 문제가 여기에 있다고 생각합니다. 이것이 바로 홍쯔청洪子誠 교수님의 책이 더 좋은 이유이고, 이는 개인적인 견해와 공정한 묘사를 결합하였기 때문입니다.

이 책의 단점을 이야기하자면, 몇몇 대표적인 작품들이 충분히 다루어지지 않은 것 같습니다. 일부 대표적인 작품들은 좀 더 분석해야 하며 여러 가지 방식으로 다루어져야 학생들이 읽고 시험을 볼 때도 유용합니다.

자오주모趙祖謨(베이징대학교 중문학과) : 저는 36만자에 달하는 복잡하고 변화무쌍한 당대 문학을 쓴다는 것 자체가 쉽지 않다고 생각합니다. 이 책은 당대 문학에서 상대적으로 중요한 문학 운동, 문학 현상, 작가와 작품들을 전반적으로 다루고 있는데, 이는 부분적인 것이 아니라 전반적인 이해를 기반으로 하고 있습니다. 그것은 모든 것을 하나의 메커니즘으로 통합하고 있으며 전체적인 사상 운동의 맥락에서 살펴볼 필요가 있습니다. 더군다나 내용적으로도 균형이 잘 잡혀 있습니다. 그러나 1980년대 이후의 '희곡'을 하나의 독립된 장으로 설정하지 않은 것은 큰 단점이라고 생각합니다. 지난 20년 동안 희곡은 1950년대부터 1970년대를 훌쩍 뛰어넘을 정도로 많은 변화를 겪었기 때문입니다. 현재 우리 문학사의 폭은 갈수록

방대해지고 있지만 저는 홍쯔청洪子誠 교수님이 쓴 이 책의 내용은 간결하고 핵심적이라고 생각합니다. 사실 문학사는 누군가의 문학사 연구를 대신할 수 없으며, 상대방을 당대 문학사로 인도하고 안내하는 역할을 하는 교과서일 뿐입니다.
『당대 중국 문학 개관當代中國文學改觀』에 비해 이 책은 1990년대까지 이어졌을 뿐만 아니라 개인적인 감정을 절제하려고 노력하였습니다. 문학 현상과 작가, 작품에 대한 판단을 내리지 않은 것이 오히려 더 차분하고 평범하며 변증법적 분석을 뚜렷하게 나타냈습니다. 또한, 최근 몇 년간 발표된 다양한 연구 성과를 흡수하여 『당대 중국 문학 개관當代中國文學改觀』에서 누락된 것들을 보완하였다고 할 수 있습니다. 이 책은 특히 1950년대부터 1970년대 연구에서 홍쯔청 교수 자신의 연구 성과가 많이 포함되어 있다고 생각합니다. 예를 들어, 중화인민공화국 건립 후 '17년'의 문예 사상 투쟁은 1930년대 좌익 작가들의 내부적인 갈등과 투쟁의 연속과 발전, '자유주의' 작가들에 대한 재평가, 마오쩌둥毛澤東 문예 사상에 대한 분석, 중화인민공화국 건립 후 '17년'의 '주요 작가'와 '오사五四' 작가에 대한 비교 분석, 1960년대 중반부터 1970년대 중반까지 '급진적' 사조로 인한 '정치의 직접적인 미학화'에 대한 분석은 모두 홍쯔청 교수 자신의 독특한 견해입니다. 저는 이 책이 당대 문학의 '일체화' 과정과 '일체화'에서 '다원화'로 변화하는 과정을 성공적으로 기술하였다고 생각합니다.

차오원쉬엔曹文軒(베이징대학교 중문학과) : 저는 네 가지 느낌을 받았습니다. 이 책을 읽고 나서 저의 첫 번째 느낌은 '당대 문학'이 여전히 합법적이고 유효한 개념이라는 것입니다. 두 번째 느낌은 '당대 문학은 역사를 쓰기에 적합하지 않다'는 주장이 흔들릴 수 있는 주장이 되었다는 점입니다. 세 번째는 홍 교수님 책의 전반적인 서술 스타일인데, 제가 무척 관심을 가지고 있는 부분이기도 합니다. 한마디로 문학사도 이렇게 멋지게 쓸 수 있다는 것입니다. 네 번째는 별로 좋지 않은 느낌인데, 이 책의 뒷부분이 너무 성급하게 처리된 느낌이 듭니다. 양쾅한楊匡漢 교수님 등이 느낀 것과 달리 저는 1990년대 문학에 대해 딱히 쓸 필요는 없다고 생각합니다. 지금 우리와 너무 가깝기 때문에 대처하기가 매우 어렵고, 이를 좀 더 누적할 시간이 필요할 것 같습니다.

옌자옌嚴家炎(베이징대학교 중문학과) : 사실 문학사에는 정해진 문체가 있는 것이 아니라 이 시기 문학 발전의 내재적이고 가장 특징적인 것을 파악하고, 내용의 장과 절을 설정하는 것이 가장 좋고 적합한 방법이라고 생각합니다.저는 홍쯔청洪子誠 교수님의 책이 그렇다고 생각합니다. 상대적으로 '파편화'된 것처럼 보이지만 이것은 사실 더 유연하고 적절한 방식이라 할 수 있습니다.

저는 이 책이 서사에 있어서 매우 특징적이라고 생각하는데, 차분하고 객관적이며 엄격하고 간결하며 많은 문제를 독창적으로 처리하므로 그 자체적으로 많은 기술이 필요합니다. 그 중 역사적 사실에 대한 논평은 매우 신중하며 모두 사실의 이면에 숨겨져 있습니다. 복잡하고 현란한 문학 현상을 아주 분명하게 정리하여 본질을 파악하였습니다. 그러나 개인적인 글이기 때문에 미흡한 부분도 있고, 미처 접하지 못한 것들도 있습니다. 예를 들면 문예 이론계에서 저우양周揚, 후펑胡風, 장칭江青, 야오원위엔姚文元 등 세 가지 세력을 언급했는데, 이에 관한 일부 특징에 관해서는 더 이상 전개되지 않은 것 같습니다. 저우양이 오랫동안 '17'년을 이끌지 않았다면 문예계는 또 다른 상황이 발생하였을 수도 있으며, 이는 저우양 개인과도 큰 관련이 있습니다. 예를 들어, 홍 교수님은 비판 운동에서 독자들의 역할에 대해 언급하였는데, 바로 이러한 역할 때문에 정세의 눈치를 보며 행동하는 일부 독자들도 생겼습니다. 그러나 일부 비판 운동에서 매우 중대한 사건을 일으킨 것은 바로 독자들이 보낸 편지였습니다. 사실 이 책은 이러한 부분에 대해 조금 더 분석할 필요가 있습니다. 현재 느낌은 이런 맛이 충분히 표현되지 않은 것 같습니다.

첸리췬錢理群(베이징대학교 중문학과) : 저는 이것이 당대 문학의 '역사'를 상징하는 획기적인 작품이라고 생각합니다. 물론 이것은 홍 교수님의 개인적인 창작물일 뿐만 아니라, 20세기 말에 이르러서는 이것(당대 문학사)이 아마 성숙해져서 우리가 할 수 있는 일이 되었을 것이고, 홍 교수님은 그런 '과제'를 잘 완성하였습니다. 당대 문학에서 역사를 쓰는 것에는 두 가지 어려움이 있는데, 하나는 시간과 거리가 부족하다는 점입니다. 또 다른 문제는 현대인들이 당대의 역사를 쓴다는 것입니다. 이러한 문학은 모두 삶과 연결되어 있기 때문에 주관적인 감정의 문제가 따르기도 합니다. 저는 홍 교수님의 책을 읽으면서 특히 친근한 느낌을 받았는데, 그가 쓴 모든 작품과 다양한 문학 현상은 우리가 경험한 것입니다. 그러나 개인적인 감정에 너무 많이 몰입하면 필연적으로 사물을 대하는 시야가 흐려질 수 있습니다. 이를 통해 지난 20여 년 간 '당대 문학'에 대한 우리의 이해 과정을 돌아볼 수 있습니다. '문화 대혁명' 시기에는 당대 문학이 인류의 역사상 '유례가 없는 문학'이라고 생각하며 그 열기가 최고조에 달하였습니다. 그 후 저는 당대 문학이 역사를 쓸 수 없다고 생각했고, 특히 이 책에서 홍 교수님이 가장 열심히 쓴 '17년'을 생각하면서 또 다른 극단적인 혐오감을 느꼈습니다. 당시 많은 사람들은 '17년'이 문학적으로 가치가 없다고 생각하였는데, 이것은 분명히 이 시대에 대한 우리의 이해와 관련이 있습니다. 1990년대에는 '17년' 문학을 비롯한 '당대 문학'의 여러 측면에서 문제가 점차 드러나면서 우리는 이 시대의 역사를 보다 냉정하고 과학적으로 바라볼 수 있게 되었습니다. 이 때 '역사'적 글쓰기가 무르익었습니다. 그리고 홍 교수님이 가장 준비된 분이어서 이 시기에 나오셨습니다. 그래서 저는 이 책을 높이 평가합니다.

홍 교수님은 이 책의 '서문'에서도 '역사적 상황'에 대한 이해, 즉 그 시대에 대한 '이해와 공감'적 태도를 강조하면서도 일부 심각한 문제에 대해서도 피하지 않았습니다. 1950년대부터 1970년대까지의 문학은 규범화되고 일체화된 문학이었고, 이러한 문학에 대한 '이해와 공감'을 얻는 것은 매우 어려운 일이었습니다. 홍 교수님은 이데올로기의 한계를 벗어나 객관적인 학술적 태도를 취하였습니다. 그는 장칭江青과 같은 '급진적인' 문학 사상이 어떻게 발전해 왔는지를 설명하였으며, 더 중요한 것은 이러한 시스템에 내재된 다양한 모순과 격차를 발견하고, 다양한 모순이 어떻게 진화하고 발전했는지에 대해 주목하였다는 점입니다. 저는 특히 '문화 대혁명'의 문학사에 대한 홍 교수님의 묘사를 좋아합니다. 이 복잡한 공화국의 역사 앞에서 어떻게 학술적 태도를 취할 것인가는 지금까지 소수의 연구자만이 성취한 일입니다. 그러나 홍 교수님은 진지함을 줄곧 유지하였고, 여기에는 문학사의 '원칙'이라는 것이 있습니다. 한 편으로 우리는 역사적 맥락으로 돌아가 역사에서 일어난 어떤 일들에 대해 공감하고 이해해야 하지만 동시에 그것이 초래하는 여러 가지 심각한 문제들을 회피해서는 안 됩니다. 이를 통해 이해심 있고 단호한 서술 스타일이 형성되고, 심지어 홍 교수님의 학문적 개성도 어느 정도 느낄 수 있습니다. 저는 이 책을 완곡한 가운데 날카로움이 있고, 온건한 가운데 날카로움이 있으며, 솜안에 숨은 바늘이 있다고 요약하고 싶습니다. 또한, 이것이 이상적인 문학사가文學史家의 필법이라고 생각합니다.

시에멘謝冕 : 『중국 당대 문학사中國當代文學史』의 글쓰기는 학자로서 홍 교수님의 성숙함을 보여주었는데, 이는 그의 학문과 지혜에서 나타난다고 할 수 있습니다. 사실 이 책은 '당대 문학'이라는 주제가 온전하지 못함에서 점차 성숙해가는 과정을 보여주기도 하고, 문학사의 집필과 당대 문학 연구의 방식에 있어 더 나은 패러다임을 발견하였습니다. 그것은 우리에게 서술 스타일, 즉 학술 연구에서 '중립적인' 서술 방식을 나타내며, 이 책은 기존의 틀을 깬 과감한 시도를 하였습니다. 동시에 이러한 문제를 분석할 수 있는 관점을 결정하였습니다. 과거에는 계급 투쟁, 사회의 이데올로기적 관점 등에서 출발하였지만, 이 책은 학자들의 '독립적' 입장인 텍스트와 미학적 관점에서 우리의 입장을 보다 명확히 밝혔습니다. 저는 또한 홍 교수님이 자신의 글쓰기에서 언어의 '군더더기'를 제거한 것을 매우 존경합니다. 이 책에서는 진부한 표현을 찾아볼 수 없습니다. 이러한 것들은 우리에게 매우 깊은 영감을 주었고, 문학과 정치의 관계, 문학과 사회적 이데올로기의 관계, 문학사의 집필과 같은 향후 당대 문학의 연구에 좋은 본보기를 제공하였습니다.

홍쯔청洪子誠 : 여러분 모두가 토론에서 당대 문학사 연구에 대한 많은 중요한 문제를 제기하였는데, 그 중 많은 부분들은 제가 집필 중에 인식하지 못하였기 때문에 여러분의 분석은 저에게 큰 영감을 주었습니다. 사실 저는 항상 제 일에 대한 자신감이 부족하고, 제 글에서도 많은 모순이 존재합니다. 예를 들어 이것을 교과서로 써야 할지, 아니면 개인적인 저서로 써야 할지 이 문제에 대해 저는 매우 혼란스러웠지만 실제로는 양쪽 다 잘 처리하지 못했습니다. 그것을 교재로 정하려면 특정한 '측면'이 있어야 하고, 너무 개인적이지 않아야 하며, 현재 연구계의 동향에 대해서도 객관적으로 '합의된 사항'을 고려해야 합니다. 만약 제 개인의 저서라면 일부 작가를 쓰지 않을 수도 있고, 다른 사람들을 더 강조할 수도 있습니다. 이와 같은 문제들은 다루기가 어려웠습니다.

책을 쓰는 과정에서 저는 문학사 연구의 몇 가지 문제를 정리하고 싶다는 명확한 의식을 갖게 되었습니다. 당대 문학사 연구의 틀과 서술 방식은 사실 1950년대에 확립되었으며 저우양周揚과 그의 동료들은 전국 문학예술 근무자 대표 대회의 다양한 보고서와 기타 글에서 문학사의 틀, 이념 및 작성 방식을 확립하였습니다. 그러나 1980년대 이후에는 저우양 등이 확립한 방법만을 따랐습니다. 당대 문학사의 연구는 한 걸음 더 나아가야 하는데, 가장 중요한 것은 다양한 선험先驗적 이론 모형을 구축하는 것이 아니라 사전정리 작업을 먼저 하는 것이라고 생각합니다. 이 점은 제가 쓴 글에서 비교적 분명히 드러났습니다. 예를 들어, '사회주의 문학'의 경우 그 당시에 '사회주의 문학'을 언급한 이유는 무엇이며, 그것은 무엇을 의미하는 것인지, 또한 '농업 소설'과 '공업 소설'의 개념은 어떻게 생겨났으며, 왜 이러한 개념들이 당시에 생겨난 것인지, 그것은 현대 문학의 많은 개념들과 어떤 관계가 있는지 등등, 이 범주들은 모두 사전정리가 필요합니다. 이러한 정리는 1940년대 이후 점차 경직된 서술 패턴과 개념적 패턴에서 우리 연구자들을 벗어나게 하였습니다. 이러한 '해방'이 없이는 많은 일을 처리할 수 없으며, 새로운 관점도 얻을 수 없습니다.

허꾸이메이賀桂梅가 녹음된 기록에 근거하여 정리,
그 중 생략된 부분도 있음

| 지은이 소개 |

홍쯔청洪子誠

광둥성廣東省 지에양揭陽 출신으로 1939년 4월에 태어났다. 1961년 베이징대학교의 중문학과를 졸업하고 교편을 잡아 중국 당대 문학과 중국 신시新詩를 가르치고 연구했으며 1993년부터 베이징대학교 중문학과 교수로 재직하였다. 주요 저서로는 『당대 중국 문학 개관當代中國文學槪觀』(공저), 『당대 중국 문학의 예술문제當代中國文學的藝術問題』, 『작가의 자세와 자아 의식作家姿態與自我意識』, 『중국 당대 신시사中國當代新詩史』(공저), 『중국 당대 문학 개론中國當代文學槪說』, 『1956 : 백화시대1956 : 百花時代』, 『중국 당대 문학사中國當代文學史』, 『문제와 방법 : 중국 당대 문학사 연구 강의 원고問題與方法——中國當代文學史硏究講稿』, 『문학과 역사 서술文學與歷史敘述』, 『나의 독서사我的閱讀史』, 『자료와 주석材料與注釋』, 『당대 문학 속의 세계 문학當代文學中的世界文學』 등이 있다.

| 옮긴이 소개 |

설희정薛熹禎

서울 출생으로 베이징대학교 중문학과를 졸업하고 동 대학원에서 중국 현대 문학 전공으로 석사·박사 학위를 받았다. 박사 졸업 후, 2014년부터 2021년까지 베이징대학교 외국어 학과에서 외국인 전임 교수로 재직하였고, 현재 산둥대학교 인문사회과학 칭다오 연구원山東大學人文社會科學青島研究院의 부교수로 재직 중이며, 한국 동아시아 과학철학회의 국제 이사 및 중국 안후이성 장헌수이 연구회中國安徽省張恨水研究會의 국제 이사를 맡고 있다. 주로 루쉰魯迅과 장헌수이張恨水의 문학을 비롯해 중국 현당대 문학 및 한중 비교 문학을 연구하고 있으며, 최근에는 관심 영역을 확대해 한중 학술 저서 번역에 전념하고 있다. 주요 저서로는 『아속지변 : 현대와 전통의 관점에서 본 루쉰과 장헌수이雅俗之辨——現代與傳統視域中的魯迅和張恨水』(2023년 상하이문예출판사 출판)이 있으며 다수의 한중 학술회의에 참여하였고, 《중국 현대 문학 연구 총간中國現代文學研究叢刊》과 같은 중요한 학술 간행지에 다수의 중국어 논문을 발표하였다. 그 밖에 중국의 국가 사회과학 기금 중화 학술 외역 프로젝트國家社科基金中華學術外譯項目에 참여하여 첸리췬錢理群, 원루민溫儒敏, 우푸후이吳福輝의 저서 『중국 현대 문학 삼십 년中國現代文學三十年』의 한국어 번역을 맡고 있고, 중국의 국가 사회과학 기금 프로젝트國家社科基金項目“20세기 1950년대에서 1970년대까지의 중국 문학과 생활에 관한 연구20世紀50—70年代的中國文學生活研究’에 참여하고 있으며, 산둥대학교 중문학과의 연구 교재 『중화 삼천 년 문학 통사中華三千年文學通史』에서 장헌수이의 집필을 도맡아 편찬, 출판 작업에 참여하였다.

당대當代 문학의 개념

초판 인쇄 2024년 2월 15일
초판 발행 2024년 2월 25일

지 은 이 | 홍쯔청洪子誠
옮 긴 이 | 설희정薛熹禎
펴 낸 이 | 하운근
펴 낸 곳 | 學古房

주　　소 | 경기도 고양시 덕양구 통일로 140 삼송테크노밸리 A동 B224
전　　화 | (02)353-9908 편집부(02)356-9903
팩　　스 | (02)6959-8234
홈페이지 | http://hakgobang.co.kr/
전자우편 | hakgobang@naver.com, hakgobang@chol.com
등록번호 | 제311-1994-000001호

ISBN 979-11-6995-479-2 93820

값: 25,000원